渴仰

〔新裝版〕

宮緒葵

渴仰

KATSU GOU

目錄 CONTENTS

渴仰

溫度更勝盛夏空氣的暖風撫過臉頰。

鳴谷明良的腦海中浮現「人生谷底」這幾個字，頓時無力地垂下肩膀。

他從學生時代住到現在的公寓被熊熊火焰吞噬，黑煙正不停往上竄。消防員阻擋著圍觀群眾，努力試著灑水灌救，但火勢猛烈，推測是起火點的二樓遲早會被完全燒毀。這是老舊的木造公寓，所以火勢一轉眼就蔓延開來，一樓可能也有危險。

明良的房間就在即將燒盡的二樓盡頭。在火焰與煙霧的阻隔下完全看不到，但家具和貴重物品應該都被燒毀了吧。

『我懷孕了。』

腦海中閃過一小時前，許久未見的女友對他說的這句話。

『不是你的，是里中的孩子。然後我會辭職，和他結婚。』

里中是明良的同事，也是社長的姪子。那是間家族經營的小型建設公司，而里中早已確定將來會成為公司董事。

明良的女友真理子是同一家公司的櫃檯人員，但只有明良一人抱著「將來想和她建立一個溫暖的家庭」的想法，她則選擇了更有前途的男人。真理子毫不愧疚地坦承自己劈腿後，不等明良回應就轉身離開了。

右手的痠麻變成鈍痛，越來越加劇。這糟糕的結尾還真是適合這糟糕的一天，彷彿在嘲笑明良：「你總是被拋棄的那一方」。

——明明。

住一樓的主婦鑽過人牆，來找明良說話。明良甩掉一瞬間閃過腦海的藍色幻影，稍微點頭致意。

「鳴谷先生、鳴谷先生。」

「那個……到底發生什麼事情了？」

「我剛剛聽房東說，是住你隔壁的女大生被同一間大學的男生痴痴纏著不放。」

女大生去找警方商量後，警方曾警告過男方，但男方似乎因此心生怨恨，趁女方外出時侵入她家，灑燈油後放火洩恨。

起火源居然就在隔壁房間，更是倒楣。凶手早已遭到逮捕，也沒有死傷，但被火燒毀的房間不可能恢復原狀。

手臂的鈍痛轉為針刺般的尖銳刺痛，頭也跟著痛起來。根據他的經驗，接下來會痛上一整晚，嚴重的話，可能整夜都無法入睡。雖然不管怎樣，今晚都無法安眠就是了。

「剛剛消防員說，這樣看來應該沒辦法避免全部燒毀。我們家要先去這附近的姊姊家暫住，你呢？」

「我……」

明良回想自己的荷包。便宜商旅應該能住兩、三晚，但沒辦法住更久。月底還沒領薪，又剛扣完房租，戶頭裡也沒剩多少餘額。

明良絕對不想依賴父母，而他至今沒和什麼人有深交，也沒有朋友能在這種時候對他伸出援手。遭到女友劈腿，家也沒了，明天還可能流離失所。

六年前，十八歲那年，明良還以為不可能遇到更不幸的事情了，但他似乎相當受衰神寵愛。

——明明、明明，別丟下我。

接連發生的不幸誘發他的手臂疼痛，手臂的疼痛又喚醒理應早已封印的過去，將明良推下更深的谷底。最糟的惡性循環。

「啊……！」

明良沉默不語時，歪頭看著他的主婦突然驚呼一聲，指著明良身後。還來不及轉頭，明良就被困在從背後環抱住他的雙臂之中。

比明良高一顆頭的高大男子彎下修長的身子，貼著明良的耳朵磨蹭，如無法忍耐的小狗般不停嗅聞。

明明很想要往後肘擊，現實中的明良卻全身僵硬，無法動彈。怎麼可能，不可能。這男人不可能出現在這裡，這六年來完全沒有連絡，是早已從明良的人生中消失的男人啊。

「明明，你還是這麼香……我好想你……」

這令人幾乎雙腿發軟，魅惑中帶著蜜糖的聲音比記憶中低沉許多，但他不會聽錯。因為從小，他每天都在最近的地方聽著這個聲音。

公事包從明良使不上力的右手落下。

「達幸……」

當明良遭逢不幸時，這男人總是在他身邊。

明良睽違六年說出這令人厭惡的名字——青沼達幸更用力地抱緊了他，激烈的心跳不斷敲擊著緊貼著的後背。

「騙人……該不會是，青沼幸……？」

主婦脫妝的臉頰瞬間泛紅，並脫口驚呼，接著聽到這句話的圍觀群眾開始騷動起來。

「那是青沼幸耶！」

「為什麼會在這裡？他該不會住在這邊吧？」

「白痴，那怎麼可能。」

「欸，那是誰！為什麼被他抱著？」

興奮的年輕女性們表露出嫉妒，瞪著明良。在明良不禁縮起身子時，他的視野突然轉暗，嘈雜聲愕然靜止。如果沒有被大掌遮住視線，他應該也能看見達幸用殺氣騰騰的目光讓圍觀群眾沉默下來。

「……我們走吧，明明……明良。」

達幸在明良耳邊輕語後撿起他的公事包，輕鬆地抱起明良。

明良的身高是日本男性的平均值，是達幸太高大了。他的身高比六年前還高，現在肯定超過一百九十公分了。

「等……等等，你要去哪裡啊？」

明良回過神後不停掙扎，但達幸絲毫不為所動。

剛硬的腹肌與隆起的二頭肌比六年前更加強壯，體格從少年轉變為男人，和仍然纖細的明良截然不同。

具有野性卻俊俏的五官變得更成熟，即使衣裝打扮樸素，在人群中也十分出眾。

大概是因為戴著彩色隱眼，他的瞳孔是黑色的。明良覺得很不自然，但大多數女性應該都會投以熱烈的眼光。

與之對比，明良只有容貌與最以耀眼美貌為傲的母親一模一樣，經常讓女性想離他遠遠的。無庸置疑，光看外貌就讓兩人有極大的差距。在兩人分開的這段期間，他到底在哪裡做些什麼？至少絕對不像明良是個平凡上班族。

路肩停著一輛跑車，彷彿在肯定明良的猜測，這以上班族微薄的薪水絕對買不起。達幸將不停掙扎的明良塞進副駕駛座，替他繫上安全帶後坐上駕駛座。

「等等……！」

車子瞬間加速，身體深陷到座椅中。達幸以令人驚嘆的技巧駛過狹窄的住宅區小路，一開上高速公路就像要展現開車的本領，不停加快速度。如果在這時開門跳車，應該會沒命。

「……喂、你……」

明良無奈地瞪著駕駛座的男人，達幸緊踩著油門，微微噘起嘴。即使是個成熟的男人了，他笨拙的語調與只會在明良面前做的幼稚舉止和六年前完全相同。

「喊……我的名字。」

「什麼？」

「你剛剛喊了我的名字，睽違六年……我想聽你多叫我幾聲。」

這種時候他還在說什麼啊？該在意的問題不是這個吧？該吐槽的點很多，但明良努力忍下來，因為他不想和對方多說話。

「你別說那些蠢話了，快點解釋一下。你打算帶我去哪裡？」

「……」

「……喂……喂？」

就算不停喊著，達幸仍舊不發一語。但只要看後照鏡，就能清楚看到達幸根本沒專心開車，一直窺探著明良。

再這樣下去不會有結果，要是因此發生車禍他可承受不了。

「……達幸，快點說明。」

「只是帶你回家而已。」

達幸很現實地立刻回應，一雙黑色眼瞳閃閃發亮。要是有尾巴，現在肯定瘋狂擺動到快斷了。

「……你該不會是打算回老家吧？」

如果是這樣，明良會立刻解開安全帶跳車。與其仰賴父母，那他寧願去死。

「不是，不是老家，是明良的家。」

達幸的腦袋明明遠比明良優秀，卻從以前就缺乏對話能力，過了六年不僅沒有改善，似乎更加惡化了，完全無法和他溝通。

就在明良抱頭苦惱之時，車子開過收費站，開下一般道路。穿過昏黃夕陽中耀眼的鬧區，停在散發高級感的低層公寓前。

從外觀上來看，這不是租借公寓，而是銷售公寓。雖然公司規模很小，但明良任職於建設公司，他預估這棟公寓最便宜的房間至少也要一億日圓。

「到了，我們走吧。」

「啊……？」

「我說了，這裡是明良的家。」

達幸一打開門，在旁等候的服務人員就恭敬地接過車鑰匙。專門的服務人員似乎會把車開到停車場。

達幸就算了，但不可以打擾別人的工作，所以明良也跟著達幸下車。就他推測，這邊應該是澀谷區的某處，只要找到車站就能移動。回自己的公寓也無濟於事，就先在公司附近找間便宜的旅館吧。

明良想東想西時，又被達幸攔腰抱起。

「喂……達幸！」

「幹嘛～？」

「什麼『幹嘛～』！我要回去！」

「就快到家了，你再忍耐一下。」

大概是聽到明良叫他的名字很高興，達幸磨蹭著明良的臉頰，走進直達各樓層的電梯。穿過藝術裝飾風格的大廳時，貌似禮賓門房的工作人員露出詫異的表情，讓明良羞得無地自容。別人會怎麼想他們的關係啊？

「這裡……是哪裡……」

達幸帶明良走進五樓的房間。寬敞的房間與室內裝潢讓人以為是高級飯店，達幸把無比驚訝的明良放在起居室的沙發上。光起居室的大小就等於兩間明良燒掉的公寓，臥室絕對也有三間以上。

「這裡是明良的家，你從今天起就住這邊吧。」

「什……喂，你在幹嘛？」

「我、稍微……睡一下……」

達幸不脫外套就窩在明良腳邊，拉高明良的褲管，脫掉襪子。接著寶貝地用臉頰磨蹭露出肌膚的小腿並緊緊抱著，發出平穩的氣息。

一連串動作只花了不到三十秒，根本來不及阻止。

「達幸？……喂、達幸！你給我起來解釋一下！」

不管打他還是搖他，達幸都沒有醒來，用力打他的頭也沒有用。難以置信地，他竟然以如此不舒服的姿勢睡著了。明良掙扎著想要抽出腳，達幸就越抱越緊，甚至讓明良的小腿開始發疼。

這樣別說逃跑了，連起身也辦不到。奮鬥了十分鐘左右，明良終於放棄，癱軟在沙發上。就快遺忘的手臂疼痛又慢慢加劇，就快到極限了。

手臂會久違地發疼，或許是身體早就預料到了這不悅的重逢。

不管多想要遺忘，最後，達幸仍一直在明良心中。

以為自己失去了女友及住處，跌入了谷底，現在卻在高級公寓裡，被自己認為再也不會見面的男人緊緊抱著。

——人生，真的不知道會發生什麼事。

明良那逐漸沉入深淵中的記憶，染上令人懷念的色彩。

達幸是剛上小學時來到明良家的。由於獨自扶養達幸的母親過世了，作為達幸母親同學的明良父親收養了達幸。

達幸當時就有張十分出眾又引人注目的俊俏容貌，最顯眼的是他那雙日本人少有的藍色眼瞳。他母親的曾祖母是俄羅斯人，這個基因剛好在他身上強烈地顯現出來。

他面無表情又沉默寡言，還以為他整天都在發呆，卻偶爾會用毫無感情的眼睛盯著明良看。明良完全不知道達幸在想什麼，實在不認為他是同齡孩童，也覺得相當害怕。

如果不是父親特別拜託明良，他大概也會和附近的小孩一起欺負達幸或是對他視而不見。

『我無法仔細告訴你，但達幸遇到了很多難受的事才會變成那樣。你要跟他好好相處喔。』

父親公明是被譽為天才的知名外科醫生，打從明良有記憶開始，就被母親美彌子逼著念書，要求他「將來絕對要成為像父親一樣的醫生」。

父親雖然因為忙碌不常回家，但他和開口閉口都是念書的美彌子不同，既寬容且溫柔，明良非常喜歡這樣的父親，所以他沒辦法忽視父親的請託，也想得到父親的誇讚。

而且，達幸和達達非常像。達達是一隻西伯利亞哈士奇，是明良的愛犬。有雙活潑藍眼的狗和達幸名字和外表都很像，所以明良沒辦法置之不理。

明良會保護轉入同校就讀的達幸不被欺負，在家裡也盡量和他待在一起。帶達達去散步時絕對會邀達幸一起去，也會教達幸讀書。達幸當時連簡單的讀寫都不會，完全跟不上課程進度。

就算導師和善良的同班同學很有耐心地來找達幸說話，他也幾乎毫無反應。他似乎能確實理解大家說話的內容，但那雙眼睛沒看著任何人，只知道有東西在他面前活動、說話而已。

不知為何，他只聽從明良的話，但他始終不開口說話，很難和他溝通。達幸彷彿獨自一人佇立於空無一物的世界裡。

最後不僅是達幸，連和他在一起的明良也開始在班上變得格格不入，就在他忍到極限、想要放棄時，明良一家人去參加了父親朋友的結婚典禮。結婚典禮是在海邊的水族館舉行證婚儀式，所以公明順便帶家人出來玩。

婚宴會場是海上餐廳。在大人們歡談之時，明良興奮地帶著仍舊一臉呆然的達幸走上棧橋。他心想要是看到那個，就算是達幸應該也會難掩感動。

但想要讓達幸大吃一驚的興奮情緒立刻消沉下去。流入都市人工海灣的海水像混雜著泥土一般混濁，四處飄著油汙，和小時候公明難得休假，帶明良回鄉下時看到的湛藍大海完全不同。那片大海是更加……就在明良努力回憶時，想起了在他身邊抱膝坐著的存在。

『……對了，是這個顏色。』

達幸不明就裡地歪著頭，明良便抬起達幸的下顎，在雙唇就快貼上的距離下望進他的眼睛。和平常不同，慌張游移的藍色眼睛十分很有趣，讓明良笑了出來。

『你的眼睛，和爸爸家鄉的大海一模一樣。不是這種混濁的大海，是真的一片湛藍，卻清澈到可以看見海底，非常漂亮喔。』

達幸不知為何紅了臉頰，直盯著明良，讓明良感到不知所措。這是毫無生氣，如人偶一般的達幸第一次在明良面前表露出情緒。然後，也是他第一次主動開口說話。

『明……明。』

大概是不常發聲，達幸的語調結結巴巴，連明良的名字也沒辦法好好發音。即使如此，明良就像父母聽到孩子第一次說話，有萬千感慨在心中擴散開來。

『明明……很、美。』

『……』

『非常、美……而且，很溫柔……』

和母親相似的容貌讓明良常被誤認為女生，是他無人知曉的自卑之處，所以也很討厭這個女孩子氣的小名。但他也沒辦法責罵總算開口說話的達幸，心不甘情不願地接受了很是屈辱的小名與誇讚。

從這之後，達幸越來越黏著明良。

就算明良沒叫他，他也會飛奔到明良身邊，不只白天，直到睡覺都不離開明良。雖然兩人因為熱得受不了，不會同床共眠，但很常發生早上醒來時達幸縮在明良腳邊，被搶走專屬位置的達達不知該如何是好的狀況。每次遇到這種狀況明良都會責備達幸，但只要達幸哭著說自己不在明良身邊就無法放心，明良就無從拒絕了。

明明對外人極其冷淡，對認定的對象卻毫無防備地露出肚子、大力搖尾巴。小狗達達和人類達幸連這點都一模一樣，明良也漸漸受到他束縛。

公明對達幸的變化感到很開心，另一方面，美彌子卻不知為何，不希望兩人拉近關係，十分苛待達幸。

『你明明就是個骯髒的瘟神！』

美彌子經常辱罵達幸，嚴重時還會動手打他。美彌子原本就很神經質，一扯到達幸就會變得更嚴重。明良袒護著達幸，不讓他遭受不講理的暴力，但很諷刺地，這也是達幸更加傾心於明良的原因。

這個時期，明良的樂趣就是和達達玩與彈鋼琴。那原本是當作一種素養開始學的，但是比他想得還有趣。

明良彈鋼琴時，達幸會抱膝縮在明良腳邊，和達達並肩坐著，盯著明良的側臉看。在演奏途中稍微看他一眼，他就會開心地笑起。唯獨和明良兩人獨處時，達幸才會表現出與年齡相符的豐富情感。

達幸會像在聽知名鋼琴家的演奏會般陶醉，所以連無聊的哈農和拜爾也變得很有趣。因為想彈更難的曲子給他聽、讓他開心，明良更加認真練習。當明良不再只是照本宣科，會帶著希望聽眾感到有趣的想法彈奏後，鋼琴老師捉弄似的問他：「你有喜歡的人了嗎？」

花之歌、阿爾卑斯山的晚霞、阿拉貝斯克、杜鵑、貴婦騎馬歌、埃科賽斯舞曲。

就算告訴達幸曲名他也記不住，只會哼出喜歡的旋律，要明良彈給他聽。當明良從他走調的旋律推測出原曲，彈出正確的歌曲時，達幸那張開心的臉龐也讓明良跟著開心起來。

達幸總是沉醉地聽著明良拙劣的演奏，毫不生厭。雖然沒有喜歡的女生，但改變明良樂音的人肯定是達幸。

念書以外的時間，明良幾乎都在琴房度過。

除了心無旁鶩地敲著琴鍵的明良之外，這個只有藍眼狗狗和人存在的封閉空間，就猶如海底。過去曾和父親一起眺望的那片深靛藍大海。

總有一天也想讓達幸看看——明良那時確實這麼想過。

明良之於達幸的優越，頂多只到小學畢業。

達幸逐漸嶄露頭角，升上高中時，他在各方面都超越了明良。身高高出明良將近一顆頭，本就俊俏的容貌再加上男子氣概，只要上街就會有星探找上門。

而且，達幸的頭腦也很聰明。就算幾乎不念書，也能維持好成績，比拚命念書的明良優秀。此外，他的運動細胞也很發達，有好幾個運動社團都來求他加入。

曾被當作「異類」而遭到嫌惡的眼睛也開始被稱讚為神祕。猶如恐怖人偶的達幸消失無蹤了。

但達幸的內在完全沒變。

就算全校最美的美少女向他告白，他也不看對方一眼，只追著明良跑，只和明良說話，只想和明良有交集。要說起改變，大概只有他會正確喊出明良的名字了。這還是因為明良不厭其煩地再三糾正，所以他只要情緒激動，還是會馬上變回「明明」。

男同學們不爽達幸獨攬所有女同學的注意，還會恥笑他是「鴫谷的狗」，但達幸聽到這理應是屈辱的綽號卻絲毫不生氣，反倒相當開心，讓明良感到相當不可思議。

實際上，達幸醉心於明良的模樣會被說是狗也無可厚非。明明對他人毫不感興趣，只要一扯上明良，就能輕易讓他情緒失控。

雖然不想回想起那個記憶，但高二時，明良曾遭到變態襲擊。這似乎是他遺傳自母親的美貌惹來的麻煩，那個變態埋伏在回家路上，差點強暴明良得逞。

這個變態遭到達幸反擊，而且不只如此。

『你竟敢、竟敢竟敢竟敢弄髒明明……！』

達幸絲毫不理會變態痛哭求饒，凶狠地痛揍對方。如果不是明良硬拉著他阻止，他或許早就殺了對方。

從旁人來看，拳頭沾滿鮮血的達幸才是不折不扣的罪犯。趕來的警察一開始也以為是達幸犯下了傷害事件。

這件事也在學校裡傳開來，達幸的綽號從狗變成了瘋狗，但達幸不僅不在意，還很自豪。就算身材變得高大，仍一心仰慕明良，願意專心聆聽明良彈鋼琴的達幸非常可愛。只不過，和天真無邪的幼年時期不同，在明良覺得他可愛的同時，也無可避免地被激起了自卑感。

如果只有成績就算了。令明良無法忍受的是，他覺得父親對達幸的關心，更甚於自己這個親生兒子。

每天都有手術行程的公明相當忙碌，很少在家。但是自從收養達幸之後，他回家的頻率稍微變高了，而且一定會買點心回家。

公明幾乎將能在家的時間都用在達幸身上，關注達幸的所有事，達幸對公明也很坦誠，和氣對話的公明和達幸看起來比明良更像父子。

他曾以為「這是因為達幸無依無靠，公明關心他也是理所當然」，還能說服自己。但自從知道母親美彌子苛待達幸的理由，他就再也無法接受了。

他在法會上聽到姑姑們說的話，據說公明結婚前曾和達幸的母親交往，姑姑們認為他現在可能仍對她念念不忘，所以才會收養她的遺孤達幸。

美彌子是公明前上司的女兒，對公明一見鍾情，因此拜託父親，半強迫地逼公明和她結婚。而美彌子只要事情不如願，就會馬上惱羞成怒，大吵大鬧。就算再怎麼美麗，都不算有魅力的女性。

容貌與被迫迎娶的女人十分相似的兒子，以及心愛之人的遺孤，就算沒有血緣關係，也是後者更令人喜愛吧，而且達幸還遠比明良優秀。

自從懂事起，母親就不停告訴明良要成為像父親那樣的醫生——且不贊同他將來走上除此之外的道路。

其實明良很討厭念書，就算不能成為醫生也無所謂，只要可愛的達達在身邊，可以彈奏喜歡的鋼琴就好了。

他之所以討厭念書卻仍持續不懈，是因為想要得到公明的認同。雖然公明從不曾要求明良成為醫生，但明良相信只要走上相同的道路，比起達幸，父親肯定更願意關注他。

但如果公明本來就比較喜歡達幸，那他根本就像個蠢蛋。

就算知道達幸毫不知情，但每當明良在身旁看見達幸有多優秀，都讓他心中掀起波瀾。就算明良廢寢忘食地努力念書，他也不曾贏過達幸一次。他也知道同學們在暗中嘲笑他，說小狗還比飼主還優秀呢。

就算知道這樣不講理，想要疏遠達幸的心情逐漸凌駕於喜愛之上。

明良開始閃避達幸，而不知其緣由的達幸更加執拗地纏著明良。

『明良，欸，明良，你別丟下我啊。』

『我做錯什麼了嗎？我向你道歉，我絕對不會再犯錯了，你不要討厭我。』

雖然覺得不顧他人眼光、死命纏著自己的達幸很煩，明良卻無法完全推開他，因為他沉浸在扭曲的優越感當中。優秀的達幸執著於明顯差他一等的明良，而且不顧體面地纏著他，讓明良十分愉悅，然後打從心底討厭這樣的自己。

兩人就在這樣僵持的關係中升上高三，迎來考季。

達幸的志願是和明良同間大學的醫學系。明良從沒聽說過達幸想當醫生，因此去逼問他理由時，達幸理所當然地回：

『因為明良要去啊。』

明良久違地主動找達幸說話，達幸明顯帶著喜悅，緊握住啞口無言的明良的手。

『我絕對不會離開明良身邊，就算明良討厭我也沒關係，因為我是明良的狗啊。』

明良的第一志願對他來說是個難關，能勉強考上，但達幸應該可以輕鬆錄取。若是這樣，公明肯定會誇讚達幸，而美彌子會責備明良「你為什麼沒辦法考上比那種小孩更好的學校？」。若只有明良沒考上，那會更糟。畢竟是達幸，要是明良無法考上醫學系，他會自願重考一年，美彌子肯定會怒不可遏，每天怒吼。

不管能不能考上，明良將來也會一直被迫認清他和達幸之間的差距，永遠懷抱著自卑感。他無法忍受這種事情發生。

他不想繼續將那個男人扯入這醜陋的嫉妒漩渦之中。

不能待在達幸身邊，只要保持距離，自己肯定可以冷靜下來。肯定可以像以前一樣，單純覺得達幸可愛。升上大學是離開達幸的絕佳機會。

明良好幾次勸說達幸放棄，但達幸怎樣都聽不進去。接著在暑假的某天，不聽勸的達幸惹得明良不耐煩，兩人爭吵後明良跑出家門。

達幸當然追了上來。明良不想被達幸逮到，所以沒有仔細注意周遭的情況。

『明良！』

臉色大變的達幸抓住明良的手，而明良甩開那試圖拉住自己的手時，刺耳的摩擦聲「嘰嘰嘰嘰嘰嘰———」地劃破空氣。

巨大的卡車不穩地大幅左右蛇行，撞飛行人並朝明良衝過來。

卡車的車速明明非常快，但此時的明良卻覺得非常緩慢，甚至可以清楚看見手握方向盤、正在打瞌睡的駕駛。

——會死！

『明良……明明！』

大部分的衝擊全被抱住明良、護著他的高大身體代為承受下來，但仍蛇行前進的卡車輾過明良的右手，撞上大樓外牆才終於停下來。

勉強維持住的意識，在看見自己的右手臂差點從內側被扯斷，只靠一片皮膚勉強連接著，以及渾身是血、倒在地上的達幸後，陷入黑暗。

明良、達幸與其他傷患，一起被救護車送進公明任職醫院的附設急診中心。

明良全身挫傷，被卡車輾過的手臂也幾乎等於遭到截肢，但沒有生命危險。而保護明良的達幸雖然腦部沒有受傷，但斷裂的肋骨刺進肺部，身受重傷。

跑來支援的公明毫不猶豫地選擇負責達幸的手術，把明良託付給屬下。

公明天才般的技術讓達幸保住一命，術後狀況良好，醫生診斷應該不會留下後遺症。然而明良的右手雖然免於截肢，但他的手臂和指尖仍會慢性麻痺，無法再像從前一樣活動自如。

他勉強恢復到可以正常生活的狀態，但無法再彈琴了，而且花了許多時間復健，只能放棄當年的大考。只不過就算能考上，這樣的手當然也無法成為需要細膩巧手的外科醫生。

比起唯一的心靈慰藉鋼琴被剝奪，比起無法當上外科醫生，公明選擇達幸的事實讓明良更大受打擊。

冷靜想想，比起受重傷但沒有生命危險的明良，公明去救瀕臨死亡的達幸是理所當然。如果不是公明這麼技術高超的醫生，達幸可能會就那樣死去。公明別無他意，只是以醫生的身分做出最為公正的判斷而已。

即使能理解，但理智和情感是兩回事，明良無法阻止自己的心染至一片漆黑。尤其是聽見護理師們竊竊私語「如果是公明開刀，或許明良的手可以完全恢復」之後，更是如此。

「明良是公明唯一親生的獨生子，他最後肯定會選擇明良」的期待完全遭到了否定。

達幸一恢復意識就想見明良，但是美彌子堅決不允許。她責怪達幸：「明良會遇到車禍都是你的錯。」，接著逼問公明：「為什麼比起兒子，選擇了完全無關的外人？」

無法平息怒火的美彌子說要替明良轉院，明良也遵從母親的意思。可以徹底不和達幸見面讓他十分慶幸。

達幸是明良的救命恩人……但同時，也讓他認清殘酷的現實。

就算是醫師，看見兒子可能會失去未來，父母即使拋棄倫理道德等世俗觀念，也會救兒子吧。更別說公明早就知道明良和自己一樣，想成為外科醫師。

儘管如此，公明還是選擇拯救毫無關係的達幸，這表示對他來說，明良不是值得拋棄自己的自尊去拯救的重要存在。結果，比起明良，父親還是選擇了心愛女人的遺孤——比明良更加優秀的達幸。

他希望父親救自己啊。

……希望父親不是選擇達幸，是選擇自己。

湧上心頭的憎惡與絕望輕鬆勝過他對達幸的感謝。要是在這種狀況下和達幸見面，連明良自己也不曉得會發生什麼事。他大概無法向達幸道謝，只是想像到自己會和美彌子一樣，歇斯底里地大吼大叫的模樣就反胃。

達幸出院後，就算再不願意也會再見到面。明良鬱鬱寡歡地煩惱該怎麼辦，但那是杞人憂天。達幸出院後直接消失了。在那之後，再也不曾出現在明良面前。

意識拉回現實，明良捲起右手衣袖。雖然已經淡了許多，但與他白皙到病態的肌膚不相襯的醜陋傷疤，環繞著手肘。

那場車禍改變了明良的一生。

父母原本就稱不上感情要好，終於因此撕破臉，走向離婚。明良愛用的鋼琴也和全家人居住的那間房子一起賣掉了。

或許是為了贖罪，公明支付了超出美彌子要求的贍養費，所以他們的經濟相當寬裕。但明良不顧美彌子執拗的勸說，去考文學系，晚一年考上大學，同時離開了家裡。雖然不是只有外科醫生才是醫生，但如果無法和父親一樣成為外科醫生就毫無意義。

大學畢業後，明良進入小型建設公司上班。多虧了遠離父母與達幸度過的四年生活，他逐漸找回了平靜。

也邂逅了可以稱為情人的女性。身心充滿傷疤也無所謂，接下來他想和她建立安穩的家庭，忘記過去，過著平靜的生活。

但這小小的幸福輕易破滅，理應遠遠甩開的過去再次出現。

明良低頭看著抱著他的腳沉穩安眠的男人。若無其事地配戴在手上的錶是明良也知道的名牌精品，身上的服飾也都是時尚昂貴的商品，還住在這種高級公寓中。

他消失之後，至今為止在做什麼？答案得等達幸醒來才能問清楚，但可以確定，他取得了難在這個年紀獲得的成功。像明良這種小公司的上班族，窮其一生也無法冀望能有這樣的生活。

幾乎遺忘的感情微微動搖。

他和失去一切的自己，為何有著這麼大的落差？總是這樣，這男人明明不想要，卻能輕而易舉地得到明良求之不得的東西，接著用天真無邪的臉龐看著欣羨、嫉妒，最後陷入自我嫌惡的明良。

並非討厭，只是過於羨慕、嫉妒、厭煩。而他最討厭的是在醜陋的嫉妒泥沼中喘息、掙扎的自己。

若是真理子知道，應該會嚇一跳。因為她曾抱怨過明良對所有事情都無動於衷，就像枯萎的老人。

假設是其他人，不管有多大的差距，明良也不會有任何感覺。

因為這是達幸，只有達幸會動搖明良的心。明明討厭至極，視線卻釘在他身上，無法移開，並對如此矛盾的心情感到困惑。

明明只要拒絕並推開他就好了，但達幸誇讚自己美麗的零碎話語，以及專注地聽著他拙劣琴聲的身影閃過腦海，干擾著他。

——拜託你，別再擾亂我的心了。別讓我再看見沉睡在我心中，那醜陋汙穢的感情了。

明良抱著頭，緊緊閉上眼。

天色在明良完全無法入睡時亮起，當他總算開始昏昏欲睡時，起居室的對講機告知有客人來訪。達幸仍抱著明良，絲毫沒有醒來的跡象。

「喂，達幸，起來。」

「嗯……明、明……」

「喂！」

就在明良努力設法把屋主叫醒時，大門門鎖被打開了。既然對方有備份鑰匙，似乎是和達幸相當親密的人。

「早安。」

出現的是時值盛夏卻嚴謹地穿著西裝的男性，大概比明良大十歲。他有著與年齡相符的從容，看見應是可疑人物的明良也毫不慌張。

「啊……那個，我……」

「我知道您，您是鳴谷明良先生吧。這是我第一次與您正式見面……啊，這是我的名片。」

男子深有感慨地從頭到腳打量過明良後，遞出名片。在社會人的習慣驅使明良伸出雙手、恭敬地接下名片前，從下方伸來的手一把抓住男人的手腕。

「……不准碰明良。」

又打又踹都不醒來的達幸完全清醒，眼神閃爍著深沉的光芒，瞪著男人。軟弱的人看到這視線都會忍不住逃跑，男人卻一臉不在乎地不當一回事。

「好啦好啦，我不會碰到你重要的主人一根手指。比起這個，你快點去沖澡，把你的臉整理一下。我明明說過那麼多次了，你還是戴著隱形眼鏡睡覺了吧？」

達幸不悅地起身，不情不願地走去浴室。

終於得到解脫的明良依舊坐著，拿起男子放在桌上的名片。雖然覺得很沒禮貌，但他腳麻了，無法動彈。

「艾特盧涅股份有限公司，藝人經紀事業部……松尾忠先生……？」

「是，我是幸的經紀人。」

「經紀人……？那個，達幸到底在做什麼工作？幸是指達幸嗎？」

「……難不成，幸什麼事都沒跟你說嗎？」

看見明良點頭，松尾無力地低下頭。

「唉，真是的……這樣的話，那傢伙不就只是個跟蹤狂了嗎……」

「松尾先生？」

「……不好意思，我想您應該相當混亂，非常抱歉。」

松尾鞠躬道歉，就像在替不成材的孩子收拾善後道歉的父親。他應該非常了解達幸的個性。

「鴫谷先生，您聽過青沼幸這個名字嗎？」

「不……啊，但是，這麼說起來……」

明良想起昨天的圍觀群眾都這樣叫達幸，但除此之外，他沒聽過這個名字。

「青沼幸是藝名，他是我們公司的演員。」

「……什麼！」

「他參演過許多部電影，您曾經……看您的樣子，是不曾看過吧。」

「不好意思，我看電視時只看新聞，除了工作，也幾乎不上網……」

明良驚訝到差點跌下沙發。不常表現出情感，無法和明良以外的人好好對話的男人，是怎麼成為演員的？

達幸從高中就常常遇到星探找他去當模特兒或藝人，但他都拒絕了，應該也完全沒有演戲的經驗。他到底是在哪裡培養出實力，得以維持這種生活的？

察覺到明良的疑問，松尾仔細對他說明。

艾特盧涅的所屬藝人基本上都是星探挖掘到的，社長也會積極外出尋找有潛力的年輕人。松尾自從在街上看見高中的達幸之後，就對他相當著迷，一直力邀他進公司，但達幸也不停拒絕。

「六年前，他突然失去蹤影，就在我萬念俱灰要放棄時，他突然出現在我面前。聽說他差點死於車禍就讓我夠驚訝了，但他卻說想要立刻簽約，當時我真的大吃一驚。」

那麼，達幸是從醫院消失之後，就直接去找松尾了嗎……完全沒跟明良說過，他明明那麼纏人地說過他絕對不會離開明良啊……？

「『因為我想要成為可以幫助明明的狗。』」

明良呆傻的表情讓松尾輕聲笑了。

「六年前，他來找我時就說了這句話。為了成為鴫谷先生的狗，一直待在您身邊，他想要用最快的速度賺錢，所以決定出賣自己的姿色。」

「……那傢伙在想什麼……」

「也就是說，您是我的恩人。不過，我卻做出恩將仇報的事情，對不起。」

「什麼意思？」

「我請人去調查您的生活狀況及住處，並告訴了幸。那個男人突然跑去找您，一句解釋也沒有就把您帶來這裡，您應該相當驚訝吧？」

原來如此，他終於知道達幸會出現在公寓前的理由了。

但是，達幸偏偏挑在最糟糕的時機出現，他和達幸之間果然有什麼孽緣吧？不管多想斬斷也斬不斷——

「真的非常抱歉，但這是我很早之前就和幸約定好的，要是毀約，我的性命就……哇！」

一個方形的小盒子從後方飛來，直接打中松尾的後腦勺。展現出完美控球能力的達幸迅速跑到沙發旁，擋在驚訝的明良與松尾之間。

他走進浴室不到十分鐘，那頭睡亂的頭髮卻已經梳整好，也換好衣服了。打扮絕不花俏卻散發出不同凡響的氣質，得知他是演員之後就能理解。

「別盯著他看，會少一塊肉。」

「連看也不行啊……你的心胸也太狹窄了。」

「被你這種人看著，美麗的明良會被弄髒。」

達幸從以前就很愛誇讚明良，但現在在達幸眼中，仍然覺得明良美麗嗎？

在這裡的分明是和達幸不同，失去一切的悲慘男人。

「明良……對不起，我得出門一下。」

達幸悲傷地回頭看來，那雙眼和六年前一樣湛藍。

達幸不管何時，總是直直地看著明良，每次都將明良推往深沉的海底，讓他有種會被沉入海底的錯覺。

明良正看著自己，這讓達幸高興無比地微笑，跪地緊緊握住明良的手。

「我很快就會回來，你要一直待在這裡喔，哪也別去。」

「幸，時間到了，你別忘了這個。」

松尾傻眼地看著露出溫和微笑的達幸，確認時鐘後撿起剛剛被丟過來的小盒子，遞給他。

達幸心不甘情不願地接過，一戴上裡面的隱形眼鏡，眼瞳立刻變為黑色。只是瞳孔顏色不同就彷如他人。若是上班族就算了，對重視特色的演員來說，少見的瞳色應該是個賣點，為什麼要特地藏起來呢？

「那麼，我出門了。」

再三叮囑「絕對絕對不要亂跑」後，達幸被松尾拉著，終於出門了。

「這間房子是鳴谷先生的，所以屋裡的東西可以隨意使用。」

松尾臨走前的這句話令明良莫名在意，他忍下想要立刻離開的衝動，用公司配發的ＩＤ，以一旁的電腦查詢這間公寓的產權登記。

確認過這棟公寓的所有人之後，明良說不出話，因為所有人的名字是鳴谷明良。

『這裡是明明的家。』

那不是謊言，也不是開玩笑。

明良當然不記得自己買了這種高級公寓，達幸不只擅自用明良的名義購買，還替他支付了高昂的不動產購買稅及固定資產稅等稅金。

明良接著查詢達幸的資料。只是在搜索引擎中輸入青沼幸就出現大量新聞，提供了超乎期待的資訊。

演員青沼幸於十九歲出道，出道資歷短但以出色的容貌與演技，從出道起就備受關注。

去年上映、由久世導演執導的電影《天之花》使他走紅，那是描繪生於動盪時代的貴族千金一生的作品。

達幸飾演一個為了復仇，作為僕人潛入千金家，最後愛上了千金，為她而死的男性。和千金結婚的角色是由人氣偶像團體的成員飾演，達幸只不過是個配角，但他氣勢逼人的演技甚至技壓主角，口耳相傳之下，這部電影十分賣座，遠遠超出期待。

身為年輕男演員，達幸罕見地不只有年輕女性影迷，也受到電影迷的支持，現在是各方爭相邀約的當紅演員。

在事務所的方針下，他很少參與純演戲之外的工作，所以與他的人氣成反比，他鮮少在媒體上曝光，更加煽動了影迷的狂熱。刊載達幸專題報導的電影雜誌創下比以往高出三倍的銷售紀錄，對不起眼的季刊雜誌來說是很難以置信的事態，據說出版社十分吃驚。

松尾說的話不是誇大，而是事實。

——為什麼？

那份漆黑的情感再次在心中打轉。

為什麼達幸要特意在明良身陷谷底時現身，彰顯出自己與明良的差距呢？

如果優秀的達幸也有演戲的才華，那只要對喜歡這點的人表現就好，根本沒必要展現給明良看。明良再也不想和他比較，也不想被人拿來相較了，他為什麼不肯放過明良？

什麼為了明良、想成為明良的狗都是謊言，有誰會想為這種悲慘的男人犧牲奉獻？

達幸肯定只是想沉浸在優越感中。那場車禍之後，他肯定也在嘲笑明良明明是公明的親生兒子，卻被公明捨棄了。

明良無法阻止自己的思緒越來越混亂，越來越自卑，也無法控制自己的心。

要是達幸消失就好了。

要是達幸沒出現在明良面前，就不會變成這樣了……！

「不對，冷靜下來……」

諷刺的是，隨著手臂發疼而陣陣抽搐的頭痛讓明良冷靜了下來。

如果沒有達幸，明良早就死了，他沒道理怨恨達幸，明良不停說服自己。他已經接受了這個事實才對，就算他遇到車禍的起因就是和達幸發生口角……

明良喝斥自己就要往負面方向思考的內心。就算達幸想再度接近明良，不理他就好了。只要不與他有所牽扯，自己的心就不會被擾亂。

抓起在玄關找到的公事包，明良跑出與自己不相稱的「自家」，心想他大概不會再來這裡了。

幸好車站就在附近，走下電車後走進公司附近的超商買襯衫和內褲，到廁所換上。雖然身上的現金令人十分擔心，但盛夏之時，總不能連續兩天穿同一件襯衫去上班。

到公司後去說明狀況，先預借薪水吧，公司有隨時可以讓工人入住的宿舍，拜託一下或許可以獲得通融。

至此，他終於回想起昨天發生的事情，鬱悶起來。真理子和里中都在公司，到剛剛為止都忘了那種大事的自己真的很沒用，但比起再見到達幸，這件事算不了什麼。

不管情緒多沉重都不能逃避，既然不打算倚賴父母，就只能自己想辦法。

這是間小公司，他和真理子的事情應該已經傳遍了。大概會不自在一陣子，但一想到這是為了找回日常生活，他就不覺得苦。明良非常清楚，痛苦的記憶雖然不會消失，但會隨著時間淡去。

明良做好覺悟走進職場後，迎接他的是同事們帶刺的眼神。

「早安。」

「……」

明良困惑地打招呼，但沒人回應他。唯一和他比較要好的同事小杉只遠遠同情地看著他。

明良還來不及問出發生了什麼事情，課長來將他帶進開會用的小房間。

「鴫谷，你不用來了。」

「咦……？這是為什麼……」

「你被開除了，我們公司可沒寬容到可以繼續聘用盜用公款的員工。」

「什……！」

根據課長所言，財務部發現了大量違法的收據，因而發現他盜用公款。

從熟識的客戶手中收下空白收據，自行寫上想要的金額是盜用公款常見的手法，而這次發現的收據全都是明良要求對方給的，但明良當然不記得自己做過這種事。

「我沒有做那種事情……！」

「對方的負責人已經承認開了收據給你，社長也不想要鬧上警局，所以在社長改變心意前趕快辭職，才是為你自己好啊。」

「您真的認為我有做這種事情嗎？」

「……你就當作運氣不好，放棄掙扎吧。要是繼續鬧下去，我們就要找律師來了。」

課長說話支支吾吾，就怕明良繼續追究，快步逃走。

明良理解了同事態度突然轉變的理由，但他根本不認識課長口中的客戶，怎麼可能有辦法讓對方開空白收據。

明良呆站在原地時，小杉避開眾人目光，偷偷過來拍拍他的肩膀。

「小杉……我沒有盜用公款……」

「我知道，幾乎沒有人認為你會這麼做。在這種不上不下的時間，國稅局沒來查稅卻突然發現有人盜用公款，也太奇怪了吧。」

「咦……？」

「你是被陷害了。你女朋友和里中要奉子成婚吧？姪子搶了員工的女友，傳出去不好聽，所以社長才會和課長聯手，要逼你辭職。」

小杉過意不去地低下頭。

「我們都知道內情卻幫不了你……真的很對不起。」

這家公司大部分的合約都是靠社長的人脈得到的，所以比起其他公司，社長的權力更加強大。明良很清楚一個小員工開口抗議也只會被打垮。小杉說的一點也沒錯，如果明良站在他的立場，也會做出相同的舉動。

「不……你別在意。」

勉強只說出這句話，明良就腳步不穩地走出會議室。他有聽到小杉又說了什麼，但已經沒力氣回應了。

——你就當運氣不好，放棄掙扎吧。

明良露出乾笑。他現在悽慘到無法以一句「運氣不好」帶過啊。別說預借薪水，連工作也沒了。委託律師或許能洗清他的冤屈，但應該很花時間，而且別說律師費了，他連今天住宿的錢都拿不出來。

手臂再度開始發疼，甚至感到暈眩，像要徹底打倒他。

為什麼？為什麼會變成這樣？

在昨天早上前，他確實過著毫不刺激的平穩生活，還以為能一直過著如此平靜的日子。

在參雜著同情、輕蔑與嘲笑的視線下逃跑似的離開公司時，平常人煙稀少的商辦區人行道上有人潮聚集著。

看見站在人潮中心的男人，明良的呼吸差點停止。

——為什麼，這男人總是總是總是挑在最糟糕的時間點出現……！

「明明……！」

敏銳地發現明良，達幸露出笑容衝過來。

他在撞上明良前勉強停下來，不顧人群開始騷動，達幸雙膝跪地，抱住明良的腳。

「明明、明明、明良……」

從藍眼中不停流出來的淚水漸漸沾濕單薄的夏季西裝褲，貼在明良腳上。

「我剛才都說了哪裡都別去，你為什麼不見了……！」

「放……達幸，放手！」

「不要，你不和我一起回去，我就不放手，絕對不放！」

就算差點被踹開，達幸仍一動也不動，更用力地抱住明良。

旁觀兩人爭執的群眾越來越多，甚至有人拿出手機錄影。

「不要不要不要不要不要，我不要明明離開我——！」

被人看見這種模樣，應該會打壞他良好的形象吧？這樣工作不會受影響嗎？就連明良都頓時如此擔心地想著，達幸卻根本不在意。他就像講不聽的孩子，緊抱著明良，毫不在意地露出滿是淚水和鼻水的臉龐，用眼神懇求明良。

在這期間，圍觀群眾越來越多，連前同事都聽到騷動而跑來，明良這才投降。

「……好啦，你快點放手……！」

達幸是去工作了，但他非常在意明良，所以趁休息時間偷跑回家。接著一發現明良不在家中，他就跑到松尾替他查到的公司位置，一直在外面等著明良出現。

攔到計程車，回去達幸公寓的這段時間，明良費了一番功夫才從他口中問出事情始末，都快昏了。今天是明良剛好早點出來，要是沒有特別狀況，他要過下午五點才會離開公司。光是想到達幸在那裡等到那時候會發生什麼狀況，明良就頭痛，只能慶幸沒驚動警方。

「我跟你到這裡就夠了吧，我要走了。」

來到玄關，明良沒脫鞋就轉身想走。自動上鎖的門應該可以輕易從內側打開，但達幸慌張地繞過來阻止他。

「你要去哪裡？你說要跟我一起回家的！」

「所以我跟你一起來了啊，我已經做到答應你的事了才對……滾開。」

連最後的希望——工作都失去後，明良現在沒自信能平靜地待在達幸身邊。就連現在，他都快被盤據在心中的情緒壓垮了。

得天獨厚的容貌變得更成熟，演技才華大放光彩，受到眾人期待，和失去一切的他完全相反。明明是在同一個家庭長大，為什麼會如此不同呢？父親早已預料至此，所以才會選擇救達幸嗎？捨棄親生兒子，選擇了達幸……？

……夠了，別想了。繼續鑽牛角尖又能怎樣。

快一點，要盡快離開達幸，要不然，他就要被即將潰堤、滿溢而出的漆黑情感淹沒了。

「可是你的公寓已經燒掉了，那一直待在這裡就好啦，這裡是明良的房子。」

「……不是我的，這是你買的吧。」

「我的東西全是你的東西啊，不是嗎？……你為什麼不明白？」

明良才想問他呢。

明明最接近他，達幸為什麼沒有發現明良嫉妒、羨慕他到快死了呢？他為什麼能如此傾慕只能自卑嫉妒的明良呢？就連親生母親都罵無法成為醫生的明良是人生輸家，也被父親捨棄的他根本毫無價值啊。

「明良……」

他知道悲傷地瞇起眼的達幸毫無惡意，所以才更加痛苦。他帶有惡意反而更好，如此一來，明良也能毫無顧慮地憎恨達幸，落得輕鬆啊。

「與其接受你的施捨，我寧願流落街頭。」

「……！不可以，不能那樣！」

達幸將狠狠瞪著他的明良緊緊鎖在懷中。裹住明良，更顯巨大的強壯身體正輕輕發顫。

「這不是施捨……是我毀了你的人生，你會這麼痛苦都是我的錯，所以我有權利補償你。」

「——！」

他聽見什麼斷裂的聲音。

明良的人生確實是因為那場車禍而天翻地覆，他多次不甘心地想著如果沒發生車禍就好了，哭著面對不如預期的復健，哀嘆過自己的不幸。但明良咬牙忍受，撐過了苦痛。

對當紅演員來說或許只是小事。或許明良是被女友放在天秤上相比後隨意捨棄，又被公司拋棄的存在。即使如此，這也是現在的他拚了命努力的結果。

但是——

「你……一直都這樣想嗎？」

「明良？」

「毀了我的人生……你認為是你如此左右了我的人生，然後可憐我、同情我嗎？」

「不……不是的，明良、我！」

「別開玩笑了……你開什麼玩笑……！」

明良用平常不可能會有的力量揮開纏住他的手臂，盛怒之下揍上達幸的臉。

這是他生平第一次對人動粗，隱隱作痛的右手根本使不上力。而他會打中是達幸刻意接下了這一拳，使明良更加生氣。他要可憐我到什麼地步才甘願！

「我唯獨不想被你同情……你為什麼總是、總是、總是這樣讓我變得更悲慘……！」

「明、良……」

「很有趣嗎？在高處看著我痛苦地滿地打滾，很高興嗎……」

——不是你的，是里中的小孩。

——這樣看來應該無法避免全部燒毀。

——你是被陷害了。

就算知道蠻不講理，就算知道是胡言亂語，他也無法停下來。累積了六年的醜陋情感尋求著出口，散發出強烈的腐臭味化成奔流，滿溢而出，輕鬆吞沒大喊著「住手，現在的困境和達幸無關」的理智。

只有打上肉體的沉鈍聲響，以及明良粗亂的呼吸聲響徹玄關。

達幸明明可以輕易壓制住明良，但他不僅沒有阻止，甚至雙手垂在身旁，毫不抵抗地承受不講理的暴力。甚至露出陶醉的微笑，反倒令動手的明良畏怯。

「呼……呼……」

先來到極限的是明良，不習慣的暴力行為讓右手發出哀號，連握拳也辦不到。和只是臉頰微微腫起的達幸相比，或許反而是明良受到的傷害更重。

「明良……」

達幸露出受害者不該有的痛心表情，抱住不停喘息的明良的腳。大概是預測到明良會反射性地踢開他，他跪著緊緊抱住明良的雙腿，用臉頰磨蹭。

「對不起……明良，對不起。我真的是壞狗狗，竟然讓你如此傷心……但是、但是……」

「放……放開……」

「我不能沒有你，沒有你，我就活不下去，所以……讓我成為你的狗吧，讓我成為你的東西。如果是飼主，你留在這邊也不奇怪吧……？」

「你……在說什麼……哇！」

達幸將明良當貨物扛上肩。就在明良對超過一百九十公分的高度感到害怕時，達幸將明良帶進其中一間臥室。

他輕輕將明良放到加大尺寸的床舖上，像在為自己的無禮致歉般，恭敬地脫下明良的鞋子。達幸脫去襯衫，毫不遮掩地露出線條分明的腹肌，爬上床覆在明良上方，使彈簧床微微凹陷。光滑的小麥色肌膚上幾乎看不見六年前重傷的傷疤，要注視他的左胸才能勉強找到變淡的痕跡。公明卓越的技術甚至不會讓患者留下傷疤，如果主刀的人是公明，明良的手或許也能變成這樣。

「……好美……」

「……唔！」

達幸陶醉地低語，將鼻尖埋進明良耳後。感受到他紊亂的鼻息，明良發現達幸正在聞他的味道而回過神抵抗。

「住手！我叫你住手！」

「明良……明明、明明、明明。」

比明良高壯一倍的男人根本不把明良軟弱的抵抗當成一回事，他鑽進明良在激烈掙扎中張開的雙腿之間，盡情嗅聞明良的味道之後用溫熱的舌頭舔舐。

「別、別這樣！很、噁心……住、手！」

舌尖鑽入耳穴深處，啾啾作響的水澤聲直接傳進明良的腦袋裡。

不管怎樣甩頭，舌頭都沒離開，甚至更加深入，唾液滿溢而出，舌尖推開耳肉，舔至最深處。

右耳結束後，左耳也受到相同的對待，當達幸終於抬起頭時，明良的雙耳已經充滿唾液，讓他只能聽見一點自己沉悶的喘息聲。

真不敢相信，為什麼能這樣舔舐別人耳朵內部？那裡很骯髒啊！

明良的表情因厭惡感而扭曲，但這還只是剛開始。

情緒激動的達幸解開明良的領帶，像要撕碎布料般扯掉襯衫。皮帶被抽掉，內褲就要連同西裝褲一起被扯下時，害怕的明良開始激烈掙扎。

他察覺到在床上褪去所有衣物後，接下來會發生什麼事。雖然明良難以理解，但他也知道男性之間也會有性行為。

但他怎麼樣都想不到自己與達幸會做那種事。

達幸會黏著明良，就跟雛鳥情結沒兩樣。在分別的這六年裡，達幸的世界變得廣闊許多，身邊肯定有許多身心遠比明良美麗的女性才對。

聽說要靠演員這個職業賺錢相當困難，就算有出色的容貌與才華，要在這個年紀就賺到錢、能買下高級公寓，肯定付出了非比尋常的努力。

他為什麼能為了被醜陋又自私的嫉妒束縛著的明良，做到這種地步？搞不懂，不懂、不懂——

明良不斷拚命抵抗時，達幸終於從明良的身上退開。

明良還在期待達幸總算放棄了，但達幸伸長細長的手臂，從床邊抽屜拿出剪刀，剪開原本想趁隙逃脫的明良的西裝褲。

「咿……！」

冰冷的金屬觸感令明良發顫，馬上停止掙扎，達幸見狀開心地對他微笑，握著剪刀的手仍輕巧地動作。

「對……明明，拜託你乖一點。你放心，我絕對不會傷害你的。」

「啊……啊……」

西裝褲在明良發抖的期間變成碎布，明良身上只剩內褲和襪子。達幸扔下剪刀，再也忍不住一般拉下內褲，一口含住虛軟的性器。

「你……你、你做什麼……！你在想什麼？笨蛋……住手……！」

連女友都不曾對他做過這種事，而且明良從昨天就沒有洗澡，敏感部位被男人含住的恐懼與厭惡感又加上了骯髒感。

「放開！達幸，你放開！」

「不可以……我一直都想這麼做，就如我想像的一樣……不對，比我想像的更加、美味……好吃、好好吃……啊啊，明明……」

啾噗、啾噗、啾噗……

明良不想相信這令人想摀住耳朵的下流聲響是源自於自己的胯間，但他害怕地往下看，只見達幸臉泛潮紅，不僅是肉莖，連囊袋都含進嘴裡，細細品味。要是女性影迷看到青沼幸將臉埋在男人的雙腿間，不停擺動腰部並專注地服務對方的模樣，就算是百年之戀也會冷卻吧。

「明明，你溼了……」

受到這麼執拗的刺激，不論多討厭也會起反應就是男人的本性。同為男性，達幸應該很清楚，他卻一臉高興地吸吮慢慢勃起的性器前端，央求它分泌更多汁液。

「啊……！嗯、啊……！」

明良聽到自己發出過於甜膩的聲音，心下一驚，馬上咬住手指，但達幸譴責似的伸出長臂拉開。吹動胯間稀疏毛髮的鼻息與呼吸，紊亂且滾燙，服務明良的達幸比他還要興奮。同是男性的身體，有什麼能讓他如此興奮？

「別忍耐，我想多聽到明明的聲音。」

「哈……啊、啊啊、啊！」

「明明……啊啊、明明……！」

體內的熱度逐步攀升，明良和真理子已經很久沒做愛了，工作太忙碌也讓他沒什麼自慰，結果就造成了眼前的災難。

再這樣下去，他會在達幸口中釋放。感到危險的明良試圖推開達幸的頭，但達幸從旁緊緊抱住明良的大腿，讓他無法如願，就快被脫掉、纏在腳踝上的內褲也阻礙著他。

不行、不行，他絕對不想被達幸弄到高潮……！

明良使勁搖頭，但狹窄的口腔不停吞吐著性器，毫不留情地套弄，輕鬆就讓明良達到高潮。

「咿！啊、啊啊啊啊啊……」

「嗯……」

達幸含著因為不期望的快感而顫動的性器，喉嚨滾動，把明良射出來的東西全吞下去了，而且這樣還不滿足，他用舌頭與下顎舔過依舊含在口中的前端，甚至搓揉囊袋，索要更多。

「不……不行……我……射不出來了……」

不僅受到射精後獨有的虛脫感控制，無法隨意活動的手也無法推開達幸，明良只能將手指埋進達幸修剪整齊的短髮中。

「射不出來了……咿，啊啊！」

明良向後弓起身。達幸暫時不再含弄虛軟的性器，用唾液沾溼自己的手指，碰觸在明良後方開闔的花穴。他謹慎地在緊閉的入口處撫過一圈後……侵入其中。

「你這個、混帳！很噁心……快住手！」

手指插入應是排泄器官的部位，使明良感到強烈的不悅與厭惡。明良拚了命掙扎，不免讓達幸也感到退縮，但在掙扎時，纏在雙腿間的內褲被完全褪去，達幸趁機鑽入張開的雙腿間。

「唔、哈啊啊啊啊啊啊！」

一口氣插入的手指按上體內某一點，那一刻，與痛楚相似的快感如電流竄上明良的背脊。

「找到了……這裡是明明的敏感點。」

達幸痴醉地低語，加入第二根手指，毫不手軟地攻擊剛發現的弱點。

明良曾聽說男人有前列腺這個部位，刺激那裡就會不容分說地產生反應，但他沒想到這感覺會如此強烈。波濤洶湧般襲來的快感逐漸淹沒了厭惡感。

「咿呀、啊、啊、啊嗯、啊啊啊、啊……！」

「很棒嗎？明明，舒服嗎？」

「啊……啊，不、不要，又要……！」

身體違反明良的意志，被迫亢奮起來，原本垂軟的性器也在轉眼間恢復精神。達幸抬起明良的大腿，開心地用臉頰磨蹭，再次含住性器。

「再讓我喝更多、明明的牛奶……」

「啊、剛、剛剛，已經……」

「那些根本不夠，你以為我等多久了？」

「唔……嗯、嗯啊啊啊！」

達幸像嬰孩尋求母乳般熱情地吸吮，明良立刻到了極限。第二次射出來的量少了許多，達幸細細品味一番後不捨地喝下肚，終於放開明良。

明良以為達幸終於滿足了而放下心來，但這是天大的誤會。

達幸將羽毛枕放到明良的腰下，像要替小嬰孩換尿布一樣大大分開他的雙腳。達幸炙熱的視線注視著被過度玩弄，不停抽動的花穴。

「別、別這樣……不要看！」

「為什麼？明明很美啊……不管哪裡都是，真的都好美……」

達幸的聲音因興奮而變得高亢，溫熱的吐息撲上花穴。明明只是如此就讓明良無比噁心，當達幸用溼潤的舌頭舔過，他的厭惡感達到顛峰。

「變態！你竟然……住手、快住手！我叫你住手！」

就算拚命掙扎，被緊緊抱住的雙腳只是在空中亂踢，而被自己的下半身壓住的上半身，也無法自由行動。

唯一不受拘束的只有手，但明良的右手幾乎沒有知覺，也實在無法只靠左手推開在他的胯間舔弄吸吮花穴的男人。

化為沉重肉塊的手臂嘲笑著明良。

明明是個男人，卻被男人壓倒，連抵抗都辦不到，太悲慘了，所以不管是父親、女友還是公司都不選擇你啊。

「嗯……明明、明明……」

已能容納兩根手指的後穴，輕易地吞入了達幸的舌尖。溼潤的溫熱舌頭若無其事地滑過明良體內，品味敏感的肉壁。不停被送入體內的唾液，讓這原本無法自行產生汁液的器官溼成一片，使舌頭更容易滑動。

排泄器官被男人的舌頭侵犯的屈辱、強烈的厭惡感及手臂的痛楚，一點一點地奪走明良抵抗的力氣。

就像延遲性毒物緩慢地流入了體內，明良被名為達幸的毒物侵蝕，意識逐漸渙散。

臀部被達幸抱著，花穴被舔舐到柔軟放鬆，時間不知道過了多久，被帶進這間房間時高掛在天空中的太陽已經開始西下了。

舌頭的侵略遍及全身，明良全身上下都沾滿了達幸的唾液，達幸撬開、嘗遍明良全身上下的所有孔穴。

明良甚至無力闔上被分開的雙腿，四肢癱軟地倒在床上。達幸特別品味一番的花穴綻放，內側溼濡一片，讓他感到噁心。

聽見拉下拉鍊的聲響，明良目光空洞地看過去，達幸連同內褲將牛仔褲褪下。那碩大的男性特徵和明良的實在不像相同的器官，上面沾染著白濁液體，閃閃發光。被丟到一旁的內褲早已濡濕，達幸肯定穿著衣服射精了好幾次，但他硬挺到抵上健壯腹肌的分身完全看不出來。

「明明……啊啊，我終於可以成為明明的東西了……」

貪食了明良好幾個小時仍不見疲態，達幸把硬挺的分身抵在明良毫無防備又赤裸的花穴上。腦袋理解到自己將被侵犯的瞬間，明良心裡湧上強烈的抗拒感，但他的身體絲毫不肯動彈。

從昨天那場火災開始發生的一連串不幸，以及這場不講理的蹂躪，明良疲倦至極了。

「明明、明明……啊啊，明明……」

被徹底擴張過的花穴更令人作噁地輕鬆吞進達幸，碩大的前端完全插入的瞬間，一股熱意頓時在體內擴散開來。

「什……啊、不……好熱……」

「對不起……明明的裡面太緊了，好舒服，我不小心射出來了……」

但是別擔心，我會馬上餵你更多、更多、更多。

男性分身整根沒入，達幸一邊擺動腰部，抹上剛才釋放的精液，一邊如此低語——明良早已被灼熱的洪流吞噬了。

「明明……明明？」

直到不停搖晃的明良終於連一聲呻吟也發不出來，達幸才終於抽出分身。失去支撐，趴跪著被達幸侵犯的明良全身無力地倒在床上。

就算換了好幾次體位，達幸也不曾抽出，所以花穴失去栓塞後不停溢出精液，弄髒白皙的大腿內側。

達幸受到吸引似的吻上濡濕的大腿內側，連同自己的精液不停舔舐。

「明明、好吃……真的好好吃。」

看著全身上下沾滿自己的唾液與精液，散發出自己氣味的明良，達幸幸福到快死了。

——他一直都想這麼做，從六年前……不，肯定從第一次見面時就想這麼做了。

『他是非常溫柔的孩子，你們肯定可以變成好朋友。』

公明是第一個不會忽視、怒罵達幸的大人，他都這麼說了，那他兒子肯定是很溫柔的小孩。因為如此，達幸心想自己絕對不能靠近他。達幸從出生就是瘟神，會帶給身邊的人不幸，至今一直都是這樣，所以他不能讓公明珍視的兒子遇到相同的遭遇。

但實際與明良見過面後，他領悟到這是十分困難的事。

與高大、充滿男子氣概的父親完全相反，明良是個肌膚白皙透亮，容貌漂亮的少年。這是達幸生平第一次看見如此美麗的人，胸口悸動不已。纖細手指彈奏出來的琴聲，在只聽過怒罵聲與令人心痛的寂靜的耳朵裡，猶如天籟。明良很有耐心地照顧著達幸，就算達幸心想不能接近他，視線仍會受到他吸引，讓達幸十分煩惱。

也是瘟神的達幸，絕對不能待在明良身邊，但是這份自制心也在明良漂亮的臉蛋露出燦爛的笑容，盯著達幸看的那一刻崩毀了。

『你的眼睛，和爸爸家鄉的大海一模一樣。不是這種混濁的大海，是真的一片湛藍，卻清澈到可以看見海底，非常漂亮喔。』

達幸是不該出生的孩子。

記憶中的母親都是討厭他、咒罵他的樣子。

這雙眼象徵著不幸與悲劇，而明良是第一個這樣誇讚這雙眼睛的人。他不是刻意誇獎，隨意脫口說出的語氣讓達幸更加開心。

就算明良將來跟母親一樣討厭他也沒關係，他想待在明良身邊。

達幸的世界被明良打開、染上色彩，自始至終只有明良一人。如果沒有明良，達幸就只是空殼，沒有其他一切也無所謂，只要能待在明良身邊，達幸就很幸福了。

達幸也不是笨蛋，他知道明良會溫柔對待突然出現的自己只是受到父親請託。隨著兩人長大，明良偶爾也會冷淡地看著緊黏著他不放的達幸。

明良愛著並信任的對象，除了父親之外，只有愛犬達達。只有那隻瞳色比達幸的藍眼更淡，名字和達幸相似的愛犬不管怎麼糾纏明良，他都會笑著接受。

所以達幸想成為達達——想成為明良的狗。

狗就可以獲得明良喜愛，可以得到明良的微笑，可以得到明良疼愛，就算一直待在他身邊也不會讓他感到厭煩。

只要成為有用的優秀狗狗，明良肯定會像疼愛達達一樣疼愛自己。為了成為配得上美麗又溫柔的明良的狗，達幸用盡一切努力。他的努力有了成果，小時候連讀寫都有問題的小孩，有了飛躍性的進步。

但達幸越努力，明良對他越冷淡。達幸越努力想讓明良回頭看他，明良就越疏遠達幸，甚至不願意再讓達幸聽他彈琴。

每當明良帶著達達關在琴房中，達幸就會靠在緊閉的門上，聽著微微洩漏出來的音色，妄想自己成為狗。

為什麼自己是人類呢？為什麼他如此冀望，也無法成為四足著地且毛茸茸的獸類呢？

如果自己像達達一樣是狗，明良肯定會為他開門，也會允許他縮在腳邊、和他玩耍。

身為人類的達幸毫無價值，好想變成狗，想變成可以得到明良寵愛的狗，不需要身為人類的自己。在明良走出琴房前，他淨想著這種事。

達幸至今仍不曉得，明良為什麼會如此疏遠自己。

不管是老師、同學還是身邊的人，大家都說達幸是明良的狗，卻只有明良本人不願意承認，讓達幸十分難過。就在達幸摸索著該怎麼讓明良認為他是能幫上忙的好狗狗時，那場意外發生了。

達幸輕輕抬起沉睡中的明良右手，耗盡氣力的明良，即使敏感的傷疤被撫過仍一動也不動。

「對不起……明明，對不起……」

這是達幸第一次近距離看到明良的傷疤。他的肌膚十分白皙，襯得傷疤更加猙獰，現在仍是這樣的話，車禍當時想必更嚴重。

聽到這隻手臂差點被扯斷，可能要截肢時，達幸不顧護理師的勸阻，放聲大哭。他打從心底覺得自己沒出息，這麼沒用的狗，會被明良拋棄是理所當然。若是明良的狗，他就算不顧自己，也不能讓明良受一點傷才對。

但也出現了渺茫的希望。

達幸害明良受了一輩子不會消失的傷，既然如此，達幸就有義務彌補明良——不，是權利。

達幸在傷勢痊癒後找上松尾，和艾特盧涅簽約。若要成為明良的狗徹底補償他，就需要錢，而把自己的容貌當作商品是最快速的手段。他會選擇艾特盧涅，是因為這是規模最小的公司。他認為還在發展的公司，會通融自己的要求。

幸好，演員這個職業似乎相當適合達幸，他花了六年就得到了適合讓明良飼養他的環境。聽松尾委託的偵探說明良在跟女人交往時，達幸就著急地飛奔到明良身邊。

睽違六年不見的明良比以前更美麗了，讓達幸十分激動。他欣喜若狂，以為自己終於可以成為這個人的狗了。明良的家也碰巧燒毀了，如此一來，明良肯定會握住達幸的手。

但明良不僅不想飼養達幸，還在短暫分開時消失了。達幸拚命地尋找，好不容易終於找到他，他卻又想離開達幸身邊。

達幸痛苦地忍受著明良不在身邊的六年時光，他已經不想再與明良分開了。

明良是達幸的飼主，僅屬於達幸的飼主。

絕對不讓他去任何地方，絕對不會把他交給任何雄獸或雌獸——！

達幸憑著本能行動，將明良的精液榨取到一滴都不剩，用明良填滿自己的內心。相對地，他用自己填滿明良全身上下的孔穴，灌注自己，直到明良從內而外散發出自己的氣味，這樣一來，無論是誰都無法從他手中搶走明良了才對。

「明明……這樣一來，我就是明明的了，對吧？」

達幸將頭靠到明良的手掌上，蹭了蹭。就算不是明良主動，一想到明良正在摸自己，仍遠遠不滿足的男性性器就再度發燙。

不管射幾次都不夠。不管在身為男性的明良體內灌注多少，最後都會流出來，所以達幸想隨時深埋在明良體內，不讓任何人有機會進入。

他讓昏睡的明良仰躺，一根手指輕輕插入明良無法閉緊的花穴中。只是輕壓腹部，被注入體內的大量精液就再度溢出。看著這彷彿用後穴射精的淫穢景色，達幸吞下一口唾液。

被如此對待還沒醒來，可見明良累壞了。差不多該替他清理身體，讓他好好睡一覺了。

「但是……再一下下……」

再一下，對，再一下下就好。

達幸這麼說服自己，讓明良虛軟無力的身子側躺，自己也側躺在身旁，從背後抱住他。稍微抬起明良的一隻腳，把分身輕輕插入仍不停流出精液的後穴。插入幾次後，裡頭早已變成了達幸的形狀，毫無抵抗又柔軟地裹住達幸。

明良緊閉的眼皮只是輕輕顫了顫，完全沒有恢復意識。

達幸鬆了一口氣，用自己的手抓住留下傷疤的那隻手，腳也纏住纖細的雙腿，輕輕擺動。

「明明……我會當一隻好狗狗的。」

明良清醒時總是在生氣，但那全是達幸的錯。因為達幸是隻沒有用的笨狗，所以明良才不要他。既然如此，只要一直待在明良身邊，一切都順著如明良的意，他就肯定會理解，理解到達幸只是想成為明良的狗而已。

「所以拜託你……別丟下我，哪裡都別去，待在這裡……」

明良如死去般沉睡著，達幸品味著他溫熱的體內，輕撫白皙的腹部。一想到單薄肉壁的另一側被自己與自己的精液填滿著，達幸就快被幸福壓垮了。

身體緊密地貼合著，一直待在明良體內。彷彿估算到達幸快要就這樣睡著了，手機在這時響起來電鈴聲。

雖然很想拋下不管，但要是這樣做，對方會用備份鑰匙開門進來。全身沾滿達幸氣息的明良妖豔至極，絕不能讓其他雄性看見。

達幸就著交合的姿勢，心不甘情不願地從丟到一旁的褲子口袋裡撿起手機。

『竟然丟下工作人員自己回家，你真是大牌呢。』

一接通電話，松尾就怨恨地抱怨道，但達幸完全不在意。

「沒辦法啊，明良差點就要不見了。」

簽約時，達幸只提出了一個條件，那就是鳴谷明良優先於任何工作，而且艾特盧涅不得追究任何責任。只要能遵守這一點，其他事都無所謂。

『你的雷達也太厲害了……你這隻跟蹤狂狗。那麼，你找到心愛的主人了嗎？』

「……現在就在這裡。」

「……啊……」

搖晃的反作用力讓明良痛苦地喘息。

高性能手機連極其細微的聲響也確實傳達了出去。

『你這傢伙……該不會是做了……吧？』

「……？我只是進入明良體內，讓我變成明良的東西而已啊。」

『那就是做了啊！你有確實得到對方的同意吧！』

「哈……嗯嗯、啊……」

大概是內部持續受到壓迫很難受，明良再次低吟。明顯帶著痛苦的聲音讓松尾屏息。

『喂……幸，你千萬別鬧出刑事案件啊，現在可是你的重要時期。』

「重要？」

『你聽了別嚇一跳，久世導演的新作品邀請你演出，而且這次是主角！』

久世不僅會拍電影，也擔任電視劇的導演，活躍於諸多領域，捧紅了許多人，每個年輕演員都想跟他共事一次，也是達幸演出的電影《天之花》的導演。

『你的反應也太平淡了，再高興一點。久世導演可是很少會指名年輕演員的，還是主角！』

「……主角，主角感覺很開心。」

『當然開心啊。聽說原本幾乎確定是其他演員了，但導演硬逼製作人換人。這都是因為你在《天之花》裡的演技得到了導演的認可。真的……太好了。』

另一頭傳來抽泣的聲音。

松尾與冷酷的外表相反，是個熱血男人，每當達幸獲得讚賞時都會表露出喜悅。看見達幸不負公司與影迷的期待，一步一步累積成果，他開心得不得了。雖然擁有出色的容貌，但沒後臺也沒經驗的達幸可以走到今天，都是多虧了松尾。

達幸能演出《天之花》，也是松尾用盡了他的門路與人脈。達幸也不由得感謝他，但完全不像松尾一樣激動。

對達幸來說，當演員終歸是為了明良，只是他賺錢的手段。如果有其他更合適的職業，達幸會毫不迷惘地選擇那份工作。

『在這部戲殺青前，我不會安排其他工作，你就專心在這上面。劇本大概一週後就會寄來定稿了。』

「我知道了。」

參演久世導演的作品，只要成功就會有更多工作上門。只要賺更多錢獻給明良，明良肯定會誇讚他是好狗狗，有用的好狗狗就能待在明良身邊。

達幸把臉埋在明良的髮絲中，期待地綻放笑容，沒發現電話的另一端深深嘆了一口氣。

頭好痛，喉嚨好痛，手好痛，全身上下都好痛，好痛、好痛……

折磨全身的痛楚與口乾舌燥讓明良清醒過來，在模糊的視野一角，看到有團黑塊窩在床邊，喚醒他懷念的記憶。

「達……達？」

擠出來的聲音沙啞，實在不像自己的聲音，讓明良嚇了一跳。在他全身僵硬時，腳邊的黑塊緩緩起身，移動到明良枕邊。

「明良……你醒了？」

手撐著床墊，以藍色眼睛湊過來看他的不是可愛的達達，在端正精悍的臉孔靠過來的那瞬間，先前發生的事情一口氣閃過腦海裡，讓明良作嘔。

被男人侵犯了，偏偏還是達幸。

被迫屈服，不斷將精液灌入體內深處，就算失去意識也無法逃脫。偶爾忽然恢復意識時，仍以不同體位被他侵犯著。

到第二次被射入體內為止，他還有清楚的記憶，但在那之後應該仍被迫吞吐那巨大的男性分身，喘息呻吟了很長一段時間。否則即使是男性間的性愛，也不可能這麼疲憊才對。

就算被清洗乾淨了，沉重的身體也感到嚴重的肌肉痠痛，只是動一下就陣陣抽痛。而且雙腿間仍有遭到插入的異樣感，讓他難以闔上雙腳，大概會有一陣子無法好好走路。

「等等……我現在去拿水來。」

達幸消失在房門外，他的身體才放鬆下來。明良到現在似乎一直下意識地緊張、戒備著。

明良的不幸不是達幸的錯，在被侵犯前，明良確實這樣認為。

現在——遭受蹂躪，飽嘗不曾有過的屈辱與敗北感後，他已經沒有餘力能說出這種場面話了。

要是達幸沒有來到他家，他就不會一直被拿來比較，也不會看到父親疼愛達幸更甚於親生兒子。

要是沒有那場車禍，他現在肯定是個醫學系學生，追逐著父親偉大的背影，如此一來，他就不用到現在這家公司上班，不會遭到情人背叛，也不會遇到火災，更不會被不講理地解僱了。

看吧，這一切的開端都是達幸啊。

將明良原本擁有的一切全數奪走的是達幸，就連最後殘存的尊嚴，達幸也在憐憫過後徹底摧毀，最後連他的身體也不放過。

明良無法抑制黑暗在心中擴散。

——被奪走一切的人，從掠奪者身上搶回一切有什麼不對？

但就算這麼做也無法改變過去，只會讓自己更加悲哀。

——但是，如果不怪罪他人，不逃到某個地方，他無法承受這個現實。

「明良，能喝水嗎？」

達幸拿著瓶裝水回來，小心地轉開瓶蓋，湊到明良嘴邊。看見明良微微張嘴，他鬆了一口氣並傾倒水瓶，慢慢倒入明良嘴裡。因為明良非常口渴，水瓶一轉眼就空了。

勉強平復心情後，明良不經意看向枕邊的時鐘，發現他被帶進這個房間之後，已經過了整整一天半。

「你……你、工作、呢？」

「休息。」

達幸說得乾脆，但當紅男演員不可能什麼都不做，整天關在家裡。這麼說來，他出現在公司前面時，好像也是趁工作的休息空檔溜出來的。

「松尾先生……應該、很傷腦筋吧？」

「無所謂，你比他重要多了。」

藍眼開心地瞇起。

迷倒眾多影迷的男人，跪在失去一切的平凡男人面前，盡心盡力地照顧著他。

看到與六年前相同的畫面，明良感到好笑。

不管變成多有魅力的男人，達幸都絲毫沒變。他可以為明良做任何事，如同卡車撞上來時毫不猶豫地保護了明良一樣。

真想讓這不知挫折，充滿自信的雙眼染上絕望。想讓他和自己一樣失去所有，在人生的谷底掙扎打滾。如此一來，就能可以紓解這無處發洩的憤怒與怨恨才對。

原本稍微萌芽的殘暴期望迅速成長，控制了明良，如果從眼前順從的狗身上，奪走他建立起來的一切，他是否能稍微理解明良的苦惱？

——我要把他拉到相同的深淵。

「……我想洗澡，帶我去。」

明良對在床墊上撐著臉頰，迷戀地看著自己的狗，下了第一個命令。

達幸的公寓裡，有三間備有完善衛浴設備的臥室、一間書房、起居室併設餐廳、兩間儲藏室、兩間衣帽間，還有獨立的鞋帽間，是相當奢華的公寓。

明良勉強能自己走路，第一次四處走動後只能嘆氣。和這邊相比，明良被燒毀的公寓簡直就像兔子籠。

明良將書房當作自己的空間，決定在這邊度過獨處時光。達幸認為陽光充足的起居室更加適合明良，但太寬敞的空間實在讓明良靜不下心。話雖如此，連最小的書房都比明良的公寓房間大。

達幸幾乎沒用過主臥室以外的空間，書房裡除了原本配設的書櫃之外，也是空無一物的單調房間，但就在明良決定住進這個房間後，隔天就備齊了東西，甚至超越他的期望。

最新款電視機、電腦、音響設備，書架上放滿了明良喜愛的作者的作品集，還有躺起來很舒服的沙發床及按摩沙發椅。衣帽間裡擺滿高價服飾，明明無處亮相，卻有完全訂製的西裝和鞋子。全都是達幸興高彩烈地為明良準備的。

『明良，你高興嗎？……我派上用場了嗎？』

明良對怯生生提問的達幸微微一笑，只是這樣就讓達幸露出燦爛的表情，根本沒人拜託他卻不停撒錢。

買公寓時附贈的家具看在明良眼裡已經夠好用又奢華了，達幸卻說這些配不上明良，全部更換掉了，換成線條柔和，感覺女性會非常喜歡的白色古董家具。在這男人眼中，明良究竟是什麼形象啊？

明良會在整頓得十分舒適的書房裡悠閒地看書、上網，自由自在地度過一天中大半的時光。

肚子餓了就拿冰箱裡準備好的食材煮飯，想睡覺就睡，不用在意時間。過了一週這麼悠閒奢侈的生活，過去忙於工作的生活彷彿是遙遠的幻境。

這天也是，太陽已經高掛天空，明良才在達幸的床上醒來。

明良想要什麼，達幸都會買給他，但唯一的例外是明良專用的床鋪。達幸一定要在自己的床上抱明良，做愛後會像寵物犬一樣窩在明良腳邊睡覺。

明良過去只與女性發生過關係，而且在女友的央求下，一個月有一、兩次就很好了。

但達幸每天回家後不管多晚，都會吵醒熟睡的明良，做到明良失去意識。若以此為基準，女友會責備明良太冷淡也無可厚非。

「……已經過十二點了啊。可惡……那傢伙又……」

一起身，就感覺到溫熱的液體從腿間流出，明良打了個冷顫。

達幸異常喜歡在他體內宣洩，每次都會被灌滿到極限。

達幸會把昏迷的明良抱進浴室清理乾淨，即使如此，沒完全清理乾淨的精液都會在明良起身時流出來。

醒來時，體內流出男人的精液逐漸變成慣例也太令人厭惡了，但為了達到目的，這也沒辦法。明良在浴室將昨天的殘留清洗乾淨，換上衣服後走到起居室。

達幸似乎早就出門了，完全不見人影。如果他還在家，不管時間多緊迫都會抓著明良，把男性分身埋進明良體內。明良鬆了一口氣，只準備麵包和咖啡當午餐，之後窩在書房裡。

等待電腦開機時確認手機。這不是明良從大學愛用到現在的舊機型，而是達幸買給他的最新款手機，號碼只有達幸知道。

螢幕上顯示著八十五通未接來電，正當他要操作手機時，來電鈴聲響起，來電者當然是達幸。

「喂。」

『明良，是我！』

在這迫不及待的興奮聲音中，能聽到許多人嘈雜的背景音。他說過今天中午過後要拍廣告，大概是趁空檔時打來的。

大概是明良偷跑過一次，嚇壞了達幸，他每天都會在工作現場打電話來，直到明良接起，確認明良確實還在公寓裡。只要明良不接，他就會一直打到明良接電話。

看他這樣，今天工作時大概也不太認真。腦海中浮現松尾難看的表情，明良受到良心的譴責。他並不想連帶造成那個人的困擾。

『你剛起床？吃飯了嗎？』

「剛剛才起床，現在正準備吃。」

『早餐吃什麼？』

「麵包和咖啡。」

『……只有這樣？』

「你有意見？」

明良早上本來就沒什麼食欲，還有工作時經常沒吃早餐就去上班。而且現在每天都這樣被迫配合達幸，本就不多的食欲也會消失殆盡。

『這樣不行！你晚上也吃不多啊……』

「我就沒有食欲，這也沒辦法……自己一個人時，我都會乾脆不吃。」

聽見明良這句別有深意的低語，達幸倒抽一口氣。

『……有我在，你願意好好吃飯嗎……？』

「……這個嘛，如果晚餐時你在的話。」

達幸所屬的艾特盧涅相當重視他，不會安排殺人等級的緊密行程。但他每天從早到晚都有工作，很少能像一般上班族一樣定時回家，所以很難在普遍的晚餐時間回家。

當然，這是明良在明白這一點——預測到達幸會有什麼反應後才說出口的話。

『我會回家！』

不出所料，達幸上鉤了。

『無論如何我都會在六點前回家，然後我們一起吃飯吧？好不好？』

「……我知道了，如果你在六點前回來就一起吃。」

達幸再三囑咐「約好嘍，一定要遵守喔！」之後，受到聽似松尾的聲音催促，才終於掛斷電話。這下子不管發生什麼事，達幸都會在六點前回來吧，因為重逢後過了一週，明良的體重下降許多，達幸相當擔心他。

這不是達幸第一次為了明良改變工作行程或提早結束工作，肯定已經對工作行程造成了極大的影響。

他現在是有收視保證的當紅演員，大家能寬容看待，但繼續這樣下去，總有一天會失去信用，旁人只會覺得達幸相當任性。

達幸似乎對演員這份工作沒什麼執著，但如果失去辛苦建立起來的一切，就算是達幸，應該也會難以忍受……正如現在的明良一樣。

他要讓達幸和自己一樣，嚐到失去一切的絕望。明良會繼續留在侵犯自己的男人身邊，只是為了這個目的。

他知道這個想法很扭曲，也知道現在的自己多麼醜陋，可說是最卑劣的人渣。

即使如此，明良也無法阻止自己。雖然不知道這種悲哀的男人有哪裡好，但他想將天真地哭喊著「不能沒有明良、想要成為明良的狗」的達幸，扯落到自己所在的谷底。

除去剛認識當時，達幸總是居於明良之上。

不看明良以外的人，陶醉地聽著明良拙劣琴音的達幸；被最喜歡的父親選擇，教會明良什麼叫絕望的達幸……

明良回想自己平淡的二十四年人生，喜悅、悲傷、痛苦等所有感情都與達幸共度。和達幸共度的歲月明明鮮明地刻畫在腦海中，各自度過的這六年卻彷彿蒙上了一層霧，模糊不清。

如果在那場車禍中，父親拯救的人不是達幸而是其他受害者，明良也不會受到那麼嚴重的打擊。

不管是劈腿後還背叛他的女友、在公寓縱火的凶手還是抹黑他的公司，都不如達幸這般動搖明良的心。

達幸，只有達幸會帶給明良想刨刮心胸的瘋狂情緒。

這股深藏於心中六年，說是單純的嫉妒或憎惡又太過痛苦的情感。

隔天早上，難得比達幸早醒來的明良不吵醒達幸，在被窩中撐起身子看社群網站。

達幸的工作行程能輕易地從本人口中得知，而想知道達幸周遭的反應或對他的評價，搜尋社群網站是最快的方法。

說起現在與達幸有關的話題，當屬將在明年一月上映的電影《青之焔》，導演是執導讓達幸走紅的電影《天之花》的久世導演。

這位導演以鮮少指名年輕演員出名，所以他親自提出邀約，又提拔達幸為主演，讓影迷們更加期待。艾特盧涅也盡量不安排其他工作，讓達幸專心拍攝這部電影。若他能完美回應久世的期待，得到高度好評，他的演員事業或許會更上一層樓。

但如果失敗了呢——？

假設，達幸因為自己的任性不斷缺席重要的拍攝工作，那會怎麼樣呢？沒有主角，電影就無法成立，看好達幸的導演也將顏面盡失。

要是讓在演藝圈有強大影響力的久世不悅，後果會不堪設想。期待越高，評價大概也會越嚴苛。達幸會被攻擊得無體完膚，再也無法振作，就跟半個月前的明良一樣。

影迷們的情報網可不能小看，其中還有不知道到底是從哪裡得知的消息，令人不禁感到佩服。達幸的失態會瞬間傳開，對他幻滅的影迷也會離開他。一想到那時候，明良胸中就充滿扭曲的喜悅。

床下，身為房子原主的達幸蜷縮著巨大的身體，在明良腳邊沉睡。

昨天在約定時間的幾分鐘前，他氣喘吁吁地回到家。畢竟幾十秒的廣告需要花幾個小時拍攝，除此之外，還有三個雜誌專訪。從松尾打了好幾通電話來也能知道，達幸為了遵守和明良的約定，肯定相當胡來。

儘管如此，達幸因為明良吃完一整份餐點，一直相當高興，在床上也比平常更激烈地貪求著明良。

……你也只有現在能睡個好覺了。

一想到即將發生的事情，明良的嘴角就自然往上揚。

想要什麼都完全給予，但達幸越貪求明良，就越步步接近毀滅。

好了，今天要如何將他逼入絕境呢？

明良回想著從達幸口中聽到的工作行程時，擺在枕邊的舊手機發出震動。

「……喂？」

『請問是鳴谷明良先生嗎？』

打來的是管理燒毀公寓的房仲業者，對方受到房東的委託，正在連絡因為公寓燒毀而搬出去的居民。

因為公寓燒毀，租賃契約也自動解除，但房東有義務歸還入住時繳交的押金。房仲詢問領款方法時，明良突然有個想法。

「可以不匯款，我直接去領嗎？」

房仲爽快地答應，並告訴明良離辦公室最近的車站。當明良用另一支手機輸入筆記時，腳邊的棉被被輕輕掀開，溫熱的吐息吹撫過來，有柔軟的東西貼到他身上。

向房仲道謝後掛斷電話，轉頭看去，不出所料是達幸抱著明良的小腿，落下無數個親吻。

「……誰打來的？」

明明剛剛還在熟睡，卻似乎因為細微的通話聲完全清醒了。顯露嫉妒的藍眼閃爍著光芒。

明良甩開達幸，在床上坐起身，說了房仲的事情。

「所以說，我今天要去領錢，也想確認保險，還有其他事情……」

「我也要去。」

達幸立刻打斷他，如此宣告。明良朝他招招手，拍了他一下。這男人在奇怪的地方跟狗沒兩樣，除了交纏之時，沒有明良的允許就不會爬上床，現在也很規矩地跪坐在地板上。

「別說蠢話了，你有工作吧。」

「我要休息，不能讓明良一個人外出。」

「我又不是小孩了，不需要人陪。」

達幸最討厭的就是他不在家時明良單獨外出，和自己以外的人有所交集。生活所需的物品會透過門房訂購，由達幸領回家，他甚至不願意讓明良接觸貨運業者。

因為不外出也不會特別困擾，明良至今都乖乖待在家中，但是有這個大好機會，不好好活用不行。

「你不是有重要的工作嗎？」

「才沒有呢。」

達幸立刻否認，但明良記得今天是《青之焰》的主要演員集合定裝的日子才對。

所有主要演員都非常忙碌，要讓所有人的行程對上相當困難。而且久世是從劇本到執導都要親自徹底監督的完美主義者，開拍前，有多少時間準備都不夠用。

「搭電車到房仲的辦公室不用二十分鐘，而且我辦完事情就會馬上回來啦。」

明良知道今天是所有演員的行程能配合的重要日子，所以刻意選擇了會吸引達幸的用詞。果不其然，達幸皺起臉來。

「不可以……」

「達幸？」

「絕對不可以搭電車，我開車送你去。」

達幸會對「電車」這個關鍵字表現出明顯的厭惡感，是有原因的，因為高中時襲擊明良的變態，供述坦承只是剛好在電車上看到明良才會盯上他。由於兩人就讀的高中距離遙遠，必須搭電車上學，所以在那之後一直到發生車禍，不管明良怎樣又踢又打，達幸都不願離開明良身邊。

明良在心中竊笑，但表面上皺起眉。

「我都已經是大人了，現在不可能會發生什麼事。你沒必要為了這種無聊的事空出時間。」

「一點也不無聊……！」

達幸雙膝跪地，直起上身想抗議時，手機響起來電鈴聲，肯定是松尾。但達幸撿起掉在地上的手機，不耐煩地關機。

「達幸！」

「因……因為沒有工作比你更重要，不管你多生氣，我都一定要跟你去……！」

即使被明良責備的聲音嚇得身體一顫，達幸都堅持不退讓。反抗的同時也戒慎恐懼地觀察明良的反應，就跟惡作劇被發現後挨罵的達達一模一樣。

達幸有無數個瘋狂影迷，只要給他們一點小消息就會感激涕零。不只久世，許多業界相關人士也相當關注他。但達幸想要的從以前到現在都沒變，就只有明良一個人。

跟那場車禍發生前一樣。就算推開他，達幸仍然緊黏著明良，對明良的一舉手一投足做出反應，明良每次呼喚都讓他心驚膽戰。

藏起扭曲的優越感，明良佯裝不情不願地深嘆了一口氣。重點在於製造出是達幸鬧脾氣之後，明良才答應他的狀況。面對容易失控的笨狗，有時得徹底讓他明白自己的立場才行。

「……既然你都這樣說了，那也沒辦法。」

「明良……可以嗎？」

「但你走在路上也不能讓人認出你是青沼幸，要是被認出來，我會當場拋下你不管。」

「嗯、嗯！」

絲毫不曉得明良企圖的達幸露出笑容，用驚人的速度做好準備。

只是稍微改變髮型就能徹底改變印象。襯衫搭配牛仔褲的常見打扮雖然無法遮掩他的好身材，但是戴上太陽眼鏡，很難一眼就看出他是青沼幸。

明良也從衣櫃中隨便選了衣服換上，和達幸一起久違地踏出公寓。

不到三十分鐘就處理完房子的事情，但明良讓達幸把車停在停車場，之後帶著達幸到處跑。

「好久沒像這樣和明良一起走在路上了。」

雖然只是漫無目的地在街上亂逛，但可以和明良並肩走著就讓達幸無比幸福。

達幸幸福，明良也很高興。他越幸福，跌落谷底時的絕望也會越深。

如果照行程走，現在應該已經開始定裝了。最重要的主角沒出現又完全連絡不上，久世會生氣，參與演出的演員和工作人員對他也不會有好印象。那是相當看重人脈的世界，所以電影拍攝結束後很有可能繼續影響到後續的工作。達幸如此悠哉之時，也一步步地走向毀滅。

看見明良微笑，達幸的心情更好了，每當發現適合明良的東西就讓他去試穿，買來送他。不知道是不是刻意為之，達幸選擇的都是相當高級的名牌精品店。店員皆訓練有素，即使看見特別亮眼的男人買東西送另一個男人也完全沒多說什麼，讓明良鬆了一口氣。

但一走出店外，毫不客氣的視線從四面八方朝他們刺來。不僅年輕女性，偶爾還會參雜著男性的視線。並非有人發現他是青沼幸，純粹只是看傻了，沒想到連男人都會被他吸引，真恐怖。

「……明良，過來一下。」

明良苦笑著心想「他內在只是隻狗耶」，而達幸拉著他走進附近的選物店。寬敞的店內以男性服飾為主，到處擺滿了鞋子與各種雜貨。

不理會親切問候的店員，達幸直接走到平光眼鏡的賣場，瞬間從無數支眼鏡中選擇一個，讓明良戴上。

「——很好。」

從鏡子中看見達幸點頭時，明良懷疑他瘋了。黑色的粗方框太有存在感，別說適合臉小的明良了，根本讓他的魅力減半。跟在他們身後的店員也笑容僵硬，大概是因為很難看，但達幸立刻結帳，拉著明良走出門。

「你這是幹嘛啊？找我麻煩嗎？」

惹人注目的是達幸，明良根本不需要變裝才對。明良一走出店家就想拿下眼鏡，但達幸用力抓住他的手。

「因為……大家都在看你，得遮起來才行。」

「你……你在說什麼？大家看的人是你吧。」

「你完全不了解自己，明明根本找不到比你更漂亮的人。」

大家確實都說明良承襲了母親的美貌，但男人長得像女人只會令人感到噁心而已吧？證據就是他不但被變態襲擊，還被異性疏遠，從以前到現在就沒什麼好事。他完全無法理解達幸所說的話。

達幸十指交握住滿心疑惑的明良的手，闊步往前走。這是情人牽手的方式，要是被誤認為同性情侶該怎麼辦啊？

「達……達幸……我知道了啦，我不會拿下來，所以你放手吧。」

明良慌張地說完後，達幸不甘願地照做。由於不想再度被抓住，明良立刻逃進附近的書店裡。

「……你果然不明白，明明高中時，大家都很想要靠近你。」

追上前的達幸如此低語，但當然沒有傳進明良耳中。

久違的外出比明良預想得還有趣，回過神時，時間已經過了晚上八點。他們決定在外面吃晚餐，走進達幸光顧過好幾次的創意料理店。

店內都是包廂，圍繞著小型日式庭園，最大的賣點就是不用在意他人眼光，能好好放鬆。店員看見達幸毫無遮掩的臉也不動聲色，淡然地替他們服務，也能理解為何會有許多藝人上門光顧。

「明良，這個也多吃點。」

「還……還有啊……？」

達幸明明沒有喝酒卻非常高興，不停勸明良吃東西。自己沒什麼吃卻不停餵食明良，這點從他們一起生活時開始就沒變。和以前不同的，大概就是會明顯皺眉的母親不在吧。

——瘟神。

美彌子一逮到機會就會罵達幸是瘟神，總是虎視眈眈地挑達幸的毛病，尋找可以痛罵他的機會，那份執拗連親生兒子的明良都感到厭惡。

小時候，他還以為母親只是討厭外人，而自從知道公明和達幸母親的過去後，他覺得那是女人醜陋的嫉妒。

但現在仔細想想，似乎有點不對勁。

會如此執拗地罵達幸是瘟神，應該有什麼理由吧。

關於達幸被鳴谷家收養前的事情，公明閉口不談，也堅決不肯告訴明良，但美彌子或許知道達幸的過去。

很難想像只有六歲的孩子，會有段過去使他被喚作瘟神。

但是，那是為什麼……？

「啊！真的是幸！」

包廂的拉門突然被拉開，就快浮現的疑問消失無蹤。完全喝醉的年輕女性抓住貌似男友的手揮了揮，並朝達幸拋出熱烈的目光。

「你看，我就說吧。不管幸打扮成怎樣，我都能認出他！」

「嗯嗯，好啦，我知道了，我們走吧，這可是人家的私人時間……不好意思，這傢伙是青沼幸的影迷，剛剛看見你們走進來就說一定要見你，根本不聽勸。」

男人不停點頭道歉、想把女人帶走，但女人拖著男人衝進包廂裡。

「討厭，幸的朋友果然等級都很高！你是模特兒還是什麼嗎？」

發現明良的女人興奮地大喊，厚臉皮地想探上前看明良。這時，一個寬大的背影擋在想閃避的明良和女人之間，而男人連忙扶住腳步不穩、差點跌坐在地的女人。

「咦？幸……？」

「……不准看，快滾。」

「咦？為、為什麼，你的表情為什麼這麼恐怖？」

「滾出去，別弄髒明良。」

背對著他的達幸，到底露出了什麼表情？看見崇拜的對象，如此雀躍的女性轉眼間驚慌失色，最後發起抖來，開始抽泣。

「好……好、好過分！人家、只是想要見幸一面啊！」

在酒力的助力下，女人癱坐在地，開始放聲大哭，不管男友怎麼安撫都沒用。附近包廂聽到騷動的客人都紛紛探出頭來看發生什麼事。

「客人！」

發現異狀的店員在這時趕來，半強制地拉走引起騷動的情侶。女人的哭號聲逐漸遠離的同時，負責的外場經理也深深低頭致歉。

「因為我們的疏忽，造成兩位不悅，真的非常抱歉。」

「不會，我們才是，引起這樣的騷動真的很對不起。」

明良代替沉默的達幸道歉後，外場經理誠惶誠恐地帶他們走向後門。偶爾會有像剛才那個女人一樣想親眼目睹藝人的顧客，所以店家為此準備了逃脫路線。多虧如此，明良兩人得以在無人看到的狀況下離開店家。

「明良……你生氣了嗎？」

在回程的車上，達幸握著方向盤，不停窺探明良的表情。明良一直默默滑著手機，似乎讓達幸以為他在為剛剛的事情生氣。

「……沒有，我沒有生氣。」

「騙人！那你為什麼不看我？」

達幸忍無可忍地將車停到路邊，用力握住明良的右手。明良並沒有生氣，只是在專心蒐集情報而已，但達幸實在無法忍受明良不理他。

「對不起，對不起，都是因為我，讓你遇到不開心的事……」

雖然不合常理，但影迷就是影迷，那種情況下最好的解決方法就是馬上請店員來處理。但這男人，竟然因為不想讓外人看見明良而做出那種舉動。和普通人起衝突可是藝人的大忌，他不可能不曉得。

這全都是為了明良。

明良收起臉上的面無表情，瞥向泫然欲泣的達幸。這單純的男人立刻露出燦爛的笑容，而明良捲起右手衣袖，露出傷疤。

達幸吞了吞口水，不知為何，他似乎會對這個連親生母親都厭惡的傷疤發情。在做愛時，他插入明良體內後，會舔舐明良的肌膚到幾乎發皺，並激烈地擺動腰部。

「……我只是傷疤有點痛而已。今天好久沒走這麼久了。」

這當然是謊言，還在公司上班時，這個傷疤偶爾會因為疲勞或壓力而發痛，但只是走點路不太會痛。

「看……是不是有點紅腫發熱？」

明良把醜陋的傷疤湊到害怕惹他不開心，絲毫不敢動彈的男人鼻尖前。如果不會痛的傷疤會發熱，那都是因為滿是情欲的視線中帶著的熱情。

「可以……讓我替你舔一舔，止痛嗎……？」

達幸的雙眼閃爍著燦爛的光芒。他胯間的布料已然突起，甚至濕了小小一片。讓他擔心、吊他胃口使達幸比平時更加硬挺，熱切地期望可以進入該放入的地方。

明良一旦應允，今天就算昏厥過去，達幸也不會放過他。又會做到全身上下都淫透，被榨取到一滴都不剩。

「啊啊……好，等回家之後……」

點頭的瞬間，引擎聲發出低沉的轟鳴聲，以不出車禍才神奇的速度穿過街道，不到五分鐘就抵達公寓。

「明良……啊啊，明明……」

擁著明良一走進家門，立刻如飢渴的野獸貪婪舔舐傷疤的男人抬起頭，湛著瘋狂光芒的藍眼直盯著明良。

在隔音功能完善的室內響起的，只有男人發情的急促呼吸。炙熱的肌膚交疊，之後更完全放棄思考，只能不斷呻吟。

在這與外隔絕的獨立空間中，只有他們兩人。

和達達、明良及達幸一起關在琴房的時候一樣，幾乎讓人沉溺的深藍逼近而來。

達幸會毫無顧慮地在明良的體內肆虐，但從第一次交合起，不知為何，達幸從來不曾吻過明良的嘴唇。不管多亢奮忘我，他絕對不碰明良的唇。

明良心想「今天應該會吻我吧？」，做好了準備，但達幸突然停下動作，彷若無事地啃咬他的頸項。

「呀啊……」

「明明……」

——他對這男人沒有任何想法，只是想把他扯落至與自己相同的谷底，讓他品嘗相同的絕望。他不可能會對那雙離開的唇感到有些落寞。

明良將手指埋入微溼的髮中，雙腳纏上健壯的腰。

一如預料，意識沉入深沉黑暗中的明良逐漸清醒時，已是隔天的傍晚時分了。

達幸不在家。今天得彌補昨天的工作，所以他最晚也要在上午出門吧。明明直到清晨都還占據在明良體內折磨著他，達幸的體力還是一樣驚人。

在浴室洗掉前一晚的殘留，已經逐漸成為明良每天必做之事。

他還以為達幸很快就會厭倦沒胸部也沒屁股的男人身體，但是達幸就跟第一次侵犯他時一樣……不，是將更勝於當時的欲望發洩在明良身上。儘管達幸都會替他清理，但無法清理乾淨，要由明良自己搔刮出來的殘留量與日俱增。

當他好不容易打理乾淨時已經精疲力盡，但他沒忘記在書房確認社群網站。

今天的動態十分混亂，有個工作人員不小心透露昨天定裝時有演員放大家鴿子，從特徵來看，大家似乎都推測是青沼幸。

昨天他在車子裡確認時，幾乎所有影迷都氣憤地說幸才不會做那種事，但半夜時出現了一則「在某家餐廳見到青沼幸，似乎是和朋友私下聚餐」的文章後，風向就改變了。

如果是真的，定裝時放大家鴿子的人就極有可能是青沼幸。而且文章裡沒寫出朋友的性別，懷疑那或許是情人的影迷們開始發布大量參雜著嫉妒的文章。有所共鳴的人、否定的人、旁觀的人混雜成一團，一片混亂。又因為青沼幸最近頻繁取消工作的事情早已傳開來，也出現不少「他是不是有大頭症了」的辛辣言論。

發布目擊消息的大概是昨晚那個女人吧。遭到達幸冷淡對待，為了洩憤才故意寫得惹人誤會。無法抑止湧上的笑意，明良的計畫逐漸有了成果，連巧合都在幫他。成功報仇的日子或許也不遠了。這樣一想，被男人侵犯的屈辱也能輕鬆忍受。

再過兩小時就叫達幸回來吧。只要說他要是不回來，自己就要離開，他無論如何都會回來才對。如果今天又放大家鴿子，他受到的傷害會更大。

明良沉浸於陰險的想像中時，屋內的對講機響起。會來這裡的人除了達幸以外，只有一個人。

「突然登門打擾，真的很不好意思。」

松尾沒用手上的備份鑰匙，等明良開門才進屋。

看見松尾朝他深深一鞠躬，明良感到非常不自在。因為明良的計畫，最身受其害的肯定是身為經紀人的這個人。正因為他對松尾無冤無仇，明良受到良心的譴責，無法裝作不在家。

除了明良，松尾是達幸最親近的人，肯定早就看穿了達幸與明良的關係，也比明良更清楚社群網站上的評價才對。他會特地避開達幸來到這裡，只可能是來警告明良的。

但松尾既沒有生氣也沒有譴責他，只是默默拿出一張DVD。

「這是……？」

「久世導演的《天之花》，請問您看過嗎？」

《天之花》是達幸的成名作，是票房超越執行製作人的預料，創下紀錄的知名電影。明良知道演員陣容和故事大綱，但沒看過電影。

不僅《天之花》，明良沒看過達幸演出的任何作品。他不屑地認為演員這個職業只是賺錢最快的手段，達幸肯定是靠那張出眾的臉蛋紅的。

看到明良搖頭，松尾用摸不著情緒的表情將DVD塞給他。

「請您看看……不，您非看不可。」

在那堅定的視線催促下，明良把DVD放進起居室的播放器中，影片立刻開始播放，大螢幕上出現標題。

《天之花》的故事舞臺是大正時代的日本，描繪在身分地位差距明顯的時代，出生於貴族名家的千金——多嘉子充滿波瀾的人生。

達幸飾演多嘉子家的傭人榮次郎，他對美麗豪爽的多嘉子懷有愛意，什麼事情都會出手幫忙，但其實榮次郎是多嘉子的父親，也就是家主對女僕出手而生下的小孩。

家主不承認榮次郎是自己的孩子，把母子倆趕出家門。母親抱著襁褓中的孩子辛勤地工作，最後病死，而怨恨著父親並長大成人的榮次郎潛入父親家中，想伺機報仇。

對多嘉子的愛意，一開始只是虛情假意，他是想利用多嘉子報仇。家主相當溺愛多嘉子，要是知道捧在手心養大的女兒和親生哥哥談戀愛，肯定可以對他造成巨大的打擊。

但是，榮次郎逐漸真的愛上了同父異母，原本只當成道具的妹妹。在雇主家懷孕的母親被故鄉的人視為不檢點的女人，母子倆遭到村民排擠。除了母親以外，榮次郎沒被人愛過，對他來說，會天真地對他微笑的多嘉子，是他這輩子第一次遇到的，純真又美麗的生物。

不久後，多嘉子和異國商人墜入不被允許的愛戀，因嫉妒而痛苦不已的榮次郎終於承認自己愛上了妹妹。榮次郎為了放棄這段戀情，幫助多嘉子私奔，之後花了很長一段時間侵占老家。

在那之後，經歷過坎坷的命運，榮次郎與多嘉子重逢。

多嘉子的丈夫繼承了外國王室的血脈，而懷著孩子的多嘉子遭到叛亂者追趕。

多嘉子不僅和丈夫走散，還身懷六甲，榮次郎讓她騎著自己的馬逃跑，自己則留下來面對叛亂者，拖延時間。雖然身上帶著防身用的手槍，但他當然敵不過全副武裝的叛亂者。奮力一戰仍是一場空的榮次郎死於槍林彈雨之下，但多嘉子平安逃出生天，故事也繼續演下去。

榮次郎奪走父親的一切並成功報仇，得到了地位與名聲，最後卻為了原本想利用的妹妹，孤獨地倒在冰冷的異國土地上，逐漸死去。

但是，榮次郎感到無比幸福。他親手保護了唯一心愛的人，僅只如此，就讓他感覺這汙濁至極的人生也有意義。不信神佛的男人在意識逐漸渙散時，感謝上蒼：

『……神明，謝謝祢……』

不停飄落的白雪看在瀕死的男人眼中，也許就像老天灑下的花瓣。
白雪紛紛落在他輕輕伸出的掌心上，但立刻融化、滴落，宛如男人不管多麼深重，也無法得到回應的心意。
『我保護了多嘉子……她今後也會一直、一直活下去……』
冷漠對待榮次郎與母親的村民、輕蔑榮次郎是窮人家小孩且欺負他的其他傭人、朝他吐口水，罵他是卑劣畜生的父親……無比痛恨的人們在他腦海中閃過，榮次郎虛弱地笑了。他想放聲大笑，但他已經沒有那個力氣了。
『真是活該……多嘉子沒事，我就是為此而生的，我的人生……確實有意義。』
謝謝、謝謝。榮次郎不停感謝上蒼，永遠閉上了眼睛。在死前最後一刻，他很滿足。

溫熱的液體滴上放在大腿上的手背，明良這才發現自己哭了。從榮次郎中彈倒地時起，他的視線因此變得模糊，眼皮重得不得了。
如果可以，他真想痛揍沒確認過，就認定「他肯定是靠那張出眾的外表走紅」的自己一頓。
達幸勻稱的修長身材與出色的俊俏外貌確實是一大主因，但光是這樣沒辦法抓住觀眾的心。畫面中的人不是青沼幸，而是裝做無害，藏著野心，為自己對妹妹的愛意感到痛苦的男人。
一直為不幸的身世詛咒父親、詛咒自己、詛咒神明的男人，為了愛拋棄一切，卻獲得救贖，在那個瞬間高聲歌頌生命，逐漸死去。
看到這場過於悲淒，說是純愛又過於濃烈的愛戀，女性大概會將自己代入多嘉子的角色，為之痴狂；男性也會對榮次郎深愛著一個女人，為了保護她而死的清高而感動不已。

不管是感動還是厭惡，大家都會從榮次郎的人生中感受到什麼才對，因為就連明良，都仍然無法止住不停溢出的淚水。

如果飾演的人不是達幸——不，如果不是青沼幸，榮次郎大概不會受到太多關注就結束一生。多嘉子的一生中，除了丈夫之外也吸引了許多男性，陷入戀愛，榮次郎不過只是其中一人。

他閉上眼的那一剎那，微動的唇是想說什麼呢？是他獻上感謝的神明之名？還是絕對不可能結為連理的妹妹名字？

電影的視角已經轉移到多嘉子身上，展開新的劇情發展，但男人倒在血泊中逝去的畫面烙印在腦海中，揮之不去。電影還剩下將近一小時，但別說為女主角多舛的命運心驚膽跳了，只有榮次郎的畫面一直浮現在腦海中。

和多嘉子結為連理的男主角是由明良也知道的當紅偶像團體成員飾演，有著華麗王子般的外型。

他在引人注目的容貌上更勝達幸一籌，但比起幾乎貫穿整部電影的他，中途死去的榮次郎卻散發出更強烈的存在感。

「這部戲拍完之後，我們辛苦極了。」

雙手環胸，站在一旁看著的松尾突然低喃。

「邦尼斯……喔，就是男主角的經紀公司，來向我們公司抗議，說這樣一來，他們家的偶像就完全失去了光彩，所以要幸退出……但母片都已經剪完了，這要求也太亂來了。」

母片是電影的基礎底片，一旦剪接完畢就基本上沒辦法重來，所以松尾補充說明這是相當無理的要求。

「不只我們和導演，連拍攝人員也都超生氣的，但那畢竟是勢力龐大的邦尼斯。雖然退出的要求不免被拒絕了，但幸被刪了幾分鐘的戲分。可是最後結果還是這樣，所以短時間內應該不會有和他們公司有關的工作吧。」

與困擾的語氣相反，松尾的表情很柔和。從他的言談間可以感覺到，他對親手帶出來的青沼幸這個演員的成長與活躍感到相當喜悅。

……真的可以嗎？

真的可以毀了這份才華嗎？

——不，達幸可是憐憫明良，還說出想成為明良的狗這種莫名其妙的話，更侵犯了他，當然要承受報應。而且說到底，所有事情的開端就是達幸來到鴫谷家。

明良一腳踩毀差點萌生的猶豫。奪回自己被剝奪的東西有什麼不對？他是對的，根本沒錯，右手發疼也只是錯覺。

「鴫谷先生，您還是高中生時，我曾經見過您，您還記得嗎？」

聽到出乎意料的提問，明良搜索記憶，但完全想不起來。

「不記得……不好意思。」

「畢竟是我單方面向你們搭話，這也難怪。我為了尋找可造之材在街上走並發現幸時，鴫谷先生也在旁邊。」

勉強還能和達幸和平相處時，他們放學後常常去市區的樂器店。那個地區因為有很多星探出沒而出名，達幸被星探搭話也是家常便飯，所以如果松尾是其中一人，明良記不得也說得過去。

「幸當時靠在牆邊，像在獨自等人。我覺得他是個十分帥氣的男孩，但也只是如此。讓我想和他搭話的原因是您，鴫谷先生。」

「……我……？」

「是的，您走出店門的那一秒，原本像人偶一樣毫無表情、不許任何人靠近的幸就有了血肉。那時，我覺得那是人偶變成人的瞬間，同時我也領悟到幸是個空蕩蕩的容器。」

「空蕩蕩的……容器。」

明良過去也曾這麼想過。剛認識時，達幸不靠近任何人，拒絕身邊所有的一切。自從他和明良變親近之後，應該改善了很多才對，但看在他人眼中果然還是一樣啊。

「對演員來說，長得好不好看沒有那麼重要，長得太好看反倒會被定型，侷限角色的範疇。如果同時兼任藝人就另當別論，但如果想要長久地只當演員，幸那種等級的容貌反而很礙事。特別是出現像榮次郎這樣的成名角色後，本人也會下意識地被那個角色的形象束縛，對之後的演技造成不小的影響，我看過好幾個因此毀掉的演員。」

雖然明良對演藝圈不熟悉，但聽松尾這樣一說，他確實想不到哪個資深名演員是俊男或美女。以容貌走紅的年輕演員即使一時蔚為話題，幾乎在幾年之後就不常看見名字了。

「所以，達幸也會變成那樣？」

「不……幸不同。我剛剛說過吧？他是空蕩蕩的容器。他沒有自我，所以要他去做，他可以徹底扮演任何角色，就如同水可以配合容器自由改變形體一樣，他本人甚至沒有在演戲的意識。」

松尾從牆邊架上選出好幾張ＤＶＤ，全都是達幸演出的連續劇或電影，但他本人拍完之後就失去興趣，連封套都沒拆開。

松尾拿出播到一半的《天之花》光碟，依序播放他剛剛挑出來的DVD。

從剛出道到最近，達幸飾演的角色很多樣，因為只挑出他出現的畫面撥放，所以明良幾乎不知道劇情，但也相當值得一看。

散發出壓倒性存在感的男人極其自然地融入在影像中，就連知道達幸真實面貌的明良，一眼看去也看不出達幸在哪裡。

從連名字也沒有，只有一幕的跑龍套角色，到大幅影響故事發展的角色，其中還有女裝角色，每個角色都詮釋得很完美，絲毫看不到青沼達幸這男人的一鱗半爪，明良非常理解松尾說的「甚至沒有在演戲的意識」是什麼意思。

聽到喀噠一聲，明良轉頭一看，差點昏倒。松尾放下遙控器，跪在沒鋪地毯的地板上磕頭。

「松尾先生！」

「鳴谷先生，拜託您了。請您千萬別毀了幸——別毀了青沼幸。」

松尾比明良年長許多，別說是下跪了，他的立場反倒可以對明良動怒。明良連忙阻止他，但松尾固執地不肯動。

「松尾先生，你為什麼這麼做？」

「現在的幸是您創造出來的，他為了獲得讓您飼養他的環境，選擇了演員這條路。他可以累積資歷至今，也是因為他滿心期望有一天能去迎接您，還一度嚴重受到失眠所苦。」

「達幸失眠？」

在鳴谷家生活的十二年，達幸總是會鑽進明良的被窩，在他腳邊沉睡。現在也是，結束性愛後他會在明良腳邊熟睡，大概是個跟失眠扯不上關係的男人。

「或許您無法相信，但這是事實。自從與艾特盧涅簽約後……和您分離之後，幸就沒辦法好好睡覺，只能在體力到達極限時，請醫師開藥強迫他睡覺，如此反覆。據醫師所說，這是精神上的問題，所以無法治療。」

第一次被帶到這裡的那天，達幸一進屋就在明良腳邊縮成一團，睡得昏天暗地。那又打又踹也叫不醒的自然深眠，該不會是那男人時隔六年才體會到的滋味？

「幸本身對演員這個職業毫無執著，只要您能在他身邊，就算失去迄今建立起來的一切，他大概也不會受到任何打擊……明明很多人想要卻無法得到那種才華。」

松尾慢慢抬起頭。

「想讓他繼續當演員或許是我的自私……但是，幸的才華很珍貴，就這樣毀掉太可惜了……鴫谷先生不這麼認為嗎？」

明良明明認為為了復仇，要毀掉一切都無所謂才對，但這雙毫無陰霾的誠摯眼神慢慢融化了明良堅定的心，被推至心底深處的理智稍微浮上水面。

「……我明白你想要說什麼。」

「既然如此……！」

「但如果我承認了這一點，如果我想看到更多達幸的演技，就等於否定了至今為止的自己……」

如果不是達幸，明良不會不惜犧牲自己也要把他拖下水，畢竟他原本就是不愛與人深交的人，正像情人不講理地提出分手，他最後仍選擇退讓一樣，大概只會哀嘆自己的不幸。

因為是達幸。正因為是達幸，明良才會無法克制地將心中陰暗的情緒發洩在他身上。即使他知道這有一半是遷怒，知道放棄能讓他輕鬆一點，他就是無法停止復仇。

「從以前開始，達幸就總是擾亂我，讓我的一切變得一團糟，和他在一起就會不知如何是好，如果不是他，明明不管別人對我做什麼，我都不會有任何感覺……」

「…………唔！」

松尾忍俊不住，噴笑出聲。明良無法理解他為什麼能在這時笑出來，驚訝地睜大眼，這個反應似乎又戳中了松尾的笑點，他仰頭放聲大笑。

「松……松尾先生？」

「哈哈哈……哈、哈……啊啊，不好意思，因為您說的話太可愛了。」

明良自認為很認真地在吐露苦惱，為什麼卻說他可愛？看見明良生悶氣，松尾擦掉眼角的淚水露出調皮的微笑。

「如果不是幸，不管別人做什麼都不會有任何感覺，您這不是在坦承只有幸，能讓您在意得不得了嗎？」

「什……！」

「常常有人會這麼說吧？『喜歡』的相反不是『討厭』，而是『毫不在乎』。鳴谷先生對幸有什麼想法，只有您自己知道，但至少，您應該非常喜歡幸，喜歡到連自己也束手無策。」

「這……怎麼可能……」

松尾站起身，輕輕把手放在驚愕的明良肩膀上。

「如果您還有一絲想珍惜幸的心……拜託您，請讓幸繼續演戲。」

慰勞似的拍拍明良的肩膀、一鞠躬之後，松尾朝大門走去。

「對了對了，幸會在工作時戴彩色隱眼是為了您喔，他說是『因為明明誇獎過我，所以我不想讓別人看見』。」

松尾背對著他如此低喃，明良緊緊握住自己的右手。

真希望隱隱作痛的，只有這隻手。

——好奇怪，這不管怎麼想都太奇怪了。

一如往常地激烈交歡後，達幸仍賴在灌滿種子的明良體內，從背後抱著明良並歪過頭。就算用發洩過好幾次依舊十分硬挺的男性分身在明良體內戳弄攪動，或畫圓似的擺動腰部，明良都只會發出甜膩的呻吟。如果是平常，這時候明良應該會喊著「夠了喔」，然後對他又踢又打。

達幸回家時，明良就不對勁了。

還以為他在起居室安靜地看電視，但一發現達幸就立刻關掉電源，把四處散亂的DVD外盒全塞進沙發底下。明良似乎自認為有藏好，但達幸的目光確實看到了片名，都是達幸演出的作品。

就算只是一時興起，明良都對自己產生了興趣。達幸太過高興，就順從想要交歡的欲望，一把脫下還趴在地上的明良的運動褲，把臉埋進臀部，不斷舔舐暴露在外的花穴。

換作平常，明良此時會喊著「開什麼玩笑」然後一腳踹飛他，但明良絲毫不抵抗。達幸因此得意忘形，將花穴舔得一片溼軟，連內部都溼透了之後，把分身塞進明良體內。

在那之後的幾小時，就算變換地點、姿勢，一直停留在體內，明良也沒有任何不滿。達幸並不是想被明良痛罵，但明良的樣子實在太反常了，讓他開始擔心是不是發生了什麼事。

突然閃過一個念頭，達幸恐懼地望向明良。

「明明……難道是我很糟糕嗎……？」

「你……在說、什麼……」

「你看過我演的作品了對吧？是因為我演得太爛，讓你覺得不開心嗎？」

「……你是、認真……嗯，稍微、放開我……」

明良將身子往前傾，想要離開，所以達幸心不甘情不願地拔出埋在體內的分身。粗大的前端抽出來的瞬間，痛苦呻吟的明良太過性感，剛拔出的分身又變得硬挺，達幸花了一番功夫才安撫好。

終於獲得釋放的明良動作遲緩地拉開距離，面向達幸。一如往常，兩人的視線一對上，明良就會別開，但今天還用被單徹底遮住臉。好難過，這樣就看不到美麗的臉蛋了。

「……不會糟糕。」

「什麼？」

「我覺得《天之花》的榮次郎……很棒。」

——明良，誇讚達幸了。

達幸忍不住捏了捏自己的臉，痛楚竄過大腦的瞬間，強烈的歡欣擴散開來。達幸受到喜悅驅使，連同床單將明良拉近，緊緊抱住他。

「哇……你幹嘛啦……」

「明明、明明……我好高興。因為明明上次誇獎我是在八年前喔？」

「八年……你還記得真清楚。」

低喃著「當時是因為什麼事啊？」後，明良全身僵住，肯定是回想起來了。

「……這樣啊，達達已經死那麼久了啊……」

在明良上高中後不久，見到主人一路長大，達達心滿意足似的年邁過世了。那個品種的狗能活到十五歲，應該算長壽了。

但明良非常難過，請假關在房間裡。達幸靠在房門上，一直等著明良走出房間。透過門板，他能聽到微微的啜泣聲，雖然很想在身旁安慰他，但美麗且高雅的明良肯定不想被任何人看見他哭泣的模樣。今後，達幸會連同達達的分一起保護明良。

雖然美彌子氣得直說「只不過是一隻狗死了」，但看到像看門犬一樣守在房門前的達幸，她就作罷了。與小時候明良和公明不在時受到欺負，根本無力抵抗的達幸不同，美彌子開始害怕起長得魁梧高大的達幸。

看準哭泣聲消停的時候走進房間，達幸只靜靜地依偎著明良。達幸十分羨慕達達，就算達幸死了，明良肯定也不會如此傷心，或許他會感到不捨，但立刻就會忘掉。光是想像都讓達幸悲傷得掉下眼淚。

突然流淚的達幸讓明良嚇了一跳，之後為達幸拭淚。如果被這麼溫柔的明良遺忘，自己肯定會死去。淚水隨著無盡的妄想不斷溢出眼眶，明良的手帕轉眼間就溼透了。

『……真是的，真拿你沒有辦法耶……但你好棒，謝謝你。』

達幸現在仍準確地記得一字一句。這是明良逐漸疏遠他的時期，所以讓他更加開心。

「那時，我沒想到你會對達達的死去那麼傷心，畢竟你常常因為達達而被我罵。」

達達和達幸同為爭奪明良寵愛的公狗，怎麼可能好好相處。達幸無時無刻都在忌妒那隻有著能讓明良撫摸的鬆軟皮毛，以及柔軟肉球的公狗。

明良肯定以為達幸是在和自己一起哀悼達達，所以才會誇讚他，但這是天大的誤會……達幸不打算糾正就是了。

「自從來東京之後，我就沒去掃墓過了，牠應該很寂寞吧……畢竟那傢伙很愛撒嬌。」

達幸真心想著，幸好明良有用床單遮住他自己。

因為明良現在的表情肯定十分悲傷又甜蜜溫柔。要是看到他的那種表情，原本就瀕臨極限的理智會瞬間崩毀，不管明良如何哭喊，達幸都會侵犯他到心滿意足為止。

「……但明明，你是怎麼了？你之前不曾看過我演的電影吧？」

不想再聽明良提起其他公狗，達幸問道。明良全身僵住的反應讓達幸感到疑惑，沉默一會後，明良終於回答：

「……沒有啊，只是單純打發時間，但比我想像得還要好看許多。我聽說過《天之花》是你的成名作，看過就明白……喂，你幹嘛？」

「我以為你發燒了。」

達幸忍不住拉開床單，把手貼在明良的額頭上。明良拍掉沒禮貌的手，狠狠瞪著他。

「某人是害我疲憊得不得了沒錯，但我沒有發燒。」

「因為明明居然這樣一直誇獎我，如果不是我在作夢，那只可能是你發燒了……啊，該不會發燒的是我吧……」

「你直到剛剛還一直做個不停，怎麼可能發燒啊。」

制止達幸想自己探量體溫的行動，明良將手放到達幸的額頭上。

比起身體交纏，這種接觸讓達幸更加興奮。這是為什麼呢？不管是身體內外，能被自己的雙手和舌頭觸及的部位應該都毫無遺漏地被他撫觸、舔舐、含弄、抽插、搖晃過，達幸應該十分清楚明良的身體有多甜美才對啊。

「看吧，果然很正常……你在笑什麼？我難得這麼認真地跟你說話，給我認真聽好。」

「沒辦法啊，榮次郎是我想著你演的，所以這個角色被你誇獎讓我最開心。」

「想著我……？」

《天之花》中的榮次郎是個愛上同父異母的妹妹，背負著罪孽的男人。

以往他讀過劇本，抓到角色形象後，身體會自己動起來，彷彿那個角色進入了達幸這個空蕩蕩的容器中。

在鏡頭運轉時，達幸常常感覺到從遠方眺望著正在演戲的自己，身體正受到其他人控制似的奇妙感覺。臺詞和導演的指示全都清楚地記在腦海中，但理解這些的是自己，實際演出的卻是自己身體裡的另一個人，形成一種奇妙的狀態。

只不過，《天之花》的榮次郎不同。

對榮次郎來說，多嘉子是生平第一個肯定他的人。當達幸發現這就像明良之於他的那一刻，達幸就變成榮次郎了。

不同於以往，這次並非榮次郎這個角色進入達幸這個容器，而是達幸與榮次郎同化了。

達幸第一次帶著自我意識進行拍攝。飾演多嘉子的是有許多男性影迷的清純美女演員，但他連長相都不記得，因為達幸總是將她當成明良。

「松尾先生說只要我被久世導演認可，工作的範疇就會更廣……如此一來就能更早去接你，所以我很努力。」

帶著自我展現的演技受到導演大力讚賞。久世是個很難搞的人，但非常疼惜自己中意的人。正如松尾所說，《天之花》之後，與久世有關的單位都接連提出主演等級的工作邀約。

「能扮演榮次郎真的太好了……因為我賺了好多錢，能比預期的更早去接你。」

「……你……」

「明明？」

「你當演員是為了錢嗎……沒有其他理由了嗎？」

「與其說是為了錢……其實是為了你喔。」

能讓明良舒服生活的家、美食、與明良相襯的家具及衣服。

只要獻上所有明良想要的東西，明良肯定會願意接受自己。

就像達達一樣……不對，他會誇讚達幸是比達達更有用的狗狗，讓他待在身邊。

如果說，達幸這個天生的瘟神有什麼價值，那就只有一個，就是成為對明良有用的狗狗。

只要實現這一點，達幸就能獲得救贖，能找到誕生於世的意義。

就如同救了多嘉子的榮次郎，即使失去了到手的一切，仍舊感謝神明，在至高無上的幸福中逝去一樣。

「如果能賺到讓明明養我的資金，要我隨時不當演員都無所謂……！」

「你這個笨蛋！」

話還沒說完，羽毛枕正面擊中達幸的臉，接著用力壓上來。

「你為什麼這樣對我……為什麼，對我這種人……！」

雖然聽不太清楚沉悶的聲音，但達幸感覺到明良在哭，就這樣任由明良用枕頭壓著自己，伸長手。

「明明，對不起……對不起……」

「……你幹嘛、道歉……」

「明明會這麼難過，都是因為我是沒用的狗狗。對不起……我什麼都願意做，我會努力當一隻好狗狗，所以你別哭了……」

不管怎麼道歉，明良都不肯止住眼淚，但這晚，他允許達幸睡在他腳邊，所以達幸相當幸福。

狹小內港的水泥地上擺滿了攝影機與各種器材，許多工作人員在其間穿梭行走。大家都沒仔細注意腳邊、忙碌奔走，卻不會被電線絆到，真是不可思議。

距離都心約兩小時車程的鄉下小漁港，唯獨今天擠滿了人。時間將近傍晚時刻，附近的伴手禮店和週遭的小餐廳卻都擠滿了觀光客。

最能清楚一覽內港的瞭望臺上，從一大早就被眾多女性占領，迫不及待地等待開拍。

明良在停車場中的外景車上，觀察著互相推擠的人潮及忙碌工作的工作人員。影迷們即使被警衛往後推，仍試圖靠得更近的熱情，彷彿使原本就炙熱的氣溫更高了。

「鳴谷先生，您還好嗎？」

在外面和工作人員討論工作的松尾從車窗外探頭進來。似乎是明良大嘆了一口氣，讓他很擔心。

「沒事……不好意思，只是有點嚇到了。原來電影的外景拍攝會引來這麼多人啊。」

「平常會更安靜一點，是這次比較特別，畢竟導演是久世，而且主角還是幸嘛。」

語氣驕傲的松尾看著已經換上戲服，被造型師們包圍的達幸。

從閉著眼睛站著的達幸身上，完全想像不到他鬧彆扭說著「我不想和明良分開」的模樣，他已經完全化身為雷伊——《青之焰》的青年男主角了。

明良沒想到能在現場，還如此近距離地看著達幸拍電影。

一切起因於松尾昨晚的來電。

『事出突然，鴫谷先生，您要不要一起參加明天開始的外景拍攝呢？』

五天前，明良在松尾面前那樣出糗卻只有他感到尷尬，松尾似乎毫無芥蒂。

明良早就從達幸口中得知，他要為了《青之焰》的外景拍攝離家一週。為了復仇，這是千載難逢的大好機會。

只要明良說別去，達幸不管需要承擔什麼處罰都不會去。不僅達幸的信用會跌落谷底，他也會被久世導演拋棄，建立起來的事業也會正式開始崩潰。

但最後，明良接受了松尾的提議。

看了《天之花》之後，不僅沒有消除他的迷惘，反而更加嚴重，在明良心中紮根。

他覺得，如果能親眼看見達幸演戲，就能抓到一些頭緒。

自己到底想做什麼？對達幸有怎樣的想法？是否想毀了青沼幸？——的答案。也期待待在他身邊，或許能找到比起單純翹掉拍攝更有效的方法。

自從明良決定同行後，就算沒有刻意使壞，達幸也常常偷溜出拍攝現場打電話或傳訊息，誇張時還會在拍到一半時，打算回到明良身邊。由於明良知道達幸真的會跑到公司前，或留下幾十通未接來電，因此不得不承認這些都是真的有可能發生的。即使顧慮到明良可能會妨礙達幸工作，松尾還是判斷應該先讓達幸穩定下來。

「我只要待在這裡就好嗎？我姑且是以助理的身分跟來的，至少待在外面比較好吧……」

明良現在正待在達幸用來休息的外景車上，和駕駛座完全分開的後座是個有化妝臺、廁所、淋浴間、小廚房和沙發組的小房間，舒適得難以想像是在車上。

當然，這是主演演員才有的待遇，其他演員都是好幾個人共用一臺外景車，小配角更是和工作人員擠同一臺小巴士，沒戲份時還要一起做雜事。

每位演員的助理或經紀人都四處打招呼、套交情，或是照顧負責的演員，忙得不可開交，沒人和明良一樣待著不動。周遭的人都這麼忙碌，卻只有自己無所事事，讓明良坐立不安。

可說是外行人的明良也許只會礙事，但小小的助理被當成貴賓對待，旁人也會起疑吧？

「要是讓您做雜事，我會被幸殺掉啦……而且想到您這樣的人混入那群人裡，我也會擔心，畢竟這個業界裡，那方面的人不少啊。」

「那方面？」

看到明良不解地歪頭，松尾苦笑。

「聽不懂也對您比較好，但是鳴谷先生……您之前是在建設公司工作吧？那個行業的男性比例那麼高，雖然是做行政工作，但真虧您至今為止都平安無事呢……」

松尾碎碎念著「這也是因為幸的怨念吧」這種不明就裡的話時，有個工作人員喚了他一聲。

松尾回答一聲「我馬上過去」，之後指著不遠處的巴士，那是達幸之外的主要演員們使用的巴士。

「如果您要外出，盡量別靠近那輛巴士。和他演對手戲的伊勢谷，還有和他同樣隸屬阿克特公司的演員都聚在那邊。這次我們和阿克特發生了很嚴重的爭執……」

「……發生什麼事了嗎？」

松尾避開他人，小聲地說：

「雷伊這個角色，一開始是依據製作人的意思，內定給伊勢谷飾演，但是久世導演硬要起用幸，阿克特也不敢違抗導演的意思。伊勢谷雖然被改為飾演僅次於雷伊的重要角色，但應該還很不甘心。」

一開始就發生這種事，伊勢谷對達幸當然不會有好感。雖然伊勢谷不太可能只因為明良是達幸這邊的人，就對他做些什麼，但如果捲進紛爭的是明良，而非達幸，那就本末倒置了，所以希望能避免發生這種事。

「我明白了，反正我也不需要出去，會乖乖待在這裡的。」

「那就拜託您了，如果有事，請用剛剛交給您的手機。」

拍攝現場有大量特殊器材，普通手機不太會有訊號，所以松尾給他了專用的手機。

松尾走到達幸身邊時，原本手腳忙亂的工作人員們開始退下，達幸及其他演員就定位，現場流竄著緊張的氣息。

接下來要進行拍攝彩排——就是以實際拍攝時的戲服和造型進行彩排，這場戲會在深夜時段正式拍攝。

原本彩排和正式拍攝之間會相隔更久，但符合條件的港口只有這裡，又因為港灣管理者許可等各種條件的影響下，拍攝時間相當短暫。

電影拍攝時，會製作所謂的「通告單」，也就是每個場景的拍攝計畫表，會把相同場景的畫面一起拍好。這個港口會當作電影開頭和結尾的場景，所以要待在這裡一週，一口氣完成彩排到正式拍攝等所有工作。

接連拍攝開頭和結尾畫面，感覺腦袋會很難切換過來、十分混亂，但聽說這在電影拍攝中相當常見。

達幸搭著小船移動到內港中間左右的位置後跳入海中，抓住船緣，等待開始。明良也移動到松尾特地架設好的螢幕前。

「預備……開始！」

久世的吆喝聲響遍周遭。

《青之焔》是部描繪一位出生於架空的軍事國家G國的青年，雷伊內心成長的故事。原著是一部當紅漫畫，因為原作者和久世是生死之交的摯友，得以改編成真人電影版。阿克特也是因為這樣，才不敢大肆抗議更換主角的事情。

在長期內戰中失去父母的雷伊被送到軍事訓練機關，G國為了培養出能力高超的士兵，暗中集中孤兒，實施殘酷的訓練。在許多孤兒都無法承受而喪命的情況下，不知該說是幸還不幸，體能強健的雷伊活了下來，成了一流的殺手。

被徹底灌輸了殺人技巧的雷伊，是個沒有人類情感的機器人，他遵從所有命令，無情地殺害任何人。

但獨裁的軍事政權無法長久，被革命軍推翻。在國家解體並開始重組時，前軍方幹部們也忙於湮滅證據。

新政府一正式成立，他們將會接受法律制裁。他們打算爭取到有期徒刑後花大錢逃亡國外，但如果被人發現他們將孩子用於軍事目的，很可能會被送上斷頭臺，畏懼於此的他們決定殺光原為孤兒的士兵們。

獨自從虐殺中逃出生天的雷伊搭上偷渡船，試圖逃亡，但追到船上的追兵使他身負重傷，雷伊為求活路，跳入海中。

雷伊憑著驚人的體能與意志力，好不容易游上岸，來到與G國形成對比，歌頌和平的日本。

雷伊在此邂逅了一位青年，逐漸找回作為人類的心。

偶然撿到氣力耗盡的雷伊，照顧他並在之後對他造成極大影響的日本青年，就是由伊勢谷飾演的光。

從今天開始，要花三天拍攝光和雷伊邂逅的場景。短短不到十分鐘的場面，要花上好幾倍的時間拍攝。而且久世堅持使用底片，完全不用數位攝影機拍攝，所以不能失敗。從彩排開始，包含久世與攝影導演，所有工作人員都十分緊張。

在這之中，態度最自然的或許是達幸。

達幸——雷伊用一隻右手划動海水，好幾次載浮載沉地朝港邊游去。他的左手不能用，因為被追兵開槍射中，受了重傷。雖然避開了要害，但大量出血，海水也無情地奪走他的體溫。即使是水溫較高的夏季，雷伊也感覺身在極為冰冷的冰海中。

雷伊沒避開偶爾撞上來的漂流物，不對，是無法避開。現在的時間是傍晚，但故事中的時間是深夜，雷伊因失血而模糊的視線被暗夜籠罩，完全看不見，映入他眼中的只有漫無邊界的黑暗。

原本拉遠的鏡頭逐漸朝雷伊拉近。

在攝影機第一次特寫雷伊的瞬間，明良的心臟被雷伊放著強烈光芒的眼睛射穿，猛烈一跳。

深信至今的一切都被顛覆，差點被絕對性存在的國家奪走性命，現在也隨時可能葬身大海，這男人卻還沒有放棄活下去，只有對生命的執著支撐著雷伊。

對於被養育成絕對服從命令的男人來說，活下去是他生平第一次反抗。明明都命令你去死了，為什麼違抗？為什麼想要活下去——雷伊肯定連這個理由也不曉得，身處於混亂與絕望的深淵，他只憑著本能想活下去。

明良不知不覺間握緊了拳頭，不希望雷伊就這樣死去。知道他會順利獲救卻仍認真禱告。屏息看著的工作人員和導演肯定也有相同的心情。

雷伊游到岸邊後，明良的心臟仍在激烈跳動。竟然能只靠一個視線，傳達出這麼多情緒——如此坦率地感到驚訝的自己，讓明良更加驚訝。

在那邊的，是僅僅十幾分鐘前還黏著明良不放的沒用男人。如果現在從這邊大喊，他肯定會立刻搖著尾巴跑過來。

乾脆這樣做就好了。

不行，要是這樣做，就沒辦法看到後續了。

就在兩種相反的心思拉扯時，彩排仍在順利進行，伊勢谷扮演的光發現失去意識暈倒的雷伊。

光是漁港附近一家伴手禮老店的兒子，他沒有繼承家業，成為小學老師，因為一些原因，他每晚都會到海邊巡視，這時遇到了雷伊。

光原本想叫救護車，但短暫醒來的雷伊威脅他，如果叫人來就殺了他。老好人的光察覺到雷伊有什麼隱情，於是將他帶回自己家照顧。

平凡的光，也有個與故事基幹相關的祕密。在和平國家成長的青年，與曾為殺手的男人，完全沒有交集的兩人逐漸發展出友情，最後走向巨大的分歧點。中間的這些劇情預計會在其他時間拍攝。

明良總覺得在哪裡看過飾演光的伊勢谷。稍微思考後，他想到了，真理子是伊勢谷的影迷。他的全名應該是伊勢谷悠斗，由模特兒轉型為演員，有張符合女性喜好的成熟美貌。

因為光的設定是個濫好人、能和緩周遭氣氛的青年，和伊勢谷相當不同，不過，不愧是原本被提拔為主演的人，從外行人來看也覺得他散發著光彩，演得很好。

但面對達幸壓倒性的存在感仍相形失色。將雷伊搬回自己家中的場面是光在電影開頭的看點之一，但就算鏡頭聚焦在光身上，視線還是會不禁只跟著昏迷的雷伊。

久世把雷伊一角改由達幸飾演是很英明的決定，雖然包括真理子在內，伊勢谷的影迷或許會相當憤怒。

自己對前女友沒有任何負面情緒，讓明良嚇了一跳，接著試著回想放火燒公寓的凶手與課長，他也沒任何感覺。但如果是達幸，就算不刻意去想也會湧現各種情緒。

光是想像達幸接下來會怎麼詮釋雷伊，明良就十分雀躍，想在旁守候到最後一幕。就連明良都如此了，女性影迷們會露出痴醉的表情也無可厚非。她們現在肯定和明良一樣，滿腦子只想著達幸。

那樣優質的男人，不為其他人，只為自己發揮如此優秀的才華……這難以言喻的愉悅……！

——至少，您應該非常喜歡幸，喜歡到連自己也束手無策。

當時明良否定了松尾的這句話，現在則不得不承認。他認輸了，他無法自拔地受到青沼幸這個演員吸引。那明明是個只要完成復仇就會消失的存在——單憑明良的一個想法，就能輕鬆毀滅的存在。

彩排順利結束，接下來只等深夜正式開拍了。

為了節省時間，器材就這樣擺著，工作人員和演員們都各自回到外景車上等開拍，明天早上才會回去當作宿舍的飯店。

達幸隨意應付導演與工作人員的關心問候後，不顧周遭吃驚的目光，穿著戲服、頂著妝就衝到明良身邊。

「明良！明良……！」

「哇……」

比明良大一圈的修長身體飛撲上來，明良無從抵抗地被他推倒。車上附設的躺椅接住了他，但單人躺椅無法承受兩人的體重，發出吱嘎慘叫。

「你有看到嗎？我很努力喔，因為你在看，所以我比平常更努力喔。」

「住手……別這樣，你好重、好冰、好痛！」

發出慘叫的還有明良。畢竟達幸長時間泡在海中，現在全身溼透了。滿是肌肉的修長身體加上吸滿海水的戲服重量，讓緊貼著他的明良也被海水淋得渾身溼透了。

即使他伸手想推開達幸，鍛鍊得宜的修長身體也絲毫不離開，明良的抵抗輕鬆遭到封印，而達幸悲傷地輕輕歪頭：

「明良……我的表現很糟糕嗎……？」

「唔……」

明良聽見了難過的「嗚嗚」呻吟，也看見了沮喪低垂的狗尾巴。這當然是幻聽與幻覺，但達幸的模樣宛如遭到責罵的小狗，狠狠刺激著良心。或許是因為達幸總是說他是明良的狗，連明良也被他洗腦了。

「……我覺得，很棒。」

「明良……！」

明良認輸似的小聲說完，達幸立刻露出笑容，把臉埋進明良的頸項間。他用力嗅聞鎖骨的凹陷處、脖子、耳朵後方的氣味，下一秒開始到處舔舐。

「喂，很癢……快、快住手！」

「不可以……明良太漂亮了，絕對有人盯上了你。為了不讓其他公狗對你出手，我得確實沾上我的味道才行。」

不知何時擠進明良雙腿間的腰，用力壓上明良的胯間。隔著溼透的戲服也能感到那裡堅挺滾燙，大聲說著想要立刻進入明良的體內。

「啊……」

「明良……」

明良對這過於鮮明的熱度感到畏懼，達幸安撫似的微笑，摘下隱形眼鏡。

只是舔舐表面還不夠，他想從內側填滿明良，讓任何東西都無法插入，並讓明良散發出自己的氣味。

就在明良快被藍眼中顯露出來的熱情吞沒時，壓在他身上的重量突然消失。

「連澡都還沒沖，你就在發什麼情啊。」

松尾一臉難看地抓住達幸的後頸，將他拉起，確認明良逃脫後才放手。

「鴫谷先生，您還好嗎？」

「還好，託你的福，我沒事……謝謝你。」

達幸被放開後撞到躺椅，發出抗議，但松尾毫不理會，微笑地說著「那就好」。他或許是個相當不好惹的人。最後達幸也死心放棄，一邊碎念抱怨一邊走進淋浴間。

「幸洗好之後，鴫谷先生最好也去沖個澡。」

聽到松尾這麼說，明良這才發現自己有多慘。紅黑汙漬在白色襯衫上渲染開來——大概是達幸戲服上的血漿沾到他身上了。

「那傢伙真是的……」

他之所以嘆氣卻不見絲毫不耐，是因為腦海裡還殘留著看完達幸演技的餘韻。

「您覺得幸如何呢？」

隔著單薄的門板，淋浴間傳出強烈的水聲，就算是達幸，應該也無法聽見明良兩人的對話。

「……很棒，非常棒。」

所以明良能說出毫無虛假的真心話。

「我只能說出無新意的感想……但我完全被他吸引了。雷伊很堅強，卻有點危險，讓人不禁想要在旁守護他……」

如果是女性，或許只要說這個角色能誘發母性本能就好，但身為男性，明良找不到適當的形容詞。

「明明臺詞和畫面都是光比較多，但我對光完全沒印象。老實說，如果是伊勢谷悠斗飾演雷伊，應該不會如此吸引我。」

「……鴫谷先生知道伊勢谷嗎？」

聽著明良拙劣的感想，開心地頻頻點頭的松尾突然沉下表情。明良跟他說前女友是他的影迷後，松尾重重嘆了一口氣：

「這件事千萬別告訴幸。他要是知道您完全不知道他卻知道伊勢谷，肯定會抓狂。」

「那只是前女友硬跟我說的……」

「那就更不能說了……！」

松尾睜大細長的眼睛，看著被嚇到的明良強調：

「偵探送來的調查報告上寫著你有交往中的女友，而我不小心直接交給了幸……這是我此生最大的失誤。」

得知明良有女友的達幸失去理智，拋下之後的工作，衝到了明良的公寓，那就是兩人睽違六年重逢，公寓發生火災的那天。達幸的運氣也太好了，要是晚一天，他大概就沒辦法見到被迫遷出公寓的明良了。

最悲慘的是被拋下的松尾。他四處低頭道歉、調整工作日程，終於可以喘口氣時聽說影音網站上有人上傳了達幸私底下的影片——那是達幸去接明良時，圍觀民眾用手機拍的影片——所以他還來不及休息就忙著刪除影片，在網路上四處巡視。

「對……對不起……真的給你添麻煩了……」

「啊，不會，我不是為了責怪您才這麼說的。而且幸到目前為止都沒發生過任何問題，是個品行優良的乖寶寶，只要把這些當作是一口氣償還之前欠的債，就無所謂了。」

「品行優良的乖寶寶……？」

這種形容和過去被稱作瘋狗，受大家畏懼的達幸完全不符。

車禍發生之前也是，不管明良怎麼阻止，那男人都會跑進他房間，抱著他的腳睡覺，甚至想跟進洗手間；不同班級卻會在他們體育課時跑過來，威脅明良的同班同學……品行優良？這哪裡品行優良了……？

看見明良不禁認真思考起來，松尾苦笑：

「只要不和您扯上關係，幸都很乖巧喔。您剛剛也見到了吧？」

從巴士的窗戶可以看見拍攝現場的狀況，方才和久世及攝影導演等工作人員們談笑的達幸，是個禮儀端正的爽朗好青年。看見據說很難相處的久世爽快地笑著拍拍達幸的後背時，明良還十分驚訝。

「我曾說過吧，幸是空蕩蕩的容器。青沼幸這個演員，也只是幸扮演的角色之一。可以看見他真實面貌的人，肯定只有您一個人……這讓我有點落寞就是了。」

可以遇見松尾這個男人，應該是達幸最大的幸運。松尾並非只將青沼幸這個演員當作商品，而是當作一個人珍惜他，就連剛認識不久的明良也能深深感受到這點。

「我覺得達幸非常感謝你喔！那傢伙雖然是個笨蛋……但不是不懂這些事情。」

「如果是這樣……哈哈，我會很高興。」

松尾搔搔臉頰笑著，明良也一起勾起微笑。

破壞這和諧氣氛的，當然是達幸。

「明良……你不可以對我以外的公狗笑。」

視線突然被大手遮住，僵硬的身體也從背後被納入懷裡。透過單薄的襯衫清楚感受到的堅硬肌肉滾燙，可知他上半身一絲不掛。

下半身勉強包著一條浴巾，但抵著明良腰部的東西和方才一樣硬挺。如果不是明良充當屏風，可就會被看見非常羞恥的模樣。

松尾也從明良的樣子察覺到了狀況，但達幸完全不在意，像要吃掉明良的耳朵般低語：

「明良本來就很美了，笑起來會被擄走。」

「笨……蛋！」

就要喊出「放開我」時，明良閉上了嘴。

達幸要是乖乖放開，就會露出他搭起巨大帳篷的胯下。就算松尾和達幸不在意，明良可不想。

結果明良只能踹上想要用力嗅聞、學不會教訓的達幸小腿，但達幸當然沒感覺。

「那麼，我還得去開會，就先失陪了。幸，兩小時後開始拍攝，你可別太過分，讓鳴谷先生困擾喔。」

松尾迅速撤退，明良立刻朝硬實的腹肌使出肘擊。

達幸大概不痛不癢，但似乎感受到了明良要他放開的意思，鬆開箝制住他的雙手。

「我……我也要去沖澡。你趁這段時間想辦法解決啊。」

迅速逃跑的明良當作沒看見那挺立的胯下，衝進淋浴間，從內上鎖。

緩步走在寂寥的港邊，明良在深入海岸線的防波堤上停下腳步。一直過著鮮少外出的生活，讓他的體力變差許多，不禁感到有點疲倦。

即將沉入海平線的太陽將水面染成一片紅，目光被在都市中央看不見的自然美景吸引，但他的腦袋裡想的全是達幸。

一走出淋浴間，達幸就迫不急待地立刻抓住明良。明良早就猜到達幸會對他做些什麼，做好了準備，但他沒想到達幸會就這樣讓他撐著牆壁，從身後貫穿他。

達幸或許有遵從命令，在明良淋浴的期間自慰了好幾次，柱身沾滿了溫熱的液體，相當溼滑。明良都不知道是該感謝多虧如此，他才得以毫髮無傷地順利吞噬巨大的分身，還是該對達幸釋放過那麼多次了，卻還不滿足感到傻眼。

明良被這預料外的發展玩弄，煩惱著無關緊要的小事，達幸則沉默地激烈擺動腰肢，往上頂弄。

如果松尾沒來通知行程變動，達幸現在肯定仍不肯放開明良。而明良也不會有力氣再去沖澡、打理自己然後外出了。

這一帶離伴手禮店很遠，觀光客不會過來。松尾也告訴他這裡不會當作外景拍攝地點，沒有工作人員會來，想散步放鬆的話是個好地點。

除了明良，這裡沒有其他人，觀光客的喧鬧聲偶爾會從遠處傳來，也被浪濤聲抹去。

……他搞不懂自己了。

第一次被侵犯時只感到屈辱，現在卻對達幸灌注熱液的行為毫不抗拒。

不對……不僅如此，當達幸的目光帶著情欲盯著他時，明良甚至會感到興奮。那是不管多瘋狂的影迷和松尾，都不知道的達幸本性，以及只在明良面前展露的深海藍雙眼。

發生車禍之前，達幸會纏著他說「拜託，別拋下我」，疏遠達幸的同時，明良也感受到扭曲的優越感。那大概就是被比自己優秀的人懇求的快感吧。

失去財產、被情人拋棄、被公司捨棄。這樣的自己受到達幸瘋狂追求，或許是他的執著讓明良感到愉悅。

所以，他才沒辦法將自己的身體徹底當作復仇用的誘餌嗎？

「……太蠢了……」

與母親生離死別後，第一個認識的同齡小孩，長時間一起生活，還會袒護他，所以達幸才會執著於明良，就類似雛鳥情結。而明良會照顧達幸，只是一心想得到公明的誇獎。

——一開始，是這樣。

「……母親……？」

他突然想到一個疑問。達幸之前是和母親一起生活，卻像個空蕩蕩的容器。明良原本以為是因為親人過世的關係，但達幸長大之後也不曾提起母親，就算公明多次勸他，他也不去掃墓。

因為聽說她是獨自扶養達幸，明良就擅自想像了一個和美彌子完全相反，溫柔又充滿母愛的女性形象……如果是被這樣的母親養育長大，會養出達幸這樣的小孩嗎？

『明明……好美。』

『非常美……而且好溫柔……』

藍眼受到誇讚後，達幸第一次表露出情緒，展露笑容。

『你明明就是個瘟神！』

美彌子只要逮到機會就痛罵毫無罪過的孩子，公明則閉口不談，堅決不提起達幸的過去。而明良和他共處的時間比誰都長，以為自己知曉他的所有事，卻對最重要的事情一無所知。

「……真是的，我幹不下去了啦，那個臭老頭。」

突然聽見年輕男子的聲音，明良嚇了一跳。有個身型修長的男子一邊講電話一邊走來。明良發現這名男子是伊勢谷，迅速躲到柱子後面。

「挑了我一大堆毛病後，下一句就是『你被幸壓過去了』。明明是他強迫製作人換角，一副了不起的樣子……聽說他連男人也能上，該不會和青沼有一腿吧？」

從對話推測，他應該是在講久世。伊勢谷神采飛揚地口出惡言，可以看出他的本性相當惡劣。和以前真理子硬塞給明良看，在雜誌上的爽朗笑容完全是不同人。

松尾跟明良說過，伊勢谷當模特兒時曾一度竄紅，但轉型當演員之後人氣開始下滑，所以他把東山再起的機會賭在《青之焰》的主演上，因此相當憎恨最後搶走主演角色的達幸。

彩排時，外行人的明良也能看出他和達幸的實力有顯著的差距，對戲的本人應該感受更深。但他不僅不反省，還忙著聊八卦，沒什麼前途可指望。

被他發現就麻煩了。明良屏息期望他趕快離開，但大概是相當不爽，伊勢谷仍說個不停。

話題從對久世的不滿講到達幸的壞話，甚至提到製作人的性事時，松尾交給明良的手機響了。明良慌張地想關機，但因為太焦急，不小心弄掉了手機。

彈起後滑過水泥地的手機被大腳踩住，小小的精密機器發出來電鈴聲，同時也發出不妙的聲響。

「你是誰啊……竟然躲起來偷聽別人說話，真讓人不爽。」

伊勢谷毫不掩飾不悅，噘著嘴撿起手機。看見伊勢谷理所當然似的看向手機螢幕，明良只愣了一瞬就立刻拚命伸長手想搶回手機，但伊勢谷輕巧地閃過。

「嗯？松尾……我記得這是青沼的經紀人吧。難不成，你這傢伙是青沼身邊的人？」

稱呼從「你」變成「你這傢伙」，瞇起的銳利眼神猶如玩弄老鼠的貓咪，透露出凶殘。微乎其微的客氣也消失無蹤，他完全認定明良是敵人了。

「……我是他助理，我出來散散心時，您就過來了。我沒有想要偷聽，但是找不到時機出來……真的很對不起。」

面對就是想找麻煩的人，不解釋、直接道歉是最好的方法。明良活用以前工作時得來的經驗低頭道歉，伊勢谷卻哼了一聲，將手機拿在手中把玩。

「哼，想要怪罪到我身上啊？當紅演員連助理的態度都高高在上呢。」

就算被抓到語病又被找碴，也不能惱羞成怒或是找藉口，只能不停道歉，因為反應越大就會讓對方越開心。

正如預期，不管怎麼挑釁明良都沒反應，伊勢谷似乎對此感到無趣，逐漸沒了興致。明良猜想對方或許願意放過他了，抱持著些許期待，但伊勢谷握住明良的下顎，強迫他抬起頭。

「……仔細一看，你長得真漂亮，會讓人想要欺負你、弄哭你……啊！」

探頭上前打量明良的俊俏容貌痛苦地扭曲。達幸從背後抓住伊勢谷的手腕，沉默地用力扭過。發現獲得自由的明良在微微發抖，達幸藏在彩色隱眼底下的雙眸瞇起，伊勢谷的手腕頓時吱嘎作響。

明良想大喊「不是，不是你想的那樣」，卻發不出聲音。

看見達幸面露凶狠地跑過來的瞬間，喚醒的記憶化作一股寒意，襲上明良。

達幸就是像這樣壓制住以前想對高中生明良施暴的變態，接著——

「……離開明良。」

達幸剛出聲威嚇，伊勢谷就驚叫跳起。比起疼痛難耐，他更像在畏懼這彷彿來自地獄深處的聲音。

「你……你幹嘛啊，青沼？那傢伙是你的助理吧。」

這種時候仍虛張聲勢、緊咬不放的毅力是很了不起，但他似乎沒有發現每當他出言侮辱明良，達幸周遭的空氣就會降低好幾度。

「這傢伙明明偷聽別人講電話，卻找一大堆藉口，完全無法溝通，你是想要炫耀自己很從容，甚至能請這種沒用的人當助理嗎？真令人羨慕……」

「達幸，住手！」

明良揮去寒意，大喊並介入兩人之間，正要往伊勢谷身上招呼的拳頭打上明良的側頭部。眼前火花迸發。

達幸大概馬上放鬆了力道，但乘載著所有體重的拳頭讓明良的身體微微飛起。

明良來不及心想「這就跟漫畫一樣呢」之類的悠哉感想，就重重倒在水泥地上，頭部側面陣陣作痛。

「明……明明……」

達幸立刻白著一張臉蹲到明良身邊。明良在模糊的視線中看到一臉蒼白的伊勢谷丟下手機就逃跑後，鬆了一口氣。看那副模樣，他大概不會刻意到處宣傳在這邊發生的事。

「你為什麼……為什麼要袒護那種傢伙……？」

「……沒辦法啊……身體就擅自動起來了……」

「明明……明良……你比較喜歡那傢伙嗎？我不要……你別看我之外的公狗……」

「笨蛋……就算是無關緊要的人，你要是打人就會變成醜聞，有可能會被換角吧……」

達幸舉起拳頭的瞬間，明良最先想到的是這件事。絕對不能讓達幸因為這種蠢事遭到換角，明良不想看達幸之外的人飾演雷伊，與其那樣，他受點小傷還比較好。

達幸滿是涕淚的俊俏臉孔扭曲成一團。

啊啊——大概是打到了要害吧，他竟然想像純真的過去一樣，摸摸他的頭。

但實際上，明良的意識越來越模糊，連一根手指也動不了。

「別叫、救護車……去連絡、松尾先生……」

勉強只說完這句話，明良就失去了意識。

明良恢復意識時，他躺在陌生房間的床上。

「這……這裡是……？」

「……明良……！」

忍不住說出疑惑，在床邊縮成一團的達幸立刻探上前。他想抱住躺在床上的明良又打消念頭，把臉埋進床單裡。

當明良對這平常絕對不可能發生的狀況感到疑惑時，松尾一邊講電話一邊走進來。一發現明良清醒了，他立刻掛斷電話，走到床邊。

「太好了，您醒來了。感覺怎樣？會不會覺得視線模糊或想吐，或者其他異常？」

「沒有……完全不會。」

松尾鬆了一口氣，表情柔和下來。

「我帶您到熟識的醫院檢查過，醫生說可能有輕微腦震盪，這樣看來應該不需要擔心了。」

「是的，謝謝你。」

「要道謝的是我才對，我真的不知該如何感謝您……多虧了您，事情才沒有鬧大。」

「請問……這邊是哪裡？還有，拍攝進行得怎麼樣了？」

追根究柢，這都是因為明良不小心而引起的，聽到松尾道謝，讓他十分過意不去。即使他有點強硬地轉換話題，松尾也沒進一步追究。

「這邊是當作宿舍的飯店，這個房間是您和幸專用的，請放心。拍攝則延後到明天了。」

「延後？……該不會是伊勢谷先生……」

「不，是因為天候不佳，現在外面是這個慘況。」

松尾拿遙控器打開窗簾，立刻看見激烈的風雨打上窗戶。偶爾還會響起轟隆雷聲，閃電染白了漆黑的天空。

「彩排結束時發布了大雨特報，但何止是大雨，這根本是暴風雨了，所以我們沒辦法繼續拍攝，延期到明天之後了……真的是天助我也，因為幸現在根本不能演戲……」

都提到自己了，達幸卻仍把臉埋在床單裡。這比明良大一圈的魁梧男人看起來既渺小又萎靡。

明良隱約記得他的大手緊緊握住自己，不停呼喊自己的名字。

這個男人過去曾替明良擊退變態，被稱為「明良的看門狗」還很驕傲，剛才傷害到明良不知道對他造成多大的衝擊。

「……松尾先生，可以讓我和達幸獨處一下嗎？」

明良坐起身如此請求，松尾就沉默地點點頭，答應了明良的要求。暴風雨越漸加劇，再怎麼快，明天早上前應該都無法重新開拍。

「達幸。」

健壯的肩膀一顫，但達幸沒有抬起頭。不管怎麼叫他，他都一動也不動地抱住床單。

明良不禁失笑。

達達以前也是，做壞事被罵時會愧疚地低著頭。他們倆明明吵個不停，卻非常相似。

「明明……？」

大概是受到笑聲鼓舞，達幸怯生生地直起上半身。剛剛沒有發現，現在才看見他的嘴唇裂開，染著血紅。

「你的嘴巴怎麼了？」

「咦？……啊，糟了。」

本人似乎也是被提醒之後才發現。大概是在明良昏迷的期間下意識咬破了嘴唇，他以前也是一焦急就經常這樣。

「笨蛋，別摸。」

明良抓住想隨便摸傷口的手。受到驚訝睜大的藍眼吸引，他將自己的唇貼上受傷的唇。

腦袋已經恢復正常了，但失去意識前的情緒再度湧上。想要溫柔對待達幸，想要舔舐、治癒他為了自己而留下的傷痕。

但接受明良雙唇的不是同樣柔軟的觸感，而是堅硬又粗糙的皮膚。是達幸在雙唇相碰的前一刻伸手擋了下來。

「不……不行，明明……」

「……什麼不行？」

看見發抖控訴的達幸，明良心裡湧上一絲不耐。

這男人理所當然似的強迫他做更下流的事，卻堅決不肯接吻。偶爾雙唇就要碰到時，他也會往後仰退開。

明良絕對不是想和達幸接吻，但見到他這樣不停閃躲就感到火大。明良氣得逼他坦承原因，達幸才不甘願地投降：

「因……因為，我是狗啊。」

「什麼……？」

「我只是明良的狗……不是情人，接吻這件事，不是情人，不可以做。」

明良無法闔上張開的嘴。這是什麼道理？如果「因為他是狗，所以不能這麼做」，那身體交合應該是更嚴重的禁忌吧？

這男人已經超出明良能理解的範疇了。

但是……又莫名覺得縮起高大身體發抖的達幸很可愛。

明良順著衝動拉開達幸的手，輕輕舔吮滲出血的唇。

「明、明良……！」

固定住想逃開的頭，伸舌闖入微張的雙唇間。之前對深吻感到噁心厭惡，幾乎沒經驗的自己彷若是個假象，但泛淚發抖的達幸激起明良的嗜虐性，無法自控地想這麼做。

滑過呆滯的達幸的舌，糾纏、吸吮。和平常相反的立場煽動明良，用拙劣的舌技貪食著達幸的口腔內部。

達幸終於得以解脫後，滿臉通紅地摀住雙唇，淚水汩汩流下。

「為什麼……？我隨時都可以不當演員。伊勢谷……那傢伙碰了你，侮辱了你，你讓我殺了他就好了，為什麼要袒護他？為什麼……要對傷害你的我這麼溫柔？」

「達幸……」

明良更想問這個問題。

別阻止達幸揍伊勢谷，在一旁看著就好了。照伊勢谷的個性絕對會大肆宣揚，達幸就會被貼上暴力演員的標籤。

明良卻不惜犧牲自己的身體，浪費了這個能復仇的大好機會。他絕對無法允許達幸因為自己遭到換角，但想從達幸身上奪走演員這個天職的人，不是別人，就是明良自己。

現在也不遲，只要明良提出要求，達幸應該會立刻對伊勢谷使出暴力手段報復。換個角度來想，這是更好的機會。和剛剛不同，飯店裡有很多人，若是被普通人看見就很難被私下掩藏，當紅演員動粗的事件會在轉眼間傳開來。

明良只要說出「我無法原諒伊勢谷」這句話就好。

如此一來，復仇就結束了。達幸會和明良一樣失去所有，青沼幸會消失，明良也能夠從達幸……從他自己也無法理解的這個情緒中解脫。百利而無一害，他在猶豫什麼？就算是大美人，鮮血、淚水與鼻水糊成一團的臉都很難看才對，所以想要摸摸他的臉、安撫他的想法肯定只是個錯覺，不可以被騙。

受到猛烈的風勢吹過，雨滴打在玻璃窗上，明良反射性地顫了一下。

「……明良，你會冷嗎？」

達幸的表情一變，只見他站起身匆忙地四處張望，接著直朝衣櫃走去。

衣櫃門被用力打開、關上，發出「喀噠喀噠——砰！」的巨響。達幸當然不在意，他從櫃子中抱出所有備用毛毯，飛奔回明良身邊。

「你身體虛弱，不舒服時得好好保暖才行。」

「不，我只是嚇到了而已，不會冷。」

「對了，也喝點溫暖的東西比較好吧。」

根本不聽明良的勸阻，達幸點了客房服務，在等送餐的期間把毛毯披到明良肩上。

明良費了一番功夫才阻止他脫下身上的襯衫、披到自己身上的舉動，但身上披了三條毛毯，既厚重又悶熱，就算他受不了地想撥開，也會被眼尖發現的達幸拉高至頸項處。

「喂，達幸……」

「啊，客房服務好像送來了，我去拿。」

達幸快步走向門口，明良抓向他胸口、想阻止他的手虛無地劃過半空中。達幸立刻拿著冒著熱氣的杯子回來，不斷吹涼，等降到適合的溫度才送到明良嘴邊。他似乎覺得讓明良自己拿杯子都會對身體造成危害。

明良也已經懶得抵抗了，乖乖張口。細細品味精心沖泡的咖啡香氣與味道，同時慢慢冷靜下來。他會袒護伊勢谷並不是為了幫助達幸，只是不想讓別人替自己完成復仇，而現在不唆使達幸只是因為身體還很不舒服，肯定是這樣，絕不是他放棄了。

明良憎恨達幸，嫉妒得不得了。除此之外沒有其他感情，不能有任何感情。

無法正視那雙單純滿是擔心與辛勞的雙眼，明良對達幸招招手。達幸歪著頭在床邊坐下，明良則讓他躺在自己的腿上。

「明、明、明良？怎麼了？」

「……夠了，閉嘴。」

他伸手摀住達幸的唇，達幸立刻噤聲。除了吹打過來的暴風雨，這個只能聽見彼此呼吸聲的密閉空間，讓明良想起了小時候。

只有達達、達幸和明良共處的琴房，是不會受到任何傷害的幸福世界。那時他曾天真地相信這滿足的時光會持續至永遠，現在為什麼會如此遙遠呢？

達幸挪動修長的身體並蜷起，頭在明良的腿上磨蹭。明良壓抑住湧上心頭的熱意，撫過達幸的頭髮。

預期之外的暴風雨在隔天午後過境，前一天的進度將從深夜開始拍攝。枯等到開始也是浪費時間，所以決定拍攝同樣在港灣的場面。

這幾乎都是光的戲分，雷伊只會在最後一幕現身。為了這一幕，達幸一直待在外景車上等著。

「明良，沒事吧？頭會不會痛？」

達幸跪在地上，擔心地看著明良，而明良躺在當作床使用的躺椅上。

昨天剛受傷，為了慎重起見，松尾建議他待在飯店裡休息，但達幸堅持要明良一起同行，不肯退讓。

達幸的說詞是他很擔心明良的身體狀況，但讓明良待在自己看不見的地方他會更擔心。似乎很害怕有人會像昨天的伊勢谷一樣，來糾纏明良。

今天只見過一眼的伊勢谷明顯沒什麼精神，和他關係要好的演員也很關心他。據松尾所說，他一看到達幸就立刻逃跑了。

自作自受，雖然無法同情他，但也覺得他有點可憐。

雖然僅僅一瞬，但他承受了達幸真切的怒意，而且烙印在他腦海中揮之不去，每次與達幸對峙，大概都會想起那份恐懼。光和雷伊的對手戲最多，但這樣來看，無法期待伊勢谷能拿出最棒的演技。

「……現在已經不痛了。」

「真的嗎？是不是差不多該換新的藥膏了？我有帶備用的藥膏出來，要隨時跟我說喔。啊，會不會口渴？有你喜歡的葡萄柚汁喔。還是要吃飯？這裡可以煮些簡單的東西，我也可以做你喜歡吃的東西。你太瘦了，得多吃點長胖才行。」

被閃閃發亮、充滿期待的雙眼仰望著，明良一句話都說不出口。他既不渴也不餓，但也說不出「什麼都不需要」這種話。

「……果汁，然後，也吃點沙拉好了。」

「果汁和沙拉對吧，我知道了！」

達幸跑進簡易廚房，開心地切起蔬菜。在他的屁股上，能看見不停擺動的狗尾巴幻影。

達幸從昨天就變得有點不一樣。一樣自稱是明良的狗，盲目地為明良奉獻，但是多了蜂蜜般的甜蜜。

看著刀法意外靈活的達幸背影，明良輕撫上自己的唇。

昨天，明良主動掠奪了達幸說只能獻給情人的那個部位，因為他看到達幸說自己是狗，堅決拒絕就感到怒不可遏，無法原諒。

……不對，我嫉妒達幸，而且痛恨他才對。

不能思考。一旦察覺到什麼，最後會無法達成目的。他會跟到這種地方來，不是為了加深和達幸之間的關係，而是為了確定自己的心意。

達幸眼尖地發現明良悶悶不樂，馬上跑過來。

「明良，怎麼了？還是不舒服嗎？」

「沒什麼，我沒事。話說回來，果汁和沙拉還沒好嗎？」

「馬上好……！馬上就好，你再等一下下……！」

達幸跑回廚房，立刻拿著沙拉碗和玻璃杯走回來。

去除多餘油脂、煎得酥脆的培根撒在色彩豐富的沙拉上面，再淋上優格，令人食指大動。在公寓時幾乎都由明良負責做菜，忙碌的達幸從未展露過他的廚藝，所以讓明良很驚訝。
「原來你會做菜啊。」
「只會簡單的，我是想做給你吃才去學的，等我殺青之後就做很多東西給你吃。」
「……」
「你什麼都不用做，只要一直一直待在我身邊就好……只要讓我當你的狗就好……」
這部電影拍完後，達幸也打算永遠和明良一起生活，但明良想像不到與達幸共度的未來。他和達幸在一起只是為了復仇，復仇結束之後，他只能離開達幸身邊。
只要回歸原本的獨居生活，就能從這種感傷中解脫……明良期盼著那時到來。
「卡！」
外景車外，久世不耐煩的聲音讓氣氛緊張不安。從面向港口的窗戶看出去，只見久世怒罵著伊勢谷，感覺他微禿的頭頂都在冒煙了。
「要我說幾次才懂！這是讓觀眾對光的心理創傷留下印象的重要場景，你這樣演，就只是個得意忘形的笨蛋啊！」
「對……對不起……！」
伊勢谷縮成小小一團，不管重演同一場戲幾次，都無法達到久世的標準，陷入失敗後會再被久世嚴厲地斥責，內心更加萎靡，之後又失敗的惡性循環。
不知從何時開始，和他演對手戲的演員們也開始面露不耐，伊勢谷的演技也越來越不自然。在人前不停被痛罵、指責，伊勢谷的自尊大概已經碎了一地。
即使如此，這場戲是白天的場景，得在日落前拍完才行。拍攝進度越來越緊迫，工作人員之間也開始流淌焦躁、緊張的氣氛。

「久世導演真嚴厲……」

雖然早就聽說久世是完美主義者，對資深演員也毫不留情，但面對達幸的久世雖然表情嚴肅，感覺是個好相處的中年男子，完全看不出他有這一面，這也是達幸有多特別的最佳證據。

「他只是個大嗓門的大叔而已喔。」

站在身旁看著的達幸低喃。他是認真這麼想的，這才麻煩。伊勢谷要是聽到，肯定會既憤怒又嫉妒到死。

「你這句話絕對不能對導演和伊勢谷先生說喔。話說回來……看這樣子，你的待機時間只會一直延長呢。」

「無所謂，因為和你在一起的時間變多了。」

達幸咧嘴笑著，將傾身看向窗戶外的明良打橫抱起，完全不在意明良的掙扎，調整手臂的高度讓明良的視線與窗戶平行。

「剛剛那個姿勢會對身體造成負擔，這樣看比較輕鬆吧？」

「笨……笨蛋，你還在等上戲耶，要是受傷該怎麼辦啊。」

「這點小事不算什麼啦，緊貼著你反而能讓我放鬆下來，很安心……」

達幸把鼻尖埋進明良的頸項不停嗅聞，似乎就如他所言，只是在尋求平靜。不知為何，酸甜的心情伴隨著搔癢的感覺一起湧上，明良把視線轉向窗外。

「……唉，真是的，不拍了、不拍了！」

就在此時，久世的怒吼聲響徹周遭。久世將揉成一團的劇本扔到地上，不聽副導演與攝影導演的制止，氣得扭頭就走。

「暫……暫時休息！請大家去休息！」

副導演大喊，收拾場面並追上久世。攝影導演等人也跟上去，導演周邊的人都離開後，氣氛僵硬的拍攝現場開始嘈雜起來。

「我也不是不懂導演的心情，但是不是有點太過分了？」

「期待原本是模特兒的伊勢谷會有演技才有問題吧，而且對手演員還是那個青沼吧？差太多了啦。」

「我看了昨天的攝影彩排，青沼太強了，我都起雞皮疙瘩了。伊勢谷不管怎麼努力，都無法相抗衡啦。」

「導演也是以青沼為標準，對伊勢谷的要求才會變那麼高，從某方面來說，伊勢谷也可以說是受害者……」

連在車內的明良都聽到了，這些包裝成同情的揶揄肯定也清晰地傳進了伊勢谷耳中。他昨天的傲慢態度彷若假象，沮喪地因為屈辱而發抖。

「明良……明良……」

就連明良也有點憐憫伊勢谷，但作為共演者的達幸別說同情了，現在仍嗅聞著明良的氣味，十分高興，似乎完全沒有感受到拍攝現場傳來的緊張感。

被達幸擺在桌上的手機響起。達幸打算充耳不聞，所以明良把手機湊到他耳邊催促他接，他才不甘願地接通電話。來電者似乎是松尾。

「……嗯，我知道了，那待會見。」

只講了幾句就結束通話，達幸將明良輕輕放在躺椅上。

「松尾先生說什麼？」

「說要暫時休息到導演平息怒火、伊勢谷冷靜下來。如果還是不行，或許會先拍我的戲分，晚一點再拍伊勢谷的。」

「這樣啊……真緊湊呢……」

拍攝行程原本就因為預料之外的暴風雨延後，而能在港邊拍攝的時間只剩四天，得在這段時間內拍完所有需要的畫面，所有人都越來越焦急。

但是，應該最焦急的主演演員正開心地抱住明良的腳，毫不在意地提議：

「明良，現在有空檔了，我們去看海吧。」

「……你在這種時候說什麼啊……？」

「畢竟我無事可做啊，我想和你一起去看海……好嗎，我們走吧？」

被達幸緊握著手，明良百般猶豫之後，還是屈服於那雙閃閃發亮的雙眼。

不行不行，從剛剛開始就不停敗給那雙眼睛，再這樣下去不行。

和重新打起精神的明良十指交扣地牽著手，達幸雀躍地走下外景車。

每當兩人經過，工作人員都會停下手邊的工作一秒，驚訝地瞪大眼，但擔心會傳出奇怪謠言的只有明良，達幸則踩著輕快的步伐，就快要哼起歌來，拉著明良的手走。

幸好，因為行程一再變更，忙得要死的工作人員們沒有好事地追上來，明良鬆了一口氣。

「喂……你要走去哪裡？要是走太遠，會沒辦法在重新開拍前回來喔。」

「快到了，爬上這裡就好了。」

與外景團隊使用的場地隔著一個港口，在正對面的停車場後方，有道高約明良三倍身高的水泥牆，牆上裝著不仔細看就不會發現的小樓梯。明良在達幸的催促下爬上樓梯，視野突然一片遼闊，有一股濃烈的海水氣味。

「哇……！」

白色沙灘和藍色大海廣闊無際，無人的沙灘只充斥著海濤聲，不遠處的海港喧囂如夢一場。

昨天碰到伊勢谷的防波堤那裡夕陽也很美，但打上海灘又離開的海浪更棒。

「這邊是禁止游泳的區域，所以很少有人。這是昨天工作人員告訴我的，我就心想一定要讓你看看。」

「讓我看……為什麼？」

「因為你喜歡海啊。」

笑容滿面的達幸與像小時候的他。公明帶他們去水族館參加結婚典禮，兩人在婚宴中溜出來，就像這樣看著海，但當時的大海沒有這麼漂亮就走了。

「你說我的眼睛像大海一樣……因為你說很漂亮，所以我也喜歡上大海了。」

「達幸……」

「但是，我更喜歡你，更更更喜歡你，最喜歡了。」

俊俏到難以置信的臉孔慢慢靠近。那不是擁有狂熱影迷的演員青沼幸，而是只讓明良看見的，青沼達幸的悲傷表情。

明良沒有抗拒，怯生生地，只是輕貼交疊上來的唇。他懷抱住健壯的腰，像得到了勇氣，逐漸加深這個吻。

笨拙的動作使牙齒不小心相撞，奇妙地撩動他的心。這個男人堅稱只有情人可以接吻，看他的技術這麼差勁，大概到目前為止都沒有機會練習吧，明良也極有可能是他的初吻對象。

交纏的舌頭甜得發麻，右手的傷開始發疼。扭曲明良人生的傷痕，也是達幸捨身救下明良的證據。

「嗯、呼……哈、啊……嗯……」

每當明良洩漏幾聲帶著鼻音的嬌吟，達幸的吻就變得更激烈，拙劣卻毫不留情地蹂躪明良。頭被達幸牢牢固定住，被高出一顆頭的人如此渴求，與其說是接吻，更像是被他拆吃入腹，明良的身體開始失去力氣。

——好想連同整個心，一起讓他吞吃下肚。

明良緊攀著達幸，忍下因為腦袋發燙，神智不清下產生的衝動。

「明良……」

達幸接住一放開手就雙腳發軟的明良，在水泥地上坐下，並讓明良面對著他坐在腿上，臉頰磨蹭著明良的右手。

「……喜歡明良……我只喜歡明良。」

「達幸，我……」

「喜歡、喜歡、好喜歡。我的明良，只屬於我的……明明……」

如浪濤般不停重複的告白，撼動著明良心底深處的情感。

明良覺得要是再聽他說下去，自己就會脫口說出什麼，因此立刻掠奪達幸的唇。在達幸驚訝之時，他打算趁機從達幸腿上離開，但修長的手臂摟住他剛要抬起的腰，緊緊抱住他，讓兩人的胯間緊緊相貼。

隔著布料也能感受到硬物，明良拍了拍寬闊的後背。只要事關明良，達幸會毫無羞恥心，隨時隨地都會發情，就算是在這種地方，只要他興致一來，隨時都有可能推倒明良。

「達幸！」

「……別擔心，我不會更進一步，只會這樣抱著你而已。」

達幸把臉埋進明良的肩窩，像他說的一樣相當安分。

「但是你，那個……不會很難受嗎？」

在這種狀態下還無法自行處理，應該相當難受。明良也是男人，所以不禁為他擔心。

「沒關係，常有的事。」

「……咦？常有的事？」

「和你在一起時，我一直都是這樣，只是聞到你的味道就會變硬。但要是每次變硬就抱你一次，你會被我弄傷，所以我都會忍耐。」

你說那樣嗎？那樣算忍耐過了嗎？

令人衝擊的事實讓明良頓感無力，心裡卻湧現與昨晚相同的愛憐，呵呵笑了。

「你真笨耶。」

竟然如此深愛一個想將他推入人生谷底的人，真的只能說是笨蛋了。但對這份只對自己展露的欲望感到舒心的明良，也是不折不扣的同類就是了。

「……明良，你笑了。好高興……只要明良能對我笑，我什麼都願意做，不管要我怎麼忍耐，我都會做到。」

這隻狗狗磨蹭著臉頰，像在說「所以誇獎我，快誇獎我」。明良撫上他的頭，他就立刻忘記上一秒說過的話，貪求明良的唇。

兩人擁抱著彼此，沉溺於深吻中，直到重新開始拍攝的前一刻。

在明良和達幸回到外景車上不久，一臉難看的松尾走上車子。

「伊勢谷先生不見了。」

兩人還以為他要責怪他們偷跑出去，松尾卻說他因為今天的主角伊勢谷不見蹤影而四處奔走，根本沒時間回外景車。

「不見了……難不成……」

他被久世那般斥責，在眾人面前出糗，該不會是因為太悲觀而失蹤了吧？明良擔心地想著，但松尾立刻反駁。

「怎麼可能，他的個性才沒那麼可愛，他只是鬧彆扭、跑出去玩了啦。阿克特也大致掌握到了他會去的地方才對，不然不可能那麼冷靜以待。」

「這麼不負責任的行為會被允許嗎？」

「一般來說，就算被換角也不奇怪，但阿克特和這次的製作人關係密切，頂多只會嚴正警告吧。伊勢谷也明白這點，所以明天就會回來了。大概是想散心，順便讓久世導演和幸煩惱一下。」

伊勢谷應該比明良大一歲，但這樣也太輕率了。如果他至今都是用這種態度工作，他的個性也使他開始走下坡的一大原因吧。

「我們和攝影導演討論過後，決定今天晚上先拍沒有光的戲份。接下來要開始準備，所以我和幸都得立刻離開，鴫谷先生您想怎麼做？」

「我可以先回飯店嗎？我有點累了……」

「說的也是，您好好休息比較好。我去叫計程車，請您先回飯店。對了，千萬要把我給您的手機帶在身上喔。」

「好，我知道了。」

「明良……你要走了？」

達幸又用那雙眼哀求著「別走」，但這時要忍耐。

「你要認真工作……然後，早點回來。」

「……嗯！我會努力！」

達幸現實地露出燦爛的笑容，腳步輕盈地跑下外景車。松尾苦笑著追上去，小聲地說了句「您可以成為馴獸師呢」，明良決定當作沒聽見。

松尾告訴明良的計程車搭乘處是在伴手禮賣場聚集的設施後方，明良穿過觀光客眾多而人聲沸騰的設施當作捷徑，途中順便去上洗手間。

「鴫谷明良先生？」

洗手時有人向他搭話，明良想轉過頭的那一刻，一條布摀住了他的口鼻。一吸入布上刺鼻的氣味，他立刻頭暈目眩，意識逐漸渙散。

「喂，是這傢伙沒錯吧？」

「對，沒錯，快走吧。」

聽見陌生男子們的聲音，明良被人從雙側腋下架住，拖著離去。

明良甩甩頭，試圖保持清醒，但眼尖發現的男人又讓他聞了布上的氣味，明良就此失去意識。

『喜歡明良。』

他曾經想大喊住口，痛揍隨意告白的男人。

『好喜歡，最喜歡明良了。只要有明良在，我不需要任何東西。』

達幸笑得很開心，明良開始搞不懂自己了。

會待在他身邊，會讓他抱自己，都是為了將他推落至自己所在的谷底。

達幸總是毫無防備地露出背部，站在懸崖旁。只要明良一推，就能輕而易舉地將毫不抵抗的他推落谷底。

但是，不僅無法痛下殺手，明良回過神時，甚至出手幫了他。明良還想看到更多、更多他精采的演技。比起誇口說自己隨時都能不當演員的當事人，明良更執著「青沼幸」。

「還不醒來嗎？」

聽見莫名含糊的聲音的同時，右手被粗暴地踢起。那一腳正好踢到舊傷，因此一陣劇痛竄過大腦，將明良模糊的意識瞬間拉回現實。

「嗚啊……！」

「喔，公主殿下醒來了～大家，掌聲鼓勵鼓勵～」

團團圍住明良的三個男人大力鼓掌。明良就倒在他們中間，手被膠帶綁在身後。

男人們也許有在練格鬥，每個人都肌肉發達。他們戴著藍、黃、紅不同顏色的露眼帽，所以看不到長相，但三人唯一露出來的眼睛，都因為無從遮掩的興奮與愉悅而扭曲。

明良環視周遭，努力思考。

水泥地板骯髒且四處都有雨水的痕跡，垃圾四散，窗戶玻璃碎裂，牆壁四處裸露出鋼筋。這裡大概是建商蓋到一半時破產，就這樣放著不管的商辦大樓之類的。

圍住明良的男人，十之八九就是在洗手間綁架他的那群人。他們知道明良的名字，又帶他來到這個沒人會發現的地方，這是計畫性犯罪。

沒有多少好事之徒會綁架一個被裁員的平凡上班族，那麼，他們真正的目的會是明良之外的事。

鉸鏈就快鬆脫的門隨著嘎吱聲打開，身形修長的男子從裡頭走進來。露眼帽男們低頭讓位，看到那名悠然現身的男子時，明良倒抽一口氣。

「嗨，對你這麼粗暴真是不好意思。」

單手拿著數位攝影機，居高臨下地看著明良的人，是從拍攝現場消失的伊勢谷。

「伊勢谷先生……你為什麼要這麼做……」

「你是叫鳴谷明良對吧？不……是『明明』吧？」

「……不管你怎麼傷害我這種人，達……青沼先生都不會在乎的。」

「你少裝傻了……我可是看見了，你們抱在一起接吻。」

「……！」

怎麼可能，那個海邊沒有人……不，不對，那個樓梯。如果是明良兩人走過的那個小樓梯，就可以躲在樓梯上偷看上面的狀況。

沒想到伊勢谷會躲在那邊……！

「我就覺得很可疑。只是那點小事，他竟然就氣得像要殺人，你肯定不只是個助理。結果果不其然？沒想到那個青沼是個同性戀。」

伊勢谷朝戴藍帽的男人揚揚下巴，男人點點頭，命令黃帽男人從身後牢牢架住明良，他則拿著藍波刀，由上往下一劃。

「咿……！」

可能會被殺的恐懼讓明良縮起身子，緊緊閉上眼，但只感覺到胸口附近有些微的刺痛。

他戰戰兢兢地睜開眼，襯衫、褲子和內褲的前方被割成兩半，除了胸前的小割傷之外，沒有其他傷口。

「好～拆完禮物嘍～！」

藍帽男收起藍波刀，一臉驕傲地挺胸，剩下兩人也誇張地拍手附和。

「蠢蛋，你傷到他了啦，你的技術退步了吧。」

「好可憐喔，明明在發抖耶。小乖乖好可憐喔～我們馬上就讓你哭出來喔～」

紅帽男看著割開的內褲中，明良因恐懼而縮起來的性器，露出猥褻的笑容揶揄。

「哇，有夠變態！」

露眼帽男們群起大笑，各自拿刀割開、褪下明良剩下的衣物。剛才那段表演除了想帶給明良恐懼之外，也是為了取悅他們自己才特地演出的，所謂物以類聚，這群男人差勁透頂。

「這傢伙真的是男的嗎？皮膚比女人還白，還很光滑耶。」

喚。

男人們下流地撫摸明良赤裸的肌膚。即使想抵抗，剛才的藥效似乎還沒退，身體根本不聽使喚。

就在明良使盡全身力氣掙扎時，纏在手肘處的袖子滑落，露出醜陋的車禍傷疤。

「呃，好噁！」

興奮瞬間降溫，藍帽男面露嫌惡地大喊，另外兩個人隨之看到傷口，也發出厭惡的聲音，表情扭曲。

明良的情人，甚至連母親第一次看見這個傷疤時，也做出了相同的反應。他早就習慣別人反感的反應了才對，為什麼現在會心如刀割呢？

『可以……讓我替你舔一舔止痛嗎……？』

啊啊……原來是這樣。

因為達幸不停安慰他，將其當作寶物般舔吻、疼惜，所以明良都忘了，忘了這個傷疤醜陋，受人輕蔑。

「伊勢谷先生~真的非得上這傢伙嗎？原本想說就算是男的，長得美也可以，我才答應你的，但這樣一來興致都減半了啦。」

「笨蛋，那種東西遮起來就好啦！」

伊勢谷一邊操作攝影機，一邊把貌似用在明良身上的膠帶踢到男人手邊。

「啊~原來如此，真不愧是伊勢谷先生，好聰明喔！」

「痛、很痛，住手！」

「好啦好啦，明明把嘴巴的拉鍊拉上喔~」

傷疤直接被膠帶纏上一圈又一圈，明良痛得大喊，男人就拿東西堵住明良的嘴。因為劇烈的疼痛又呼吸困難，明良掉下眼淚。

「啊啊……你的這種表情果然棒透了，讓人想狠狠欺負你，弄哭你啊。」

「嗚……呼……嗯……」

「我會好好把你被幾個男人玩弄、嬌喘的畫面拍下來，寄給青沼，那傢伙看到這個，會有什麼反應呢？」

伊勢谷在不遠處拿好攝影機，打算在那邊清楚拍下明良遭到輪姦的畫面，他則絕對不現身，想對達幸造成極大的精神打擊。

這男人太卑鄙了，絕對不想讓這種人阻礙達幸。

明良滿懷憤怒地狠瞪著他，伊勢谷就被他的魄力嚇到小聲尖叫，用力甩頭並命令男人們：

「很……很好，你們儘管上吧！侵犯到他沒辦法擺出那種囂張的態度為止！」

男人們發出歡呼，開始對明良動手動腳。明良已經無能為力了。

這時，駭人的破壞聲響起，整扇門連同斷裂的絞鍊一起噴飛。

「哇啊！」

聽見伊勢谷的慘叫聲，蹂躪明良的男人們也停下動作。

原本面露殘忍愉悅的男人們微微發抖，看著某個地方，看起來就像巴不得移開視線，卻又不由自主地被吸引過去。

明良順著男人們的視線看去，差點停止呼吸。

——死神。

腦中之所以會瞬間浮現這個詞，或許是因為踹倒伊勢谷，緩步走過來的達幸穿著一身雷伊的戲服與妝容。而雷伊是使槍耍刀的高手，在故鄉被稱為絕對會解決獵物的死神。

露眼帽男們不曉得這些資訊，但他們的本能感覺到達幸是會帶來毀滅的存在，害怕得發抖。

就在達幸發現嘴巴被堵住的明良的那一刻，男人們抖得更嚴重。儘管戴著黑色隱形眼鏡，沉靜的衝動就如藍色火焰熊熊燃燒，渲染達幸的雙眼，貫穿了他們。

死神的怒意平靜至極，所以更讓人恐懼。

如果久世在場，或許會興奮地命令攝影機開始拍攝。要是他看見這徹底體現出電影名稱的模樣，也許會忍不住這樣做。

「別……別過來，站住！你不在乎明明會變成怎樣嗎！」

黃帽男強迫害怕的自己打起精神，把藍波刀抵上明良的頸項。原本想拔腿就逃的另外兩人也想起手上還有明良這個人質，稍微冷靜了下來。只要明良在他們手上，達幸就會對他們言聽計從才對。

「你說，明明……？」

聽到達幸開口說出這句話，他們才發現別說對換立場了，這根本是自掘墳墓。這道彷彿來自地獄深處的低沉聲音，連明良都全身寒毛直豎。他想大喊「住手」，喉嚨卻過於緊張，無法發出聲音。

「可以叫明明為『明明』的人，只有我啊……」

「唔……咿！」

達幸動作純熟地朝男人們舉起銀白色手槍。

明良也見過那把槍，那是雷伊愛用的武器——拍攝用的小道具。做工精緻，就像真槍一樣，但當然是把假槍。

「別、別被騙了，那是假槍！沒有子彈！」

伊勢谷倒在地上大喊，但男人們沒有聽到。不對，是即使聽到了也不相信。那男人身上纏繞著殺氣，光靠近都會被劃破肌膚，他手上的武器怎麼可能是假的。

在達幸瞄準額頭，按下板機的瞬間，把刀抵在明良頸項上的男人尿失禁並昏了過去。一眼就能看出男人完全沒流血，但剩下的兩人仍發出毫無意義的尖叫聲，如脫兔般逃跑。達幸不可能放過他們，迅速縮短距離，從背後撲上去。

接下來，是單方面的暴力私刑。

達幸用槍柄毆打想逃跑的兩人，在兩人無力站立時，毫不留情地踹上一腳，使他們往前倒下。達幸扯掉呻吟求饒的男人的露眼帽，拉起頭髮，逼迫男人仰頭，接著跨坐在對方身上，緊握著槍柄的拳頭不停往男人身上招呼。

肉被擊碎、打爛，直到聽不見混雜著牙齒碎裂聲的慘叫聲，達幸才站起身。

要是以為他終於滿足了，那可是天大的錯誤。達幸拎著沾滿血的手槍，擋住想爬著逃跑的伊勢谷的去路。

「咿、咿咿咿咿！別、別過來，別過來啊啊啊啊啊啊！」

扭曲的臉孔上淚水與鼻水糊成一片，沒出息地哭喊著的伊勢谷完全看不出過去曾是當紅模特兒。

與之對照，達幸冰冷的臉上沒有對伊勢谷的憤怒或輕蔑，只有純粹的殺意。

要給予懲罰。

他玷汙了比任何人、任何事物都重要，最該守護的人，要給予此人應有的制裁。

「別、別殺、別殺了我……拜、拜託，別開槍打我啊啊啊！」

死神纏繞著有如藍色火焰的殺意，連明良都害怕得縮起身子，而近距離看見死神的伊勢谷，恐懼也到達了巔峰。他將頭磕在地面上，保證那是假槍的同一張嘴開始求饒。

「我、我、我、我錯了……我、我向你道歉，拜託原諒我……」

殘酷的死神看向他下跪時，從手中掉落的攝影機。小小的攝影機正沉默地告發伊勢谷的企圖。

喀嚓——保險被拉開，發出沉悶的金屬聲。熟練地做出槍擊動作的並非在和平國家成長的青年，而是在槍彈雨林中生存下來的死神。

「啊、啊啊、啊、哇啊啊啊啊啊！啊啊啊啊啊啊啊！」

伊勢谷轉身像動物一樣在地上四足爬行，想稍微減輕恐懼，但他應該只有聽到扣下板機的細微聲響。這把用於拍攝的模型手槍被改造過，為了在後製時能合成音效，摘除了會發出槍響的機關。

「咿、嘎……！」

儘管如此，伊勢谷的身體仍像被真槍擊中一樣往後仰起，接著倒在地上，一動也不動。

在伊勢谷的腦中，他已經被死神殺死了。即使實際上躺在地上的是活人，其實那早就是渾身是血的淒慘屍體了。

但達幸——死神——不會憐憫屍體。

他踢了踢剛殺害的男人，讓他正面仰躺，毫不留情地踹上男人最自豪、仰賴維生的漂亮臉孔。不僅一下，而是一下接一下，彷彿連一塊肉都不允許他存在於這個世上。

周遭立刻飄散著血腥味，使明良反胃。

伊勢谷所扮演的光，是教會只知殺人的雷伊何謂人類溫暖的人，而雷伊得知造成光心理陰影的事件真相後，最終為了拯救光獻出生命，兩個青年建立起了無可取代的友情。但應該扮演這兩個青年的兩個人竟然變成這樣，何其諷刺。

「夠了……已經夠了……」

明良用盡力氣，解開雙手的束縛後撕下嘴上的膠帶，擠出沙啞的聲音。

吸入過多的藥物仍有強勁的藥效，再加上親眼目睹眼前殘酷的光景讓他受到衝擊，明良的頭痛到就快裂開了。剛才被緊緊束縛的雙手也幾乎失去知覺，大概得請醫生看看了。

身體跟他說著快點放掉意識會比較輕鬆，但他現在不能昏過去，因為能阻止達幸的只有明良。

如果明良不阻止，達幸這次真的會殺了伊勢谷。

要是變成那樣，達幸……青沼幸會……！

「夠了，快住手……！達幸……！」

悲痛的呼喊也許傳進了死神的心裡，跨坐在伊勢谷身上，朝他臉上猛打的達幸停下拳頭，慢慢轉頭看向明良。

死神的氣息逐漸從看到明良的雙眼中淡去，並在明良放下心來落淚的瞬間驚嚇地睜大，完全恢復成原本的達幸。

「明……明……」

「達幸……過來……」

「明明……明明明明明明明明！」

達幸看也不看被他打個半死的男人，跑到明良身邊，粗暴地抱緊明良。恐懼與痛楚宛如假象，從緊繃僵硬的身體退去，取而代之是安心與愛憐逐漸擴至全身。為了明良，能不惜任何犧牲，又笨又蠢……明良可愛的狗狗，心愛的達幸。

他只能承認潰堤滿溢的這份感情。

對明良來說，特別的人只有達幸一個。不管是以前……還是現在。

「你這隻……笨、狗……」

在逐漸遠離的意識中，明良聽見接近而來的警笛聲。

在那之後，趕到現場的警方逮捕了伊勢谷及他的三名同伙，但因為他們身負重傷，在關進看守所之前先送醫治療。

而多虧明良恢復意識後做了證詞，達幸被認定為正當防衛，沒受到任何處罰。

雖然伊勢谷等人否認犯行，但諷刺的是，伊勢谷拍下所有過程的攝影機成了不可動搖的鐵證。而且攝影機在達幸一開始踹飛伊勢谷時就關掉了，所以完全沒拍到達幸施暴的過程，只能說是僥倖。

松尾來到明良被送到的醫院，面容憔悴地解釋達幸會出現在那邊的經緯。

「和您分開後，我們原本想去找久世導演，但幸突然說他還是想要目送您離開，就去了計程車乘車處。」

但明良不在計程車乘車處，安排好的計程車司機也說明良還沒過來。

慎重起見，他在附近四處查找時，伴手禮賣場的店員說曾看到兩個大男人，拖著貌似明良的男性走出去。這附近有許多看準觀光客的居酒屋從白天就開始營業，很常見到醉醺醺的人，因此店員也不覺得奇怪。

「我們立刻就想到可能是伊勢谷，因為他和不良分子有牽扯是很出名的事情。」

松尾毫不慌張，因為他讓明良帶在身上的手機裡裝有GPS定位軟體，立刻就知道明良被帶到哪裡了。這是他為了防止明良又想妨礙達幸時做的準備，沒想到會在這時派上用場。

達幸不顧想報警的松尾制止，騎著工作人員的機車，闖進明良被帶去的廢棄大樓。之後就是明良目睹到的那副光景，但松尾也被迫花費了與明良不同意義的一番辛勞。

伊勢谷的動機能推測出是要傷害明良，帶給達幸精神上的打擊，而松尾十分明白闖進那個地方的達幸會做出怎樣的行動，如果警方早一步抵達，達幸可能會以傷害罪的現行犯遭到逮捕；如果晚一步，伊勢谷可能會被打死。

松尾得算好時機，讓警方在達幸能被認定為正當防衛，伊勢谷又不會被打死的絕妙時間點抵達。從結果看來是大為成功，但那段期間的松尾大概就像如履薄冰。

雖然獲得無罪釋放，但這起事件很嚴重。達幸要接受警方偵訊，電影拍攝當然也就被迫中斷。

伊勢谷所屬的阿克特四處奔波，想掩蓋掉這件事，但在現在這種時代，沒有事情能完全掩埋。「伊勢谷綁架青沼幸的助理，打算施暴」的案件消息在轉眼間洩漏出去，傳遍社會。製作人尚未表明任何意見，但已經有傳言說依據情況，整個電影企畫可能會喊停。

診斷過後，明良的身體沒有什麼異狀，醫生只叮嚀他短時間內不能過度使用右手。也因為明良是受害者，偵訊一次就結束了，他獨自一人回到東京的公寓。

達幸晚明良一天回到家，但明良一直關在書房裡，完全見不到面。

喀喀、喀喀、喀喀……

明良耽溺於思考時，仍不停聽到刮門板的聲音。達幸回家之後就不停抓門板，想讓明良開門。

明良好幾次都想開門，但咬牙忍了下來……因為要是看到達幸，感覺他好不容易就快萌芽的決心就會消失。

三天後，社群網站上有各種意見與消息滿天飛。那些幾乎都是抨擊伊勢谷的言論，而達幸被讚譽為不顧自身安危，拯救助理的英雄。

畢竟達幸不僅獨力對抗包含伊勢谷在內的四個人，對方手上還握有人質。他毫不在意過於不利的狀況，成功救出了助理，所以就算把伊勢谷他們打到進醫院，只聽描述當然會誇獎他。

然而，親眼目睹到實際情況的明良沒辦法這樣想。達幸彷彿被殺手雷伊占據了身體，那雙平靜黑暗的死神之眼，以及毫不躊躇地扣下板機的手指現在仍深深烙印在明良腦海中，揮之不去。

如果他當時拿的是真槍，應該也會毫不猶豫地扣下板機。如此一來，就算伊勢谷有錯，達幸也罪不可赦。他的演員生命會就此斷絕，也很難作為正常人生活。

高中時，達幸被稱為「明良的看門狗、瘋狗」還很自豪，他從那時起就沒變過，不，是變得更嚴重了。

如果再發生相同的事情，達幸也許會毫不猶豫地弄髒自己的手。

明良對此害怕得不得了。

比自己優秀的達幸為自己犧牲奉獻的優越感早已消失無蹤，想讓他感受到和自己相同絕望的扭曲欲望，也在達幸從伊勢谷手中救出他的那一刻消失了。

——其實，明良自己最清楚。

讓明良與達幸最後分開的那場車禍，有錯的人是開車時睡著的駕駛，公明會負責診治達幸也只是因為達幸傷得更重，除了公明，沒人救得了達幸。

如果明良和達幸的立場對調，公明也會負責診治明良。對所有人一視同仁的父親曾經是自己的驕傲，但受到絕望打擊的明良連這理所當然的事情也不肯相信。

明良只是自怨自艾，想尋找一個出口，發洩無可抒發的怒氣而已。達幸的成功是靠他本人的努力與才華得來的，他卻裝作沒看見，只對達幸心有成見。

至今為止，他反倒一直受到達幸的幫助啊。

發生車禍時、因為火災失去居所時、被誣陷而失去工作時，如果達幸不在身邊，明良會面臨更悲慘的狀況才對。

撇除他對達幸的扭曲自卑感，就能清楚明白自己至今對達幸的行為有多不講理。

如果告訴達幸自己剛察覺到的心意，他肯定會欣喜若狂，更加深愛明良。就算明良沒要求，他也會為了保護明良，不惜傷害自己。這次的事件也一樣，只要一步走錯，達幸或許就會像伊勢谷一樣，步上毀滅的道路。

但要是兩人繼續待在一起，只會不斷沉淪。

明良是無所謂，他受到不講理的嫉妒驅使，做出那些過分的惡劣行為，接受報應是理所當然。

但達幸不行。那出神入化的演技逼真，甚至令人不知道該不該稱之為演技，就連卑鄙無恥的伊勢谷等人都被他吞噬。只要順利累積經歷，達幸肯定能成為代表這個國家的演員，即使他本人沒有這種意願。

不能連累達幸，只有達幸，他希望達幸能在最耀眼的地方沐浴在光芒之下。即使明良明白，不停扯他後腿的自己抱著這種期望十分厚顏無恥。

「……？」

不曾間斷的尖銳刮門聲，變成了有什麼在撞擊、拉扯的沉悶聲響。不知發生了什麼事的明良擔心起來，微微打開門，下一刻就有一股強大的力量把門往外拉。

「嗚哇……！」

握著門把的明良跟著被拉到走廊上，比他大一圈的身體壓上來緊抱住他。明良沒辦法承受這個重量，差點倒在地上，但達幸迅速轉換姿勢，變成明良壓在橫躺在地的達幸身上。

血味搔動鼻腔，明良被達幸緊緊抱著，轉動視線，發現地板上散落著好幾個小小的紅色汙漬。發現那是血跡時，明良用力搥打達幸厚實的胸膛。當達幸放鬆禁錮，明良就跨坐在他身上，把達幸的手拉到面前。

「你……為什麼，這樣……」

達幸雙手的食指、中指和無名指的指甲都裂開了，而且裂開的指甲剝落，鮮血從毫無保護的皮膚不斷滲出。

看到傷口就能想像到那股劇痛，全身發寒，作為當事人的達幸卻怡然笑著。

「因為達達抓門，你就會替牠開門吧？所以我以為你也會替我開門……」

「笨……笨蛋……！有人會抓到指甲裂開嗎！快、快去醫院……不對，叫救護車……」
明良起身想去拿手機，達幸卻用沾滿血的手緊緊攀住明良的腳。
「明良……對不起。」
「達幸，放手。」
「對不起、對不起、對不起……我又讓你遇到危險了。對不起，我是沒用的壞狗狗，對不起。」
「達幸，不是那樣，你不是……」
救了我嗎？明良打算如此接道，但湧上喉頭的嗚咽讓他說不出話。
溼潤的藍眼一心一意乞求著明良的憐憫，是令人愛憐的可愛小狗。
啊啊——果然不行。
明良不能和達幸在一起。
「明良，你在哭……對不起，很害怕吧？對不起……都怪我是沒用的壞狗狗，對不起。」
「……達、幸……」
「對不起、對不起、對不起……明良，原諒我……」
「夠了……已經沒關係了……」
明良在吃驚地歪頭的達幸身邊跪下，撫著他凌亂的頭髮。倒映在藍眼中的明良露出溫柔的笑容，連他也很驚訝自己能做出這種表情，而達幸怯生生地摟住明良的肩膀。
「明良……你願意原諒我嗎……？」
「說什麼原不原諒，我根本就沒生氣，只是……有點害怕而已。」

達幸全盤接受明良的說詞，明良則把臉埋進垂頭喪氣的達幸胸口。

他害怕的不是被伊勢谷他們玩弄，而是達幸或許會斷送他的演員生命。

但不管怎麼解釋，達幸都不會理解。因為他是認真覺得，為了明良，他隨時都能捨棄演員事業。

所以明良對全身僵硬的達幸輕語：

「你要負責讓我忘掉喔。不管是害怕的記憶，還是被他們撫摸的噁心記憶……你要用你的手，讓我全部忘記。」

「……明明……」

達幸的喉嚨滾動，迅速抱起明良。明良很清楚得快點帶達幸去看醫生，但這是最後了。最後他想再一次，感受這男人的體溫。

達幸才說完「我會溫柔點」就把明良放在走廊上，把運動褲和內褲一起脫下。染紅的指尖應該正在控訴著劇痛，但達幸的大腦似乎將其認知為令人顫慄的快感，而非疼痛。比平常更急促的呼吸及猶如驚濤駭浪的雙眼就是證據。

明良想快點跳進那片海裡沉溺於其中，達幸卻讓明良趴跪在地，大大扳開他的臀瓣。粗亂的鼻息撲上肌膚，明良理解到達幸在做什麼的時候漲紅了臉。

「笨……笨蛋……別這樣……」

就算那裡早已接納過達幸的巨物無數次了，明良也無法忍受他將鼻子埋入其中，還不斷嗅聞氣味。明良扭腰抵抗，但達幸緊緊抱住他的腿，不肯放手。

「不可以……只有這點我不會退讓，因為我還記得很清楚……那些傢伙竟然敢對我的明明……」

「啊，達、幸！」

「可以看你的肌膚，然後觸碰、嗅聞、舔舐、吸吮、含弄、讓你瘋狂的人只有我啊……」

達幸應該知道伊勢谷等人沒有做到最後，但他必須用自己的眼睛、舌頭和鼻子確認過才肯罷休，他得確認明良的身體裡除了自己以外，沒其他人進入過，也沒有在裡頭播種。

「別……啊、哈……達、達幸……！」

忍受著鼻尖在臀縫間來回磨蹭的搔癢感，明良以手肘撐地，抬高臀部，讓達幸更好動作。就隨達意的意吧。明良要證明給達幸看，這個身體除了他以外，沒其他男人能進入的空間。

吞下一口氣，舌頭舔舐的淫靡聲響讓全身瞬間發燙，愉悅與快感逐漸吞噬被徹底嗅聞的羞恥。

「明明……太好了，沒有我以外的公狗味道……」

達幸安心地吐出一口氣，大掌立刻抓住為羞恥所苦的明良臀肉，接著伸出舌頭品味。

「咿……不要！啊、啊啊、啊……」

只是整根舌頭貼著滑過、反覆舔舐就讓花穴疼到無可忍受，達幸卻將舌尖深入體內，滑過敏感的內壁。令人連想到男性分身在其中律動的動作，讓明良的性器在沒被碰觸的情況下變得硬挺，難受地滴下淚水。

即使手臂失去力氣，上半身貼在地板上，達幸也毫不在意。他緊緊抱住明良的臀部，品嘗明良的體內。

「……只有、明明的、味道……」

盡情舔舐貪食後，他有點遺憾地低語。明良心想「這樣有什麼不好？」並轉頭看去，頓時愣住，因為達幸掏出無須撫摸就十分勇猛的分身，抵在被濡濕的花穴上。

「哈……啊啊啊啊啊啊……」

一口氣被貫穿，衝擊令明良仰起身子。彷彿要從體內穿破而出的壓迫感立刻消去，內壁迎入熟悉的男性分身，歡喜地鼓譟著。

「我將這裡射滿那麼多次了……在裡面射了那麼多……」

「別、啊啊啊、啊！」

「你說，我還得灌注多少才行？還要多少才能讓你全身上下都散發出我的味道，讓所有人都能馬上聞出來？」

與天真無邪的提問相反，達幸無情地往上頂弄，相互碰撞的肌膚發出激烈拍打的聲音。

「哈……啊啊、啊……嗯！」

雖然擴張過了，但隔了幾天沒接納這勇猛瘋狂的雄性分身，明良十分難受。但這個巨大的尺寸與無人可比的質量也帶來無法言喻的歡欣。

兩人交合時，達幸總是想立刻與明良相連結，接下來才是愛撫與甜言蜜語。他說進入明良體內時最幸福，做愛時從頭到尾都會一直待在體內，這次肯定也是如此。

這樣就好，明良希望達幸一直、一直待在自己體內，永遠不離開，一直填滿自己。他甚至想將達幸的存在烙印在自己身上，直到自己如達幸所願，渾身散發出他的氣味為止。

……如此一來，再也見不到這男人的孤獨與悲傷或許都能稍微減輕一點。

或許是聽見了明良的願望，達幸沒退出來就讓明良仰面躺著，而明良環抱住達幸的脖子。達幸吻著明良右手的傷疤等他平靜下來，並捧著兩片臀瓣站起身。

兩人結合得更深，達幸進入到比平常更深的深處。明良馬上將雙腳纏上達幸的腰，緊緊抱住他的脖子，但使不上什麼力氣。健壯的雙臂和體內的雄性分身支撐著就快滑落的明良。

「呀……啊！」

「別擔心。」

達幸啃咬著明良的耳朵，一邊製造出淫靡的水聲一邊低語。那聲音既溫柔又甜蜜，若是女人，應該就會懷孕。

「別擔心，明明什麼都不用做……我都會替你做到。」

「啊……啊、不、不行，別走動……啊。」

「你只要這樣，一直含著我就好了……」

達幸就著相連的姿勢抱起明良，邁步前進，每前進一步帶來的振動，都讓分身更加深入。明良或許淫蕩到無可救藥了。別說感到下流羞恥，他甚至緊緊夾著達幸的分身，希望他快點噴濺出精液。光是想像體內被達幸的種子填滿的瞬間，竟然就讓夾在兩人腹部之間的性器變得硬挺。

「呀、啊啊、啊啊啊啊……！」

「明明、明明……！」

一抵達寢室的床上，兩人同時噴濺出精液。達幸射在明良體內，明良則射在兩人緊貼著的肌膚之間。

野獸般的粗喘鼻息充斥於密閉空間裡，達幸不給明良時間沉浸在合為一體、如暴風雨般的快感中，仍埋在體內，跪著並撐起身子，擦去沾附在明良肚子上的精液。視線固定在明良身上，刻意讓明良看著他，連同自己的血一起舔舐精液。著迷的表情中沒有絲毫痛楚。

「真好吃……」

「……！」

「就好像我也混合在明明裡面一樣，好讓人、興奮……」

才剛高潮的分身立刻恢復硬挺，重拾律動。彷彿要明良一滴不漏地受精一般，達幸把留在體內的精液不停往深處推送。

「明明，懷上我吧。」

「達、幸……」

「如果我能變成明明的一部分，那我就是你的了吧？……就能永遠在一起了對吧？」

「呀……嗯！」

達幸一口咬住毫無防備地暴露在外的乳頭，同時變換向上頂弄的角度。明良的大腿因此往上一顫，達幸順勢將明良的雙腿扛到肩上。

「我絕對不會放開你……明明，因為我是你的啊……」

「啊……達、達幸、達幸……！」

「我不當演員了……我們兩人就這樣一直關在家裡吧。我也會一直待在你身邊，讓你忘了害怕的記憶……」

達幸夢想中的兩人世界有多溫柔、多幸福呢？那是不停背叛達幸又愚蠢的明良，絕對無法到達的樂園。

溫熱的舌頭舔去明良不停湧出的淚水。只要搔抓他的頭髮懇求，染上情欲的雙眼就會逼近，被炙熱的唇堵住。明良攀住寬廣的後背，發出羞恥的嬌吟並抓出紅痕。

想到這將是最後一次，能觸碰達幸的每一秒都令人憐惜。

明良鞭策自己到處痠痛不已的身體下床，達幸仍然沒有醒來。

這也無可厚非。他在伊勢谷事件中雖然被認定為正當防衛，但也接受了警方長時間的偵訊，接著大概也被松尾和久世等人狠狠教訓了一頓。帶著疲憊回家後又受重傷，沒進行治療就做了好幾個小時的激烈性愛，就算是達幸，他的身體也會大聲抗議。

雖然做完後有做了緊急包紮，但明良用手掌摸上達幸的臉頰時很燙，且呼吸紊亂。

明良迅速沖澡打理好自己，小心翼翼地不發出聲響，從書房的衣櫃中拿出小型旅行袋。裡面裝著能替換一小段時間的衣物以及補發的存摺、卡片等最起碼需要的物品。

那天明良回來後就立刻收拾好行李，先藏進衣櫃裡是對的。如果這些東西被達幸發現，以他的個性來看，甚至有可能會囚禁明良。

他原本想要摸摸昏睡的達幸，但最後忍了下來……他已經沒有這種資格了。

「……達幸，一直以來真的很對不起。」

希望達幸可以原諒只能在他沉睡時說出這句話的明良，達幸……青沼幸絕對不能為了這麼軟弱、自卑又毫無優點的明良消失。

「謝謝你……再見。」

明良只拿著一個旅行袋，走出公寓。等到再也看不見那雅致的建築，他打電話給松尾。

『鳴谷先生？』

「松尾先生，很不好意思，請你現在立刻去找達幸，他受了很嚴重的傷。」

『受傷？發生什麼事了？難不成……』

「別擔心，不是什麼事件。」

其實明良必須向他詳細說明，但不知道達幸什麼時候會發現明良離開了，並追上來，明良一邊注意著公寓的方向，只說了需要傳達的事情。

「至今一直給你添了很多麻煩，真的很不好意思……我要離開達幸身邊。雖然這麼做很自私，但接下來就拜託你了。」

『鳴谷先生，請等等。』

「達幸……青沼幸就麻煩你了。」

不理會松尾慌張地想說些什麼，明良掛斷電話並關機。在附近發現一座橋，明良就把手機丟到流過橋下的小河裡。

這樣就徹底與達幸他們斷絕連繫了。時至此刻，住處被火災燒毀又被公司開除都變成了好事，因為要找一個與社會沒有連繫的人並非易事。

即使久違地想起公司和前女友，心裡也毫無感覺，只有「曾發生過那種事呢」的想法，因為明良的腦袋和內心，都被存在感更強烈的男人占據了。

……這是最好的選擇。明良消失之後，達幸可能會荒廢一陣子，但他有演員這個天職。許多影迷都為達幸瘋狂，他接下來還會吸引更多人的目光，而松尾會不辭辛勞地在旁支持達幸的活躍表現。

這樣一來，達幸肯定會發現自身的價值。他也會領悟到他擁有不能為了明良放棄的寶物，他對明良的執著只是種雛鳥情結。

接著明良會從達幸心中消失。他不再會抱著明良不像樣地哭喊，不再會用那雙令人沉溺，猶如深海的雙眸看向明良，也不再會疼愛地愛撫醜陋的傷疤……永遠。

「……唔……」

右手開始發疼，明良換手提著差點滑落的旅行袋，快步朝車站走去。

「我沒想到你會來找我。」

將近六年無消無息的兒子突然出現，公明仍開心地邀請他進屋。

明良也知道父親離婚後搬到了這間公寓，但這還是第一次來訪。這是個與高薪的外科醫師相襯，地點良好的寬敞房子。

離開達幸的公寓是很好，但明良現在失業，手裡又沒多少錢。當他煩惱該如何是好時，自然而然地想起了父親，讓他自己嚇了一跳。過去明明那麼不願意仰賴父親，但多虧了達幸，他心中對公明的疙瘩似乎也消除了許多。

話雖如此，他這幾年連賀年明信片都沒寄給父親。就算是親生父親，也不知道該說什麼好，再加上父親笑著迎他入門，讓他很害臊，不由得拋出無關緊要的話題。

「雖然是我突然跑來，但我沒想到這個時間你會在家，原本以為需要過來好幾次。」

「喔，我前年從急診轉調至外科，所以可以排休假了。你挑今天來真的很幸運。」

「咦？轉調？發生什麼事了嗎？」

「沒發生什麼事，只是到了這個年紀，急診對我的體力來說太吃力了。」

父親微笑著端出咖啡，他端正的五官沒有改變，但明顯比六年前年老許多。父親也老了，這是件理所當然的事情，卻讓明良感到驚訝，因為對他來說，受到眾多病患敬重的公明就等同於全能之神。

「所以，你今天是怎麼了？你會特地來找我，應該發生什麼事了吧？」

被父親問起，明良就隱瞞自己和達幸之間的關係，說明了自從他家發生火災後發生的事情。在沒了居所又失業的他傷透腦筋時，偶然再次遇見達幸，然後借住在他家。但一直受到身為藝人的達幸照料，只會為他帶來困擾，所以明良想來投靠父親。

公明認真聽完之後，重重嘆了一口氣。

「你真是的……既然發生那種事情，為什麼不第一個來投靠我呢？」

「爸……」

「不……不對，全是我不好，說好聽一點，我也不是個好父親，比起我，你會投靠達幸也是理所當然的。」

沮喪低頭的公明瞬間蒼老，看起來十分渺小。

他現在或許會願意透漏。明良抱著淡淡的期待，坐到公明對面。

「爸……我一直很想問你一件事。你還愛著達幸的母親嗎？所以才會收養達幸嗎？」

「什麼……？你怎麼會知道那件事……」

「辦法事時，我聽姑姑她們說過。」

大略說明了姑姑們閒聊的內容後，公明緊緊皺眉。

「姊姊她們就會講些不負責任的話……我確實和薰……和達幸母親交往過，但那在我認識美彌子的好幾年前就結束了。」

「那為什麼？」

「……那是因為……」

看到公明有點尷尬地別開頭，明良向前傾身，手撐著桌子懇求道：

「爸，拜託你，雖然我和達幸重逢不久，但一起生活了一段時間後……我現在才發現我完全不了解他。他明明……救了我……」

「明良……」

猶豫一陣子後，公明才終於開口。

「說的也是，或許唯獨你，我必須讓你知道。我之所以收養達幸，是因為他是個被所有人捨棄的小孩。」

「捨棄？達幸不是無依無靠嗎？」

「薰是孤兒，但達幸的父親和他父母，也就是達幸的祖父母都還活著。」

「什麼？」

達幸的母親薰和公明分手幾年後，就與鄉下的資產家結婚，生下達幸。他們是戀愛結婚，聽說感情相當好。

但在達幸出生後，那雙藍色眼睛讓夫妻感情出現裂痕，薰為了洗清自己的外遇嫌疑，甚至做了DNA鑑定，證實達幸無疑就是夫妻的親生小孩。薰自己也不知道她的曾祖母是俄羅斯人，而達幸似乎是因為隔代遺傳，強烈地顯現出這個基因。

但這日本人少有的瞳色讓達幸父親堅決不承認他是自己的孩子，夫妻關係依舊決裂，步上離婚。薰之後獨力扶養達幸，卻因為過度辛勞而病逝。

達幸父親有來參加喪禮，但他堅持不肯收養達幸。他早已建立了新的家庭，事到如今，絲毫不打算接受和前妻生下的可恨孩子。他的父母，也就是達幸的祖父母也不肯認達幸為孫子，因此達幸被親戚互相推託。

公明去參加過去情人的喪禮時，看到達幸呆呆地站在互罵的大人們之中。

最後，因為親生父親還在世，沒辦法將達幸送到公家機關，他父親就不甘願地收養他了。然而，他父親雖然讓達幸衣食無缺，但達幸在父親的新家庭中徹底被忽視，被當作根本不存在的人。不只說他是家族之恥，不讓他去上學，甚至幾乎不讓他外出，形同半軟禁狀態。

公明難以忘記那和明良同年紀，在母親的喪禮上不哭不喊，呆然坐著的孩子，之後從別人口中聽到達幸的遭遇後，決定要收養達幸。他認為就算是親生父親，比起被那種人養育，讓毫無關係的人養育要好上幾百倍。當然也抱著一點私心，希望達幸可以成為因為自己過於忙碌，疏於照顧的兒子的好兄弟。

「看見我突然出現說要收養達幸，他父親很開心地把兒子交給我，還說『終於可以送走瘟神了』。」

「瘟神……」

美彌子過去頻繁痛罵達幸的這句話，在達幸母親過世前、父親收養他之後，父親及身邊的人每天都會對他說這句話。

「達幸父親從那之後，到現在從未連絡過我……達幸是出生之後，不曾得到愛的小孩，所以我看到你們感情那麼好，真的很高興。」

公明也早就發現妻子對兒子抱有過度期待，只有愛犬達達是能讓明良安心的存在，但牠無疑會比明良早死去。

公明很感謝達幸願意成為明良的家人，感激他代替自己，盡到了原本該由自己做到的職責，再加上對這孩子的不捨，才會特別關心他。

「或許你不想回想起來……那場車禍發生時，除了你們之外，也有好幾個傷患被送到醫院來，其中也有和達幸一樣的重傷病患，但我毫不猶豫選擇了替達幸開刀，因為達幸是救了你一命的救命恩人。」

「爸……」

「我不能讓救了寶貝兒子的恩人死去，我憑自己的意志選擇了病患，這對醫生來說十分失職……也因為這樣，讓你感到難受了……」

「……爸……我……我一直以為比起我，你更疼達幸……我以為，你更喜歡比我優秀好幾倍的達幸……」

這孩子氣的發言完全不像年紀超過二十歲的大人會說的話，但公明不感到驚訝，動作僵硬地撫著開始哽咽的明良的頭。

「說什麼蠢話，你可是我的兒子，比任何人都可愛，也沒有人比你更重要。我還以為既然是親生父子，這麼理所當然的話就算不說出口，你也會懂……但是，不常回家的父親的想法，不說出口你當然不會知道啊……」

「爸……對不起……」

「該道歉的人是我。不管是車禍前還是車禍後，我都應該和你多聊聊，真的很對不起……」

看到公明低頭道歉，明良搖搖頭。在他對未來絕望，對達幸與公明的憎恨完全成形之時，不管公明說什麼，他應該都不會相信。

深深刺在胸口上的棘刺掉落，最坦率的真心話從傷痕滿溢而出。

——我真是愚蠢。

被無聊的自卑與孩子氣的嫉妒束縛，完全沒好好看過達幸這個人。

被應該給予無償愛意的父母喚作瘟神，又持續遭到忽視，讓達幸變成一個空蕩蕩的容器。

『你說我的眼睛像大海一樣……因為你說很漂亮，所以我也喜歡上大海了。』

『但是，我更喜歡你，更更更喜歡你，最喜歡了。』

明良一定是第一個——第一個肯定那雙使他被喚為瘟神的眼睛。

所以達幸依賴明良，著迷於他，甚至想要當他的狗。幼年期深植於他心中的束縛詛咒，就是如此強烈。

「笨蛋，你……真的是個笨蛋……」

「明良？」

「我那時只是想到什麼就說什麼而已，只因為這樣，你就對我這種人……」

達幸心中的傷，也許深刻得只是一句不經意的話，都能掀起漣漪。被束縛的人不只明良，達幸大概也相同。

右手隱隱作痛。

聽到醫生說這隻手會留下後遺症時，明良有點開心。就算沒辦法彈鋼琴，這樣一來，他就不需要當醫生了，也不用繼續面對自己明顯不擅長的課業。那場車禍在奪走許多事物的同時，也讓他得到了解脫。

達幸、達幸、達幸。

快點把我這種人忘了，不僅拿不講理的憤怒與嫉妒扯你後腿，分開之後的現在仍十分在意你，在意得不得了的我。

「我不問發生了什麼事……但達幸絕對不可能討厭你的，你放心。」

明良猛然抬起頭，公明充滿慈愛地微笑著。那張笑容不同於面對患者時的笑容，是明良最喜歡的父親。

「你大概覺得他是突然消失的，但六年前，達幸只跟我說了他要去哪裡。他當時未成年，和經紀公司簽約需要監護人的同意。」

公明從名片夾中拿出一張名片給明良看。那是明良也有的，松尾的名片。

「你明明知道達幸去了哪裡，為什麼沒告訴我？」

「因為達幸堅持要我別告訴你。他說『我絕對會變成一隻配得上明明的狗，然後去迎接明明，所以希望你替我保密到那時』。」

「咦……」

看見明良張大嘴，公明有趣地笑了。

「對了……他還說『讓明明有了瑕疵，我絕對會負起責任，不對，應該說請讓我負起責任，我一定會讓他幸福』呢。」

「那……那傢伙……」

「他都說成這樣了，怎麼可能會討厭你？如果你們吵架了……」

「爸，別說了。」

明良對達幸來說只會是阻礙，他不能再與達幸扯上關係了。

……不管胸口和右手的傷有多痛。

「我不能再依賴達幸了……差不多得一個人邁步向前了。」

「這樣啊……」

公明沒繼續追究，轉而露出十分開朗的表情。

「好，麻煩事就留到明天再說，今天晚上叫壽司來吃吧。我還有別人送的好酒，你應該能喝一點吧？」

「嗯，只能喝一點就是了。」

「對了，在那之前要先吃午餐。你等等，我隨便做點東西……」

「啊，你告訴我廚房在哪裡，我去做吧，你在這邊等。」

基本上都吃外食，幾乎不做菜的外科醫生所煮的料理，太令人害怕了。其實公明也不打算真的做菜，只是想做些什麼，讓明良轉移注意力。聽到明良的提議後，公明開心地點頭，帶他去廚房。

明良十分感謝父親的體貼，站在陌生的廚房裡著手準備午餐。

因為公明說在他找到新工作前可以想住多久就住多久，明良就滿懷感激地接受了父親的好意。

多虧第一天就把話講開了，與父親的同居生活不像明良預想的不自在，非常舒適。

公明雖然已經離開了第一線，但他身為外科醫生仍舊過著忙碌的生活。他笑著說，多虧有明良幫忙做家事，現在反倒比他獨居時輕鬆許多。

公明聽完明良在前公司遇到的事情後，相當罕見地表露出憤怒。他說要委託律師朋友，讓公司撤回解雇決定，但明良只要能洗刷冤屈就夠了，他不想重回那種公司上班，也不想和前女友他們碰面。

律師與公司談判的結果，明良從原本的解雇變成了自願離職。對方也十分清楚明良並無任何過錯，但沒想到明良真的會聘請律師，大概是覺得要是被到處找碴就麻煩了，所以幾乎答應了明良的所有要求。在上一份工作變成自願離職後，找新工作也變得輕鬆許多。

一邊做家事一邊找新工作，偶爾和下班回家的父親和睦地在餐桌旁用餐。

就在明良習慣這安穩的生活，投靠公明過了半個月左右時，接到松尾的電話。

明良用公明借給他的平板電腦搜尋徵人訊息時，客廳裡的電話響了。雖然公明都用醫院的PHS和手機，幾乎不會有人打家裡電話，但公明要他接起電話。

「喂，這裡是鳴谷家。」

對方似乎在話筒另一頭鬆了一口氣。

『鳴谷先生……您果然在這裡啊，太好了……』

「松……松尾先生？為什麼……」

知道這個電話號碼的人，除了公明的朋友之外，應該只有醫院的相關人士。就算和尋找明良那時一樣請偵探調查，醫院也不可能洩漏搖錢樹外科醫生的個人資料。

『是鴫谷先生的父親連絡我的，他說您和達幸就這樣吵架分開會令他很難過，所以來問我能不能讓您和達幸見面。』

這樣說起來，公明有松尾的名片。公明要他接家裡的電話，大概也是覺得這通電話或許是松尾打來的。

『真的救了我們一命啊，畢竟幸現在的狀況非常糟糕……』

「達幸嗎？」

差點問出一句「發生什麼事了？」時，明良緊咬著下唇。他正在試著慢慢忘記達幸，但只要問出口就會不禁想起來，想起全身是血、瘋狂渴求明良的那個身影。

『就算幸死了，您也無所謂嗎？』

這句質問彷彿看穿了明良的心思，讓明良背脊發寒，緊緊握住差點滑落的話筒。

「死掉……？達幸……為什麼……」

『鴫谷先生拜託您，請您和我一起去一趟。幸從您消失之後就瘋了，再這樣放任他不管，他可能就會死掉。』

明良差點說出「好」，卻又咬緊了唇。事到如今，他要拿什麼臉去見他？明良沒有擔心達幸的權利，就連在心裡想他也不被允許。這是給愚蠢的自己的懲罰。

但是，松尾不會在關於達幸的事情上說謊，「會死掉」也絕非比喻，如果對此視而不見，明良肯定會後悔一輩子。

不會見到他……但是，只要看一眼就好。

「……我跟你去，要在哪裡會合？」

欣喜若狂的松尾指定離家最近的車站，自己開車現身。明良原以為他會選擇開車，不讓明良搭電車是怕明良臨陣脫逃，但一看見駕駛座上的松尾，謎團就解開了。

「你是……松尾先生……？」

松尾端正的臉上有好幾道抓傷，臉頰上還有好幾個貌似遭到毆打的瘀青，模樣悽慘到連見過他的明良一眼看去，也無法判斷是不是本人。這種狀態實在無法搭乘大眾交通工具啊。

「鳴谷先生，非常感謝您願意前來，請上車。」

明良在松尾的催促下坐進車裡，還來不及對自己的突然消失道歉，松尾就踩下油門，駛動車子。

「我的臉是被幸打的……恕我直說，幸現在並非您所知道的幸。」

「這……這是什麼意思？」

「……您實際看過之後就會明白了。我們先去幸的公寓，總之，請您做好心理準備。」

接下來，松尾完全不多廢話，不到十分鐘就抵達令人懷念的公寓。

看見和松尾打招呼的禮賓門房完全不驚訝，可知松尾變成這樣大概不是一天兩天的事情了，因為他緊張繃起的身體變得更加僵硬。達幸到底怎麼了？

「做好心理準備了嗎？」

看到明良點頭後，松尾打開大門。松尾要他穿著鞋子進屋，明良雖然不解，仍聽從他的指示。

時隔數日再次踏入這間屋子，明明是白天卻很昏暗。每扇窗的百葉窗都放了下來，腳邊似乎散亂著物品，每走一步都會踢到東西。明明危險至極，松尾卻要他別開燈。

「我們是故意弄暗的，因為開燈會立刻被他發現、被他攻擊。」

松尾的腳步謹慎，彷彿潛入了猛獸的牢籠，聲音也壓低到只能勉強聽見的程度。

只有裡頭起居室的百葉窗被拉起，明亮的陽光照亮寬敞的室內。不僅所有家具都被翻倒，更到處都遭到破壞，壁紙被撕下，地板上散亂著家具及玻璃碎片，彷彿遭到暴風雨直擊。

達幸就抱膝坐在狀況慘烈的房間正中央。

「……明……明……明……」

達幸口中念念有詞，因為背對著這邊，還沒發現兩人。

「那天之後，幸就瘋狂地不斷四處找您……不管是誰阻止他，他都會毫不留情地揮拳解決，差點鬧上警局的次數連兩隻手都數不完。社長判斷要是放任他不管，他真的會變成罪犯，所以我們把他軟禁在這裡。」

松尾和起居室保持著一定的距離，向明良說明。大門和窗戶都加上了特殊門鎖，聽說無法從內側開啟。達幸瘋狂到必須祭出這種手段了嗎？

松尾留下明良走進起居室，發現有人出現的達幸慢慢抬起頭，動作敏捷地撲上松尾，宛如剛剛還坐著的他是個假象。

「唔……」

有所預料的松尾也做好了準備，但他閃不掉也抵擋不了，被壓倒在地上。

「把明明、還給我……！」

達幸一拳又一拳地打上松尾的臉頰，痛苦地大聲叫喊。

「把我的明明還來……是你藏起來的對吧？要不然他不會不見……我是明明的狗，他不可能拋下我消失！」

「達幸……！」

即便是面對明良，現在的達幸不知道會做出什麼事。松尾要明良稍微觀察一下狀況，但明良完全忘了他的警告。

「……明……明……？」

回頭看來的藍眼中逐漸充滿驚訝與歡欣。明良還來不及跑過去，達幸就如野獸一樣用四肢爬過地上，抱住明良的腳。

「明明、明明、明明、明明！」

達幸的臉頰消瘦，眼窩凹陷，掛著濃重的黑眼圈，鬍渣雜亂。破爛的衣服到處沾著血跡，原本理應仔細包上的繃帶鬆開，露出尚未痊癒，沾滿鮮血的指尖。

這模樣令人心痛又恐怖。就算是青沼幸的狂熱影迷，或許也無法認出他來。艾特盧涅社長的判斷十分正確，要是放任這樣的男人在路上亂晃，沒幾分鐘就會有人報警。

「對不起、對不起……你是不是在氣我是沒用的狗狗？所以才會離開對不對？對不起，對不起，對不起……」

無可抑止的淚水從緊閉的眼中流出。

打從一開始就不可能只看一眼。見到他就無法抗拒、被他吸引，無法再離開——無法離開這悲痛欲絕地抽泣著，半是瘋狂地渴求明良的男人。

重逢前的那六年，明良表面上過著平靜的生活，但他心底深處一直痛恨著從自己面前消失的達幸。達幸出現在火災現場時，明良不僅回想起痛苦的記憶，也確實再度品味到了這男人執著於他的歡欣。

說什麼分開才是對彼此好，說得真好聽。

怎麼能離開他？怎麼能拋下他？

這個男人的心情會隨著明良的一舉一動又喜又悲，懇求著成為明良的狗，只為了待在他身邊，令人疼惜又可愛。

或許自己只是像少年時期一樣，沉浸在扭曲的優越感中罷了。

只要和自己在一起，將來可能又會像伊勢谷那時一樣發生案件，讓達幸變成真正的罪犯。

他們之間的關係問題重重——但是，明良不認為這是個錯誤。

達幸很可愛……他想待在達幸身邊，如同達達還在世時一樣。

「達幸……達幸，放開我。」

「不要，我絕對不放開，一放開你就會不見……你又會被他們搶走……」

「冷靜點，我哪裡都不會去……你這樣，我就沒辦法抱你了啊。」

「咦……」

緊緊扣住小腿的手臂放鬆力量，明良在呆愣的達幸身邊蹲下來，雙手捧住滿是淚水和鼻水，髒兮兮的臉頰。

「你這是什麼臉啊……難得的好男人都浪費了。」

臉頰貼著淚濕的臉頰磨蹭，接著緊緊抱住。厚實的胸膛只僵住一瞬，不停發顫的雙臂將明良困於懷中。

身體放鬆力量，明良靠在厚實的胸膛上低語：

「達幸……我只會是你的弱點也說不定。為了你著想，我或許應該離開你……但是……」

他撫上不安卻使盡力氣，表示絕不放開的手臂。

「我想和你在一起，想一直待在你身邊……你願意，讓我在你身邊嗎？」

「明明……」

明良將臉埋進那片正在不停上下起伏的胸膛裡。與其說是被緊抱著，更像是被他束縛著，明良連抬頭也做不到，但那雙藍眼應該驚訝地睜大了。

「可以嗎……？我是沒用的狗狗喔，沒保護好你……是讓你遇到恐怖事情的沒用狗狗……」

「可以。」

「我不像達達，沒有毛茸茸的皮毛喔，也沒有軟綿綿的肉球和蓬鬆的尾巴……我沒有任何你喜歡的東西喔。」

「……你為什麼老是喜歡和達達比較啊？」

達達確實和他們像手足一樣一起長大，對明良來說是特別的存在。除了達達，他將來絕對不會再養其他隻狗。

但達達只是狗，根本無從與達幸相較啊。

「因為你最喜歡達達了啊，不管牠怎麼舔你的臉、跟著你去上廁所、把頭鑽進你的睡衣裡，你都會笑著原諒牠……但我這樣做，你就會非常生氣。」

「這不是當然的嗎……」

聽到達幸痛切地控訴這些無聊透頂的事情，明明該是正經的場面，卻讓明良瞬間全身無力。

「達達是狗，你是人，這是當然的吧……還是說，你就這麼想被當成狗？」

「……嗯！」

達幸毫不猶豫地應和這只是開玩笑的提問。

「我想當明明的狗，因為比起當人，當狗可以得到你更多的疼愛啊。如果是狗，不管我怎樣舔你、含你、黏著你，你都會原諒我。」

「你……你啊……」

「你說過你要和我在一起，對吧？也就是說，你願意讓我屬於你……願意讓我當你的狗吧？對吧？沒錯吧？」

包含達幸可以做愛卻堅持不能親吻的理論，他的思考邏輯真的是支離破碎。就算想吐槽他「你的腦袋到底在想什麼啊？」，看見他這麼開心、充滿期待地問，明良當然無法否定。

……到頭來，明良也拿達幸沒轍。

點頭的瞬間，明良的身體立刻高高浮起。

「哈哈……太棒了……！」

滿臉欣喜的達幸用舉高高的方式把明良抱起來，不停轉圈。雖然很擔心他會不會傷到手，但達幸安穩地轉了幾圈，最後抱緊明良。

「我是明明的狗了……好開心。好開心、好開心、好開心！」

「達幸、呃，我不能呼吸……！」

「我可以盡情舔你了對吧？不管你去哪裡都跟著你，一直黏在你身邊，你也不會生氣吧？」

達幸將頭鑽進扯開的襯衫縫隙中。雖然達達以前也常這麼做，但兩者不同的是炙熱的舌尖帶著明確的意志，不停舔舐明良的乳頭。

「明明，怎麼辦……我已經變硬了……」

達幸散發出雄性動物發情的氣味，把自己的胯下貼著明良的磨蹭。達達當然也不會乞求明良用身體撫慰他。

「我可以高潮嗎？我可以不管不顧地在明明又熱又緊的裡面釋放嗎？」

「咿……咿，啊、嗯……」

「你說可以喔。」

因為達幸一邊說話一邊含弄，熱度從乳頭逐漸擴散，使明良無法好好說話。他絕對不是答應了，但達幸做出對自己有利的解釋，把明良扛上肩。

連走到臥室的時間也捨不得浪費，達幸只用腳的力量就將翻倒的沙發扳回原狀，並把明良放到沙發上。他轉眼間就脫光衣服，壓到明良身上，明良拚命阻止他。

「等等，達幸，你冷靜點。」

「不行，等不了了，你以為我們分開幾天了？我沒有和你相連就會死掉啊，你剛剛不是也說我可以盡情地釋放嗎？」

「忍不了也得等！你這隻笨狗！而且我沒有說可以！」

明良用力一扯他稍微留長的頭髮，達幸就發出野獸般的低吼，停下撫弄明良全身上下的手。炙熱的眼神說著他沒辦法等太久。

「松尾先生，得先救松尾先生……」

明良不是不想和他做，只是擔心松尾，松尾被達幸毆打之後就這樣被丟下不管了。但被壓倒在沙發上的明良四處張望，卻到處都沒見到松尾的身影。

「他好像已經走了。」

「走了？」

「剛剛，在我把你抱起來的時候，他就離開了。他走得很穩，我想……應該沒事。」

雖然達幸的說法十分可疑，但松尾已經很習慣對付達幸了，外面也有禮賓門房，大概無須擔心。

但話說回來，明良和達幸真的給松尾添了很多麻煩，下次見面時得鄭重道歉才行。接著也要道謝。如果沒有松尾，就算達幸再有才華，或許也無法成功，明良大概也沒辦法察覺到自己的心意。

「明明……我已經、忍不住了……」

帶著熱度的低語將明良拉回現實。明良的雙腳被打開，才聽見東西被撕裂的聲音大肆作響，溫熱的液體就噴濺上臀縫。

「咦……咦咦……？」

明良直到炙熱的前端抵在黏滑的花穴上時，才理解到自己身上發生了什麼事。達幸撕裂明良的長褲和內褲的胯下部分，把精液噴濺在裸露而出的花穴上。就算是夏天的麻質單薄衣物，這又是什麼蠻力啊？但達幸絲毫不給明良驚嘆的時間。

「明明……！」

「咦、不、啊、啊啊啊啊啊啊啊……！」

雙腳被大大打開，毫不留情地一口氣被貫穿到底，全身發出悲鳴。

這陣子都沒做過，沒好好擴張就被塞入巨物，一股劇痛竄過全身，被硬是撐大的入口或許裂開了。

但達幸緊抱著痛得不停發抖的明良，擺動腰肢，想讓兩人連結得更深。

「啊啊，明明、明明……好舒服喔……」

「達、啊、達、幸，啊、咿、呀啊……嗯。」

「再抱緊、更緊一點……別離開我……別再不見了……」

溼潤的藍眼水光搖曳，每聽到他說一句懇求，疼痛就消退一點，取而代之湧現的是愛憐，明良攀住赤裸的後背。

「笨、蛋……我說好多次了吧？我想要待在你身邊。」

明良終於理解達幸想埋在他體內的理由了。達幸相當不安，認為不這樣留住明良，明良就會消失。而實際上，逃走兩次的明良也有責任。

所以明良舔過達幸的唇，並將舌頭伸進達幸嚇得微微張開的唇縫，纏住畏怯退縮的舌，安撫般地吸吮。

他不禁失笑。糾纏渴求的人明明是達幸，親吻的主導權卻總是握在明良手上。分明舔遍了明良全身上下，無一處不知其滋味，卻只因為自己是狗而不敢接吻。

笨男人。對明良來說，達幸不是狗。而且說起來，如果是狗，不管有什麼目的都不可能和他上床。回想起來，明良以前瘋狂嫉妒達幸的同時，也深受他吸引吧，或許從車禍之前到現在都是。

「啊……明……明……」

分開的雙唇間牽出一絲唾液，這次他輕聲在溼潤的唇上落下一吻。

「這……怎麼可以接吻，我、我、我只是狗……」

「不是狗吧，你是、我的、情人。」

「…………！」

埋在體內的硬物又變得更大。達幸呆愣地停下動作，硬物卻大到令明良擔心起會不會只是埋在裡面，肚子就會被頂到凸起。

「我才沒有和狗做這種事的癖好……要我說幾次都行，你是、我的、情人……所以、不管去哪裡，我都不會、丟下你不管……」

「真的……嗎……？」

「對……真的。來……這件事，只會和情人、做，對吧？」

忍受著驚人的壓迫感，明良微微張開雙唇。達幸一瞬間緊閉上雙眼，用力覆上明良的唇。

「嗯嗯……！嗯、嗯、呼……」

口腔內被劇烈地貪食，根本無法用「接吻」這種可愛的說法來形容，唾液被汲取到幾乎乾涸，大腦也確實感受到了快感，舌頭卻漸漸發麻。

「嗯、嗯嗯嗯嗯、嗯、唔、唔唔唔唔——」

在接吻——不對，是兩人的嘴唇仍相連結的狀態下，下肢被往上頂弄。

明良想要求至少讓他呼吸，但手也被握在大掌中，體內被使勁剜過。

明良沒被撫弄的性器往上磨蹭著健壯的腹肌，也流下淚水，堅硬挺立。明明因為缺氧而痛苦得不得了，快感卻與痛苦成正比增加。

「嗯呼嗚嗚……嗯、嗯……！」

「明明、明明明明明……！」

在腦袋缺氧，快變成一片空白的同時獲得釋放，大量溫熱的液體灌進肚子裡。與痛苦只有一線之隔的快感太舒服，明良發現兩人緊貼著的腹部一片溼滑，才發現自己也高潮了。

明良激烈地咳嗽，還來不及調整呼吸，達幸再度開始頂弄，肚子裡黏稠的液體發出水聲。這還只是序幕。照這樣下去，明良的肚子裡肯定會被灌入精液到再也無法承受。

「最喜歡……明明，喜歡、喜歡、最喜歡了……」

……即使如此，眼裡滿是喜悅地緊盯著他的這個男人太惹人愛憐了，明良想讓他放心，告訴他自己哪裡都不會去。他想要永遠，沉溺在這片藍海中。

「我也喜歡你……達幸，我愛你……」

拚命安撫馬上在體內脹大的男性分身，明良再次將唇湊近，渴求著達幸的吻。

支配身體的快感熱度消退，猛然睜開眼時，明良正躺在主臥室的床上，眼前是規律起伏著的赤裸胸膛。

他的臉頰蹭上有著健壯肌肉的胸膛時，環在他身後的手臂更加用力。

「達幸……你醒著嗎？」

「因為太可惜了，我捨不得睡。我變成了你的情人。」

用帶著喜悅的聲音低語，達幸的腿在棉被裡纏上明良。下半身似乎有好好穿上褲子，讓明良鬆了一口氣，只要隔著一層衣物，就不會突然被插入花穴。

回想起來，這還是第一次在性事之後相擁入眠。因為達幸堅稱自己是狗，都跟以前一樣蜷縮在明良的腳邊睡覺。

想到自己和那個達幸變成了情人，明良就感慨甚深。那天遭到前女友背叛、連住處也燒毀，絕望而呆站在原地的自己如果聽到這件事，應該會昏倒——聽到他說「被達幸抱在懷中的現在，幸福得難以言喻」。

達幸也一臉幸福將鼻尖埋在明良的頸間，但他的身體突然彈開，帶著熱度的雙眼讓明良嚇了一跳。

這男人該不會要說還做不夠吧？

他明明在明良體內釋放了那麼多次，還在明良因為被搖晃太久而無法忍受尿意時，在廁所仍不願意抽出，強制明良就這樣解決生理需求，還恣意妄為地做了各種行為啊……！

「明良，拜託你……我雖然是你的情人，但可以繼續當狗嗎？」

「……什麼？」

明良皺起眉，達幸則緊緊握住他的手，著急地繼續說：

「要是我不再是你的狗了，絕對會有其他公狗想要當你的狗。我絕對、絕對無法容忍你疼愛我以外的公狗。」

「你……」

正如明良無法放下長年以來的自卑感，明良疼愛達達的身影或許也深刻地烙印在達幸心中。

一般人都會拒絕「我想成為你的狗」這種要求，但認為當狗就能得到明良疼愛的達幸痛切地乞求著，明良也不禁受到束縛。

「……好啦，你是我的情人，也是我的狗……這樣可以了嗎？」

「嗯！」

達幸滿臉笑容地點頭，雀躍地將身上唯一的睡褲脫下來，丟到一旁。而明良身上只有上半身被套上睡衣的上衣。

明良根本沒時間想「難怪這麼大件」，達幸立刻一把扯開睡衣前襟，彷彿看到大餐的野獸一般開始舔遍白皙的肌膚。

「喂，為什麼會突然變成這樣啊！剛剛做了很多次吧！」

「嗯，因為我是明良的情人，也是狗對吧？剛剛那是情人的份……狗的份我還沒做完……」

達幸可愛地微微歪頭說「對吧？」，令人火大。

「你要非常疼愛我喔。」

明良離開父親的家，再次開始與達幸度過同居生活。

公明笑著說「這就是嫁女兒的心情吧」，送明良離開。公明理應不知道明良與達幸的關係，但父親看似遲鈍卻很敏銳，說不定他其實早就發現了。

兩人決定一起生活後，明良立刻帶著達幸到艾特盧涅的辦公室向松尾道歉，達幸不免也自覺為松尾添了很大的麻煩，乖乖低頭道歉。

幸好松尾相當爽快地接受道歉，還告知兩人開心的消息。《青之焰》決定要繼續拍攝了。

受到伊勢谷鬧出醜聞的影響，電影企畫最後告吹，但不滿的工作人員將在港口拍攝的部分片段匿名上傳到影音網站上。

達幸飾演雷伊的影片觀看次數超過兩百萬次，「希望務必完成這部電影」的大量請願書不僅寄到製作人手上，也寄到了導演及各贊助商手上。因此，製作人史無前例地收回成命，決定繼續拍攝。

原本由伊勢谷飾演的光一角，也決定以公開甄選的方式選角。這是希望再次提供話題，吸引更多觀眾的商業計策，但受到達幸刺激，似乎有相當多個性十足的演員聚集而來，大概比伊勢谷更值得期待。

電影將在飾演光的新演員決定好後重新開拍，但在這之前也沒辦法遊手好閒。包含導演在內的工作人員忙著進行事前準備、重新規劃拍攝行程，演員們也不僅要調整工作，還得讀新的劇本。

其中，達幸更是特別忙碌。包含明良離開時罷工的部分，看到影片的國外電影相關人員也爭相提出邀約。其中也有連明良都知道的知名導演，艾特盧涅開心地大聲哀號。

一般的演員在這時應該會被期待與不安壓垮，但不管身邊的人怎麼鬧，達幸仍舊不變。他今天也躺在認真看著求職雜誌的明良腿上，直望著明良。

被這簡直就要發出「滋——」聲的強烈視線糾纏，明良在內心苦笑。達幸雖然乖乖遵守著「不可以打擾明良看書」的吩咐，但還是無比希望明良搭理他。他肯定很想撕破求職雜誌，因為他希望明良別工作，一直待在家裡等他回家。

就算是可愛情人兼狗狗的要求，身為男人也絕對無法接受小白臉的立場。

看到明良準備開始找新工作，松尾在昨天開口問他要不要到艾特盧涅工作。松尾似乎深刻地體認到想讓達幸成功，就應該將明良時時放在身旁控制達幸。明良要是答應，他會先在松尾底下累積經驗，將來接手松尾的工作。

明良在達幸回家之前才打電話給松尾回覆。他沒對達幸說松尾邀自己去工作的事，連他自己也覺得有點壞心眼，但會對明良的舉止一一做出反應的達幸果然非常可愛。

「明明……」

達幸帶著不耐低喃出聲，就是他差不多忍到極限的證據。對兩人獨處就想馬上讓身體合為一體的男人來說，這已經算相當忍耐了。

男人沒志氣地垂下眉尾，頭不停在大腿上磨蹭，像在控訴「別忘了我」的孩子，但在攝影機運作的那一秒就會變身成另一個人。

《青之焰》上映之後，會有更多人體會到與明良相同的感動與興奮，深受達幸吸引。明良想一直在他身邊看著這一切。

——要是告訴達幸今後不只在家裡能待在一起，還會一起工作的話，他會露出什麼表情呢？

腦海中浮現開心的想像，明良溫柔地奪走達幸的唇。

渴命

「明明、明明、明明、明明。」

一走下開著暖氣的車內，這世上最重要的飼主之名傾瀉而出。寒冬冰凍的空氣刺痛肌膚，今年的第一場雪開始飄落。沒用的達幸雖然沒有一身漂亮厚實的毛皮，但他完全不在意寒冷。只是想到快要能回到明良身邊，明良就在家裡等著自己，身體就已開始發燙。

禮賓門房在大廳喊住他時，他差點忍不住吠叫「別阻撓我」，但他想起自己為明良訂了東西，便偽裝成人類去取貨。好險，好險，雖然他想將明良以外的生物，尤其是雄性動物都咬死，但要是這樣做會被明良罵。

難得訂了這麼多明良會喜歡的東西。與其被明良罵，他更希望明良誇獎他是最棒的狗狗。讓明良摸摸頭，讓又熱又舒服的體內緊緊包裹住自己，想讓裡頭懷上濃郁的精液。

「好狗狗、好狗狗。我是明明最棒的好狗狗。」

每當他以輕快的節奏哼著歌，身體的熱度就隨之攀升。當達幸抵達自家時，隔著厚重的布料也能看見他的胯間明顯鼓脹。將裝設了最新電子鎖的大門鎖上，又鎖上好幾個鎖之後，達幸用幾乎要撕破身上衣服的速度脫去所有衣物。

狗不穿衣服，都是裸身生活，當然也不穿內衣褲。

毫不躊躇地脫下被前列腺液濡溼的內褲後，獲得解放的男性分身跳出來，不停滴落透明液體，催促著「快點、快點」。想快點回到明良體內，想讓他接下分開的期間不斷累積起來的精液，因為達幸的肉體，從每根毛髮到每滴血都是明良的東西。

壓抑著本能欲望，從衣櫃拿出項圈戴上。光滑的黑色皮革項圈，是明良送給他的生日禮物。在新生時的赤裸身體上，戴上裝滿明良愛意的項圈後，終於完全變成寵物犬該有的模樣。人類的樣貌對達幸來說只是個擬態。

「明明……明明。」

一回到該有的樣貌，達幸立刻飛奔到明良身邊。他也完全習慣了在密閉房間的好幾道門鎖上認證指紋及靜脈，輸入複雜的密碼，不用十秒就能完成。解鎖的電子聲立刻響起，門隨之開啟。

「我回來了，我回來了、我回來了，明明……明明，我回來了。」

像狗一樣四足趴地，飛奔至窗邊的床上，但明良像沉入了柔軟的床墊依然睡著，眼瞼連動也不動，準備在床邊桌上的輕食也完全沒動過。肯定是在達幸依依不捨地離開家門後，一直都在沉睡。

呵呵呵呵呵！不禁湧上笑意，達幸輕輕拉開包裹著明良的棉被。明良背對著他沉睡，只要扳開明良白皙的臀瓣，正如他所期待，他出門前灌注的精液從腫脹綻放的花穴中汩汩湧出。

達幸無法待在明良身邊的這段時間，明良也將達幸的種子留在體內。不管明良嘴上說什麼，這都是他認為達幸是最可愛寵物犬的證據。

被越來越強烈的愛戀及沾滿白色液體的花穴挑起欲望，達幸抬起尚未清醒的明良纖細的雙腿，側躺並從背後與之交疊，將從剛剛就不停說著已忍到極限的男性前端，抵在暴露的花穴口。

「……啊……啊、達……達、幸……啊、啊啊啊！」

「明明、明明、明明。」

明良不由得醒了過來，而男性分身一口氣進入明良體內，直至根部，立刻就噴發出大量滾燙的精液。每次想起明良就想自慰的達幸在外不停忍耐，所以精液的量相當驚人。他希望連同他滿滿的愛，一滴不漏地承接下來。

明良纖細的身體被緊緊抱住，想逃也逃不掉，被強制灌滿體內。內部含入灼熱的衝擊使他不停顫抖，同時，手腕上的手銬與連至床頭的鎖鏈跟著匡啷作響。

「……哈……啊，明明……最喜歡你了……明明……」

達幸把鼻尖埋入明良耳後，不停嗅聞他最喜歡的氣味並小幅度地擺腰，把最後一滴精華全送進明良體內。

即使這是無人能進入的密室也不能大意。明良十分美麗又溫柔，還散發出可口的氣味，所以正常的公狗不管多遠都能聞到，試圖來搶走他。不這樣持續讓他沾上自己這隻寵物犬的氣味，他就無法安心。

今晚也得像昨天一樣，埋在明良身體裡直到天明，灌飽明良的肚子，讓大家一眼就能看出明良已經有達幸這隻好狗狗了才行──

「不……啊、達幸……已、已經不行了……達、達幸……」

明良不停叫喚自己的名字讓達幸好高興，又激烈地擺腰。依舊在體內的男性分身立刻恢復硬挺，壓迫明良的腹部。和明良被榨乾、在雙腿間垂頭喪氣的分身形成對比。

「……明明，張嘴……？」

再次在明良體內高潮後，達幸含了一口放在一旁的寶特瓶水，餵明良喝下。大概是非常口渴，一瓶水不一會就空了，讓達幸非常高興。

兩人剛開始獨處時，明良非常抗拒在身體相連的狀態下飲食，但他現在已經完全習慣了。他

肯定是理解到如果不隨時與達幸相連，就會被其他公狗攻擊，很危險。明良從以前就很聰明，不愧是達幸自豪的主人。

「接下來……吃點東西吧。你等等我喔……好嗎？」

達幸心想忍耐一下子就好，安撫還想留在體內的男性分身後暫且抽離，到廚房迅速準備了營養豐富的粥，材料是今天剛送到的蟹肉。

他感受著分離的不安與難忍的寂寞，好不容易回到明良身邊。其實他一秒都不想分開，但可能是天氣轉冷了，明良最近食欲不太好。比起現成的食物，達幸想讓明良吃親手做的溫暖料理，因為明良的身體已經不是明良一個人的了。

徑直回到明良身邊後，達幸靠坐在床頭，把依舊以相同姿勢側躺的明良抱到腿上。當然，在烹調期間也硬到發疼的分身也進入無法閉攏的體內，因為寵物犬的歸處，永遠都是飼主的身邊。

身體相連的衝擊讓明良小聲呻吟，但仍喜悅地品嘗著達幸。緊緊吸附住分身的嫩肉比任何話語更有力地訴說著明良的愛意，達幸開心地笑著抱緊纖細的身體，舀起剛煮好的粥。

「來，明明，啊～」

雖然沒有回應，但當達幸將仔細吹涼的粥送入微微張開的雙唇間後，明良緩慢地咀嚼。

在確認明良吞下食物的這段時間裡，達幸也迅速吃完晚餐。他吃的是固態營養食品，幾口就吃完了，他又立刻舀一口粥送到明良嘴邊，達幸在家裡的時間幾乎全花在明良身上，為了明良存在的自己令他自豪得不得了。

「明明……不吃了嗎？」

砂鍋裡的粥剩一半時，明良就不再張嘴了。雖然想讓他多吃點，但勉強他吃也不是辦法，而且埋在體內的分身也差不多到極限了。

達幸就著相連的姿勢讓明良趴跪，開始緩緩動腰。陶醉於因為自己的精液而變溼滑的體內，起初緩慢的動作逐漸變得激烈，甚至響起肉體相撞的聲響。

——好幸福。

「……明明、明明、明明、明明、明明、明明。」

讓達幸成為寵物犬兼情人的，最喜歡的明良。

美麗又溫柔的明良，僅屬於達幸的明良。

自年幼時相遇，達幸一直受到明良或許會被其他公狗搶走的不安折磨，但只要像現在這樣就完全不需要擔心了。要是有想要明良的公狗靠近，他只要全部咬死就好。

「明明、好喜歡，明明，喜歡、喜歡、喜歡、喜歡、喜歡、喜歡。」

和唯一的存在毫無縫隙地緊密交疊，身體相連合而為一就不會被任何人奪走。生平第一次的安心感填滿了內心。

——在響起鎖鏈摩擦聲的房間裡，達幸現在無疑相當幸福。

待在開著暖氣的辦公室裡面對著電腦，讓人剛過正午不久就開始昏昏欲睡。

鳴谷明良忍下不知道第幾個哈欠，伸展僵硬的背部並站起身。

樓層邊間的茶水間裡設有最新型的濃縮咖啡機，他替自己泡了一杯加入許多砂糖與牛奶的紅茶，稍微猶豫後又準備了綠茶和咖啡。上司他們差不多要回來了。

在幾乎沒有固定業務的演藝經紀公司中，只有員工安穩地待在辦公室裡。就連社長也要親自外出跑業務，頂多剩下明良和女性行政人員，但女同事也在剛剛被派去外面幫忙了。為了替自己提提神，他拿起放著飲料的托盤慢慢走回自己的座位時，眼角看見白色的東西飄落。

「……啊啊，下雪啦。」

他不禁在窗邊停下腳步，放下托盤，入迷地看著從天而降的雪花。

這大概是今年的第一場雪，以此為界，東京都心會越來越冷，大概也會對外景工作造成莫大的影響。

摩天大樓的玻璃窗是嵌入式設計，無法從內側開啟。但如果真的想要看，他可以馬上搭電梯到一樓大廳，之後到大樓外直接仰望白雪。大白天的辦公大樓中，沒有會妨礙明良行動的人事物。

之所以會對這極其普通的事情感到不對勁，是因為他想起了一年前的事情。

「……明良！」

沒錯，一年前的這個時期也正好下起雪。明良就躺在床上，毫不厭倦地直盯著在裝著鐵窗的雙重玻璃窗外，無聲飄落堆積的雪。因為當時他不僅每天都被榨乾到一滴精液都不剩，體內被灌滿精液直到肚子鼓脹起來，最後還被鎖鏈綁在床上，不管替他準備再多娛樂用品，他也只能躺著看雪。

「明良……明良！」

「哇啊……！」

低沉迷人的聲音在耳邊響起的瞬間，從背後伸來的手臂摟住他，明良這才回過神。比明良更健壯的手臂一抱緊他，高挺的鼻尖立刻埋入他的耳後，用力嗅聞他身上的氣味。

「明良，你怎麼了？我一直叫你，你卻在發呆……該不會是被誰欺負了吧？」

含舔明良的耳朵到全部溼透，還把舌尖伸進耳穴中品味一番，也許終於滿足了，青沼達幸暫時放開明良。

但他立刻繞到前方，雙手伸入明良的腋下，輕輕鬆鬆地將他抱起。這對身高超過一百九十公分，一身厚實肌肉的男人來說是輕而易舉。

「是這裡的員工？還是外面來的公狗？明良，告訴我，我立刻去教訓那個人。別擔心，我馬上就會回來。因為我是明良最棒的好狗狗，是明良最可愛的狗狗啊。」

從正面直望過來的臉蛋帶著野性，卻俊俏得讓人看過一次就無法忘懷。如果是女人……不對，即使是同性，在近距離下被如此炙熱的目光看著都會雙腳發軟吧。令人特別印象深刻的，是那雙如清澈深海的藍色眼睛。但只要明良稍微別過眼，他就會認定明良絕對是遭到其他公狗騷擾了，然後像現在一樣燃起嫉妒的烈焰，讓明良有點困擾就是了。

明良嘆了一口氣，環抱住達幸的結實肩膀。雖然明良非常討厭這種像在抱小孩的姿勢，但現在沒有旁人，他也就甘願忍受。如果不這麼做，和明良分開的達幸極有可能會去攻擊根本不存在的「其他公狗」。對達幸來說只隔著一道牆的隔壁會議室，就等同於地球的彼端。

「……我一直都待在這裡，所以沒見到其他人。達幸，你冷靜點。你該不會要用這個表情接受採訪吧？」

今天要來採訪的是有強大影響力的老牌人氣電影雜誌。對方特地前來採訪，達幸卻露出這種不開心的表情，肯定會給記者不好的印象。

「鳴谷先生，不用擔心。」

代替達幸回答的人是從隔板後方現身的松尾。他比今年滿二十五歲的明良與達幸大上十歲，是達幸——演員青沼幸的經紀人。對在他底下擔任經紀人助理的明良來說是直屬上司。

達幸現在的經紀工作由松尾和明良分擔，松尾負責洽談工作等與外部交涉的工作，而明良主要負責跟在達幸身邊的助理工作。

「幸按照事前討論的……不，是表現得比那更好。記者也完全迷上了幸的笑容，聽說分給我們的頁數會比原先預定的還多。」

「松尾先生……辛苦您了，不好意思，把工作都交給您。」

其實，原本預計是由明良陪達幸採訪，但突然有個要緊急連絡的事項，所以採訪就交給了松尾。達幸因此耍脾氣地說著「為什麼明良不能一起來？」，每次聽到辦公室有點小動靜，就會說「明良被其他公狗襲擊了！」想衝出門，要一邊控制他一邊工作可不是普通的辛苦。

「不會不會，沒有關係。對方有回覆了嗎？」

即使明良被公司旗下演員緊緊抱著，低頭致意，松尾也沒有責怪明良的無禮，還滿臉笑容地慰勞他。這點程度的小事，松尾早已習慣了。

「有，剛剛把資料傳過來了，為了慎重起見，我確認完就寄給社長了。也傳了一份給您，麻煩您待會確認一下。」

「我明白了，我也會連絡社長。對了，關於剛剛的採訪，他們說會在今天寫成文章。」

「那為了確認有沒有錯誤，我們也自己打一份會比較好。可以給我檔案嗎？我立刻安排寫手。」

在明良用這奇怪的姿勢和松尾討論工作的期間，仍有一道強烈得幾乎能聽到「盯——」聲響的視線刺上明良的側臉。明良不可能不曉得堅決不別開那雙藍眼的達幸想要什麼，因為那不成聲的請求不停透過緊貼著的身體傳遞過來。

「……達幸，你做得很好。」

等事情討論到一段落，明良伸出手摸摸達幸的頭。

下一秒，達幸現實地露出燦爛的笑容，不爭氣地笑著，把頭放到明良的手下。

「明良、明良、明良，嗯，我很努力喔。雖然明良不在身邊很寂寞，但我一個人很努力喔。」

雖然他不是一個人，有松尾跟在身邊，但達幸的目光似乎依舊只能辨認出明良一個人，這算是稀鬆平常的事了，松尾只對這失禮的說詞露出苦笑。

「噯，我是不是好狗狗？是不是明明……明良最棒的狗狗？」

藍色眼睛中會透露出期待與同等程度的不安，大概是因為達幸也看見了窗外飄飛的今年第一場雪吧。轉頭一看，雪勢比方才還大，看這樣子或許會積雪。

就像一年前的那天。

——明明、明明、明明、明明，僅屬於我的明明。

——你不能去外面，外面有很多我以外的公狗。明明既美麗又溫柔，還散發著香味，絕對會被襲擊。我們得一直在一起，得一直一直一直連在一起才行。

硬是將閃過腦海的記憶甩出腦海，明良主動摸摸達幸的頭，就如撫摸以前像手足一樣一起長大的寵物犬達達一樣。和達達不同的是，其中包含著作為情人的愛意。

「我的狗只有你一個……你是我最可愛的狗狗……也是情人。」

「啊……明良……明明、明明……」

達幸的眼裡湧上歡欣的淚水，氣勢猛烈地貪食起明良的唇。明良被突如其來的粗暴親吻玩弄，松尾則一臉擔心地看著他。

在明良至今的人生中，經歷了兩次人生谷底。

一次是高三的夏天，大學入學考前被疲勞駕駛的卡車司機撞上，不僅身負重傷，慣用手差點必須截肢，還留下了慢性麻痺等後遺症。他被迫放棄與尊敬的父親一樣成為外科醫生的夢想，且為了復健，不得不重考一年。這大為翻覆了明良的未來。

另一次是在一年半前，大學畢業後他好不容易進入一家小型建設公司工作，也和同事成為情侶，就在他想建立一個平凡家庭時，情人毫無預兆地提出分手，甚至坦承她懷了劈腿對象的小孩。就在明良呆愣地回到家時，發現自家公寓陷入熊熊大火之中。

但在那之後，他才真的跌入谷底。彷彿嗅到了不幸，達幸出現在呆站著的明良面前。

達幸是和明良在同一個家中長大的兒時玩伴，非常親近明良，甚至被周遭的人稱為「鳴谷的狗」。明良覺得達幸可愛的同時也同樣嫉妒他，因為明良懷疑比起親生兒子的自己，父親更疼愛優秀的達幸。明良可以在那場車禍中活下來，全是多虧達幸挺身保護了他，但父親選擇替達幸，而不是替自己動手術這件事，成了關係決裂的決定性關鍵。

由於達幸在那之後突然消失了，所以這是他們睽違數年的重逢。時至今日，他是為什麼，又是因為什麼突然出現——明良困惑不解，但達幸說「我只是要帶明良回家」，強硬地帶他來到都內的高級公寓。

接著，明良逐一得知令人驚訝的事實。達幸消失後，與演藝經紀公司艾特盧涅旗簽約，作為演員活動。藝名是青沼幸，是個年輕又擁有超高人氣的實力派演員。而且達幸之所以會成為演員，只是因為這是能成為明良的狗，一直待在明良身邊，而且最迅速的賺錢方法。而這棟公寓，也是達幸為了明良準備的。

在那之後，看見明良被公司解雇仍不願依靠自己，達幸的忍耐也超出了極限。明良被化身為野獸的達幸恣意侵犯，下定決心要復仇。他利用達幸聽從自己所有命令的弱點，把達幸耍得團團轉，讓他翹掉行程，企圖剝奪他身為演員的地位與名譽，將他推下與自己相同的人生谷底。

但透過松尾得知達幸是真正的天才，而非只是個比喻後，明良的心開始動搖。真的可以因為自己的復仇欲望，毀掉這麼了不起的天才嗎？自己真正想要的是復仇嗎？

經過百般煩惱之後，明良與達幸同行，參與達幸主演的電影《青之焰》的外景拍攝，深刻地體認到，自己親眼見到的達幸演技有多精彩，甚至出神入化……也因此明白達幸有多希望成為明良的狗，且為此用盡了全力。

只要跟明良過去養的愛犬哈士奇達達一樣，當一隻有用的狗狗，就能得到明良的寵愛。達幸真的如此深信。這專一無二的愛最後終於融化了明良心中的冰霜，明良這才發現，自己只是把不講理的嫉妒與憤怒發洩在達幸身上而已，同時也領悟到不顧一切、只渴求著自己的達幸令他無比愛憐。

跨越過各種難關的兩人終於心意相通，成為達幸的情人兼飼主的明良受到松尾邀請，轉職為達幸的助理經紀人，到艾特盧涅工作。今後就能在身旁守護達幸，替他的活躍盡一份心力了。

一切都圓滿落幕，未來既光明又燦爛。

但明良立刻責怪起如此樂觀的自己。

──因為達幸，把明良囚禁在家中了。

演藝圈是好色野獸的巢穴，肯定每個人都會盯上美麗且溫柔的明良，並襲擊他，因為看到明良，沒有這種心思的公狗腦袋才不正常。身為明良的情人，同時也是最棒寵物犬的達幸當然會趕跑、咬死所有畜生，但只怕萬一，或許會有狡猾的畜生只為了讓明良飼養他而用盡心機，趁達幸疏忽時偷襲。

既然如此，只要別讓明良出門，一直把他關在家中就好。達幸會準備好所有他想要的東西，也不需要外出工作。明良是達幸最重要、最重要的飼主，就應該在達幸這隻狗的陪伴下，在達幸準備好的最棒環境中優雅地過生活。

聽見達幸的主張，明良笑了笑，不當一回事。他確實聽說演藝圈裡有許多同性戀者，但容貌比明良好看的男性多到不計其數，達幸也是其中之一，不可能會有那麼多好事之徒特意選擇明良這種不起眼的工作人員，這根本是擔心過頭了。

但達幸一聽到明良的反駁，立刻化身為無可駕馭的野獸。

『不行……不行，絕對不可以。只要我稍微離開一下，你就會被其他畜生擄走。你會被弄得意亂情迷、渾身無力，被迫變成那隻畜生的飼主。我絕對、絕對不允許……你和我以外的公狗交配，養其他公狗……！』

達幸哭喊著「不行、不行」，瘋狂地侵犯明良。昏厥過去的明良再次醒來時，他已經被上銬，關在公寓內採光最好的房間裡了。

自從如願成為明良的情人兼寵物犬之後，達幸似乎一直期待著明良能答應自己的請求，待在家裡讓他奉養，也為此偷偷做了準備。但別說實現這份期待了，他聽到明良要投身與自己相同的世界，理智不禁斷了線。

『明明、明明、明明。』

但比起手銬、鎖上房門的重重門鎖，束縛明良的是達幸自己。

明良之後才聽說，在明良突然消失後，非常了解達幸的松尾立刻就察覺到了這是達幸幹的好事。他當然曾多次警告過達幸，要他釋放明良，但達幸聽不進去。不僅如此，甚至宣告要是松尾趁自己不在家時闖入公寓、把明良救出來，就會當場死給他看。

只要牽扯到明良，達幸絕對不說謊。確定達幸是認真的，松尾既無法自己救出明良，也無法報警，只能再三小心地觀察達幸，不讓他更加失控。

而諷刺的是，囚禁明良之後，達幸非常認真工作，不管工作行程多艱辛都沒有任何怨言，因為他在先前發生的事情中學習到不認真工作，明良就會被搶走。而達幸當然也事先預料到了，松尾知道他是明良的生命線，如果他不回家就會危及明良的生命，因此會減少工作。

若是撇除囚禁明良這件事，達幸……青沼幸是個同時擁有狂野魅力與爽朗的理想演員。然而，他的腦子裡只想著永遠和明良在一起不分開，以及要當明良最棒的好狗狗，得到他疼愛。

明良只有一開始的第一週有餘力跟他講道理，要他別這樣做，快釋放自己或者大鬧抵抗。達幸一進入房間，就會馬上用硬挺滾燙的分身貫穿明良，使兩人合為一體，並在明良的體內射出精液無數次，直到天亮都不會放過明良，因此就算明良白天一直昏睡，體力也無法恢復。

明良喜歡的音樂、明良喜歡的作者的書、明良喜歡的食物，明良別說享受這些為他準備的奢侈品了，在過了一個月的囚禁生活後，他連從床上起身的力氣都沒有了。

侵犯明良一整晚的達幸會在松尾來接他時才放開明良，讓明良穿上內褲，強迫他射精。接著他會立刻脫下沾上明良精液的內褲，裝進夾鏈袋裡，十分珍惜地藏進包包裡。聽說那是他在兩人分開時的「護身符」，當他想起明良，耐不住寂寞時，就會偷偷拿出來嗅聞氣味，撫慰自己。像這樣不停累積的性欲，之後達幸會以「讓明良全身上下散發出自己的氣味」的崇高目的，全部發洩在明良身上，根本令人難以承受。

達幸在家時，幾乎時時刻刻都在明良體內，用精液填滿明良的肚子，用那魅惑眾多影迷的低沉甜膩聲音，如詛咒般不停對明良傾訴愛意。

這種生活持續過了三個月，季節也從夏末進入初冬時，明良就連自己的身體到底是自己的，還是達幸的都搞不清楚了，甚至覺得達幸不在自己體內才不自然。

在明良如昏迷般沉睡時，達幸回到家後，會將硬挺的分身理所當然地挺進體內。明良就此醒來時，茫然的不安反倒因此消退，甚至感到舒暢。受到達幸的影響，明良也變得相當不正常。

被達幸擁著入眠的期間，當兩人的連結因為翻身就要分離時，明良已經自然會自己把臀部貼上去，重新連結，心裡對此也沒有任何疑問。達幸也越來越著迷於這樣的明良，不顧明良日漸消瘦，貪婪地渴求著。

這一逕貪食、被貪食的荒謬生活就在正好一年前，飄下第一場雪的那天，終於被迫畫下休止符。前一天開始身體不舒服的明良，半夜發高燒到將近四十度，病倒了。

『明……明明？……明明、明明明明明……』

達幸一開始固執地不停搖晃連一根手指也動不了的明良，但一看見明良沒反應，他立刻緊緊抱住因高燒帶來的寒意而不停發抖的明良，直至毫無縫隙，和明良一起裹住層層毛毯。

『明明……明明，不要死……別、丟下我……我把我的全部給你……全部、都是明明的……』

高燒當然不可能因此退燒，更持續惡化，達幸緊抱著明良，用尖銳的犬齒咬破自己的手臂和手指，最後還咬破嘴唇，把血抹在明良身上，彷彿要將侵襲明良的病魔轉移到自己身上，想分享生命力給明良。

朦朧意識中，聞到濃郁到令人嗆咳的血腥味。

當時，明良真的做好了會死的心理準備。實際上，束手無策的達幸在最後一刻比起自己的欲望，選擇了明良的性命，並連絡松尾幫忙安排醫院，才讓明良撿回一命。聽說松尾趕到時，全身是血的達幸更是抱著明良不肯放開，所以松尾請社長來幫忙，必須兩人合力才能把達幸拉開。

經醫師診斷，明良是因為感冒病毒感染至肺部，引發了肺炎。明良長期被迫強撐的身體發出了哀號。

醫師判斷再這樣下去，或許會危及生命，松尾因此立刻安排明良住院。還以為會永無止盡地持續下去的囚禁生活，就這樣忽然結束了。

明良送醫時，他的體重少了超過五公斤。大概是即使精神上適應了囚禁生活，身體也跟不上，而普通的感冒會惡化成肺炎，也是因為極度疲勞，導致身體過度衰弱造成的。

但即使遇到這種事，明良仍然不恨達幸。不管他多次真誠地對達幸說：「我絕對不會離開，我的可愛狗狗和深愛的情人都只有你一個。」達幸也不願意相信，畏懼著明良會被奪走的恐懼。明良只覺得這樣的他好可憐，好悲傷。

明良療養半個月後出院，比當初預計的晚了快四個月進入艾特盧涅，開始了新工作。對於演藝圈這個至今他沾不上邊的世界及工作內容，他也在主要經紀人松尾的多方幫忙下，立刻就適應了。

只要和達幸在一起，似乎就無法避免波瀾，明良在正式成為助理經紀人之後，也遇到了許多事情。不僅是明良，達幸也經歷了許多在普通生活中絕對不可能碰到的經驗，他們兩人一同跨越了這些困難。應該很少有人能度過如此充實的一年。

「……明良。」

回到家在沙發上休息時，隨著有點鬧彆扭的低語傳來，耳朵被輕輕咬住。不需要等高挺的鼻尖磨蹭耳後，或是透過從背後加重擁抱的力量，明良也知道盤腿坐著、將他抱到腿上的男人在想些什麼。

「在家裡時，不可以想除了我以外的事情，因為你是我的飼主。」

一如預期的臺詞讓明良呵呵輕笑。達幸現在肯定就像鬧脾氣的孩子噘起嘴，藍色的眼中燃燒著妒火。如果他跟愛犬達達一樣有毛茸茸的尾巴，現在肯定會豎起尾巴，威嚇占領明良大腦的混帳。

想到這男人白天時用爽朗的笑容迷倒了記者，爭取到比一開始更多的頁數版面就覺得好笑。那可不是年輕女記者，而是資深的中年記者啊。達幸能夠完美演繹所有角色，但「最得心應手」的角色或許就是演員青沼幸。

「我在想你啦，今年也快結束了，也發生了不少事情呢。」

「明良……對、不起……」

達幸突然垂頭喪氣起來，明良往後靠到他身上，表示自己不在意。因為不安而繃緊的健壯雙臂放鬆下來。

雖然是太不希望明良被別人搶走而失控，但達幸對自己差點害死明良的事深深感到懊悔。

明良在醫院裡醒來後，最先看到的是憔悴至極卻抓著醫師的衣領，大喊「你要是沒治好明明，我就咬死你」的達幸。在明良失去意識的期間，達幸對每個想靠近明良的醫師和護理師都張牙舞爪，想攻擊對方，所以最後不得不讓他服用鎮靜劑。明良清醒時達幸也正好醒來，上前抓住了醫生。

達幸看到明良恢復，喜極而泣，之後就住在病房裡，不肯離開明良身邊。努力安撫達幸、把他交給前來接人的松尾則是明良的工作。第一次到艾特盧涅上班、和社長見面時，社長一臉認真地慰勞他說「真是辛苦你了」。

「我沒事啦，已經過了一年，一切都恢復原狀了，沒有任何問題……你也一樣吧？」

「……………嗯。」

明良帶著些許期待問道，而達幸沉默了許久，才終於僵硬地點頭。很明顯他並沒有恢復原狀，還有問題。明明能完美演繹稀世詐欺師或是怪盜等角色，但這男人不知道為什麼，就是沒辦法對明良說謊。明良不禁嘆了口氣。

一年前，達幸哭著為自己的愚蠢行為向明良道歉，也不再試圖囚禁明良。

但他後悔的不是囚禁明良這件事，而是因此差點害死明良。之所以會放棄再度囚禁明良，既不是尊重明良的意願，也並非聽進了松尾的勸告，而是害怕再度囚禁明良，可能會步上相同的道路。

達幸完全不認為把明良關進除了自己，誰也看不到的密室中有任何不對。經過一年，明良在工作上與各式各樣的人——達幸口中想對明良出手的野獸們接觸過後，他現在反而覺得把明良關起來才是正確的。

他這次不會重蹈覆轍，要準備一個比先前更完美、更舒適的牢籠給明良。為此，達幸已經賺夠了資金，如果需要更多，他也有很多不須外出也能賺錢的手段。啊啊，好想關住他，好想關住他，好想關住他，好想關住他——

「明良……噯，明明……」

不像達幸的聲音，充斥於明良的大腦。達幸本身就證實了這並非明良的妄想，混雜著戀慕、愛意、不安與焦躁，不安動搖的藍色雙眸、因情欲而沙啞的低語、隔著衣物也會燙傷的滾燙體溫……達幸的一切，都在說著想要就這樣把明良關起來。

「啊……喂……」

說過好幾遍都一把年紀了，要好好叫名字，但達幸只要一興奮，立刻就會從明良改稱為明明。分明才剛回到家，這隻沒耐性的狗只是把飼主抱在腿上，似乎就欲望高漲到無法抑制了。手靈活地瞬間抽掉明良的皮帶，拉開褲子上的鈕扣和拉鍊，伸進內褲裡。

「噯、噯，可以吧？我今天非常努力了，這一切都是為了明明努力的啊。」

「……嗯、啊啊……！」

堅硬的指尖毫不迷惘地伸入花穴中，明良在達幸的腿上往後弓起身。如果沒有達幸支撐著他，他或許會跌下去。

至今接納過達幸無數次的那個部位，已經成為只為達幸存在的另一個性器官。只是淺淺插入手指就竄過被貫穿的快感，前方的性器沒被撫觸就變得硬挺。

對成人男性來說，這是丟臉的模樣，但每次性愛後，這具身體都更像專為達幸量身訂做的，達幸彷彿在品味世上最棒的美食，歡喜地貪食。

「明明……讓我看，好嗎？」

就在體內受到攪弄，明良咬牙忍住就要洩漏而出的一連串呻吟時，守住他下半身的衣物全被褪去。

他沒有餘力對上半身仍打著領帶，下半身卻一片赤裸的反常姿態感到羞恥，在充滿情欲的聲音催促下，明良離開達幸的腿上，趴跪在沙發上，朝雙眼閃爍著欲望光芒的野獸，翹起毫無防備的臀部。

「啊啊……明明、明明、明明。」

「嗯……呼……」

就算趴在一旁的抱枕上，明良也知道達幸的藍眼正閃閃發光。達幸高聳的鼻尖埋進手指擴張後的花穴中。回家後，像這樣忍住想舔遍最喜歡的明良臀部，使其沾滿唾液的衝動，把鼻子塞進去嗅聞明良體內的味道，是他必不可少的習慣。這是為了確認明良有沒有被達幸以外的公狗侵犯，是否還有達幸的氣味。

「……只有、明明的味道……」

徹底嗅聞後才終於離開，洩漏出混雜著安心與落寞的低語也是常有的事。明良沒被其他公狗侵犯讓他很高興，但灌注了那麼多精液，卻無法讓明良染上自己的氣味讓他很難過。達幸表示，寵物犬的心思是很複雜的。用沾滿唾液的舌頭盡情舔舐敏感的花穴後，那張迷倒影迷的俊俏臉蛋埋在明良的臀瓣之間，品味擴張到恰到好處的體內。

「得灌注更多、更多才行，得讓其他傢伙知道明明是我的才行。」

「啊、別……達、幸……」

「明明、明明、明明、明明，喜歡、好喜歡，我愛你。只屬於我的明明……我絕對、絕對、絕對不會把你交給我以外的公狗……如果要交出去……」

這鑽牛角尖的低語，儘管身體發燙也帶來寒意。

明良扭過上半身，轉頭看向雙手抓著他的臀瓣，熱切地品味體內的男人。

「……明、明？」

無論何時都不會錯過飼主視線的達幸抬起頭，不解地歪頭。清澈的藍眼中倒映著自己，令明良感到安心，之後轉身仰躺著，忍著羞恥，自行大大張開雙腿。

幾乎沒有被撫摸卻堅硬挺立的性器也滿是達幸的唾液，濕潤光滑，肯定也能清楚看到渴望地張著嘴的花穴。達幸的喉嚨滾動，吞嚥口水的露骨聲響在起居室中響起。

「……別再舔了……快點、進來我的、裡面……」

「明明……！」

達幸低吼，迫不及待地只拉開褲子的前側，就抱起明良的雙腿。

緊貼在入口的男性分身上面沾著白色黏液，不曉得他在用唾液舔遍明良時射精了多少次。儘管如此，它仍朝天挺立著，彷彿還不滿足，粗莖上的血管不停跳動。只要不埋進明良體內，達幸就絕對不會滿足。

「啊、啊啊啊、啊啊……！」

「明明、明明……！」

連根部都一口氣插進體內的瞬間，明良被推至高潮，噴出精液。達幸理所當然似的舔掉噴濺到腹部與胸口的精液，進入明良體內的分身更加炙熱。

「明明、明明、明明，我的明明……」

「咿……啊、啊啊、達幸、達、幸……我愛、你……」

「我也是……我也喜歡明明，好愛明明，我只要明明……」

「哈……啊啊、啊嗯、啊、呀啊啊……！」

達幸從一開始就毫不留情地用力擺動，連理應十分沉重的沙發也跟著微微震動。

在裡面射出一次後，他會在相連的狀態下走進寢室，在大床上盡情品嘗明良。等到滿足飢渴後，達幸會把明良的每一個角落都洗乾淨，將兩人包在同一張棉被裡入眠。當然，他會從背後抱著明良，而且把分身埋進剛清理乾淨的體內。

至此，達幸總算才能結束這一天。只要盡可能地與明良相連，他就能勉強忍住明良可能會被搶走的恐懼與焦慮。

「明明，我的明明……只屬於我，對吧？只會用肚子稱讚我為好狗狗對吧？你絕對不會養其他公狗對吧……？」

「啊啊啊……啊、達幸、只有你……我的、狗狗，只有你一個……」

這段對話至今不知道重複過多少次。

明良只想要達幸，也只會答應達幸「想成為寵物犬」的願望。假設有其他人來追求他，他也有十足的自信會拒絕。

然而，達幸雖然對明良的回答感到開心，卻絕對無法打從心底相信。達幸認為只要讓明良到外界，接觸到自己之外的人，總有一天肯定會被誰盯上、擄走，並不安地害怕著，所以他想把明良關在安全的世界……只有達幸和明良的密閉巢穴中。

「只有、你……只有你，而已……」

「嗯……明明，我也是……我也是，明明……明明……」

藍色雙眸流下歡喜的淚水，緊緊擁抱明良，像是希望和他融為一體。達幸頂到深處，幾乎就要穿破腹部，使明良發出近似尖叫的嬌喘。

每次與達幸交歡，都會有一股「或許會這樣被他做到死」的恐懼閃過腦海。

——到底該怎麼辦才好？

明良出院後，達幸下定決心要重新來過，把家中的家具全部換新。衣服和鞋子等服飾也是，除了明良的東西之外，全部換新。

但明良知道，只有一樣東西，只有明良送給他的黑色皮革項圈，被達幸珍惜地收在衣櫃深處，也知道達幸偶爾會拿出來，陶醉地盯著項圈看。

——要怎麼做才能讓達幸相信呢？相信就算不把明良關起來，明良也絕不會離開他身邊。

明良想一直在旁看著達幸在各種舞臺上發光發熱，想和達幸一起走在明亮的陽光下。他期望的，明明僅只如此。

「我只愛你一個……」

所以相信我——這句話被如野獸般粗暴的親吻吸入口中。

窗簾緊閉著，但外頭的雪勢肯定更大了。不知汙穢為何物的新雪感覺像是不祥的徵兆，明良緊緊攀住健壯後背的手自然地加重力道。

幸好明良的預感沒有應驗，在那之後安然無事地結束了滿是波瀾的這一年。

新的一年，等著演員青沼幸的是超越以往的忙碌生活，因為前一年的主要工作，主演的電影《青之焰》大為賣座，上映時間不停拉長。觀影人數及票房收入皆創下國內最高紀錄，而且大眾普遍認為這些數字還會繼續增加。達幸身為當今日本最具話題性的演員，各界的邀約蜂擁而至，條件都好到松尾也大感驚訝。

雖然現在是不管做什麼都能熱賣的時期，但艾特盧涅的社長不會勉強達幸，讓公司重要的搖錢樹倒下。從堆積成山的邀約中篩選出條件最好，也能為達幸的資歷添光的工作後，最後只剩下幾個開工當天，明良從松尾交給他的清單中，發現一個意外的名字。

「什麼……赤座考星老師要復出了？他的身體已經好了嗎？」

赤座考星是位人氣編劇，他撰寫的劇本部部賣座，同時身兼自己主持的劇團斯泰洛的導演。不僅舞臺劇，他也替連續劇、電影及音樂劇等不同領域撰寫劇本，也因為容貌出色，常在媒體上曝光，恣意活用了天才之名。

但在兩年前，赤座正值四十歲的壯年期卻突然消失在公眾面前，對外發表的理由是身體微恙，但完全沒有公開詳細病因。

這位赤座突然復出，光是大肆宣傳要舉辦舞臺劇公演就夠令人驚訝了，沒想到會希望由達幸擔綱主演。

「是的，我也已經見過本人了，他的身體已經完全恢復，體力上應該沒問題。我也讀過了劇本，完全看不出有兩年的空白期。」

松尾點點頭，他自己以前曾參加過劇團，期望成為舞臺劇演員，所以對舞臺藝術的造詣頗深。既然松尾如此判斷，肯定不會有錯。

「赤座老師不愧是主持劇團的人，在培育演員的方面也受到好評，也有許多年輕演員是從斯泰洛拓展活躍領域的。幸沒有舞臺劇的經驗，老師的復出紀念公演是他首次出演舞臺劇最好的舞臺。」

沉寂兩年的天才編劇閃電復出。松尾分析，蜂擁而至的邀約中也有其他舞臺劇的演出邀約，大多都是主角或僅次於主角的角色，但只有這一個邀約最受關注，條件也很好。實際上，消息靈通的媒體早已耳聞赤座即將復出，消息也在網路上傳開了。若是再加上達幸首次主演舞臺劇，肯定能引起更大的話題，所以社長才會從眾多邀約中選擇了這個，明良也有同感。

但是，天才編劇都指名達幸當主角了，松尾卻莫名手托著下巴沉思。

「……有什麼令你在意的事情嗎？」

「沒什麼……赤座老師和《青之焰》的久世導演是完全不同的類型，擅長不受框架束縛的自由表演，對幸來說也會是個好經驗。但這次的復出紀念公演是由斯泰洛主辦，至今為止，斯泰洛主辦的舞臺劇從不曾讓外人擔綱主演，據說這是因為赤座老師非常討厭演員無法照自己的意思演戲。這次也是，原本理應會指定當家演員的樋口楓十擔任主演才對。」

明良也知道樋口楓十。這位年輕演員的容貌比不上達幸，但他穩健且別有味道的演技享有聲譽，最近經常看到他在蔚為話題的連續劇或電影中飾演重要角色。他也是出了名認真學習的人，可說是和達幸形成對比的努力型秀才。

「他會不惜打破慣例指名幸，應該是對幸的演技相當著迷。我與他見面時，他也說他看過了幸所有的作品，稱讚他非常棒……」

明良從松尾複雜的表情中察覺他的言下之意，臉色也沉了下來。

樋口和他身邊的人肯定都認為，這值得紀念的復出公演會由劇團成員的樋口擔綱主角才對。

此時卻出現和斯泰洛沒任何淵源，甚至沒有舞臺劇經驗的達幸，大家絕對不歡迎他。

「……一個不小心，有可能會在劇團內引發不必要的不睦呢。」

「是的，而且……正如我剛剛所說，赤座老師不是活用演員的個性，而是喜歡用自己的方法操控演員，和久世導演是兩種對比。這種人想讓幸這類型的演員當主角，讓我有點無法理解。」

「聽你這樣一說，確實是如此。」

關於演技，達幸只學了最基礎的技巧，那還是松尾強迫他學的。達幸驚為天人的演技，與其說是演技，其實只是憑本能完全化身為角色而已。因為他滿心想得到明良誇獎，想成為對明良有用的好狗狗。

他確實不是赤座會喜歡的演員類型，就算是天才編劇，也絕對無法操控達幸。

「會不會是為了填補兩年的空窗期，即使捨棄堅持也想起用現在具有話題性的達幸呢？」

「就我與他見面的印象，我認為他是真的喜歡幸……」

松尾雖然還不太能理解，但他立刻變回冷靜沉著的經紀人表情。

「算了，不管他心裡是怎麼想的，他願意起用幸當主角就很令人感激了。斯泰洛的劇團成員再怎麼說也是職業演員，最後應該能做到公私分明。從外面請來吸客成員的做法，在這個業界也很常見，而且……不管他們態度多冷淡，幸都不會在乎吧。」

松尾苦笑著，視線落在明良腿上……正確來說是滿心歡喜地躺在明良腿上的達幸。剛過完年，就發現去年底拍攝的廣告畫面出錯，廠商不斷拜託他們重拍，因此他們才剛拍完廣告。和上次一樣，達幸一次就成功，說想要獎賞，所以明良才坐在待客用的沙發上，讓他躺在腿上。

辦公室裡有明良等人以外的員工在，但作為公司搖錢樹的達幸只要有明良在身邊，心情就很好，所以沒有人會抱怨或責備他們，甚至還若無其事地幫忙多放了幾塊隔板，阻隔訪客的視線，真不愧是那位社長挑中的員工。

「……嗯？幹嘛？」

大概是察覺到視線，達幸終於抬起頭。他剛剛一直把鼻尖埋在明良腿上，不停嗅聞味道，明良摸他的頭就呵呵笑，肯定根本沒在聽兩人討論赤座的對話。雖然這是常有的事，但感覺就像沒教好的笨狗造成他人困擾一樣，讓明良感到十分不好意思。

松尾對他點頭，表示不用在意後，把交給明良的同一份資料放在達幸面前。

「你知道編劇的赤座老師吧？你確定要在老師的復出紀念公演上擔任主演了。」

「……舞臺劇？」

訝異的達幸從松尾手中搶過資料，迅速過目。不到一分鐘就看完資料，他瞬間從明良腿上起身。

「我要擔任，復出紀念公演舞臺劇的、主角？」

這絕非被提拔為主演而感到歡喜的聲音，反倒相反。達幸全身發抖，把手中的資料捏成一團。

「……不行，舞臺劇絕對不行。」

「喂……喂、達幸？」

「不行不行不行，舞臺劇不行，明良，不可以啦。」

達幸把變成廢紙的資料隨手一丟，緊握住明良的手。他的雙眼布滿血絲，彷彿遇到了恐怖怪物一樣微微顫抖。

「幸，第一次演舞臺劇可能讓你很不安，但我們會好好協助你的。」

「要是接了舞臺劇的工作，明明會被畜生盯上！」

看不下去的松尾出聲安慰，達幸也幾乎同時開口大喊。理應習慣這種事的員工們也不禁停下手邊的工作，愣住了。

「因為舞臺劇需要排演練習，現場比拍連續劇或電影時聚集著更多公狗……要是美麗的明明待在那裡，絕對所有人都會變成野獸來襲擊明明！啊、啊啊啊、明明要被畜生……」

達幸痛苦地抱住頭。他的腦中肯定浮現了明良被他所謂的畜生侵犯，向他求救的畫面。

如果這些話並非出自達幸口中，這時候松尾會出手打人，要對方別開玩笑了，但達幸對於有關良的事，不論何時都是認真的。

「我不要演舞臺劇，我是明明的狗，要保護明明，不會把明明交出去……」

「達幸，你冷靜點！」

這雙眼和一年前一樣……發現最近偶爾會看見的暗光閃過眼底，明良衝動地吻上達幸的唇。這幾乎只是相互碰撞的親吻，就足以拉回達幸的理智。

「……明、良？你剛剛……」

「我們已經正式接下這個工作了，怎麼可能現在才拿這種理由回絕。」

「但……但是，明良會被其他公狗……」

「我呢，也想看到你在舞臺劇上發光發熱。」

明良溫柔地微笑後，達幸放開明良的手，摀住自己剛被明良親吻的唇。被彩色隱眼鏡染成黑色的眼睛，現在因為迷惘而動搖。實現明良的願望，是「最棒的寵物犬」應該最重視的事項。

「我不是身為助理經紀人，而是身為你的飼主兼情人，非常期待看到你在舞臺劇裡會表現出多精采的演技。」

「明良……很期待、我的演技……？」

「這是當然啦！我也是你的頭號影迷啊。」

「頭號……我的頭號影迷……」

在達幸被這些迷惑寵物犬的關鍵字迷得昏頭轉向時，明良決定一口氣說服他。松尾和其他員工現在都屏息看著事態發展。

「達幸……你不願意實現我的願望嗎？」

「……！」

露出彷彿遭受雷擊——或是得到神諭的表情，達幸全身僵硬，立刻用力搖頭。和很久以前，現在早已過世的愛犬達達惡作劇被罵時，努力道歉時的模樣十分相似。

「才、才沒那回事！只要是明良的願望，我都會替你實現！」

「那你願意接下赤座老師復出紀念公演的工作嗎？」

「嗯！……………………啊！」

達幸用力點頭，下一秒猛然回神，睜大了眼睛。但已經太遲了，說出口的話覆水難收。

「這樣啊，達幸謝謝你。」

「啊、啊啊，明、明良……剛剛那是……」

「嗯，我聽得很清楚喔，你願意接下對吧？我也會和松尾先生一起盡力幫忙的，所以我們一起加油吧。」

只要滿臉笑容又不由分說地接下去，達幸就沒辦法推託剛剛是在說謊。達幸全身發抖，像在做垂死掙扎，最後沮喪地低下頭：

「……好啦，我努力……」

達幸低喃道，彷彿從地底傳來的詛咒，那一刻員工們歡聲雷動。松尾也放心地鬆了一口氣，溫柔地拍拍明良肩膀。

「太精采了，真不愧是鴫谷先生。」

「……是嗎？謝謝誇獎……」

因為這樣得到誇獎也開心不起來，被別人看到親吻畫面的害臊也現在才慢慢湧現，但自從他進公司後，他們還做過比這更羞恥的動作，現在害羞也太遲了。

「……這都是，為了你喔。」

達幸在那之後立刻把明良帶進男廁的小隔間中，盡情貪食驚訝的明良雙唇，之後在耳邊低語。達幸抱起明良，讓他背靠著隔間的牆壁，並隔著布料，用逐漸硬挺的胯下磨蹭明良的臀部。如果不是明良每次都命令他工作中絕對不能插進去，現在明良的下半身應該早已經被扒光，被達幸從下方大力頂弄了。

「……啊……達幸……」

「我會努力全是為了你喔。其實我很不想讓別的公狗看見你……超級超級討厭，但因為這是你的願望，我才努力的喔。」

達幸隔著襯衫固執地玩弄著乳頭，輕咬著被一陣陣快感侵蝕而喘息的喉嚨，接著含住耳朵。

當達幸想要明良到忍不住時，也常常像這樣在公司裡碰觸明良，而今天會比平常更纏人，大概是因為他十分不想演出舞臺劇。即使如此，就算在這種狀況下，他為了明良而忍耐的模樣也讓明良感到可愛，溫柔地撫過達幸的頭。

「……達幸，我知道。謝謝你願意答應我的請求，我很高興喔。你果然是我最可愛的狗狗。」
「……明良……！」
不停吸吮明良的脖子，留下吻痕的達幸開心地抬起頭。
「今天……今天回家之後，我可以立刻進入你的裡面嗎？……其實我現在就想和你連在一起，但我是好狗狗，所以會忍耐。所以……我可以吸吮你的胸部，一直在裡面待到天亮嗎……？」
達幸哀求地說著，藍色雙眸裡閃耀著欲望，完全不見方才那道暗光。
明良鬆了一口氣點點頭，達幸打從心底開心地笑了。

各方媒體爭相報導赤座考星復出，以及復出紀念公演的舞臺劇將由青沼幸主演的消息，成了熱門話題。
達幸的官方部落格裡也湧入上千條期待與鼓勵的留言，影迷來信與電子郵件的數量也增加許多，既有從出道就支持他的影迷，也有許多因為《青之焰》喜歡上他的新影迷，每個人都期盼達幸能在第一部舞臺劇中，發揮出新的才華。只是代替達幸確認信件與郵件內容，也能深刻感受到影迷的熱烈期待，甚至教人害怕。正常人可能會被這些期待壓垮。
但達幸本人把世人的期待當成耳邊風，仍然只畏懼著讓其他人看到明良。或許在達幸心中，根本不知壓力為何物。
「我是青沼幸，有幸擔任主角的尼可拉斯一角。我雖然沒有舞臺劇的演出經驗，但我會全力以赴，還請大家多多指教。」

今天也一樣，他露出充滿狂野魅力的笑容，微微點頭致意的樣子沒有絲毫畏懼。今天除了讓演員互相認識之外，也是第一次圍讀劇本，一同演出的斯泰洛劇團成員都聚集在工作室的排演室裡，他也毫不畏懼。

圍繞著達幸坐下的劇團成員們果然不出所料，從抵達的那一刻就散發出不友善的氣息，在開始圍讀劇本之前問候時，也沒有說過稱得上是對話的對話。現在也是，頂多只有女性成員為達幸的笑容稍微紅了雙頰，禮貌性的掌聲稀稀落落地響起。就連只是和松尾一起站在排演室角落的明良，也對這爭鋒相對的緊張氣氛如坐針氈。

赤座睽違兩年的舞臺劇新作《化裝舞會》，背景是類似中世紀歐洲的架空世界，描述食人惡魔引起的事件。達幸飾演的是主角，神父尼可拉斯。

擅長驅魔的尼可拉斯對在中央機關出人頭地毫無興趣，周遊諸國驅魔，無償拯救人們，因而被稱誇讚為清廉使徒、聖職者的榜樣。

但真相有點不一樣。尼可拉斯確實是滿懷慈悲的神父，但除了救人之外，他還有其他目的。他想找出殘忍殺害自己母親的惡魔，親手埋葬仇人。尼可拉斯拜驅散仇人惡魔的祭司為師，成為神父，全都是為了替母親報仇。

根據他的師父所言，殺死尼可拉斯母親的惡魔身材如少年一般纖細，且傲慢地戴著聖職者在儀式上所戴的面具。在尼可拉斯尋找仇人的過程中，仇人惡魔偶爾會出現在他的所到之處，與其他惡魔聯手傷害人類後消失。

在漫長旅程的最後，尼可拉斯得知了殘酷的事實。仇人惡魔的真面目，就是尼可拉斯自己。尼可拉斯是人類和惡魔生下的禁忌之子，本來應該遭到殺害，但祭司認為，殺了擁有強大力量的尼可拉斯太浪費了，所以他在尼可拉斯面前殺了他母親，並對尼可拉斯下了凶手是惡魔的暗示。這都是為了利用尼可拉斯的復仇心思除魔，並作為他的師父得到名聲，成為高階聖職者。

出現在尼可拉斯面前的仇人惡魔，其實是尼可拉斯被惡魔包圍、陷入絕境時，發揮出惡魔力量的自己。之所以會戴著聖職者的面具，是因為祭司殺死母親的那一幕沉睡在他的記憶深處。

高潔的聖職者、深信是恩人的師父才是仇人，曾以為只會危害人類的惡魔就是他自己，而深信是為了拯救世人而存在的教會，包含師父在內，其實是利用人們貪圖牟利的愚者之眾。當尼可拉斯領悟到所有人都只是戴著隱瞞真相的面具，受人操控時，在人類與惡魔的夾縫之間十分動搖。

這是個整體氛圍灰暗的故事，沒有受萬眾喜歡的華麗感，但也絕對不讓人感到沉重，即使不停發生血腥鬥爭，故事的結尾也留下充滿希望的餘韻，真不愧是天才編劇的作品，光是讀劇本就能引人入勝。想到達幸即將飾演這世界的中心，明良就十分雀躍。

但尼可拉斯是相當難詮釋的角色。惡魔與人類的混血兒，在善惡與愛恨的夾縫間掙扎，這既複雜又細膩的心境表現，再加上尼可拉斯和惡魔們精采的對戰場面也是看點之一，所以也需要激烈的武打戲。

明良堅信，達幸無論面對怎樣的場面，都能發揮他的才華，但這的確是個沒有舞臺劇經驗的演員難以詮釋的角色，斯泰洛團員會不歡迎突然出現的達幸也無可厚非。

從一開始就態度友善的，只有居於上位的赤座考星。他有著年輕又成熟的外貌，能理解他個人擁有許多女性影迷的理由。他的臉色不錯，完全沒有因病衰弱的模樣，彷彿他花了兩年時間療養身體是個謊言。執導舞臺劇相當耗費體力，但正如松尾所言，看他這樣應該也能承受重度勞動。

「首先，青沼，謝謝你接下邀約。」

在主要演員都做完自我介紹後，赤座先向對達幸說話的瞬間，斯泰洛的成員們表情僵了一下。看見劇團的最高權力者赤座明顯只關注達幸，他們當然很不悅。原本就不和諧的氣氛變得更加緊張，但與此相反，赤座的聲音中逐漸帶著熱度。

「我在療養時，一直在追你的作品。《天之花》很出色，但《青之焰》……真的棒透了！嚇得我的病都好了，甚至讓我不甘心地想著為什麼不是由我執導，打從心底恨透了久世導演呢。看見你飾演的雷伊時，這次舞臺劇的構想就一口氣湧現，讓我花一個晚上就寫好了劇本。所以，我希望務必由你來飾演主角尼可拉斯……」

「……老師、老師！」

如影子般站在赤座的背後，一名高瘦穩重的青年拍拍他的肩膀。在明良疑惑那是誰時，松尾在他耳邊小聲地說「那是赤座老師的經紀人，山野井先生」。

「……啊、啊啊，我真是的，不小心太興奮了……不好意思。」

赤座這才終於發現現場的氣氛有多糟糕，但為時已晚。就在赤座突然被叫走，彩排中斷時，坐在最尾端的青年立刻不耐煩地口吐惡言：

「不就是拍過幾部電影紅了一點，可別太自大，扯大家後腿啊，電影和舞臺劇可完全不一樣。」

只有明良感到吃驚，松尾無動於衷。他早已預料到了這種程度的謾罵，要是一一做出回應，那可沒完沒了。達幸大概也清楚地聽到了，但他看到對方直視前方，就當作沒聽到。

或許是這從容的態度惹得青年不悅，他小聲咂舌：

「……嘖！再說，竟然有兩個經紀人跟來，有多過度保護啊，是不是以為這裡是幼稚園了？既然演員是這個樣子，那經紀人也……」

達幸緩緩轉過頭，青年的話就隨著細小的抽氣聲中斷。達幸沒有瞪他，也沒有舉起拳頭，只是用他戴著黑色隱眼的眼睛看著男人而已。儘管如此，青年放在桌上的手仍泛起雞皮疙瘩，開始發抖。

……糟了！

那雙黑色雙眼裡，現在微微閃爍著那道暗光，達幸絕不會饒過想搶走明良、侮辱明良的人。不管對方是誰還是在哪裡，他都會痛毆對方，要是第一次見面時對共演者暴力相向，到底會怎樣——

「夠了，你說得太超過了。」

在感覺到危機的明良上前阻止前，坐在達幸對面的男人開口道。他是斯泰洛的當家演員，樋口楓十。原本大家都認為他會飾演尼可拉斯，但因為達幸的出現，他轉為飾演尼可拉斯的師父，也就是真正的仇人，祭司一角。

明良記得他才剛滿三十歲才對，但不愧是平常就以舞臺劇為主，大為活躍的人，存在感明顯與其他成員不同，還有著一股威嚴。達幸似乎也嚇了一跳，差點爆發的怒氣也瞬間熄滅。

「樋口前輩……但是……」

「我懂你的心情，但再怎麼樣都和經紀人們無關……快道歉。」

青年躊躇不已，但再度受到樋口催促後，不甘願地向明良兩人低頭：

「……對不起。」

「我們不在意。」

松尾大方地接受了這毫無誠意的道歉，明良則在一旁拚命朝達幸使眼色，跟他說對方沒有直接傷害到自己，姑且也道歉了，所以不需要報仇。

話說回來，之所以不只松尾，連明良也跟到工作室是因為達幸不肯屈服，鬧彆扭地說「明良不一起來，我就不去了」。明良就以排演時不管發生什麼事情都不能失控，當作同意他任性要求的交換條件，達幸雖然不情願，還是應允了。

你不會忘記了吧？明良拚命提醒的努力有了回報，達幸似乎勉強忍下了發怒的衝動。他變回演員的表情，端正坐姿。從彷彿遭到射殺的視線中得到解脫的青年鬆了一口氣，但事情還沒有結束。

「雖然那傢伙說的不好聽，但我也同意他想說的話。」

樋口直盯著達幸，語氣中聽不出任何挖苦的意思。據松尾所說，樋口的外貌與其說是美男子，更該說是可愛，所以出道時很難有出頭的機會，相當辛苦。在歷經不得志的漫長時間後，他受到赤座的指導，才華忽然大放異彩，也開始接到不錯的角色，所以對劇團和舞臺劇的感情比他人更深。

「我不是因為沒辦法擔任主演而嫉妒你，不管是什麼角色，只要分配給我，我就會全力以赴。更別說這是大家引頸期待的，赤座老師的復出紀念公演……我不希望外人在此拿出半吊子的演技。」

這肯定也是其他成員的內心話，因為劇團的主持人赤座很年輕，以樋口為首的成員也多為年輕演員。樋口不僅有實力，在精神方面也是斯泰洛的支柱。

「我不會要求初學者太多，只希望你別扯大家的後腿。我這樣說可能會讓你感到不悅……」

「……不，我的確是初學者，樋口先生和岸部先生會擔心也是理所當然。」

「……什麼?你知道……我的名字……?」

聽到達幸的話，發出驚呼的是剛剛那位青年。剛剛只有主要演員做了自我介紹，飾演無名惡魔的青年自然不包含其中。而演員表上當然有記載所有演員的名字，但沒放上照片。

「事先記得一同演出的演員們的名字，是理所當然的啊。」

達幸瞇眼微笑，那是絕不會對明良展現的虛偽——而完美的笑容。達幸現在正扮演著實力及人品並存的演員青沼幸，只要不牽扯到明良，達幸無論如何都可以裝成爽朗的好青年。

樋口皺眉稍微思考一會後，指向坐在岸部旁邊的女性，果然也是非主要演員的成員。

「那她是誰?」

「是上野加繪小姐，飾演尼可拉斯女友的朋友。」

「……答對了。那他呢?」

「中島佳孝先生，分飾祭司的隨從與刑吏兩個角色。」

看到達幸接連答對，樋口也認真起來，一一指向每一個演員，但達幸還是全部答對了。自暴自棄的樋口甚至找來幕後工作人員提問，沒想到達幸也全部答對了。不僅是斯泰洛的演員，達幸連所有工作人員的長相、全名，甚至是簡歷都記住了。

第一次見面順利結束後，明良和達幸在傍晚時回到公寓。因為是第一次主演舞臺劇，公司把其他工作砍到最少了。

平常回家的時間再早也是晚上九點，所以幾乎都在外面解決晚餐。但至少在能早點回家的日子，明良想準備一些營養均衡的餐點，維持達幸的身體健康，因為正式開始排演後，會比現在消耗更多體力。

換好衣服後，明良久違地進廚房忙著做菜，廚房中島上擺滿了採買回來的大量食材。

今晚的菜單是加入許多根莖類蔬菜燉煮的牛筋、海藻豆腐沙拉、鋁箔紙包烤蕈菇鮭魚，以及油脂豐富的竹筴魚乾，加上現煮的白飯和味噌湯。明良獨居時不常自己開火，但達幸是很看重體力的演員，因此明良下定決心要支持他後，拚命地學做菜。

「達幸，你今天真的好厲害，連松尾先生也很佩服呢。」

在削白蘿蔔和紅蘿蔔的皮時，明良想起白天的事情，忍不住說出口。

赤座在那之後回來，才終於開始圍讀劇本。圍讀劇本就是演員們聚在一起念臺詞，不搭配動作的排演。在此，導演會針對演員的演技及劇情解釋陳述意見，加深演員對劇本的理解，關係到接下來搭配動作的排演。

如果氣氛和一開始一樣，這場排演的氣氛或許會不太和睦，但在達幸完美回答所有問題後，氣氛稍微改變了。從完全拒絕的感覺，轉變為「稍微觀察一下狀況吧」，和緩了一點。

再加上達幸對自己的一舉一動都受到關注，只要有點失誤就會被嘲笑的狀況不畏懼，完美念出臺詞的表現似乎也帶來了好印象，要離開時，樋口佩服地目送達幸離開。

「松尾先生說，樋口先生是位對演戲很有熱情，認真且個性直爽的人，只要讓他知道你很努力對待第一齣舞臺劇，肯定會是很好的合作演員。其他團員也是，只要看到你的演技……」

「……明良，不行。」

坐在明良腳邊的達幸緊緊抱上明良的小腿。明良做菜時，達幸總是待在這個位置。其實他很想一直從背後貼著明良，但明良無法預料什麼時候會被欲望失控的達幸襲擊，更重要的是他拿著菜刀，很危險，明良因此堅決拒絕之後就變成這樣了。

「達幸……？」

「你不可以叫其他公狗的名字，他們會來襲擊你。」

即使跟他說「他們又不是你，哪個男人會因為被叫名字就襲擊人啊？」，或是「說到底，樋口根本不知道我們家的地址」等極為理所當然的話反駁也沒用，因為達幸深信，不會對明良產生欲望的男人不是正常人。

順帶一提，社長和松尾被達幸評價為不會對明良產生欲望的正常男人，是罕見的存在。

「……說得也是，剛才真是好險。」

老實點頭認同後，得到明良理解的達幸開心笑著，用臉頰磨蹭著明良的大腿。抬頭看著明良的藍眼中沒有那道暗光，讓明良暗自鬆了一口氣，摸摸達幸的頭。這是除了身體交合之外，達幸最喜歡的動作。

透露出喜悅的藍眼更高興地瞇起來。達幸之所以會在工作時戴彩色隱眼，並非不想讓他複雜的身世成為話題，而是不想讓明良以外的人看見當初被明良誇讚的眼睛。

「但話說回來，沒想到你會事先把共演者的資料全部背下來……第一次演舞臺劇，還是第一次主演，果然讓你很緊張嗎？」

雖說是合作演員，但達幸至今從未事先得到資料。他說他只要完美演繹出拿到的角色，根本不需要那些資料。

聽到明良這麼問，達幸把鼻尖抵在明良的大腿上，搖搖頭。

「我沒有緊張，不管電影、舞臺劇還是連續劇，都一樣是變成飾演的角色……我會記得他們是為了你喔。」

「為了我……？」

「嗯！因為那些傢伙都是盯上你的公狗。我作為最棒的寵物狗，得先好好記下所有人的名字和長相，讓他們清楚知道你的狗只有我一個。」

達幸撫過明良纖細的身體線條，同時站起身，把鼻尖埋進因為預料之外的發言而呆愣住的明良頸間。溫熱的鼻息撲上肌膚，明良癢得縮起脖子。

「啊，喂！達幸……」

「明良，噯，明良，我絕對會讓舞臺劇成功，為此，我什麼都願意做……因為你說你想看我演舞臺劇，所以我今天也忍著，沒有咬死岸部。」

「達幸……啊……」

紊亂的鼻息不停嗅聞氣味，同時達幸細細啃咬著後背，快感立刻湧上。明良的身體在私下沒與達幸交合的時間反而更少，會輕易被燃起欲火，更別提硬挺的胯下在他的臀部磨蹭，說著想要快點進入明良體內。

「明良……可以吧？晚餐我晚點再做，我現在就想吃你，想要進入你的裡面，想要你裡面、外面都緊緊抱住我。」

「……啊、不行……啦！你別這樣、磨蹭……」

「明天、後天都要排演……必須比以往更常和你合而為一，讓你的肚子喝下很多我的精液，沾上我的味道才行……要不然會被搶走……我以外的公狗會把你……把明明搶走……」

「……達幸！」

猛然回神的明良放下差點脫手的菜刀，用盡全身的力氣甩開達幸。在藍眼開始閃現暗光之前，明良轉向驚訝的達幸，指著一旁的餐桌。

「我說過舞臺劇很耗體力，所以排演和演出的這段時間要好好吃飯才行吧？如果你無法聽從我的話，就去那邊坐著。」

「我不要……！對不起、明良對不起，我不會使壞了，讓我待在你身邊。我不要近在身邊卻得分開……」

稍微生氣斥責的效果絕佳，達幸聽從「坐下」的指令，跟已逝的達達一樣迅速坐在地上，緊緊抱住明良的小腿。這是一如往常，絕對無法忍受被明良拒絕的達幸。明良偷偷鬆了一口氣，放鬆小腿的力道，允許達幸抱著他。

「明良……」

「好了，我已經不生氣了，別哭啦。我快煮好了，等等一起吃飯吧。」

「真……的嗎？那……吃飯的時候，可以、那個嗎？」

達幸怯生生問的「那個」，是達幸把明良抱在腿上互相餵食。在外用餐時當然不能這麼做，在家裡也會讓明良想起遭到囚禁時的情景，所以他也一直拒絕，但如果這樣能讓那道暗光稍微消失，那也無妨。

「……好，只不過我只會坐在腿上，你不能一直把你的放在我的身體裡。」

「咦……！」

「還有，在浴室裡也不能相連，如果你不能遵守，我就不跟你一起洗澡。另外，不行一直放在裡面睡覺，也不能在我睡著後偷偷插進來。」

「咦咦、咦咦，咦咦咦咦咦！」

聽見禁止事項越來越多，達幸的臉扭曲得像是世界末日。

明良十分明白只要自己允許，兩人無時無刻都毫無縫隙地合為一體是達幸的生存意義。但就算達幸是無法用常識衡量的天才，首次參加舞臺劇排演及公演，應該會讓他身心俱疲。就算和明良交合是達幸的活力來源，要是因此耗盡體力就本末倒置了。

……而且，普通的情侶，就算是男女情侶也不會時時刻刻都合而為一。明良也很明白這一點，但一直和達幸待在一起，理所當然的常識就會被名為達幸的非常識啃食殆盡。

「……相對地……我……我會在上面啦。」

「咦……？」

「我……我是說，要是你好好聽話，在床上時，我會主動坐到你身上啦……！」

「明良……！」

為了掩飾害羞，明良轉過頭大喊，而達幸歡呼的同時更加抱緊他。

「明良、明良，我們快吃飯吧。然後馬上洗澡、去床上，再不快點，我會等到發瘋。」

不用轉頭也知道，達幸的藍眼現在肯定因為期待與欲望，閃耀著燦爛光芒。因為時間縮短，他大概會更貪婪地渴求明良，即使如此，也比引來那道暗光好多了。

明良決定先不想今晚的事，開始專心做菜，就算達幸緊緊抱住他的小腿也什麼不便。他早就習慣了，而且達幸會在明良要走到水槽或是用瓦斯爐時一起移動。

老實說，明良也覺得很厭煩，但只是偶爾看達幸一眼，他就會開心地搖起只有明良看得見的尾巴，明良就只能嘆氣認命，還真是不可思議。

三十分鐘後，所有菜餚都完成時，電子鍋也正好通知飯煮好了。明良對一如預想地做出了菜色感到很滿意，輕輕搖晃仍抱著他小腿的達幸。

「好了，吃晚餐吧！我把菜端上桌，你去盛飯。」

「……嗯！」

期待著自己的出場時刻，不停偷看的達幸開心地遵從，連菜餚都搶先幫忙端上桌。明良泡了兩人份的茶，打算端過去時，不僅托盤被達幸端走，還被馬上回來的達幸抱起。

「……喂，達幸。」

「因為你做菜很累了吧？」

達幸沒有開玩笑，也不是在捉弄明良，無論何時，他對明良都是認真的。明良是以甜蜜柔軟之物做成的夢幻生物，纖細且白如淡雪，達幸真的深信明良只要動一下就會變虛弱。小學、國中、高中時，教導明良班級的老師全被達幸認定為「強迫孱弱的明良辛苦勞動的惡劣殘酷罪犯」，有一點小事都會槓上老師。

如果這樣想，晚上的床笫之事也稍微克制一點會比較好，但對達幸來說，與明良相連結是沾染自己的氣味，保護明良不受其他公狗侵犯的行為，所以無法停止。

達幸平穩地慢慢抱著明良在餐桌椅上坐下，讓明良面向前方，坐在自己腿上。餐桌上放著剛做好的兩人份晚餐和一雙筷子，一如往常的餐桌風景。

「我要開動了。」

在明良因長年的習慣，規矩地雙手合十時，達幸將鼻尖埋在明良頸間，仔細聞他的味道。

發現抵著臀部的胯下微微發燙，明良對絲毫無法壓抑欲望的男人使出肘擊。

「我想你應該知道，要做要等到床上才能做。」

「我、我我我知道啦，我是好狗狗啊。」

……你根本不知道。大概，不對，是絕對不知道。在排演室裡明明能表現出那麼完美的演技，為什麼在現實中完全無法對明良說謊呢？不過，這也像達幸會做的事。

明良決定讓達幸蒙混過去，輕拍環在他肚子上的手。

「那我們吃飯吧，好狗狗要把飯全部吃光喔。」

「……嗯！明良。」

露出「太棒了，我蒙混過去了！」的喜悅，達幸點點頭，拿起筷子。

他先從明良的飯碗中夾起白飯，送到明良嘴邊，確認明良開始咀嚼後才吃自己的份，之後均衡地餵食主食和配菜。差不多吃到一半時，這次會換明良拿筷子，變成餵食者。如果不這麼做，達幸會只顧著餵明良吃飯，不顧自己。

「……怎麼樣？很難吃嗎？」

感覺今天第一次嘗試的燉牛筋有點鹹，明良如此問道後，達幸用力搖頭，甩起頭髮：

「明良做的菜怎麼可能會難吃！非常好吃！」

「……這、這樣啊，太好了。」

「嗯……很好吃。很好吃、很好吃！」

達幸一接過筷子，像要證明自己所言不假，豪邁地將燉牛筋扒入口中，露出陶醉的笑容。與他對外的形象相同，達幸大多都飾演爽朗的好青年，可以近距離看見這個表情的人大概只有明良。

「明良好厲害。我每次吃你做的菜都覺得超好吃，下一次卻又變得更好吃。今天的晚餐也比之前好吃，超棒的，明良，謝謝你為我做這麼好吃的晚餐。」

「……達幸……」

這都是不怎麼費工的家常菜，達幸卻大力誇讚，彷彿是名廚大展身手做出來的珍餚，讓明良害羞起來。達幸憐愛地從背後吻上明良泛紅的臉頰，慰勞似的撫過剛才握菜刀的手，讓明良更難為情了。

「……我才是，謝謝你。」

對做菜的人來說，這個笑容與誇獎就是最棒的款待，感覺連一整天的疲倦都被治癒了。

「明良……不行露出這個表情……你笑得這麼美，我……我……」

會忍不住的——明良轉過頭，把自己的唇貼上熱情輕語的唇，發出細微的親吻聲。

「現在先這樣忍忍……晚一點讓你吃個夠。」

吃完飯、洗好澡，遵守約定讓達幸充分品嘗完後，明良直接睡著了。

當明良的意識從泥沼深處爬上水面時，床邊桌上的時鐘顯示為凌晨三點。平常被達幸徹底寵愛後他都會昏睡到早晨，會難得睡到一半醒來，是因為沒有那個緊抱住他的那個體溫。

不知何時換上乾淨床單的床鋪上只有明良一人，而他身上被套上了達幸的襯衫，像在代替本人。下半身也穿著新的內褲，原本滿是達幸精液的體內也被清乾淨了。

達幸去哪裡了？以放在床邊桌上的水潤喉，明良輕手輕腳地離開寢室。寢室裡就有浴廁，不需要特別離開房間。這樣一來，他能想到的只有那個地方了。

「……明……明……明……」

不出所料，達幸在衣櫃裡。

躲在打開的衣櫃門後偷偷往裡面看，只見昏暗的燈光中，達幸盤腿而坐，用右手套弄著勃起的分身，左手拿著明良送給他的黑色皮革項圈。

「嗚嗚嗚……明明……還不夠啊，明明……我還想要、還想要明明啊……我只要有明明，其他都可以不要……為什麼明明不懂……」

沾滿精液的分身發出清晰的水澤聲，混雜著啜泣聲。達幸正注視著的，並非自己隨時都會爆發的分身，而是黑色皮革項圈。藍眼中帶著那道暗光，在昏暗的燈光中異常地絢爛。與氣氛和睦的晚餐時彷彿變了一個人，令明良大感戰慄。

「我不想演舞臺劇……被其他公狗看到，明明會髒掉……我每天射了那麼多，為什麼明明沒辦法懷上我……至少明明總是大著肚子的話，大家就能立刻明白明明是我的飼主了啊……乾脆……」

套弄分身的手突然停下，嗚咽聲也停了下來。不祥的沉默煽動不安，明良擔心達幸也許是發現到自己在偷看了，但達幸搖搖頭，像要甩掉糾纏上來的東西。

「……不行、不行，不可以再做那種事情。明明說想看我演舞臺劇……所以我得努力……我是比達達更可愛，最棒的好狗狗，所以要努力……」

明良在此時悄聲離開，躡手躡腳地回到床上。他沒辦法再聽那哀戚的哭聲了。

——達幸想再次囚禁明良的欲望確實變大了，正像明良過去小看達幸占有慾，說要當助理經紀人時一樣，不同的是，現在達幸的心中有個東西能壓抑這股欲望。

而那個東西，肯定是他對明良的愛意……欲望變形而成的。多麼諷刺啊。

胸口隱隱作痛，身體應該很疲倦卻完全沒有睡意。就在明良靜不下來，輾轉反側時，他感覺到寢室的門被打開，馬上轉過身裝睡。

「明良……」

大概是看見明良還在這裡而感到安心，達幸呼出一口氣後滑入被窩。從背後抱住明良的懷中帶著一點肥皂香氣，他似乎沖過澡才回來，暖呼呼的體溫很舒服。

「……我會努力……為了明良，我什麼都願意做……只要明良開心……所以、所以……」

在耳邊低語的唇，埋進頸間。

「別丟掉我……」

胸口感到一股無法與剛才相比的劇痛，明良假裝翻身，轉過去面向達幸。他們最近大多都是身體相連著入睡，所以這姿勢感覺有點新鮮。

「……我喜歡你……達、幸……」

假裝說夢話，在達幸胸前低喃的小聲告白，達幸似乎清楚聽見了。因為從緊密相連的身體傳來的心跳聲變得更強而有力。

「我也喜歡……喜歡，好喜歡，明良……最喜歡你了，明良、明良、明良……」

……達幸，我也喜歡你，甚至不輸給你喔。沒有人更讓我珍愛，我想和你永遠在一起，在身旁看著你活躍。

……只是這樣不行嗎？如果不把我關在只有你的世界中，你就無法安心嗎？到底該怎麼做，才能讓你相信我說的話呢？

抱著滿溢而出的心情，被熟悉的溫暖包裹著，明良不知不覺地進入夢鄉。

舞臺劇《化裝舞會》的排演時間約為一個月，從圍讀劇本開始，加上實際演技等動作的開臺位排演、所有場景順過一次的全程排演、換上戲服，在實際舞臺上進行的舞臺排演，最後到整體排演過一次的總彩排就是大致的流程。

更詳細來說，圍讀劇本和開臺位排演之間，有演員一邊看劇本一邊排演的順排；開臺位排演和全程排演之間，有只針對演不好的場景反覆排演的「細節反覆」，如果導演提出要求，也會將重要場面挑出來單獨練習。

而達幸飾演驅魔神父，有和食人惡魔對戰的場面，所以也得同時進行武打戲的基礎訓練。今天劇團在順排前請來武打老師，將在排演室裡接受武打訓練，與達幸對打，飾演惡魔們的演員們也一起。

在圍讀劇本時出言挑釁的岸部也在其中，他看著達幸的眼神充滿質疑，像在說「他真的能辦到嗎？」。而樋口因為已有豐富的經驗，預定從順排加入排演。

連續劇及電影中也有武打場面，因此達幸也有經驗。他在電影《青之焰》中也飾演殺手，演出華麗的武打場面，讓觀眾為之著迷，也替票房做出貢獻。

但電影可以靠運鏡及編輯技術創造出效果，而且能重拍好幾次，因此電影的武打場面和舞臺劇的完全不同。舞臺劇的武打動作需要比電影誇大，不管觀眾坐在多遠的位置都能吸引他們的目光。

「那麼，先從青沼開始。你有武打經驗對吧？我想了解你的程度，可以隨便動給我看嗎？」

講師沉下腰，準備接招。真不愧也是舞者，外行人看來也覺得他的姿勢又美又沒有破綻。

相對地，達幸確認過手上手套的狀態之後，慢吞吞地擺出姿勢。因為尼可拉斯是聖職者，所以不使用刀劍等武器，而是一邊念聖詞一邊用受到神明祝福的錘矛打惡魔，但因為使用道具的武打動作難度很高，就先從赤手空拳開始。

講師想觀察狀況，先打出基本的直拳，達幸則以左手肘外側接招。

「……喝！」

該怎麼在完全不觸碰到彼此身體的情況下，表現出激烈打鬥的樣子是武打場面的困難之處，在不遠處看著的明良覺得，達幸十分輕鬆地接下了講師的拳頭。不僅是講師，連在旁等待的斯泰洛成員們也露出驚訝的表情。

達幸毫不費力地卸下越來越激烈的攻擊，還以為他會防禦到底，下一秒就發動了攻擊。具有躍動感的動作相當勇猛，有男子氣概的同時，每個動作都很華麗。理應對達幸沒好感的成員們，視線也鎖定在達幸身上。

明良在排演室的一角鬆了一口氣。忙碌的松尾基本上會在辦公室裡處理行政工作，同時輔佐社長，或者在外面到處跑，所以從今天開始只有明良一個人跟著達幸。明良還在害怕要是像第一次見面時一樣發生爭執該怎麼辦，但這樣看起來應該會是杞人憂天。

被達幸懷疑「絕對會侵犯明良」的斯泰洛成員們也著迷地追尋著達幸的動作，根本沒人注意明良。這樣看起來，應該不會發生達幸看見有人騷擾明良，立刻變身成野獸、大鬧一番的狀況。

……不對，不是這樣，明良輕輕搖頭轉換思考。

松尾不在身邊時，不管發生什麼狀況，他都得自己處理好才行。松尾就是認為現在的明良能辦到才會交給他的，他想回應松尾的期待，也想支持達幸。

「……好，到此為止！」

講師卸下達幸的踢擊後停下動作，拍拍達幸的肩膀。

「真不錯，你的基礎很完美呢。這樣的話，也能立刻做到使用道具的戰鬥武打動作。你之前該不會有練過什麼吧？」

「我小時候學過一點空手道，再來就是，接下這次工作後，我有上過武打表演課。再怎麼說我都是第一次，我想至少要在開始排演前盡量做好準備。」

講師完全對達幸令人讚賞的說詞感到佩服。忙碌至極的當紅演員不只沒有自視甚高，還謙虛且認真努力，沒有辜負講師的期待。

斯泰洛的成員們似乎也有相同的想法，針鋒相對的感覺消失，氣氛變得和睦許多。還有不少女性成員紅著臉和身邊的成員竊竊私語，著迷地看著達幸，大概只有一臉不痛快的岸部例外。

身為知道真相的人，明良的心情有點複雜。

達幸確實沒有說謊，他小時候學過空手道，事先上過武打表演課都是真的。

只不過，這絕非因為「他想對舞臺劇做出貢獻」這令人讚賞的心態，這男人所有的行動契機都是明良。

小時候，他學空手道是「想變強，保護明良不被畜生欺負」；會上武打表演課則是因為「想表現得比任何人都出色，讓明良只看著我一個人」。這是達幸親口說的，所以絕對不會錯，只是他運氣好，看在別人眼裡會認為達幸充滿熱情、專心投入。

無關乎本人的意志，他的所作所為都會被解讀成好的意思，這或許也可以說是種才華。

就連現在，達幸也時不時越過講師的肩膀看向明良。他想確認自己做得好不好、明良是不是只看著自己，沒看向其他公狗、他會不會誇獎自己。

感覺只有明良看得見的那條毛茸茸尾巴正期待地搖個不停，明良露出苦笑。達幸根本不在乎他迷倒了在場的所有人，也不在乎其他演員們對他的印象變好了。

對他來說最重要的，只有隨時隨地獨占明良的愛與關注。名為達幸的容器原本空無一物，現在只被明良填滿了。

明良只以嘴型回應「晚一點再說」後，達幸戴著彩色隱眼的雙眼歡喜地亮了。看他的喉嚨微微震動，大概正忍耐著想大喊「我是好狗狗！明良最棒的好狗狗！」的衝動，但還在能勉強掩飾過去的範圍內。他一臉得意、驕傲的表情，應該讓身邊的人以為他是被講師誇讚而感到開心，令人會心一笑。

排演結束後，達幸預計要去拍攝固定演出的連續劇，但在坐車時，明良大概得允許他一直抱住自己的腳或雙腿，並不停摸他的頭。如果是剛重逢時的達幸，可以得到這種誇讚，不管正在做什麼，他都會立刻跑過來抱住明良的腳，想得到獎賞。只是動動嘴就能讓他忍下來，身為飼主，得誇獎寵物有所成長才行。

「好，接下來是惡魔們的混戰……」

「……請等一下。」

岸部打斷心情極佳的講師說話。大概是感覺到疏離感，他和逐漸接納達幸的同伴慢慢拉開距離，現在在明良身旁雙手環著胸。不輸講師的結實身體纏繞著危險氣息，明良忍不住有所戒備。

「岸部，怎麼了？」

「我有個請求……可以讓我和青沼先生單挑一次嗎？能和努力學習的青沼先生對打，我覺得能讓我學到不少。」

遣詞用字恭敬有禮，與先前不同，但挑釁的語氣中不是帶著敬意，而是揶揄與侮蔑。看來他打從心底對達幸受到誇獎一事感到不悅。

樋口和其他成員們之所以不歡迎達幸，只是因為達幸的舞臺劇經驗不足，可能會搞砸赤座的復出紀念公演，這是第一次見面時給明良的印象。所以，他們知道達幸是真誠地面對這次的公演、十分努力，態度就軟化了，但岸部感覺像是對達幸有私人怨恨。

這時，明良聽到其他飾演惡魔的成員們的對話。

「哇啊……岸部那傢伙終於開戰了。」

「畢竟他之前不停地說『為什麼是青沼那傢伙』，但我也不是不能理解啦。」

「但是……不管怎麼說，他那樣也太牽強了啦。」

從他們的對話來看，岸部原本可以在這次的舞臺劇中第一次得到有名字的角色，但正式公布後，他發現自己只是無名的路人惡魔之一，並把這件事全怪在達幸頭上，心懷怨恨。因為達幸這個外人的加入，讓原本應該擔任主演的樋口降為第一配角，其他演員們也一樣逐一降級，結果讓原本在邊緣徘徊的岸部降級成沒有名字的角色，這是岸部的說詞。

講明了，就是胡說八道。如果他真的有實力，赤座應該會安排其他角色。岸部心裡應該也明白，但因為當家演員樋口和同伴們都不歡迎達幸，說不定也讓他覺得自己的想法沒錯。

就算不清楚這些內情，講師也能感覺到氣氛劍拔弩張。他為難地搖搖頭：

「時間本來就不夠了，哪能為了讓你學習而浪費時間啊。快點，去和其他惡魔就定位……」

「沒關係，讓他們試試看吧。」

一道開朗的聲音突然介入，所有人的視線都聚集到排演室門口。

很有品味地穿著花俏橘色外套的赤座笑著，像個發現有趣玩具的孩子。那強烈的存在感幾乎掩蓋掉了靜靜站在他身後的山野井。大概是中途遇見的，樋口也站在山野井身邊。

「赤座老師，您怎麼會來？今天不是預計在順排時加入嗎？」

「嗯，我原本是這麼打算的啦。」

赤座朝困惑的講師揮揮手，腳步優雅地走近達幸。

山野井無聲無息地跟在他身後，樋口則是雙手抱胸，輕輕靠在門口的牆邊，看來是打算靜觀其變。

「其實我很好奇青沼的武打表現，從不久前就在旁偷看了。為了當作今後執導的參考，我個人希望務必答應岸部的請求……不行嗎？」

「沒、沒有……沒有這種事……」

「那就這樣決定了。別擔心，在不妨礙進度的範圍內就好了。」

「……等……！」

在大家驚訝之時，岸部的願望成真，明良有些吃驚。

岸部對達幸抱有不講理的怨恨，不知道會趁排演時做出什麼小動作，赤座也有察覺到現場的氣氛很糟才對，為什麼要刻意火上澆油呢？

「明良……？」

達幸毫不在意岸部的挑釁，並靈敏地聽見明良的小聲驚呼，立刻轉頭看去。這似乎惹得岸部更不爽了。

「哼～真不愧是當紅演員的經紀人，真是過度保護藝人呢。你是覺得和我對打，重要的青沼會被我怎麼樣嗎？你這麼想真令人遺憾。」

「……」

「就算是主角演員青沼的經紀人，也不能對赤座老師的決定有意見喔……你這個小經紀人別妨礙我。」

岸部最後壓低聲音恐嚇，只讓明良聽見，說完就走向赤座等人。他經過明良身邊，刻意用健壯的肩膀去撞明良。

「……達幸！」

明良會馬上喊住達幸，是因為這一幕不小心被他看見了。達幸的雙眼從岸部對明良說話時就帶著警戒，現在燃起了明確的殺意怒火。

對達幸來說，明良以外的男人只分成兩種，那就是會侵犯明良的有害畜生和除此之外的人。寵物犬的最大原則，就是一旦發現前者就咬死對方。而就在此刻，被達幸認定為前者的岸部正毫無防備地走近達幸。

不可以，快住手——差點如此大喊的明良突然回過神，周圍的視線刺向舉止可疑的經紀人。不能在這種地方像往常一樣安撫達幸，更引起關注，現在的達幸不是寵物犬，而是演員青沼幸，身為經紀人的明良絕對不能做出損害他形象的行為。

……我沒事，只是被撞到而已，我不要緊，完全沒有受傷。

明良沒有抱住隨時會失控的健壯身體，相對地，他拚命在心中這麼低喃，並朝達幸搖頭。甚至因為太過專注，完全沒發現赤座深感興趣地看著他。

……所以你不需要生氣，冷靜下來……拜託……！

凡事都要以明良的要求為優先，與制裁畜生是寵物犬的義務及權利。

在達幸深吐一口氣、緊握拳頭的那一刻，明良知道他選擇了遵從自己的要求，頓時全身放鬆下來。老實說，明良並不認為他能忍住。

「……驚擾大家了，非常抱歉。」

「不不不，我才該道歉，突然說出奇怪的要求，讓經紀人慌張了，因為我的個性就是感到好奇時必須馬上確認啊。」

大方接受明良的道歉後，赤座立刻退到不會妨礙到達幸兩人動作的位置。

「那麼，岸部和青沼，你們兩人就隨意對打到我說停為止吧。但只是單純武打很無聊……對了，你們互換角色吧。」

「互換角色嗎？」

赤座朝困惑的岸部一笑，大大張開雙臂。大概是受到職業影響，赤座的一舉一動都很浮誇，引人注目。原本因為岸部而一觸即發的氣氛，如今徹底被抹去了。

「沒錯沒錯，就這樣，這樣很好。岸部飾演尼可拉斯，青沼飾演惡魔來對打，感覺很有趣吧？」

突如其來的提議讓斯泰洛的成員們相當興奮。看到連講師都不驚訝，或許赤座似乎很常這樣，突然天外飛來一筆。

「……我可以演主角……尼可拉斯嗎？」

「嗯，當然可以，僅限這一次就是了。你願意嗎？」

「是、是的！非常感謝您！」

岸部露出笑容，用力一鞠躬，和剛才簡直就像不同人。

根據松尾所言，赤座的角色安排並不固定，除了主要角色之外，常常會根據排演的表現，更換為他認為更適合的演員。而精準換角、帶領舞臺劇走向成功，就是赤座被稱為天才的原因。

這是出乎意料的機會。雖然只限這一次，但如果在赤座一時興起而飾演主角時被赤座看上，就算沒辦法飾演主角，或許也能拿到其他角色。岸部肯定有著這種期待。

雖然他口出惡言又自私的行為感人相當傻眼，但明良鬆了一口氣。這樣看來，岸部不會對達幸做出奇怪的舉動。要是在赤座面前對他中意的達幸做出小動作，別說拿到角色了，還可能會惹赤座生氣。岸部會專注於表現出自己的魅力才對。

「青沼也願意幫忙嗎？我認為你學習主角之外的動作，對你之後也會有幫助。」

「……我只要飾演惡魔，和他對打就好了嗎？」

「嗯，對，惡魔會被尼可拉斯驅除，所以你最後會被岸部打敗，但在那之前可以自由行動。」

「我明白了，我會努力去做。」

達幸輕輕一鞠躬，站到赤座指定的位置，態度冷靜到絲毫不見剛才的憤怒。山野井將木棍交給離達幸大約兩個人遠的岸部，當作尼可拉斯的錘矛。

「……我要上了！」

岸部先發動攻勢。雖然只是暫時的，但能飾演主角似乎讓他十分興奮。

岸部手上的木棒長度大約是成年人張開雙臂，要一邊揮動一邊對打十分困難，但看在外行人眼裡，也覺得他攻擊達幸的動作順暢熟練，如果穿上長版的神父袍，應該相當好看。為了替母親報仇，持續與惡魔戰鬥的尼可拉斯也是身經百戰的勇士。

「……咦？」

包含明良在內，每個人都以為達幸會輕鬆卸下木棒的攻擊或躲開，結果徹底超乎大家的預料，達幸雙手垂放在身側，毫無防備地主動承受攻擊。

「哇啊……！」

岸部嚇了一跳，立刻抽身，但沒辦法完全止住衝勢，「咚」的沉悶聲響響起。周遭一陣騷動，講師連忙想介入，但赤座立刻伸出手制止他。

「再讓他們打一下吧。」

「老師，但是……」

聽見山野井小聲地提議「還是阻止他們比較好吧？」，赤座又露出孩子氣的笑容。

「因為很有趣嘛……而且，青沼也完全沒有要停下來的意思。」

正如赤座所說，達幸完全不在意被木棒打到的肩膀，用修長的雙手抓住岸部的雙肩。他的動作迅速，剛才毫無防備的樣子宛如假象。不只明良，在場所有人都領悟到達幸並非只是動作緩慢地承受攻擊，他是將自己當作餌，將岸部……不，是將視為獵物的神父引誘到自己的可攻擊範圍內，為此不惜負傷。因為現在的達幸是只為了玩弄、啃食獵物而存在的惡魔。

「……唔、啊……」

達幸的手並沒有真的束縛住岸部，岸部應該能輕易掙脫。

儘管如此，岸部也沒有揮舞難得拿到的武器，只是緊握著，僵在原地。如果岸部是真的尼可拉斯，正在和母親的仇人惡魔對峙，他就該要英勇對戰，消滅惡魔才行。現在這樣，他既不是尼可拉斯也不是神父，只是個無力的犧牲者。

達幸的唇畫出和緩的弧度。那表情太過可怕，無法稱為笑容，令人無法馬上理解到他笑了。

達幸歪著頭，湊近不停發抖的岸部脖子。這只是武打場面，雙唇間微微露出的白色牙齒絕不可能咬破岸部的喉嚨，不可能會從喉嚨噴出鮮血，將周遭染成一片鮮紅——岸部也相當清楚這點才對。

「……哇啊啊啊啊啊！」

岸部驚聲尖叫並朝後方跳開，就這樣跌坐在地。那沒出息的動作完全稱不上是武打動作，但即使岸部不停發抖，現場也沒有任何人嘲笑他，因為所有人都對擁有達幸外表的惡魔感到恐懼，就連樋口也啞口無言，臉色慘白。

被岸部丟出去的木棒飛得很遠，撞到排演室的牆壁才終於停下來，接著響起鼓掌聲。一臉興奮拍著手的，當然是赤座，至此，屏息在旁看著的明良等人也才終於放鬆下來，鬆開不知不覺間緊握的拳頭，掌心滿是汗水。

「……太精采了！簡直就像真正的惡魔現身了。我原本打算讓惡魔們也拿武器，但赤手空拳又像喪屍一樣行動看起來更可怕，又有看頭吧？不，乾脆也讓尼可斯拉用拳頭肉搏……」

赤座將手指抵著嘴唇，口中念念有詞，山野井則在他身邊拚命寫著筆記，似乎正在將赤座說出來的內容一一寫下來。常常天外飛來一筆、隨心所欲行動的赤座之所以能作為編劇維生，或許是多虧山野井在背後默默支持他。

「……唔，我無法接受……！」

岸部終於不再顫抖，粗暴地打上地板。

「剛剛那個根本不是武打戲吧！故意讓自己被打，還想……來咬破我的喉嚨，根本太誇張了！對吧！」

不管他說什麼，達幸都沒反應，尋求成員們的同意也只讓所有人一臉困擾地面面相覷。

更不耐煩的岸部還想繼續說什麼，樋口搶先打破沉默：

「……岸部，別說了。你這不服輸的模樣太難看了。」

「你說我不服輸？」

「你飾演尼可拉斯，青沼飾演惡魔對打。赤座老師給出的條件只有這個才對，而青沼完美達到了老師的要求，但你呢？」

樋口隨意努努下巴，指向滾落在地的木棒。

不管發生什麼事情，尼可拉斯都不可能放開武器，而岸部敗給了恐懼，自行丟棄武器。看見這無比確切的敗北證據，岸部也只能接受，無力地低首。

樋口拍上達幸的肩膀：

「……我收回我之前說的話，不好意思，你完全不是半吊子，照這樣看來，別說扯後腿了，或許能讓舞臺劇變得更有趣……對吧？」

聽到樋口的提問，成員們都頻頻點頭，態度友善地接連向達幸搭話。明良一時間還很擔心情況不知會怎樣，但看來是朝好的方向發展了。

從第一次見面時完全無法想像的光景很令人開心，就算達幸完全不在意明良以外的人類，周遭的態度友善肯定比較好。在不遠處，似乎終於回到現實中的赤座滿意地點點頭。

和剛剛截然不同的和睦氣氛——因此，不知為何緊抿著雙唇的山野井讓明良有點在意。

在那之後的順排中，尼可拉斯的臺詞自是不提，達幸連其他演員的臺詞也全背下來了，讓成員們大感驚訝。

雖然偶爾會忘記，但達幸高中時很聰明，毫不費力地維持著全國模擬考前十名的成績，老師也保證他絕對能考上最難考的醫學系。他擁有驚人的記憶力，總是發揮在明良內褲的數量與顏色，以及重逢後至今接近兩年的替換規則上，只要有這種記憶力，要記熟整本劇本根本是小事一樁。

無從得知達幸的真正目的是要全盤掌握所有靠近明良的公狗，一有機會就威嚇對方的樋口，對達幸的評價又更好了。領袖人物接受了達幸，沒參加武打戲排演的成員們也一改態度，順排進行得相當順利。面對獨自面露不滿的岸部，達幸也極其正常地對待他。

「……我明明想咬死他。」

所以，當達幸坐上車，一蹭到明良的腳邊就說出這句話時，明良十分吃驚。達幸只要沒有外人在，就會立刻做出寵物犬的舉動，所以保母車選了後座特別寬敞的車款，還在後座與駕駛座之間加裝了隔板，駕駛座完全聽不見後座的聲音。開車的不是松尾，就是對達幸的舉止無動於衷的大膽員工。

「……達幸？」

「因為那傢伙絕對盯上明良了，所以第一次見面時也故意找碴，想要吸引你的注意。但因為你只看著我，他是想要你當他的飼主才會做出那種舉動。」

所以我原本打算聽從赤座的提議，和他對打時咬死他——聽到達幸理所當然似的這麼說，明良全身發顫。在某方面來說，岸部是對的，達幸既不是在演武打戲，也並非完全化身成了惡魔，而是單純真的想要咬死岸部。如果岸部沒有不顧一切地逃跑，現在或許……

「達幸，你誤會了。岸部是恨你，他嫉妒你。」

明良一臉蒼白地說出斯泰洛成員們的對話內容，但達幸的態度不僅沒軟化，還更加頑固。明良為了達幸緊緊併攏小腿，而抱住他小腿的力道更加用力，緊勒著明良。

「那傢伙……絕對認為他比我更適合當你的寵物犬，想要從我手上搶走你。絕對是這樣……」

「達幸，你冷靜點，怎麼可能有那種事。」

「因為大家肯定都想成為明明的狗狗啊！」

達幸用力抬起上半身，直接抱住呆愣的明良腰部。每當埋進明良腹部的頭哽咽地搖了搖，隔過襯衫傳來的濕潤感就更加擴散。

「不只岸部……樋口、赤座、山野井也是，出現在明明身邊的所有人，都想要明明當他們的飼主。只是明明既美麗又善良，所以沒發現他們的心思而已。因為、因為因為……」

「啊……達幸，別這樣……」

像在表示一秒也不想分開，達幸的唇爬過明良的肚子，剛聽見他咬住拉鍊的聲音，拉鍊就一口氣被往下拉開。從穿過單薄的布料搔動性器的紊亂氣息，以及逐漸升高的體溫，達幸的藍眼顯然正因為出現在眼前的內褲閃閃發亮。

高挺的鼻尖毫不迷惘地埋進內褲中心，不停逗弄性器的同時盡情嗅聞明良的氣味，彷彿不這樣做他就會窒息而亡。

「你這麼香，這麼柔軟又舒服……」

「別……啊……達幸、達幸，不行……」

「聽到這麼甜膩又溫柔的聲音，我會想聽你多喊幾聲，想到不得了啊……」

「……嗯、啊！」

「除了我以外的公狗都是畜生喔。他們只會不顧你的心情，要你替他們套上項圈而已。那些傢伙不可能可以成為明明最棒的好狗狗……我只是想替你趕跑畜生而已，為什麼你都不懂……？」

達幸的氣息越來越紊亂，體溫也不停升高，但他帶著欲望的聲音低沉，逐漸摻雜著危險。

明良的腦海中閃過帶著暗光的藍眼，反射性地彎下腰，抱住正在哽咽的達幸的頭。因性器隔著布料不停被鼻尖磨蹭，開始侵蝕身體內側的熱度消失得無影無蹤。

「……但是，你為我忍耐了對吧？」

「……明明……」

「岸部來找我麻煩時，我拜託你之後，你就為我忍下了想咬他的衝動吧？因為你是我最可愛的好狗狗，就算其他人都是畜生，只要有你在身邊，不用趕走他們也沒關係，因為你會保護我啊。」

「嗚……嗚，是這樣沒錯，但是、但是但是……！」

達幸又抽抽噎噎地闡述起趕跑畜生的重要性，但明良耐心地撫摸他的黑髮，讓他停止哭泣。

當車子再五分鐘就要抵達連續劇的外景拍攝地時，達幸怯生生地仰望明良。藍色雙眼中沒有暗光，是惹人憐愛的，尋求飼主愛意的目光。

「真的是我……最可愛？比達達還可愛……？」

結果還是計較這個啊，明良忍不住噴笑出聲。達幸將所有靠近明良的男人都視為畜生，而他最大的競爭對手，是真正的狗，達達。在他們十幾歲時逝去的愛犬完全霸占了明良的寵愛，達幸對此的嫉妒不管經過多久，似乎都絕對不會消失。

「達幸，你真笨。你忘了嗎？你既是我的狗狗，也是我的情人啊。」

輕輕拉起達幸被摸到扁塌的頭髮，達幸抱住明良搖搖頭。

「我沒忘……怎麼可能會忘。」

「那你應該明白，如果我不是覺得你最可愛，怎麼可能和你當情人。」

比起這個，把不折不扣的哈士奇犬達達和人類達幸放在同個次元上思考本來就很奇怪，但達幸自己想與達達一爭高下，明良也沒辦法。

「……說得……也是。我還是明良的情人……所以最可愛對吧……？」

「對啊，達幸，我覺得你最可愛。如果不是你，我不會覺得這麼高大的男人可愛。」

「明良……多說點，再多說一點。」

達幸爬上座椅，跨坐在明良身上。鍛鍊過的精壯身體覆在明良身上，高挺的鼻尖理所當然地埋在明良頸間。這讓明良想起很久以前，自己願意陪達達玩而讓牠太過高興，興奮無比時也會這樣做。

「再多說幾次我很可愛，說除了我以外，你不需要其他人。如此一來，我……就會忍耐。」

「……很可愛喔，達幸，你很可愛。」

撫摸著達達完全無法勝過的寬闊後背並對達幸低語，他就蜷起高大的身體，抱住明良，彷如不讓任何人靠近深愛的飼主，拚命威嚇周遭一切的負傷野獸。都已經是快二十五歲的大男人了，還有一副比明良健壯許多的身體，卻讓人想緊緊抱住他、保護他。

明良也不想讓深愛的情人痛苦，希望他常保滿足的笑容。但是這個世界，外面這個擠滿人潮、充滿光亮的世界無法讓達幸徹底安心。

達幸想要的，是只有他和明良兩人的封閉世界。只要把明良關起來，就能立刻消除達幸的痛苦，達幸就可以永保笑容，正如一年前的那時一樣。

明良只要說一句「你想怎麼做就怎麼做吧」，達幸就會高興地再將明良關進那個舒適的牢籠中。這次他或許會細心照顧明良，不讓他生病，明良知道達幸為此讀遍了醫療、營養學，甚至是法律等各個領域的文獻。

即使情緒像現在一樣極為不穩定，達幸之所以仍能在最後一刻踩剎車，是因為明良還想留在這個世界。因為他還想看到達幸發揮天生的才華，發光發熱的樣子。

……但這是明良的任性嗎？

達幸這麼受傷也為了明良忍耐，但明良究竟為他做了什麼？雖然開始熟悉經紀人的工作了，但他仍遠遠不及松尾的高超手腕。明良可以跟在艾特盧涅最紅的演員達幸身邊，也不是他的能力受到肯定，而是因為達幸的期望。

如果明良真的是達幸的情人，那就該像達幸為明良付出一樣，也為達幸犧牲奉獻才對。

鏘啷——懷念的鎖鏈聲在腦海中閃過，彷彿正說著「過來這邊」，引誘著他。

「除了你以外，我不要任何人，我只有你，我可愛、可愛的達幸……」

明良想拒絕這個誘惑，在車子抵達目的地之前，一直依循達幸的期望，低喃著愛意。

「青沼早安，經紀人也早安。」

「早安，今天也多多指教。」

排演日程過了一半，正式進入開臺位排演時，共演者們也完全接受了達幸，會笑著對他打招呼。即使明良站在排演室的一角，也不會像一開始那樣用「這傢伙是誰啊？」的眼神直盯著他，氣氛舒服許多。

「喔喔，青沼你來啦，正好。」

正在和女性工作人員說話的樋口轉過頭來，朝達幸招招手。

在斯泰洛的成員裡，和達幸最要好的應該是樋口。一旦讓他消除戒心，他就是個個性直爽的人，對待達幸與對待其他成員相同，總是細心地提醒各種事情。

「樋口先生早安，怎麼了嗎？」

「開始排演前，可以跟我來一下嗎？老師說要改戲服，想要重新抓服裝的感覺。」

一臉抱歉地低頭的女性是負責服裝的工作人員，名叫堀江。服裝的尺寸都已經量測完畢，開始製作了，但赤座昨天突然說要修改設計。

「……我記得服裝必須在下週舞臺排演前完成吧？現在修改設計會來不及吧……」

「但是，老師都說要改了，也不得不改啊。」

看到達幸困惑地歪頭，崛江無力地笑了。她的眼眶下方浮現化妝也蓋不掉的濃郁黑眼圈。

「而且，要大改的只有尼可拉斯的衣服。因為赤座老師多加了尼可拉斯的武打戲，希望服裝能更方便活動，襯托武打場面，所以想在粗縫階段就請青沼先生幫忙，讓我看看你在武打時的感覺……可以嗎……？」

「我沒有關係，如果能幫上忙，我很樂意。」

「……謝謝你！幫大忙了！」

崛江急著要帶達幸到附近的空房間時，突然停下腳步。

「啊，不好意思，經紀人有其他工作吧？您可以在休息室裡等……」

「明良會一直待在我身邊……對吧？」

達幸以和顏悅色卻不由分說的演員語調從旁插話，並緊抓住明良的手腕，尋求他的同意。堀江與樋口驚訝的視線刺上明良，讓他十分尷尬。雖然很想甩掉達幸，但這麼做會更加可疑。

「……不好意思，如果您不介意，我可以一起去嗎？」

「啊啊，不會，完全不介意。那請一起跟我來。」

幸好堀江沒有詳細追究，但可以感覺到樋口仍在背後直盯著明良，都要被看出一個洞了。樋口肯定傻眼地認為，明良是無法離開負責藝人的沒用經紀人吧，或者達幸是個沒有經紀人就什麼也不會的小孩子。

不管哪種解釋都糟透了，但總比說出「他只是為了不讓我被其他公狗侵犯，在外面時，一秒都不想讓我獨處」的實情好多了。

一進入空房間，達幸立刻脫下外套，穿上粗縫中的戲服。

達幸也給明良看過尼可拉斯戲服的第一版設計，是以神父穿著的祭衣為基礎。祭衣的上半身貼合身體線條，腰部以下逐漸變得寬鬆，長度蓋到腳踝，是立領式的祭衣。很像長度及踝的立領西裝，但加上了許多裝飾品改造，身形修長且體格健壯的達幸穿上後，應該會十分帥氣。

而赤座修改過的新戲服，上半身比之前更貼身，凸顯出達幸勤加鍛鍊的胸肌與腹肌，下半身則增加布料，加重厚實感。

不過這樣一來，武打時衣服會纏在身上，妨礙行動，所以兩側開了高衩。高衩部分以銀色刺繡鑲邊，和掛在脖子上的銀色玫瑰念珠為全黑的戲服畫龍點睛。

比上一個版本年輕又方便活動，華麗又禁欲。雖然尚在粗縫階段，只是披在襯衫與牛仔褲的外面仍十分適合達幸，甚至讓明良不禁著迷。也難怪崛江會看到出神，忘了動作。

「聽說那是看到他和岸部的武打場面後想到的。」

在明良暗自讚嘆時，樋口來向他搭話。他應該不用來這邊，但不知為何也跟來了。

「尼可拉斯有惡魔的血統吧？所以神父的服裝也做出很暗黑的感覺，但看到青沼飾演的惡魔後，老師覺得營造出華麗聖職者的感覺，反倒可以拉大他變成惡魔時的落差，讓人更印象深刻。」

「原來是這樣啊，確實有這種感覺。」

明良隨口回應，不停偷瞥向達幸，因為達幸散發出「你為什麼和我以外的公狗說話？」的險惡氣息。

不管是和工作人員說話還是背對著明良，只要身處在同一個空間，達幸不可能沒發現靠近明良的人。而且樋口是有出色外貌的年輕演員，渾身都是達幸戒備的要素。

因為崛江在場，達幸只停留在戒備階段，但兩人再聊下去，達幸可能就會出聲狂吠。

「經紀人……啊，你叫什麼名字？」

明良都沒事卻打開手機的行程管理程式，暗示「別再跟我說話了」，但樋口完全沒察覺。總不能充耳不聞，明良就心不甘情不願地低頭說：

「……我叫鳴谷，青沼平常承蒙您關照了。」

「鳴谷先生啊。你剛才是用名字稱呼青沼吧？排演武打戲時，你也叫了青沼的名字……達幸，那是本名吧？你們兩人該不會私底下也認識很久了吧？」

「您記得真清楚呢……對，我們姑且算是兒時玩伴……」

他沒有說謊，只是隱瞞了情侶、寵物犬與飼主等關係而已。

「原來如此，你於公於私都支持著青沼啊。青沼也很依賴你，甚至希望你時時刻刻待在他身邊呢。」

「……是啊，就是這樣。」

明良心想「換了個說法，感覺就不同了呢」，這時，原本背對著這邊的達幸在崛江的指示下轉過身。戴著彩色隱眼的雙眼用力地問著：「你還在跟那隻公狗說話嗎……？」，明良在心中高聲尖叫。

樋口身為當紅演員，應該很忙碌才對，可以不要管我，快點去別的地方嗎？

儘管明良拚命如此期望，樋口又支吾地開口：

「那個……我有一件事情想要請教……」

「想要請教？……不是問青沼，是問我嗎？」

「是的，這個問題必須問你。其實……」

樋口一臉認真地剛要開口，視線突然轉向走廊那側的窗戶，睜大了眼，之後用多人武打戲的迅速動作打開窗戶，一雙長腿就這麼跳了出去。

「樋口先生？」

「對不起，我下次再問你！」

明良探身看向走廊，看看發生了什麼事，但沒有特別奇怪的狀況。樋口用驚人的速度衝出去，他的前方只有一個高瘦的背影。那是山野井，難得他沒有和赤座在一起。

樋口逮住山野井，拚命說著什麼，但距離太遠，明良聽不到內容。大概是在確認排演日程吧？但山野井看起來相當不安，隨時都想逃跑，令人在意。

「嚇我一跳……樋口先生是怎麼了？」

房內傳來疑問聲，明良回頭看去，崛江正在收拾散落一地的裁縫道具，似乎是她被嚇到時，不小心打翻了。明良也慌張地跑過去幫忙撿，而達幸還在調整戲服，所以站著等他們。

或許是在同一個房間裡，加上崛江是身材纖細的女性，剛才那股危險的氣息已經平復了。明良是男性，所以原本女性才是該警戒的對象，但達幸似乎只會將能侵犯明良、灌注精液的「公狗」視為危險對象。

「他好像發現山野井先生就追上去了。」

「啊啊，因為樋口先生和山野井先生很要好啊。」

「……咦？那兩個人嗎？」

活潑外向的樋口，以及時常躲在赤座身後的山野井。這令人過於意外的組合讓明良感到驚訝，崛江也一邊確認針線盒中的東西，呵呵笑道：

「很令人意外吧？但是很常見到他們兩人在說話喔。大家一起去慶功宴時也是，一回過神就會看到他們站在一起說話……嗯，好了，這樣就好了。謝謝您的幫忙。」

「不會，這點小事不算什麼。差不多要開始排演了，還要花很多時間嗎？」

「啊，已經沒問題了，謝謝你們幫忙。多虧青沼先生，我完全掌握到感覺了，還請期待成品。」

明良和滿臉笑容的崛江道別，要前往排演室時，達幸抓住明良的手腕，將他拉進休息室。大概是對達幸有所期待，赤座替達幸準備了專屬的休息室，所以不會有其他成員。

「明良、明良……」

一關上門就被一臉迫切的達幸壓在牆上，貪食著雙唇。這早在明良的預料之中了。

工作時不可能不和其他人說話，所以就算明良和達幸之外的男人說話，也不能動不動就瞪人、恐嚇別人，好狗狗要學會「等待」。

不停如此叮囑有了效果，達幸在有外人在場時會努力克制，但只能忍耐一小段時間，更別說明良是和達幸特別戒備的樋口說話，所以達幸的忍耐力或許已經突破零，直降至負數了。比平常還纏人的舌頭動作如此告訴明良。

「……嗯嗚、嗯……！」

「……明、良……」

明良終於從深吻中獲得解放，馬上就差點腿軟，但達幸毫不費力地撐住他。達幸順勢將他困在炙熱的懷裡，厚實的舌頭滑過明良的耳朵。一開始只是老實地舔舐耳朵，接著忍不住鑽進耳穴中，舌尖深入，讓耳穴中逐漸充滿唾液，彷彿這雙耳朵聽過樋口的聲音後被弄髒了，所以要清理、沾染上達幸的氣味。

「嗚……啊，不行，達幸……！」

「明良……噯，明良，我很努力忍耐了……對不對？」

達幸輕易制止了明良扭身想逃的舉動，並抓起明良的手，放到自己頭上，想要明良摸摸他的頭。

大概是因為明良經常摸著達達的頭寵愛牠，達幸特別喜歡明良摸他的頭。他似乎認為這是明良寵物犬的特權，只要明良想撫摸達幸以外的生物，他就會氣得大聲哭喊，因此明良在達幸面前連逗弄野貓也不行。

「……達、幸……」

在床上交合前，達幸會舔遍明良全身上下的所有孔洞，所以連耳穴也成了不折不扣的敏感帶。明良拚命壓下不停湧起的快感，上下擺動放在達幸頭上的手。他的身體使不上力，沒辦法好好動作，弄亂了達幸梳整好的髮型，但達幸絲毫不在意那種事情，愉悅的呵呵笑聲直接撼動耳膜。

「明良、明良、明良。」

當達幸的舌頭終於離開時，明良被徹底舔舐的右耳早已溼透。但就算斥責達幸現在還在工作，他也無法理解，只會反問「我其實是想讓兩隻耳朵都沾上我的味道，但是我忍下來了，為什麼要生氣？」。

根據過往經驗，他十分了解達幸，所以明良不打算白費力氣，只沉默地靠在達幸胸前。

「怎麼啦……？達幸……」

「噯，明良，我不在你身邊時，就算樋口來問你問題，你也不要理他喔。」

達幸剛才親切地回應著堀江，卻似乎仍毫無遺漏地聽見了明良與樋口的對話。這個男人還是一樣，只要扯上明良，就會發揮超乎常人的能力。

「……是啊，那當然，因為他很危險。」

明良乖乖點頭。達幸自從開始排演就變得很不穩定，要是在達幸不在場時與樋口說話，可不知道會發生什麼事情。就連現在，達幸都會在半夜躲在衣櫃裡自慰，並對明良送他的項圈說著「好想要明明」、「想讓明明懷孕」、「想咬死明明以外的所有公狗」、「為什麼明明不懂我？」。

盡量不刺激達幸——為了不讓那道暗光變得更強烈，明良只能做到這點。

高挺的鼻尖埋在耳穴中，吐出驕傲的氣息。

「嗯，就是這樣，明良。除了我以外的公狗，都是盯上你的畜生，但只要有我在，我絕對會保護你，不管發生什麼事情，我一定會保護你。」

「達幸……」

達幸絕對不會毀約，不管犧牲什麼……不只身為演員的名聲，他連自己的生命都能捨棄，會保護明良到最後。

聽到情人這樣說理應感到高興，但明良心中只閃過沉重的不安。

三天後，明良久違地在辦公室裡碰到松尾。最近明良一直跟著達幸，松尾則是專注於對外業務與行政工作上，因此雖然有透過郵件及電話連繫，但兩人沒有機會真的碰面。

「鴫谷先生……可以耽誤您一點時間嗎？」

松尾一看見明良就皺起眉，隨意打完招呼，就邀明良到辦公室角落的休息區。

前一天的行程有點緊湊，所以明良讓達幸在前往排演前，在其他房間裡睡一下。原本他還吵著要明良一起睡，但一介公司員工怎麼能在白天正大光明地在辦公室裡睡覺，明良就用「我們都在同一層樓，如果發生什麼事，你能隨時可以趕到我身邊」，半強迫地說服達幸。因為能待在辦公室裡的時間有限，他必須盡量處理累積下來的工作。

「松尾先生……怎麼了嗎？」

「我才要問您呢！鴫谷先生，您的臉色很糟糕，好像也稍微瘦了……是不是幸又為難您了？」

真不愧是從達幸出道前就支持著他的人，真是敏銳。明良在內心驚嘆。

「因為樋口先生三不五時會來找我說話，達幸好像很不高興……但是別擔心，他目前在排演中沒有失控，還是會好好聽我的話。」

面對了解一年前囚禁事件經緯的松尾，粉飾太平也沒用，但也不能把真相全盤托出。要是跟他說達幸做好了更周全的準備後，想再度囚禁明良，也只會讓松尾更擔心，因為他到現在仍對過去知道明良遭到囚禁，卻無法在明良徹底倒下前救出他的事感到相當後悔。

「……真的嗎？您不是在逞強吧？」

「真的，沒有發生任何松尾先生擔心的事情。」

「……那就好……」

松尾看起來完全無法接受，但是他認為繼續追究，只會讓明良困擾。他在自動販賣機買了加入滿滿砂糖和牛奶的熱可可，遞給明良。

「如果有我能幫忙的事，請隨時告訴我。再不然，就算要我把幸綁起來，我也會阻止他失控，除此之外的事也都可以跟我說。」

難得聽見松尾無奈的語氣，明良輕笑出聲。

「……謝、謝謝，我想，目前沒有這種機會……對了，我現在想拜託你的，大概就是希望你說話別再對我那麼尊敬了。你是我的上司也比我年長，這樣太奇怪了。」

「一點也不奇怪，因為在馴養幸這方面，我遠遠不及您。我非常尊敬可以隨意控制幸，讓他發揮才華的鳴谷先生……也打從心底感謝您。」

「松尾先生……」

「一年前，當您說您不會告幸，也不打算離開他身邊時……我真心鬆了一口氣，心想『啊啊，這樣幸就能繼續當演員了』。現在也是，不管幸帶給您多少困擾，如果這樣能讓他徹底發揮出才華，我也認為無所謂，因為我希望幸做到我無法做到的事，是一個自私自利的人。」

他故意責罵自己卻不會令人感到冷漠，或許是因為松尾細長的雙眼不斷游移。如果他真的是自私自利的人，就不會這樣關心無關緊要的人了，也能理解身為松尾兒時玩伴的社長，為了讓放棄當演員的松尾能以其他形式待在戲劇的世界，創立這間艾特盧涅的理由。

「但撇開幸的事，您現在是我重要的下屬也是事實。多虧您來了，我的負擔也減輕許多，所以我不想再次失去您。請您千萬別忘記，我希望您能一直在旁支持幸的活躍。」

「……好的，謝謝你。」

明良抱著複雜的心思及隱藏真相的愧疚感低下頭。他想在松尾這理想的上司身邊一直支持達幸，但為什麼現實會離理想越來越遠呢？

在那之後兩人稍微討論了一下工作後，轉眼間就到要出發的時間。和松尾道別，明良叫醒達幸後前往排演室。

「鳴谷先生早安……還有青沼。」

在入口等待他們的樋口是明良最近新煩惱的根源。幫助過崛江的那天之後，樋口只要逮到機會就會來找明良。

他也許有事非常想問明良，但明良無法在達幸出現如此強烈的抗拒反應時和他說話，所以只能四處逃竄。儘管如此，樋口還是一直來找明良說話。

「樋口先生，早安。」

從移動時就進入戒備模式的達幸立刻往前一站，把明良藏在自己身後。

別看明良，會少一塊肉，會髒掉。

高大的身體散發出無聲的威嚇，就算帶著演員的笑容也給人一股難以靠近的壓迫感，但樋口絲毫不害怕。

「你別這麼戒備，我只是打招呼而已啊。」

「明良的身體非常虛弱，和我以外的人說話就會病倒。」

「不是……如果那麼虛弱，應該無法擔任經紀人吧？」

「如果只做我的工作就沒問題，所以樋口先生不行。」

達幸相當認真地說道，但樋口及一旁的成員似乎只覺得他在開玩笑，覺得有趣地笑著說「青沼先生滿純真的呢」。

因為這樣的互動，身邊的人漸漸認為達幸是想要保護兒時玩伴兼經紀人的堅強演員，而明良是讓當紅演員如此仰慕的優秀經紀人，真是諷刺，因為和身邊的人打成一片對達幸來說肯定有益，但明良越親切地對待身邊的人，越會刺激達幸。

「明良……你絕對、絕對不會和樋口說話，對吧？」

果不其然，達幸在排演開始前把明良拉進休息室，以消毒為藉口舔遍明良的臉，之後眼神認真地再三叮囑。

達幸現在已經完全將樋口認定為畜生了，要不是明良每天頻頻勸說，達幸可能會真的咬上去。

「……對，我絕對不會在你不在時和他說話，所以你專心排演。今天終於要開始排練高潮場面了吧？」

《化裝舞會》中有兩個高潮，一個是在故事中途，尼可拉斯得知自己一直遭到恩師祭司蒙騙而痛哭，讓沉睡在體內的惡魔之力失控、殺害祭司，之後遭到教會派人追捕的場景。另一個是後半段，尼可拉斯吃下知道所有真相後仍願意接納他、深愛他的純真少女克蕾雅的場景。

尼可拉斯在逃亡過程中遇見了克蕾雅，第一次得到心靈上的安寧，但克蕾雅為了從教會追兵手中保護尼可拉斯而死。幫助罪犯惡魔的克蕾雅，遺體在她過世後仍被視為背叛神明的異端份子，不停遭到汙辱。與其讓她受到汙辱，乾脆讓她成為自己的一部分——尼可拉斯如此下定決心，吃掉心愛女人的屍體，成了真正的惡魔。

今天起開始排演的是故事中段，和樋口飾演的祭司對決的場面。主角是達幸和樋口，所以樋口也不會有時間來騷擾明良。達幸應該也很清楚這點，卻遲遲不肯放開明良。雖然他平常也很黏人，但今天特別嚴重。

「……排演什麼的無所謂，就算不排演，我也可以演好尼可拉斯，只讓其他人去做就好……」

「不可以這樣……而且你昨天和前天都乖乖去排演了吧？為什麼今天就這樣……」

「因為我有不好的預感，感覺不能離開明良身邊，所以我不去排演，要一直待在你身邊。」

就算赤座對達幸讚譽有加，也不可能允許他用「因為有不好的預感」這種理由休息。

明良嘆氣，安撫地拍了拍達幸埋在他肩窩的頭。

「……達幸，那我今天不去排演室，就待在這裡。我從裡面上鎖，在你回來之前絕對不出去，這樣我就不會遇到樋口了，對吧？」

「但是，窗戶……」

「這裡可是五樓，也沒有陽臺，要怎麼從外面入侵啊？」

達幸還特地打開窗戶、探出身體，確認外牆上沒有可以攀爬的平臺或管線，這才終於答應。

他再次緊緊抱住明良，依依不捨地用臉頰蹭了蹭，不捨地道別：

「那我去去就回，明良。其實我很不想去，但我會為了你加油。我馬上回來，你在這裡等我。」

「好，我知道了。你快點去，別讓赤座老師他們等太久。」
「嗚嗚……我走了……」
達幸腳步沉重地離開休息室後，明良依約鎖上門。下一秒，門把立刻從外側被用力轉動，達幸似乎待在門外等著，為了確認明良有沒有好好鎖上門。
「快點去！」
「對、對不起——！」
這一次，達幸的氣息真的伴隨著跑遠的聲音離去。明良有些不耐煩地輕聲嘆氣，一屁股坐上身旁的椅子。
「那傢伙……真的是……」
要是演員在工作時，把兼任助理的經紀人關在休息室裡，那經紀人同行就沒意義了，樋口等人大概也會感到不對勁。既然如此，乾脆由明良留在辦公室裡就好了，但達幸又不肯，因為達幸深信如果自己不待在能隨時趕到明良身邊的地方，明良就會被搶走。
就算明良如非必要，會避免與達幸以外的男人有所牽扯，也無法減輕達幸的焦慮。不僅如此，還變得越來越嚴重，再這樣下去……
——明明、明明，我們要永遠合而為一，這樣就不寂寞了。
「……不行、不行……！」
就快回想起鎖鏈的聲音與藍色眼中的暗光，明良搖搖頭，將這個想法甩出腦袋。
不是才對松尾說過沒問題嗎？示弱就輸了。他得變堅強，不管達幸有多不安，都得在旁支持他才行，因為他是達幸的飼主兼情人。

明良打開筆記型電腦，確認來自公司的連絡事項。

現在的主要工作是舞臺劇《化裝舞會》，但當紅演員達幸當然還有其他工作，在完成這些工作的期間也有新的邀約蜂擁而至。

現在的作業流程是社長和松尾篩選完邀約後，會把這些邀約轉給最了解達幸身體與精神狀況的明良，再基於明良的意見做出最後判斷。一般來說，不可能會將區區一個員工，還是剛進公司的新人明良的意見列入考量，但最重要的達幸只聽從明良的意見，所以這也別無他法。

現在能當作判斷依據的資料幾乎都是松尾他們準備的，但明良希望有一天能獨立做好。達幸不管要做什麼工作，他都希望自己可以給予準確的協助與建議。

雖然松尾要他別著急，但達幸成長的速度，比明良累積實務經驗的速度快了好幾倍。要是不努力，不管過多久都無法追上達幸。和達幸肩並肩走在光芒照耀的世界中——如此渺小的願望不知道多遙遠。

當明良專注地看著松尾寄來的資料時，門被輕輕敲響。

「鳴谷先生，您在嗎？我有點事情想要請教。」

「啊，好！」

這個聲音好像是曾交談過幾次的女性行政人員。隔著一扇門說話實在很沒禮貌，而且只是和女性說句話，之後被達幸發現，他也不會生氣。

「咦……？」

但在打開門的那一秒，明良握住門把的手被人一扯，還來不及疑惑就被拉出房外。仰頭看到拉住自己的人，明良驚呼：

「樋、樋口先生！」

「鳴谷先生對不起，請你跟我來一下。」

拉住明良手腕的力道意外強大，完全無法甩掉。樋口就這樣邁步離開，明良也被拉著走。女性行政人員一臉愧疚地在休息室前雙手合十，看來她是在幫助樋口。

「你別生她的氣，是我纏著她幫忙，她只是說不過我才會幫忙的。」

「樋口先生，您想做什麼？現在應該還在排演吧？」

「我說我要上洗手間，溜出來的。如果不這樣做，就沒辦法離開青沼，和你單獨談談啊。」

樋口走到逃生梯的樓梯間才終於停下腳步，放開明良。想回去就得穿過逃生門，但樋口現在靠在門上。看見明良感覺自己有危險，抱住雙臂，樋口苦笑出聲：

「請放心，我不會吃了你，我只是有些事情想問你，但青沼那傢伙看得太緊了。不過，你是個美人，我也能理解他會擔心啦。」

「……所以，您究竟想問什麼？我只是個經紀人，應該沒辦法幫到您。」

「我之前也說過吧？這件事只能問你……那個，啊，對你……不對，是對經紀人來說，負責的藝人是什麼存在？」

「……什、麼？」

這問題太過出乎意料，明良還以為他在自己，但樋口表情認真地等著他回答。明良直覺要是不說實話，他就不會讓自己離開，因此思索著開口：

「我認為……應該每個人都不同，我也沒有負責過青沼之外的藝人……至少對我來說，青沼是個像初戀的存在吧。」

「……初戀……？」

「說起來很丟臉，我到兩年前左右，都還是個對電影、連續劇這種東西完全沒興趣的人。但因為許多原因與青沼重逢，看見青沼的演技時……我第一次看電影看到哭了。我切身感受到，原來這世界上真的有天才。」

「……原來如此，所以說是初戀啊。」

「有緣成為青沼的經紀人時，我就決定了，只要能待在他身邊，我就會全力支持他，這也是我的喜悅……不過，現在的我就算用盡全力也無法支持他，我要更加更加努力才行……」

不，就算努力也不知道能不能追上達幸這種超乎常理的天才。雖然達幸說為了明良，他隨時都可以捨棄一切，但他只要站上舞臺，就能緊緊抓住觀眾的心不放。

那個岸部也是，他肯定也十分努力，卻還是完全輸給了以得到明良的寵愛為優先，努力程度輸給他好幾倍的達幸。達幸身在的，是個努力不見得能得到回報的殘酷世界。

樋口叩的一聲，把後腦杓靠上鋼鐵製的門板。

「……我明白青沼會如此珍惜你的理由了。」

「咦……？」

「因為很少有經紀人會為了藝人努力、成長，而且你還長得那麼美……鳴谷先生，你為了青沼，什麼事都願意做吧？」

那一刻，明良很擔心他和達幸真正的關係是不是被發現了，但樋口的語氣中沒有任何深意。

「這個嘛……如果可以幫上青沼，只要是我能做到的事，我都會去做。」

「這樣啊……迷上負責演員的經紀人是這種感覺啊……」

樋口深有感慨地低語後端正姿勢。他認真的表情說著接下來才是正題。

「抱歉，突然把你綁來，還追根究柢地問這些事情，我無論如何都想聽聽鳴谷先生的……不，是深受負責演員信任的經紀人的意見。」

「……這是什麼意思？」

「鳴谷先生，你知道我和赤座老師的經紀人山野井是朋友嗎？」

「知道，我聽堀江小姐說過，她說你們十分要好。」

「是孽緣啦，我們在大學時是同一個戲劇同好會的成員，畢業後分開過一段時間，最後都來到同一個劇團。」

明良詫異地想著「原來山野井也想當演員」，但並非如此，聽說山野井是想成為編劇。他就讀大學時參加過許多比賽，但結果不甚理想，就在他快要放棄夢想時，被碰巧擔任某個比賽評審的赤座看上，帶在身邊。從那之後，山野井就拜赤座為師，擔任經紀人的同時，現在仍在持續創作劇本。

「我也很常看那傢伙寫的劇本，但撇除我們的關係，我覺得他寫得很好，華麗卻有點血腥，令人中毒……跟這次《化裝舞會》的感覺很像。我認為他總有一天會離開老師，自立門戶並變得出名……但他最近的樣子很奇怪。」

「很奇怪……嗎？」

「那傢伙以前只要有空就會寫劇本，但最近完全沒動筆，我問他是怎麼了，他也不回答，最後竟然還偷偷地躲著我。」

樋口煩躁地踢上鐵門。明良突然想到了什麼，開口問：

「那您之前突然跑出去，該不會是……？」

「是啊，我看到他獨自走著，就想去逮他。結果還是被他逃跑了，那個混帳……從以前就只有逃跑的速度很快……」

即使說話難聽，也能感受到樋口對山野井的感情及擔心。雖然兩人的個性十分不同，但他們的感情應該真的很好。樋口之所以如此重視斯泰洛，或許也是因為主持人的赤座是摯友的老師。

「只知道寫劇本，身邊連個女人也沒有的他會變得這麼奇怪，原因只有可能是赤座老師，因為那傢伙把看中他的老師當成神明崇拜、景仰，但我也不可能去問老師本人發生什麼事了。」

「……所以才想來問同為經紀人的我的意見嗎？」

明良終於理解了，如此低聲問道。樋口也點點頭。

「對，雖然編劇與演員有所不同，但你和他一樣，也對青沼盡心盡力。青沼也很相信你，甚至一刻都不離開你身邊，所以我以為那傢伙也一樣……但是，事情並非如此，你和那傢伙不同。」

「……不同？」

「你是因為迷上青沼才對他盡心盡力，但只是陪在他身邊。雖然你說你願意為了青沼做任何事，但要是他走偏了，你會阻止他吧？」

「……對。」

先不提明良是否真的能阻止那頭只渴求明良的野獸，但明良會盡全力堅持，就像現在這樣。

「但那傢伙太崇拜老師了，所以不管老師想做什麼，他都會遵從。如你所見，老師就是個無拘無束的人，做事隨心所欲，也惹了不少麻煩。山野井每次都得幫忙擦屁股，卻從來沒抱怨過。」

「的確……像他那樣的人，就算發生什麼事也絕對不會和別人說，會獨自承受吧。」

「……真是的，那傢伙！我又不是外人，為什麼……」

樋口煩躁地搔搔頭髮，再度靠上鐵門。就在下一秒，門從內側被用力打開，將樋口撞飛。

「哇啊……！」

他或許撞到了樓梯的扶手，發出「咚」的巨大沉悶聲響。

但明良沒有餘力擔心樋口，因為在開啟的門板內側手把上，是他過於熟悉，肌肉結實的手。

只是這樣就讓明良全身泛起雞皮疙瘩，本能警告他快逃。

但不可能逃得掉，他不可能讓他逃走，因為就連兩人獨處時，這隻手只要抓住明良就不會放開。

「明明……找到你了……」

「咿……！」

身穿T恤和牛仔褲當作練習服的達幸推開門，完全現身的那一刻，明良全身虛脫無力。被粗暴推開的門，撞上踉蹌地想站起身的樋口。

「好痛……」

聽到樋口發出短短一聲哀號，達幸立刻轉頭看去。他發現自己必須咬死的畜生，就在身邊。

微微張開的雙唇間，能窺見潔白的牙齒。

明良忍住侵襲全身的寒意，緊緊抱住達幸。

「達幸，不可以！」

「……明明……」

「他沒對我做什麼，我們只是講幾句話而已……你絕對不能動手！」

一時之間，達幸的雙眼如暴風雨般混亂。他想咬死這個趁自己不在時，和明良兩人獨處的畜牲，又想要遵從明良的命令，完全相反的兩個欲望正在搏鬥。

「達幸！我拜託你……！」

「……唔、唔唔唔……！」

作為明良寵物犬的自尊似乎險勝了，明良聽到達幸痛苦的呻吟，同時被扛上強壯的肩膀。

以這晃動不穩的姿勢回頭看去，樋口正傻眼地抬頭看著兩人。明良在說出「沒事，別擔心」之前噤聲，現在要是對樋口說話，會把達幸好不容易轉移的注意力再度拉回樋口身上。

達幸扛著明良走出緊急逃生出口後，立刻走進附近的男廁。排演室裡似乎還在排練，洗手間內沒有人影，所有隔間都是空的。

「……啊、啊——啊啊啊啊，明明、明明、明明！」

達幸急忙跑進最後一個隔間並鎖上門，一把明良放下就以啃咬之勢覆上明良的唇。

稱之為接吻太過溫和。達幸的舌伸進明良的嘴裡，揪住明良因恐懼而往內躲的舌頭往外扯，糾纏拉扯，舌頭探索嘴裡所有角落的動作，就如因嫉妒而發狂的寵物犬。他在確認獨一無二的飼主身上是否有染上其他公狗的氣味。

——為什麼離開休息室？

——為什麼和那隻公狗在一起？

——為什麼要和我以外的公狗融洽地聊天？

為什麼、為什麼、為什麼？

每當如生物般蠕動的舌遍地貪食，達幸無聲的吶喊都透過相互摩擦的黏膜傳遞過來。緊緊閉著的眼皮下意識地加重力道，要是現在不小心張開雙眼，感覺會近距離被那雙泛著暗光的雙眼射穿。

「……哈、啊、哈啊……達、幸……你為什麼、在、這裡……排演、呢……」

「樋口說要去洗手間之後一直沒回來，我就覺得你有危險了……」

達幸放下馬桶蓋，讓終於獲得釋放後身子不停往下滑，就快跌坐在地的明良坐在上面。

就要和雙膝跪地的達幸對上眼時，明良反射性轉過身體，接著有重物壓到雙腿之間。不用看也知道，肯定是達幸把下顎埋進在明良的胯間並緊抱住他，不管明良的下半身再怎麼用力都無法動彈。

「明明……嗳，明明，你看我。你為什麼不看我？你討厭我了嗎……？」

不是，我只是害怕而已。

因為現在的達幸絕對露出了那種眼神。要是對上眼，就會被那道暗光囚禁，無法動彈。

就算向他解釋自己會離開休息室並非自願，是被強拉出門的也沒用，說好絕對不會離開休息室的明良，從休息室消失了，還和自己以外的公狗單獨談話。對現在的達幸來說，重要的事實就是這樣。

「明明……明明、明明……」

「……啊、啊啊！」

胯下竄過強烈的刺激，明良的腰部一顫，馬桶發出「叩」的滑稽聲響。還以為是被握住了，卻並非如此，明良戰戰兢兢地移動視線，看到埋在雙腿之間的是達幸的臉。他張大嘴，露出比常人更尖銳的犬齒，想隔著衣服咬上明良的胯下。

犬齒咬上的布料就快被刺穿，明良全身發寒。現在的達幸是猛獸，他完全忘記自己有能靈活行動的五根手指，只憑著渴求明良的本能行動。

再這樣下去，達幸也許會咬破褲子，緊緊咬住他想要的明良性器。明良當然沒有帶替換衣物，下半身被緊緊抱住，也沒辦法推開達幸逃走，但現在的達幸連勸說的話都聽不進去。

「……唔！」

顧不了這麼多了，明良自己抽掉皮帶，也解開褲子鈕扣，並且說服自己這樣總比褲子被扯破，無法出現在人前好，同時稍微抬起臀部，把褲子褪至腳踝處。

這一點也不難，因為達幸敏銳地察覺到明良想做什麼，放開了他的身體，乖乖等著他行動。

「哈啊、哈啊、哈啊、哈……明明、嗯，明明、明明。」

明良害怕地只移動視線，只見達幸放在腿上的拳頭不停發顫，唾液從微微張開的雙唇滴落。明良實在沒有勇氣再將視線往上移，小小的隔間裡，只充斥著迫不及待地等著獵物獻身的猛獸粗喘。

這就是和飢餓的猛獸關在同一個牢籠中的感覺。如果不快點扯下自己的肉塊獻上，整個身體都會遭到無情啃食，絕望至極。

「啊……啊啊、啊啊啊、啊、明明、明明、明明……！」

明良將手放到最後的內褲上時，達幸的耐力告罄。彷彿受到稍微流洩出來的氣味吸引，達幸把臉塞進內褲與腰間的細微隙縫，不停蹭動，強行脫下內褲。當然，他依舊含著明良萎軟的性器。

「別……啊啊，達、幸，啊啊……嗯！」

萎軟的性器也在莖身受到套弄、吸吮後央求著射精，轉眼間變得滾燙。

強烈的快感湧上，明良咬住自己的手，忍住就快傾洩而出的嬌喘。這裡可是排演室裡的洗手間，隨時有人進來都不奇怪，如果被哪個合作演員聽見就不得了了。

「嗯……唔，好、好吃。好好吃，好好吃喔，明明、明明。」

但達幸完全沒有「被發現就糟了」的認知，每當他如夢囈般低語，都會發出「噗哧、咕啾」等唾液與明良的前列腺液交雜混合的水澤聲。

要是有人現在進來，應該能立刻察覺到緊閉的隔間裡正在做什麼事。諷刺的是，這個聲音告訴一直不看向胯間——達幸的明良，達幸現在有多興奮，且專注地貪食著他的性器。

「……嗯、嗯……唔，嗯嗯……！」

明良在指頭發顫的同時輕易地釋放出精液，達幸在嘴裡仔細品味，甚至產生了泡沫，這才不捨又一滴不漏地吞下肚……從他依舊含著肉莖的口腔動作以及吞嚥聲，明良不得不這麼心想。

「哈……哈啊、哈啊……」

失去力氣的手一垂放下來，急促的喘息就從雙唇間洩漏而出。

他們在排演時做了什麼好事啊。主演的達幸不回去，排演應該就沒辦法進行。以那種形式分開後，樋口肯定也在尋找明良兩人。他應該也對達幸超乎常理的怒氣感到奇怪，或許已經察覺到兩人的關係了。身為達幸的經紀人，明良犯了一個絕不能犯下的錯。

沉浸於自我厭惡的同時，明良也悄悄鬆了一口氣。

到了這時，達幸的激動情緒也不免稍微平復了吧。在他冷靜時說服他，或許會有不滿，但他應該會像平常一樣，願意回去排演。但回家後，他會以自己努力忍耐的獎賞為名義，要求進行濃烈的交合，但首先，最重要的是不能讓工作開天窗。

「明明……」

但是，固執地用頰肉與舌頭舔弄肉莖，榨乾最後一滴精液的達幸慢慢抬頭的瞬間，明良馬上就體會到自己太天真了。一直拒絕對上的雙眼中帶著的暗光，不僅沒有平息，還變得更加強烈。

如果沒有彩色隱眼這層屏障，明良也許就會敗給這道過於耀眼的光輝，甚至無法呼吸。

「咿……達幸……！」

「啊啊……明明，你終於看我了。明明、明明，你果然不討厭我。太好了，明明，我也喜歡，喜歡、喜歡，最喜歡你了，明明。」

達幸的眼角幸福地劃出浪紋，眼角垂下，嘴角上揚。笑容，一般都會如此形容這個表情。但為何只是眼中有那道暗光，就讓人無法自控地想逃跑呢？他知道絕對不可能逃得掉才對。

「啊……！」

「明明、明明，不行喔，還不行。」

果不其然，只是雙腳用力，察覺到明良動作的達幸就虛握住軟垂的性器。剛高潮過，敏感的性器只要受到一點刺激，雙腿就馬上失去力氣，露出毫無防備的姿態。

「……達幸、等等……你還要、排演……」

「嗯，我知道，我會乖乖回去，因為我是明明最棒的好狗狗，不會做出讓明明傷心的事情。」

達幸「呵呵、唔呵呵！」地笑著，同時慢慢拉下牛仔褲的拉鍊。他自豪地挺起胸，掏出來的男性分身早已直立硬挺，根本無需套弄，彰顯著自己的存在。

看到曾經進入過體內無數次，熟悉到會誤認為是自己一部分的那個，讓明良渾身發顫。今天還不曾碰觸過的花穴下意識地緊縮，那不是因為期待，而是不好的預感。

……不會吧，現在還在工作，明良多次命令過達幸，在工作時絕對不行做，而達幸也一直遵守著這個命令啊。

即使不停如此否認，但明良也領悟到「啊啊，接下來要被侵犯了」。因為達幸在明良面前掏出滾燙的男性分身時，都一定要進入明良體內，畢竟對達幸來說，胯間的男性分身是為了和明良合而為一，將自己的種子大量注入明良體內的存在。

「達幸……你……我不是說過很多次，工作時不可以插進來……」

「因為你有危險啊……明明，我說過很多次吧？除了我以外的公狗全是畜生……所以得讓他們一聞就知道你是我的飼主才行。」

「哇……！」

達幸將雙臂伸進明良的腋窩，將他拉起，下一秒讓他靠在牆上，並把明良大張的雙腳架在自己的肩膀上，將隨時都會爆發的分身抵在毫無防備的花穴上。

因為前列腺液變得濕滑的前端會不斷在穴口磨蹭，並非因為姿勢不穩定而無法對準，而是為了讓依舊緊澀的花穴能輕鬆納入分身。

即使喪失理智，達幸仍沒忘記不可以傷到明良……即使在這種狀況中根本無濟於事。

「嗳，明明，你已經明白了吧？大家、每個人都想要美麗、溫柔又好聞的明明，想要得不得了。都是我稍不注意就會想立刻搶走你的壞人。樋口也是，如果我再晚一點趕到，他肯定會要你替他戴上項圈。這……這樣一來，你肯定早就被迫成為他的飼主了……！」

「達幸，你冷靜點，達幸……」

「不要不要不要不要，我絕對不要你成為我之外的公狗飼主……！」

在入口處頻頻發顫、來回磨蹭的前端終於挺進花穴中。想推開健壯胸膛的手空虛地落空，尚未擴張過的體內被精力高漲的堅硬肉刃一口氣征服到深處。

「達幸……啊、啊，啊——……！」

達幸的胯下用力撞上明良的臀部，發出響亮的肉體拍打聲。

平常達幸會用手指或舌頭擴張，直到花穴溼滑鬆軟才願意插入，因此乾澀的體內被強行撐開、侵入是少有的奇妙感覺，能感受到本就粗長的男性分身更加碩大，浮上表面的血管在體內跳動，和明良的心跳重合。

明良的上半身仍嚴謹地穿著西裝，達幸也只解開了牛仔褲的褲頭，合而為一的感覺卻和在床上裸身交纏時一樣，彷彿他們會就這樣交融合一，連鴫谷明良這個人格都會消失。

「唔……啊啊……！」

「……啊，啊……明明、明明……」

達幸連同扛在肩上的雙腿一起緊擁明良，陶醉地品味著合而為一的感覺，接著像受到明良的呻吟觸發，開始擺動腰部。這不是為了一同分享快感，而是受到要盡快把精液注入更深處，讓明良確實受孕的本能驅使，而做出的粗暴動作。

儘管如此，達幸仍不斷準確地頂弄到明良的敏感點，更加惡劣。磨蹭著鍛鍊有加的腹肌，開始起反應的性器一口氣熱了起來。

害怕會被甩落，明良忍不住緊緊抱住眼前的頸項，使體內的分身更加瘋狂。絕對沒什麼肉的腹部被過於勇猛的男性分身頂弄、撐開的感覺，不管體會過幾次都無法習慣。

「對不起，明明對不起，對不起，我是沒用的狗狗。因為我沒好好讓你沾上我的氣味，才讓你差點變成樋口那種人的飼主。」

「哈……啊、嗯、啊啊、啊、啊……」

「但是，已經沒事了……我馬上就讓你懷滿我的東西，讓你只會有我的味道……！」

「唔！啊、啊——……！」

令人擔心不知道會變得多大的堅挺肉刃整根頂入的那一刻，像早已鎖定了目標，在最深處爆發，同時驕傲地不斷輕顫，說著自己能用精液濡濕至深處，並剜刮敏感的內壁。

「啊……啊啊……啊……」

被灌滿了，被達幸這個雄性生物從體內烙印了。

被迫在體內的最深處承接大量精液是家常便飯，但今天感覺特別強烈。自己的性器也噴出了一點精液，但就連男性原本會感到快感的射精，在腹部被填滿的強烈感受之下，根本不值得一提。

也許是因為沒有任何前戲，在洗手間的隔間裡這種與平常不同的地點做，以及只為了交合只裸露出下半身；又或者是因為被扛起的雙腳被抬得更高，射入體內的精液被送進最深處，明良自己不管多努力都沒辦法掏出來，最後達幸還不停揉捏明良的臀瓣，像要讓精液確實滲透至明良體內。

噗哧、咕啾、咕噗……

不堪入耳的淫靡水聲，在寧靜的洗手間內更顯響亮，激起明良的羞恥心。光是大白天在工作時，與達幸在不知何時會有人來的洗手間內做到最後，就讓他快被羞恥與自我厭惡搞瘋了。

「明明……我的，只屬於我的明明……」

「……啊啊！不……行，達幸，裡面、已經、滿了……」

揉捏著臀瓣，逐漸取回熱度與硬度的男性分身再次開始壓迫內側，就這樣自然地再度開始頂弄。明良馬上抓住達幸的T恤抗議，但達幸滿臉笑容地繼續操弄明良。

「還不行。」

「……唔！」

彩色隱眼的後方，那道暗光如熾火熊熊燃燒，與快感相似的寒意從相連的部位竄上背脊。該怎麼做才能消滅那道暗光？明良完全沒有頭緒。

「還沒沾上我的氣味，這樣你又會被樋口盯上……」

「啊、啊，達幸，別那麼……深……」

「嗯，我會在更深、更深的地方注入很多，讓你懷著我。明明，你放心，我絕對不會再讓任何人靠近你……因為你是專屬於我的飼主……」

「別……啊……啊……！」

明良甚至不曉得從喉嚨裡擠出來的尖叫是否有喊出聲。

明良能清楚感受到的，只有試圖徹底融化他體內的男性分身驚人的炙熱與分量。

當明良被達幸帶著，來到排演室時，大家正在排練達幸沒登場的戲分。一看時鐘，明良被帶進洗手間後似乎過了四十分鐘左右。

「青沼，你的肚子不要緊了嗎？要不要請醫生來？」

赤座關心地開口詢問，山野井就站在他身邊，而站在山野井身旁的樋口一臉抱歉地對明良雙手合十。看來是他機靈地隨便為達幸編了一個缺席的理由。

「……沒關係，我已經完全恢復了，沒有問題。非常抱歉打斷了排演。」

　　達幸似乎也發現樋口的意思，以演員的表情規矩地低頭道歉。達幸將被明良的汗水與精液弄髒的T恤換下，穿上預備好的衣服，所以沒有人會想到這個端正有禮的男人，上一刻還在洗手間裡不停侵犯經紀人。樋口以外的成員都擔心地慰問達幸。

　　「只不過，如果又不舒服就糟了，所以我想要請經紀人繼續待在我身邊……」

　　「好，這當然沒問題。山野井，你帶經紀人去旁邊。」

　　赤座爽快地答應達幸的要求。明良向赤座道謝，準備離開達幸時，達幸在沒人能看見的角度下緊握住他的指尖，在耳邊低語：

　　「……絕對，不能流出來喔。」

　　「唔……」

　　明良不禁想甩掉緊握住他指尖的手，但拚命忍了下來。因為只要做出多餘的舉動，他努力抑制著的東西就會溢流而出。

　　「請來這邊坐著。」

　　「……謝謝。」

　　在山野井的引導下，明良一坐上放在排演室一角的折疊椅，就聽見體內傳來「啾噗……」的黏膩聲響，慌張地夾緊臀部。他不著痕跡地查看，臀部附近沒有浸溼，周遭的人也沒起疑。

　　包含赤座在內，斯泰洛的成員們都去找終於回來的主角商討，根本沒有人關注一介經紀人，這是明良唯一的救贖。

　　只有樋口時不時一臉擔心地偷瞥向明良，但實在沒有餘裕能來找明良說話。不過，如果樋口問到在那之後發生了什麼事，明良也無法回答他真相。

……沒錯，明良被帶進洗手間不斷侵犯，最後還不被允許將注入體內的大量精液排出來，就這樣被帶來排演室——這種事也無法告訴松尾啊。

在那之後，達幸連續釋放了三次，用依舊插在體內的男性分身確認無法再灌注更多後，才終於放開了明良。骯髒的下半身被達幸擦拭乾淨，明良還以為他當然也會幫忙把體內的精液都挖出來，但他竟然直接幫明良穿上了內褲與西裝褲。

看到明良瞪大了眼，達幸將仍然硬挺的胯下抵上明良被灌入大量精液的腹部，一邊磨蹭一邊喘著粗氣細語。如果他和已逝愛犬達達有一樣的大尾巴，現在應該自豪地直直翹著。

『得告訴他們你是我的飼主啊……好嗎，我們走吧，明良？我絕對不會再把你交給樋口的。』

達幸著急地拉著明良的手離開，明良卻無法抗拒。因為明良害怕他這樣做，那道在貪食明良後好不容易平息的暗光又會復燃。

達幸在明良體內灌入到極限的精液，只要明良稍微放鬆就會從花穴汩汩流出，即使是冬裝的厚重布料，應該也會立刻溼成一片。

即使明良在眾人的目光下，褲子的臀部部位像失禁一樣被精液弄髒而出糗，達幸也絕不會感到羞恥，他反而會驕傲地挺起胸，高聲宣告在明良體內種下如此大量種子的人是自己。明良最害怕的就是這種狀況。

達幸的腦袋裡沒有羞恥或社會觀感這類詞彙，他當然也不在乎自己的演員生命，只希望不會受到任何人威脅，能永遠和明良合而為一。

所以達幸完全不會採取行動，保護身為演員青沼幸的自己，因此明良得連同他的分一起保護他才行，就算達幸本人絲毫不這麼期望。

在明良開始這場無法告知他人的戰鬥之時，排演也重新開始。

「好，青沼也回來了，那我們回到第六幕，祭司和尼可拉斯，站到你們的位置。」

在赤座的指示下，樋口和達幸站到排演室中央。樋口飾演尼可拉斯師父的祭司，距離達幸飾演的尼可拉斯幾步遠，背對著他。

說到第六幕，明良記得是尼克拉斯得知殺死母親的凶手是自己的師父，爭執到最後使惡魔之力失控，殺死祭司的場面。

「如果不介意，請拿去看。」

當明良回想著放在休息室裡的劇本內容時，站在身邊的山野井悄悄遞給他劇本。打開的頁面上寫滿了大量筆記，看來這是山野井的私人物品。

「我可以借來看嗎？山野井先生，您沒有劇本應該會很困擾……」

「別擔心，劇本的內容，包含臺詞和畫面描述，我全部背起來了。」

「……太厲害了。」

赤座是會詳盡寫出細節的類型，所以《化裝舞會》的劇本不只非常厚，畫面描述的分量也比一般舞臺劇多上許多。若不像達幸是超乎常人的天才，應該很難全部背下來。樋口說撇除他們的關係，也覺得他寫得很好的這句話並非虛假，與不起眼的外表不同，山野井的能力似乎相當優秀。

看見明良瞠目結舌，山野井露出苦笑。

「青沼先生才厲害，我們是在最後一刻給他劇本的吧？但他在圍讀時就完全背起來了，還有餘力觀察其他人……所以赤座也大為讚賞喔。青沼先生願意答應邀約真的太好了。」

「不會，沒有那回事……我們才是，非常感謝您們願意給青沼這個好機會。」

「不，該道謝的是我們。他應該相當忙碌，還從許多邀約中選擇我們。」

「不不不，我們才是……」

不知不覺中演變成互相道謝的狀況，明良和山野井四目相對，同時小小笑出聲。

「……那麼，就當作我們彼此都好吧。」

「就這樣吧……啊啊，差不多要開始了。」

山野井輕輕把食指抵在唇上，做好準備的達幸與樋口現在即將開始對戲。

山野井的側臉相當認真，可以感受到他無論如何都要讓敬重的老師的舞臺劇成功的氣概。方才也像自己的事情一樣，對達幸願意接下邀約感到高興，他正如樋口所言，真的非常景仰赤座。

但也因此，明良對他和赤座有關的煩惱感到好奇。這麼說來，在達幸向岸部展現實力、被大家接納時，只有山野井一人不知為何露出複雜的表情。

『……吾師啊，請您回答我。』

尼可拉斯滿是苦澀的提問，將沉溺於思考中的明良拉回現實。

『那個惡魔所言，可是真的？……殺害我母親的，真的是您嗎？』

『不是……就算我這麼說，你也不會再受我欺瞞了吧。』

背對著他的樋口……祭司慢慢轉過頭來。

『很遺憾，尼可拉斯，你真的是個好孩子。要是你繼續被蒙在鼓裡，就不用那麼痛苦了。』

『那麼……殺害我母親的果然是您嗎……為什麼？為什麼要做出那麼殘忍的事……我的母親有什麼罪！』

差點定在樋口身上的視線，立刻被忍無可忍地大喊的尼可拉斯拉回去。累積至此的情緒即將爆發，緊張的氛圍圍繞著尼可拉斯。

接下來到底會發生什麼事？劇本上連結局都鉅細靡遺地寫出來了，明良卻彷彿毫不知情的觀眾，不禁跟著心驚膽跳。

『你母親的罪啊……那就是你啊，尼可拉斯。因為你的存在，你的母親才會步上死亡。』

『……唔，您這樣還算是聖職者嗎！我母親、我母親也不是自願懷上我的啊……』

『不管她是否願意，懷了惡魔之子本身就是一種罪。如果不想墮胎，她也可以選擇自殺，但她竟然輸給感情，選擇生下你，這是對神明的背叛。我之所以將你培養成神父，也是為了多少洗清你母親的罪惡。』

『您這個人……！』

尼可拉斯的手在腰部游移一會，緊握起拳。

在如暴風雨般狂亂的情緒夾縫中掙扎的模樣，看起來比領悟到再也無法利用尼可拉斯、打算捨棄他的祭司更像個人類。

『再繼續爭論下去也沒用，好了，現在就拿你的性命替你母親贖罪吧……各位，出來吧！』

祭司一聲令下，由斯泰洛成員們飾演的聖職者們一下湧出，包圍住尼可拉斯。祭司為了迅速除掉得知真相的尼可拉斯，早已做好了準備。

『唔……啊啊啊……』

祭司和他手下的聖職者們一起開始吟唱聖詞，尼可拉斯摀住胸口，痛苦地皺眉。奮力踩穩的雙腳也隨著聖詞的音量提升開始踉蹌，終究不禁跪地。

『尼可拉斯竟然真的是惡魔之子……！』

『祭司大人所言無誤，可惡的傢伙，竟然欺騙我們這麼久。』

『消滅惡魔之子，尼可拉斯！』

聖職者們別開視線，像不想看見汙穢之物，比毫不留情吟唱出的聖詞漩渦更讓尼可拉斯痛苦。這幅光景讓觀眾感到心痛。尼可拉斯尚未喪失人心，令人想痛罵祭司等人——將尼可拉斯逼上絕境，逼他失去人性的不就是你們嗎！

『啊……啊啊啊、啊、唔、啊、啊啊啊！』

尼可拉斯的呻吟聲中，逐漸混雜著不像人的聲音。人類與惡魔正在尼可拉斯的身體裡對抗。人類尼可拉斯主張自己是驅魔神父，惡魔尼可拉斯說著「那為什麼你會被同伴攻擊？」反駁，接著低聲誘惑：「再這樣下去會被他們殺了，沒關係嗎？連真正的仇都沒報成就毫無價值地死去好嗎？你明明有能力把這些人都殺了——」

『別害怕！敵人越來越虛弱了，就這樣給他最後一擊！』

祭司斥責畏怯的聖職者們，下一秒，尼可拉斯放聲大吼：

『啊……哈、啊……啊啊啊啊啊啊啊啊啊啊！』

臨死前的痛苦慘叫肯定就是這樣。他將祭司視為養父敬重，在這種情況下也無法狠下心憎恨對方，但在祭司稱他為敵人的那一刻，尼可拉斯終於揮別了作為人類的自己。

所以，這也是誕生於世的第一道哭聲——遭信任的人們背叛後，被迫暴露出非本意的本性，名為尼可拉斯的悲哀惡魔誕生了。

『啊……啊、哈——呼、呼——……唔……』

尼可拉斯無力地以手撐地，緩緩仰起身，抬頭看去。看見他背上有雙不應存在的漆黑翅膀，正滴著羊水、緩緩展翅的，肯定不只明良一人。因為不只祭司等人，連沒有參與練習的成員們及山野井都倒抽了一口氣。

突然感受到一股刺痛人的視線，明良轉頭看去，不知為何赤座正緊盯著他看。那目光宛如小孩發現了最喜歡的玩具，讓明良感到有些畏懼。

……怦通。

心臟猛烈一跳，像在警告明良不能注意其他公狗，明良立刻無法再想到赤座。

尼可拉斯被彩色隱眼染黑的雙眼筆直地貫穿祭司。那是他成為惡魔後第一個屠殺的獵物，或許每個人都這麼想。

但只有明良理解。

尼可拉斯……不對，達幸直盯著的是明良，因為彩色隱眼底下，那道暗光還確實燃燒著，達幸絕對不可能用那雙眼看向明良以外的人。

啊啊——明良拚命忍住想要小聲呻吟的衝動。

在那裡的人不是尼可拉斯，而是達幸。以強烈的存在感震攝他人，大聲宣誓著自己才是明良的寵物犬。只為此，現在，他展現出了出神入化的演技。如果可以，不只是樋口，他想咬死所有能侵犯明良的人，但因為明良說不行，他才會以這種形式威嚇。

被達幸驚人的演技震撼而差點遺忘的精液，忽然開始在體內強調自己的存在。每當他扭動身體，那都在體內發出水聲，與逐漸加速的心跳重合，彷彿真的被迫懷上了達幸一樣。

達幸在肚子裡，從內側逐一監視著明良，以防他被其他公狗搶走、被迫替誰套上項圈、被迫成為誰的飼主，就如一年前的那時一樣。

「青沼……！」

赤座感動至極地跑上前，緊緊握住達幸的手時，明良才發現第六幕演完了。

大概是受到與尼可拉斯同化的達幸影響，樋口等人還無法回到現實，宛如在夢中徘徊。而赤座不理會他們，緊握住達幸的雙手，不停上下搖動。

「太棒了，太棒了！你就是惡魔！……啊啊，可以遇見你真是太好了……！」

達幸頂著演員的表情，平淡地收下赤座淘淘不絕的讚賞。

但是，那雙仍燃燒著暗光的雙眸緊盯著明良，使明良下意識地按住肚子。真不想回去公寓，一想到達幸或許會拿出他收在衣櫃中的項圈，明良就害怕得不得了。

山野井悄悄離開微微發抖的明良身邊，走出排演室，但明良連對此感到疑惑的餘力也沒有。

自從達幸在明良體內灌注了大量精液，讓所有人看到精采的演技後，他身邊的環境又出現了巨大的改變。

「青沼先生，早安。」

「今天也請多多指教。」

各自開心聊天的斯泰洛成員們一看見達幸走進排演室，立刻端正姿勢鞠躬。

逐漸順利對達幸敞開心胸的他們看見那個演技後，徹底對達幸那凡人絕對無法達到的才華心悅誠服。端正有禮的態度很明顯是把達幸當成上位者，而非同伴看待。而面對大家謙恭態度的達幸也不驕傲，還有禮貌地一一回應，有種大人物的風範。

「青沼，早安……那個，我想借用一點時間……」

「樋口先生，不好意思，我想要先確認劇本，恕我先離開。」

態度唯一沒變的樋口今天也和昨天一樣，追上來問問題，但達幸還是跟昨天一樣完全不理他。如果是剛開始圍讀劇本時擺出這種態度，達幸肯定會遭到其他演員指責，說他這樣對待當家演員太沒禮貌了。

但現在沒有人責備達幸。只有一個人——只有明良不讓達幸發現，悄悄用眼神對樋口道歉。

「明明，噯，明明！」

明明是外來的新人，卻受到斯泰洛成員們敬重的這個男人，一走進休息室、鎖上門，立刻拉下褲子拉鍊。

毫不躊躇地從內褲中掏出來的男性分身早已變得炙熱硬挺，達幸不用手扶也高聳朝天。肯定從他搭上保母車的那一刻起就變硬了，如果沒穿著厚重的軍裝大衣，肯定會被所有共演者看見他興奮鼓脹的胯下。

「達幸……你不用這麼急吧……」

「因為樋口那傢伙又跑來找你說話了，他還沒學乖，肯定還盯著你，而且還有那傢伙……得趕快沾上我的味道，不然你會被搶走。好嗎?所以快點、快點！」

樋口會一直來找他們說話，肯定是想為把明良騙出去這件事道歉。就連另一個，達幸現在比樋口更加戒備的「那傢伙」，肯定也不像達幸所擔心的，不是因為那個目的在意明良。

但明良早已明白就算說破嘴也沒用，因為從那天以後，那道暗光就不曾從達幸雙眸中消失，現在也燦爛不已。

「……我知道了啦。」

感覺滴落前列腺液的前端就要頂進依舊穿著長褲的臀部，明良連同內褲，一口氣把褲子褪至腳踝，上半身往前傾，以手撐在桌子上。

或許是在稱讚達幸出神入化的演技，從那天起，休息室裡都擺著奢華的裝飾花卉，每天都會更換，與欲望沾不上邊的美麗花卉更讓明良感到羞恥，因為他的上半身衣物一絲不苟，腳上還穿著達幸送他的昂貴皮鞋，只有臀部到雙腿都寸縷不著，挺到達幸眼前。

「明明……」

達幸著迷地低語，扳開明良的臀瓣，把前端抵在花穴上。腰部只是稍微往前頂，炙熱的肉刃就毫不費力地一寸寸進入明良體內。這是因為在離開自家公寓前，達幸為了一到休息室就能立刻侵犯明良，徹底舔舐、充分擴張過了。

「啊……啊啊、啊啊……！」

胯下的性器被握住時，從擴張階段就發燙升溫的身體一口氣燃燒起來。

明良早已被達幸教會了靠後穴達到高潮的快感。只要在後穴不停被頂弄的同時撫弄性器，他很快就會因為快感而無法思考。

「明明、明明、明明……！」

「別……啊、啊、啊——……唔……」

從後方不停搖晃的震動終於停止時，達幸的熱液在最深處噴發而出。背後傳來狗舔舐牛奶似的水聲，那是達幸在他體內釋放的同時，以掌心一滴不漏地接下了明良射出的精液，正專注地舔舐著。還在濕滑體內的粗長肉莖仍在攪動、混合，把精液塗抹在溫熱的內壁上。

「嗯……嗯！呼……達幸……已經、夠了吧？今天……時間、不多……」

忍住如浪潮一波一波打上來的快感這麼說完後，明良感覺到達幸在背後不解地歪頭。同時，被唾液濡濕的大掌一把抓住明良的臀瓣，淫靡地揉捏，體內的男性分身又開始發熱。

「還只有一次耶，這樣還沒有辦法消除明明身上的香氣。至少還要再一次，得射得更深才行。」

「咿呀！啊……不行，我已經……不行！」

「別擔心，我晚一點會確～實把裡面清理乾淨，再讓你懷上滿滿的新種子……」

所以你就安心懷著我，沾上我的氣味吧。

達幸低語，愛憐地用自己的胯下磨蹭著明良的雙臀，再度展開強而有力的律動。

事到如今，再也沒人能阻止這樣的達幸，在明良體內釋放之前，達幸絕不可能放開他。

「呀啊啊啊！啊嗯、啊……哈啊嗯！」

無力抵抗，被達幸晃動的明良腦中，回想起體內仍懷著精液就被帶去排演的那一天。

——那天，達幸馬上拒絕了赤座的用餐邀約，一回到家，立刻將明良剝得精光。

那時，本就不能承接精液的器官裡已經難以將大量精液留在裡面，達幸抱著臉色蒼白、不停發抖的明良小腿，懇求他在自己眼前將精液排出。

明良連哭求「至少讓我去洗手間」也做不到，因為他確定只要他稍微抗拒達幸的期望，達幸就會立刻從衣櫃中拿出項圈。與其再次被他囚禁，答應他這恥辱至極的要求好上許多。

明良忍住羞恥，趴在地上，屁股用力從體內排出大量的精液，而達幸在旁邊撫摸著明良的腹部，痴迷地看著這一幕。明良立刻就明白，達幸沉浸在寵物犬替飼主播下如此大量的種子，從其他混帳公狗手中成功保護了飼主的喜悅，以及情人看到深愛之人懷著自己精液的歡欣之中。明良會想到這簡直就像在生孩子一樣，絕不是因為他自暴自棄了。

在終於將所有精液排出來，達幸在浴室裡替他清洗乾淨時，明良拚命說明。樋口會騙他離開休息室並帶走他，是他認真為替摯友山野井煩惱而做出的舉動，只是想參考明良作為經紀人的意見而已。而山野井似乎也有跟赤座有關的煩惱，根本沒有心力注意明良。

但不管怎麼說明，達幸都完全聽不進去，堅稱是因為明明心地善良，不懂其他公狗汙穢的欲望。

雖然達幸遵守著明良一開始的命令，沒有做出身體相連著入睡的蠻橫行為，但明良隔天偷偷去看過衣櫃，發現那個黑色皮革項圈消失了。

達幸不可能丟掉它，肯定偷偷帶在身上。明良害怕得無法去找，但那應該在只要一出事，達幸就能立刻拿出來，讓明良替他戴上的地方。而達幸再度拿出項圈時，肯定就是他決定要將明良再度關進只有他們兩人的世界裡的時候。

「明明、明明，我要射了……你要懷著滿滿的我……」

「不……啊、啊、啊嗯！達幸、達、幸……！」

熱液再度迸發的瞬間，達幸將明良的臀瓣緊緊闔上，帶動柔軟的臀肉套弄體內的分身。肉刃原本就緊密貼合著肉壁，這讓明良更明顯感受到其驚人的存在感。

當達幸揉捏著明良的臀瓣，同時依依不捨地慢慢抽出分身時，明良因太過舒服而虛脫無力，上半身趴伏到桌上。儘管如此，他的性器只是泌出些微透明液體，再這樣下去，明良的身體可能會變成不被內射就無法高潮。不，或許早已經是了。

「明明、明明……把屁股、夾緊……？」

「……嗯……」

在達幸的催促下，明良踮腳只抬高臀部，夾緊以達幸的形狀綻放的花穴。差點流出來的精液流回體內，與早已在他體內的兩份熱情混合，發出只有明良能聽見的水澤聲。

「哈……啊……！」

無論被頂入幾次都無法習慣的感覺使明良的雙肩顫抖時，達幸跪著脫下明良的襪子，舌頭沿著腳踝、小腿，舔向大腿內側。他不顧明良仍在不停發抖，更仔細地舔舐夾緊的花穴周圍，脫下纏在腳踝處的內褲。

那不是明良愛穿的素色四角褲，是緊密貼合胯下的V字褲。這是達幸買來的，還說著「這比較適合明良，而且我也能輕易進入你的肚子裡，對吧？」。卡進臀縫的部位無論如何都會被精液弄髒，但達幸說這是寶物，一回到家就會不停舔舐，直到內褲溼透。

「明良……明良，你好美……」

達幸跪著迅速打理好儀容，替明良穿上褲子，連皮帶也繫好之後，他就緊緊抱住明良的一雙大腿，臉頰不停磨蹭。

他迷離的眼神只會放在明良身上，明明出眾的修長身材穿上造型師搭配的服裝時，達幸才是值得稱讚的人啊。如果有人看到這一幕，應該會覺得很可笑。

「明良總是這麼美，但懷著我的明良更加美麗……」

「達幸……」

「明良，我會努力的，我絕對會努力演出很棒的舞臺劇給你看……所以你也只能看著我，別替其他公狗套上項圈，你的狗，只有我一個……」

明良之所以即使遭到如此對待，仍無法推開達幸，是因為他非常清楚在他拒絕的那一刻，他就會被關進只有兩人的世界中——不只如此，他也痛切地明白，達幸也在和他內心的衝動對抗。

達幸想囚禁明良的欲望變得更強烈了，甚至無法與先前畏懼時相比。從衣櫃消失的項圈，以及他眼中再也不曾消退的暗光就是最好的證據。

如果是剛重逢那時的達幸……即使是在大眾面前也毫不在意地又哭又叫、抱住明良，鬧脾氣地說一定要和明良在一起的達幸，在這種狀況下，肯定早就囚禁明良了。事實上，他也曾這麼做過。

但現在，達幸拚命地與「在明良被其他公狗搶走前，將他囚禁起來」的欲望對抗，一直勉強獲得了勝利。他忍著想狠心把明良關起來的欲望，說服自己只要讓明良在工作時，體內懷著自己的精液就不要緊，壓抑著自己。

對明良來說，這也是太過殘暴的行為，但達幸也被迫忍受著許多痛苦才對，畢竟只要把明良關起來，達幸的擔憂就能全部消除了。

「達幸……我最疼愛你了喔。」

明良小心地不讓體內的精液流出，同時彎下身，撫摸不停用臉頰磨蹭他的達幸的黑髮。猛然抬眼看來的雙眸中，能見到毫不遮掩的那道暗光，但明良無比深愛著達幸。

——明良自知很愚蠢。如果真的是飼主，真的是情人，現在就該狠下心來跟他說「你給我振作一點」，教訓他一番。如果找松尾商量，應該能得到適合的建議，依據狀況，說不定松尾還會願意幫忙藏匿自己。

但如果這麼做，為了明良承受著難以忍受的痛苦，在極限邊緣堅持住的這隻可愛寵物犬，這次真的會發瘋。

「明良……明良，真的嗎……？」

「真的，你最可愛了……我的狗只有你一個。」

「明良……明良！」

欣喜若狂的達幸猛然站起身，緊緊抱住明良。正如明良預料，達幸的唇想湊上來，因此他在那之前迅速伸手擋住。

「剩下的等回家再說……好了，今天我來煮你喜歡吃的東西，什麼都可以。」

「……什麼都可以……？那我要吃奶油燉菜。」

聽到他的要求，明良忍不住笑了。達幸並沒有特別喜歡奶油燉菜，但在處理材料時，達幸可以一直抱著明良的腿，燉煮的期間也可以和明良玩，而且是容易互相餵食的料理。

「好，要吃奶油燉菜吧？我會煮很多的。」

「嗯！明良、明良明良，我會努力……」

達幸舔遍明良的掌心取代親吻後，才終於換衣服、前往排演室，明良當然也一起。自從那天之後，達幸就絕對不會讓明良一個人在工作室裡。在排演室裡，沒有戲份時他會一直待在明良身邊不離開，連上洗手間也一起去。而早已沒人會詆毀他，說他太依賴經紀人了。

排演室裡，達幸之外的成員們早已全數到齊，連赤座和山野井也在。雖然是主角，但外人最後一個才進排演室的話，氣氛通常會很尖銳，但現在投向達幸的視線只帶著憧憬與景仰。在這幾天內，達幸展現了足以得到這些的才華與實力，受到這個影響，工作人員也會理所當然似的替只是一介助理兼經紀人的明良準備好椅子。

「好，那我們開始吧。先從第八幕開始，青沼、五十嵐，你們兩個出來。」

在赤座的指示下，達幸與斯泰洛的女性成員五十嵐上前。

『……妳是……？』

『太好了，你醒了啊。你發高燒，還一直說夢話，我還以為你不會醒來了。我叫做克蕾雅，你呢？』

在克蕾雅溫柔的撫觸下，尼可拉斯輕輕瞇起眼。從窗外照進來的一道陽光，與克蕾雅看到尼可拉斯獲救、真心鬆了一口氣的笑容，對遭到追捕的尼可拉斯來說都太耀眼了。背叛他的師父，以及翻臉不認人、想殺了他的過去同伴們或許一直在他的腦海中打轉。

只是一個小小的表情變化就表達出尼可拉斯的情緒，更勝冗長的臺詞或華麗的動作。五十嵐在胸前交握雙手，那張完全表現出克蕾雅哀痛的表情，絕非演技。

就連等待登場的成員們也像變成了克蕾雅，陶醉地看著達幸。就連赤座、山野井以及那個樋口也不例外。

達幸能在自己上場時，放心離開明良的理由就是這個。他知道只要自己表現出出神入化的演技吸引眾人注意，那包含樋口在內，就沒有人能對明良出手。這又使達幸更努力琢磨演技，讓其他人更崇拜他，因此十分諷刺。

肚子隱隱發疼，像在說著「只想著我，別忘了我」，明良輕輕抱住肚子。明良自己也覺得很不對勁，但他逐漸習慣體內懷著達幸的精液，被帶來排演室了。只要能這樣坐著，他到排演結束前都能努力保持平靜。

——達幸……

在心中呼喊時，肚子再度發疼，像在回應他，簡直就像懷著達幸一樣。達幸最近在床上對明良猛烈頂弄時，也會懇求地說著「明明、明明，懷上我吧，明明」，但這荒誕無稽的請求感覺總有一天會實現，令明良感到害怕。

『我很感謝妳救了我……但妳別知道我的名字比較好。善良的少女啊，要是得知罪人之名，會弄髒妳純潔的心。』

『……為什麼？像你這樣目光清澈又悲傷的人，怎麼可能是罪人。我想知道你的名字……而且，想呼喚你的名字……』

克蕾雅明明察覺到了尼可拉斯不想拖累她的意思，卻不退縮。如果明良是克蕾雅，或許也會不禁這麼做。

這不是因為心靈純真純潔，而是知道尼可拉斯不只是身受重傷，內心也是傷痕累累，所以想待在他身邊療癒他的傷。

『尼可拉斯……這是非常適合你的好名字。』

這一刻，她墜入情海了，墜入這片最終將帶她走向滅亡的情海。

明良不禁將克蕾雅當成自己。

克蕾雅應該也隱約察覺到，和明顯有內情的尼可拉斯談戀愛不可能會有幸福的結局，但她無法抑制自己，無法離開——無法離開尼可拉斯這個極其神祕又富有魅力的男人，就像明良無法逃離達幸。

「鳴谷先生，請用。」

突然有股芳香的紅茶香氣掠過鼻尖，明良顫了一下，精液差點因此流出體外，他慌張地夾緊屁股。

「哎呀……對不起，嚇到你了嗎？」

赤座坐上他身旁的椅子，遞出冒著熱氣的紙杯。真丟臉，他被達幸的演技吸引，完全沒發現有人來到身旁。

「……謝、謝謝您，赤座老師。」

「不會不會，茶很燙，別燙傷了。你喜歡紅茶嗎？」

一邊道謝一邊接下杯子後，明良偷偷觀察，但幸好赤座完全沒有起疑，滿臉笑容。第八幕還在排演，大家都陶醉在達幸他們的表演中，只有赤座一人來找明良。平常緊緊跟在赤座身旁的山野井，最近一開始排演，也一直沉迷於達幸的演技。

「是的，我是很忠誠的紅茶派……這個茶也非常好喝。」

「那真是太好了，我不喜歡咖啡，所以山野井都會隨身攜帶我喜歡的茶葉，但沒辦法連茶具組都隨身帶著就是了。」

赤座招待明良的紅茶，是使用他以大吉嶺為基底，依照自己的喜好特地調配的茶葉。聽他這樣一說，這確實和機器泡出來的紅茶不同，香氣濃郁，自然的甘甜感覺很高級，但明良根本無法好好品味。

他的體內又開始發疼。達幸仍在傾力演出，尼可拉斯繼續魅惑著化身成戀愛少女的克蕾雅……達幸當然沒有看著這邊，但他肯定靠寵物犬獨有的敏銳感官，清楚地察覺到有其他公狗靠近明良了。

「青沼太棒了，每天都展現出最完美的精湛演技，但隔天又輕易地超越前一天的表現。明天的青沼會比今天更加耀眼吧。」

「……就是啊。」

明良知道這種態度很失禮，但他直視著前方，以態度暗示他不想繼續對話，但他也非常清楚赤座不可能因為這樣就離開，因為這幾天一直都是這樣。

「我記得你是青沼的兒時玩伴，因此才會成為他的經紀人吧？青沼不曾當過童星，但他果然從小就展現出這類才華了嗎？」

不出所料，赤座完全不理會明良冷淡的態度，繼續提問。

明良總不能忽視身兼編劇及導演的赤座，只能無奈地應和。

「不，他除了空手道，沒有學過其他才藝……雖然常常被經紀公司找上，但他好像也完全沒有興趣。」

「嗯嗯，所以你也沒想到他會成為演員啊。但你也曾遇過星探吧？你現在也很美，但十幾歲時，應該是很亮眼的美少年。」

「……！」

赤座的手想撫過他的臉頰，使明良反射性地彈開，不小心發出「砰」的巨大聲響，比想像中還響亮，讓明良相當驚慌。

成員們嚇了一跳，轉頭看來，赤座就揮揮手表示沒什麼，要達幸等人再繼續演戲。

雖然達幸若無其事地繼續演下去，但比方才更疼的體內如實表現出達幸的煩躁。達幸最近比樋口更加仇視，剛才也十分戒備的「那傢伙」就是指赤座。他似乎太討厭赤座，就連說出他的名字、讓明良聽見他的名字都不願意。

「……不、不好意思，我嚇了一跳……」

「不會不會，我才要道歉。我只要遇到美麗、充滿魅力的事物就會立刻想碰觸，不小心就……山野井也常常提醒我，但我一直改不過來，得好好反省才行。」

如果不是正在排演，達幸現在已經撲上來咬他了，不知此事的赤座開玩笑地聳聳肩。如果真的有心打算反省，明良希望他馬上離開，但赤座絲毫不打算離開。

以最簡短的話回應他的同時，明良也不禁感到疑惑。為什麼赤座會突然對自己感興趣呢？

赤座迷上的人應該是達幸，連明良的名字也記不得。但他這幾天突然開口叫他的名字、像這樣趁達幸離開時來找他說話，還會想不經意地觸碰他。達幸說「是因為明良太美了，他絕對是想得到你」，但如果是這樣，應該一開始就會展現出這種態度。

能想到的原因只有一個，就是第一次懷著達幸，被帶來排演室的那天。在所有人都被達幸出神入化的演技吸引時，不知為何，只有赤座看著明良，眼神熱切得令人害怕。從那天開始，不僅對達幸，赤座也對明良表現出非比尋常的興趣。

難不成自己過於羞恥的祕密被赤座發現了？明良很是不安，但達幸只會在休息室裡化身為狗。窗戶有百葉窗遮著，門也時常從內側上鎖，不可能有辦法偷窺。

那麼，他為什麼如此在意明良？這個疑問變得更加強烈，但從赤座友好的態度，目前還無法看出任何意圖。

「明良、明良、明良……」

排演一結束，達幸迅速打完招呼就把明良帶離赤座身邊，拉進休息室。達幸緊抱住明良，甚至使他全身骨頭都吱嘎作響，吸著汗水的T恤上傳來比平常濃郁的達幸氣味。

「那傢伙又來找你說話了！你為什麼要理那種傢伙？那傢伙絕對是想要你的畜生！」

「……沒辦法啊，赤座老師是業主，還是統籌整個舞臺劇的導演。就算你是主角，他十分喜歡你，也不能惹他不高興……」

「那種事情無所謂！……沒有任何事比你更重要！」

「達、幸……！」

達幸粗暴地將明良壓倒在桌上的那一秒，擺在桌上的花抗議似的連同花瓶不停搖晃。所幸沒有倒下，但還來不及把它移到安全的地方，達幸就俯身壓下，貪食著明良的唇。

「……嗯、嗯唔、呼……喂，達幸！」

一獲得自由，明良就用力朝達幸背上揍了一拳。

其實他幾乎沒有出力，但應讓達幸感受到了怒意。達幸顫了一下後離開，就跟惹主人不開心的寵物犬一樣跪地，仍不忘念念有詞地說道：

「……我不想要當主演了……」

「……達幸！」

「都是因為接下舞臺劇這種工作，明明才會被那種傢伙盯上……主角什麼的，就讓我之外的人去演就好……」

這番話要是被樋口及斯泰洛的成員們聽到，肯定會很錯愕，但這無疑是達幸的真心話。達幸一直都不想演舞臺劇，他會繼續當演員，也是因為明良希望他繼續，這都是為了明良。

「你別說蠢話了……如果被別人聽到……」

「被聽到也無所謂……不，就讓所有人聽到吧。我不想演主角，只是聽從飼主明明的命令才接演的……對了，乾脆現在就……」

「達幸，等等！」

沮喪的達幸表情突然變得意氣昂揚，起身想走出休息室，明良從背後架住他的雙手阻止他。雖然達幸裝出只是要去買飲料的態度，但他絕對是想向赤座他們全盤托出自己和明良的關係。

「明明……？」

你看，這個叫法和稍微別開的視線就是最好的證據。可能會惹怒明良時，或許還是會感到愧疚，達幸絕對不敢和明良對上眼。

當然，想轉移達幸注意力的明良趁虛而入。

「……你今天想吃奶油燉菜對吧？但很不巧地，家裡沒食材，所以我想回家時去買，你要……」

「我也要幫忙！」

明良還來不及問他「你要不要來幫忙？」，達幸就馬上舉手，自告奮勇。買東西是達幸最喜歡的活動，因為他可以整路黏著明良說話，其他人無法介入兩人，替明良拿東西還可以得到他的感謝。

事不宜遲，明良打電話連絡公司，取消回程的保母車，叫計程車前往家附近的超市。他實在不想懷著精液去買東西，所以先去洗手間清理掉了。這和排演時不同，達幸隨時都能待在明良身邊，所以他也不情願地答應了。

「明良，這個給你。」

達幸一走進食品賣場，立刻拿起一旁的麵包，放進明良推著的購物車。兩人一起來買東西時，總是明良負責推車，達幸聽從明良的命令去拿商品。

「明良喜歡這個對吧？」

「……真虧你還記得。」

明良驚訝得睜大眼睛。這家超市是販售進口食品及有機蔬菜的高級連鎖店，也有其他地方沒有的自有品牌麵包和甜點，達幸拿來的就是其中一個。這是母親常為明良買回來的東西，但那已經是超過八年的往事了。

「這是當然，因為是明良啊。」

「……達幸……」

「明良喜歡的東西，我都記得喔……因為只要準備很多你喜歡的東西，你就會很開心吧？」

充滿愛意的話語令人太害臊，明良忍不過別過頭。光聽到聲音就這樣了，如果達幸沒有為了躲影迷而戴上墨鏡，他那令人痴迷的眼神或許會讓明良腳軟。

他早已習慣達幸在體內深處肆虐，不會再感到害臊了，但為什麼只是穿上衣服在外面，就如此害羞呢？一般來說，應該是相反吧。

「啊，那是明良喜歡的零食……不是包杏仁，是包核桃的那種。那個是明良喜歡的礦泉水，那邊還有明良喜歡的煙燻鮭魚……」

不理會苦惱的明良，達幸完美發揮他的寵物犬天線，飛快地在賣場中跑動，拿來商品，但沒有一樣是關鍵的奶油燉菜的食材。對達幸來說，購物的意義只在於買齊明良喜歡的東西。

雖然戴著墨鏡，但這麼大大方方地跑來跑去，可能會被發現他是青沼幸，但目前還沒有其他顧客引起騷動。

據達幸所說，越大方就越不容易被發現，偷偷摸摸的才會引起他人懷疑，淪落到外遇約會的藝人被八卦雜誌徹底拍到的下場。

這點明良也認同，但達幸感覺不太一樣，只是根本沒人會想到以爽朗好青年大紅的青沼幸，會在大白天時沾沾自喜地在超市裡跑來跑去罷了。

「噯，明良，你要哪個？」

從飲料賣場跑回來的達幸雙手各拿著不同紅茶品牌的茶葉罐，這兩種都是明良常喝的紅茶，他無法決定要買哪個。

「這個嘛……這個好了。」

「這個嗎？那……」

「喂，你等等。」

把沒被選上的放回去後，達幸立刻又想跑向其他賣場，明良就抓住他的後衣領阻止他。

「那邊是鮮魚賣場吧。我們是來買奶油燉菜的食材，你為什麼老是去逛無關的賣場？」

「因……因為，我感覺那邊會有你喜歡的鯛魚生魚片……」

「所以我說，今天要吃奶油燉菜，生魚片就……」

不需要了——還沒說完時，明良突然想到。達幸從剛才就不打算買齊需要的食材，或許是想多享受一下買東西的時光。最近忙於排演，食材也都麻煩禮賓門房準備，所以他們已經很久沒有放下工作，單獨外出了。達幸會越來越想把明良關起來，可能也是因為很難擠出這樣的時間。

「……我口渴了，也有點餓了，感覺等不到晚餐。」

「……明良？」

「我記得這裡的二樓有咖啡廳，我想上去坐坐，可能會晚一點回家……可以嗎？」

原本對明良突如其來的發言感到困惑的達幸，立刻露出燦爛的笑容。

「嗯！當然可以！」

接下來的達幸動作迅速，毫不繞路，一買齊奶油燉菜的食材、結完帳就護送明良上二樓。因為達幸買了很多東西，鼓脹的購物袋當然由他本人負責，單手拿著應該相當沉重，但他的腳步平穩，另一隻手緊緊牽住明良的手。

「約會、約會，和明良約會。」

「喂，達幸……」

「明良，這樣是約會吧？一起外出，一起買東西，還一起喝茶，這是約會對吧？」

聽見羞死人的哼歌聲，明良嚇了一跳，但轉頭看來的達幸太過高興，使明良無法責備他，只能點頭。

「……是、啊，是約會……呢。」

「對吧！呵呵、呵呵呵！和明良約會，可以和明良約會的只有好狗狗的我，嘿嘿嘿嘿嘿！」

結果他哼的歌詞越來越丟人，周遭的人偶爾會投來慈愛的視線。沒人發現他是青沼幸大概是唯一的救贖，但他們肯定被當作恩愛的同性情侶了。感覺短時間內沒辦法再來這家店了。

但如果這樣能讓達幸的心稍微安定下來、忘記赤座的事，忍受這一點羞恥就有了價值。他們在二樓的咖啡廳只待了不到一小時，但達幸露出了最近不常見到的幸福笑容。回家之後，他也一直纏在做菜的明良腳邊，品味寵物犬的幸福。

所以明良才沒有發現。深夜，明良昏迷般沉睡之後，達幸讓他輕輕握住那個黑色皮革項圈，用泛著暗光的眼睛，直盯著渾身精液的明良。

「明明，拜託你……快點說，說我可以不演舞臺劇……不當演員了……說我可以把你關起來。因為如果不是你的願望，我就沒辦法不當演員……沒辦法不當演員啊……」

明良沒有聽見他的哀求與嗚咽聲，只在達幸心中不斷累積。

第一場公演就在五天後，穿上戲服進行的舞臺排演也結束，終於要進入最後一次彩排——總彩排了。

地點是從市內為數不多的大型轉運站徒步五分鐘，位置絕佳的某間大劇場，可容納的觀眾人數高達兩千人。廣闊的舞臺無法與劇團工作室的排演室相比，更備有另一個相同大小的舞臺，藉由轉動滑行，就能直接替換整個舞臺場景。

燈光和音響設備也都是國內最高級的器材，聽說想租用，最少要等兩年。之所以不需等待，使用申請能馬上就通過，都是多虧赤座的人脈以及過往成績。

「青沼先生到了！」

「麻煩化妝、造型！」

一走進位於舞臺正下方的休息室，達幸就被殺氣騰騰的造型師與服裝師團團包圍。今天所有演員都要以正式上場時的戲服與造型登場，所以要和時間賽跑。

「啊，經紀人，早安。」

「早安，今天還請多多關照。」

明良對忙得東奔西跑的崛江低下頭，站到角落，以免礙事。達幸一瞬間露出厭惡的表情，但在如臨正式演出的工作人員面前，實在無法鬧脾氣。

「……呼。」

明良在休息室角落的折疊椅上坐下，獨自長嘆了一口氣。這本來是兩個人用的休息室，但也許還是赤座的安排，使用這間休息室的只有達幸一人。

忙得不可開交的工作人員們沒有人理會明良，令他深感慶幸。要是有哪個男性工作人員來找他說一句話，就會被達幸認定為「想讓明良套上項圈的畜生」，之後他會不停用身體告訴明良那個人有多危險。

今天總彩排結束後，明天是徹底休養的日子，後天會在赤座自家舉辦慰勞派對。這些都順利結束後，終於就是舞臺劇首度公演的日子。不管對明良還是對達幸來說，這都是一段漫長的路途。一回想起來，明良的手自然地開始在肚臍下方游移。

今天休息室裡擠滿了工作人員，因此達幸也不由得放棄在明良體內注入精液，但在工作室排演的期間，明良每天都過著體內被達幸的精液占領，排演結束後就在達幸眼前撅起屁股，將精液排出的生活。難得沒發生任何事，這明明才是正常的狀態，肚子卻莫名有一股空虛感，真是奇妙。

這陣子，達幸不再說出不演舞臺劇、不當演員，想和明良兩人關在一起這種話了。大概是因為明良答應了達幸的要求，讓他插在自己體內睡覺吧，又或者是因為兩人在家裡都渾身赤裸地度過，不管是在做菜或是上洗手間，只要達幸想要就允許他交合的良性影響。

不管怎麼樣，達幸目前排演得很順利。面對仍然會來糾纏明良的赤座，只要明良之後好好疼愛達幸，達幸也能維持著演員的表情與其接觸。

但藍色眼中的暗光不僅沒有消退，還一天比一天更強烈。

那道光越強烈，就越變成無言的苛責，將現實攤在明良面對。達幸心裡早已沒有絲毫一年前的悔意了，只是因為明良挺身阻止，他才有辦法在最後一刻堅持住，只要再有一點小小的契機，他應該會立刻關進只有兩人的世界中。

到頭來，不管明良多麼盡心奉獻，達幸眼中都只有幸福洋溢的兩人世界，無法徹底解決。

明良曾抱著淡淡的期待，猜想舞臺劇順利結束之後，達幸就會冷靜下來，但大概已經沒辦法了。這個舞臺劇只是剛好成了引爆點，不管他們選擇哪份邀約，達幸都沒辦法忍受明良待在周遭有許多不特定人士的環境裡也說不定，因為演藝圈是個看重人脈的世界，維持演員的良好人際關係也是經紀人的重要任務。

明良抬起頭，和在工作人員的包圍下，仍直盯著明良的達幸對上眼。

「啊……」

明良之所以忍不住發愣，不是因為時至今日他才對達幸完全不看年輕可愛的女性工作人員一眼，無時無刻眼中都只有明良一人的明確事實深有感嘆，而是他只別開眼幾分鐘，達幸已經完全變成尼可拉斯了。

鍛鍊有加的修長身體裹著堀江按照赤座的指示重新縫製的，類似祭衣的神父袍。和先前看到的相同，上半身貼合身材曲線，表現出男子氣概及可靠，另一方面，使用許多布料的下半身與緊緊扣著的立領有股禁欲感，勉強抑制神父不該有的性感男色洩漏出來。

下半身兩側的高衩邊上繡著銀色刺繡，內側還縫上細銀鍊，這是考量到做出激烈的武打動作時，厚重的布料也不會過度飛揚。

胸前佩戴著唯一的飾品，銀色玫瑰念珠。造型簡單，完全沒用到任何珠寶，但不愧是赤座向美國珠寶品牌特別訂製的東西，散發出神祕的存在感與銳利的光芒，宛如象徵著尼可拉斯無論如何都要替母親報仇，為了把世上所有惡魔消滅的使命感，燃燒自我的執著。

背負著半人半魔這個十字架的悲劇性神父，尼可拉斯就站在眼前。受到食人惡魔威脅的善良人民遇見他，會認為那可靠的模樣宛如神明或天使降臨，膜拜他並流下滿臉淚水，乞求救贖。祭司之所以打算利用尼可拉斯，不僅是期待他半人半魔的力量，或許也是看穿了他擁有將來能吸引眾人追隨的領袖特質。

「……明良？怎麼了嗎？」

聽到疑惑的提問，明良一瞬間不解為什麼尼可拉斯會對自己說話，接著才終於回過神。

「對不起，沒什麼。只是，那個……這套戲服太適合你了，嚇我一跳。」

「明良……真的嗎？」

受到稱讚就馬上燦爛笑起的表情不是尼可拉斯，而是達幸，明良在心裡鬆了一口氣。跟去參加《青之焰》的外景拍攝時他也曾想過，但不管是什麼角色，達幸都能完美詮釋，彷彿角色是為他量身打造，所以達幸像這樣穿上戲服後，明良都會不由自主地感到愚蠢的不安，擔心他出發至舞臺世界旅行後，就不會再回來了。

「我有同感，沒想到能把這套衣服穿得如此出色……我拋棄女人味，努力趕工有價值了！」

眼下黑眼圈比先前更深濃的崛江會心一笑，其他工作人員也紛紛附和。

「就是啊，很少日本人能把這個設計穿得這麼好看。」

「這件衣服的腰線很明顯，所以不是手腳修長又精瘦的人穿，絕對會被衣服蓋掉。」

「這套弄不好就有可能變成奇怪的角色扮演服，但青沼穿起來非常適合呢。」

因為尼可拉斯設定為四處旅行的人，也準備了禦寒用的斗篷，可以因應場景套在現在的戲服外。

斗篷就是類似沒有袖子的外套，與披風相似，但布料比披風還多，可以裹住全身。達幸實際披上去後，身體線條被遮住，也抑制了滿溢而出的性感，醞釀出聖職者該有的清廉潔白氣息。

今天接下來會有攝影師來拍下他這身打扮，也會上傳到《化裝舞會》的官方網站上，肯定會讓達幸的影迷更加期待開演。使用照片製成的周邊商品也能期待有非常好的成績。

此時傳來細微的敲門聲，門把從外側轉動，對方似乎不方便打開門，明良立刻起身去開門。

「……這籃花是怎麼回事？」

站在門外的人是山野井，他抱著豪邁地用了大朵玫瑰及百合插成的巨大花籃。感覺重量不輕，他要開門都很費力才對。明良覺得是影迷送的，但為了安全，寄給達幸的物品和信件都規定要全部先送到艾特盧涅確認。

「啊……鳴谷先生，抱歉，讓您特地幫忙。」

明良把雜亂四散的道具移開，清出一個空間，山野井則不斷道謝，並把花籃放下。因為都是氣味強烈的花朵，花香立刻擴散遍及休息室。

看到要雙手環抱的奢華花籃，女性工作人員們歡聲四起。

「好誇張喔！山野井先生，這是青沼先生的影迷送的嗎？」

「不……這是赤座老師送的，他說希望能讓青沼先生的心情平靜一些……」

「啊啊……平常擺在排演場休息室裡的花，果然也是赤座老師準備的嗎？」

明良靈機一動，開口問道後，山野井稍微頓了一下才點頭：

「……對，因為老師總是優先考慮演員……」

「但是從排演階段就特地送花，連樋口先生都沒有這種待遇呢。不愧是青沼先生，備受期待呢。這是卡薩布蘭卡嗎？好大朵……」
欽佩的崛江打算隨意觸碰碩大的百合時，山野井大喝一聲：
「別碰！」
嚴厲的表情和平常的他完全不同，不只被罵的崛江，連明良和達幸都嚇傻了。當大家不知道究竟發生了什麼事情、凝視著他時，山野井才回過神，緩和表情。
「……不、不好意思，我聽說百合花粉一旦沾到就很難去除，不小心就……」
「啊，對喔！我才要道歉，要是不小心讓戲服沾到花粉，我就真的哭也哭不出來了。」
尼可拉斯的戲服基本上都是黑色，百合的黃色花粉會非常顯眼。從觀眾席上可能看不出來，但用來製作海報及周邊商品的近拍照中會清楚地拍出來，崛江會臉色慘白地抽回手也無可厚非。
但明良感到有點不對勁。無論是剛才他詢問休息室裡的花是否也是赤座準備時，山野井那短暫的停頓，還是突然開口大罵崛江的事，都實在不像溫和的山野井會有的行為。是煩惱還沒解決嗎？去問樋口或許能得知什麼，但如果明良主動接近達幸重重戒備的對象，現在的達幸肯定會失控。就像現在，那雙燃起暗光的雙眸也持續監視著山野井。
「明良，明良……」
一如預期，在崛江等工作人員與山野井離去，休息室只剩下兩人後，達幸迫不及待地抱住明良的腳。跪地抱住明良的腳是達幸從小就很喜歡的動作，但他最近特別經常這麼做，簡直就像他的身心都漸漸變成動物，不再是人類的證據。
「明良，還好嗎？沒有被弄髒吧？」
稱呼還是「明良」，而非「明明」，這表示達幸還勉強維持著突然變脆弱的理智。明良暗自放下心來，小心不弄亂梳整好的髮型，輕輕撫摸那頭黑髮。

「他沒對我做什麼，只是說話而已，你不是也在旁邊看到了嗎？」

「明良這麼美麗，和那傢伙的經紀人說話會被弄髒……要是發生這種事，明良珍貴的香氣都白費。」

那傢伙當然是指赤座。厭惡地說完後，達幸起身將山野井拿來的花籃連桌子一起推到角落，順便調高空調強度，原本逐漸盈滿室內的花香淡了許多。

「喂，別坐在地上，會髒掉戲服。」

明良阻止又想蹭到自己腳邊的達幸後，達幸彷彿想到了好點子，坐上折疊椅後拍拍自己的大腿。明良即使嘆氣，也實現了達幸的願望。

「明良，你好香……」

面對面坐在達幸的腿上後，達幸瞇起眼睛，把鼻尖埋在明良頸間。將礙事的花推遠，就可以盡情享受明良本來的氣味，讓他十分滿足。

鑲嵌在正面牆壁上的大鏡子中，倒映出被美男神父緊緊抱住的自己，這超乎現實的畫面彷彿他誤闖進《化裝舞會》的世界了。

「你剛剛說衣服很適合我，我好高興……噯，明良，真的很適合我嗎？」

「是啊，我還以為真正的尼可拉斯現身了……難怪克蕾雅會奉獻一切。」

在劇中，從克蕾雅遇見尼可拉斯、從追兵手中袒護他到死去為止，時間不到半個月。如果對象是這個尼可拉斯，她會在這短暫的時間內為一生一次的戀愛犧牲奉獻也能理解。

「連克蕾雅都產生錯覺，覺得自己是不是真的愛上你了……不只女性，連男性成員也像變成了克蕾雅，緊盯著你喔。你真的……」

好厲害──話還沒說完，達幸俊俏的臉孔湊過來。舌頭理所當然地從疊合的唇縫伸入嘴裡，旁若無人地打算蹂躪明良的口腔內部，但明良拍拍寬闊的後背，阻止他。

「現在不行，要是妝花了怎麼辦？」

「可是，明良……前天、昨天和今天，你在外面都沒懷著我的東西，起碼得這樣沾上我的味道，不然你可能會被其他公狗盯上吧？那傢伙本來就夠難纏了……那種人怎麼不趕快消失啊。」

「赤……那個人是導演，怎麼可能消失。」

明良會在說出「赤座」前改口，是因為最近的達幸光是聽到明良說出其他男性的名字，都會大為嫉妒。因為這樣，明良正處於不能在他面前不能說出其他名字的情況。

「而且，他今天實在沒有空來騷擾我才對。前天和昨天在舞臺排演時，他不是也忙得根本沒看我一眼嗎？」

「但他每天都會送那麼多花，他絕對盯上你了。」

「都說了，那些花是送給你的。就算你不喜歡他，他還是對你有很高的評價喔。他和我說話時，有一半的話題也都是在談你。」

「另一半就是想刨根究底地問出關於你的事，像你的興趣、喜歡的顏色、喜歡的歌曲或假日會做什麼之類的，他想問出很多事……他絕對是想準備一個你喜歡的項圈，讓你替他戴上！」

「……達幸，你啊……」

明良不禁感到佩服。達幸舉出的例子確實都是赤座問過他，有印象的問題。達幸都完全化身為劇中角色，進入舞臺劇的世界了，卻還能清楚聽到遠方的對話。

「當時明明在排演，虧你聽得到呢……」

「那當然，因為我是明良最棒的好狗狗啊。無論何時，無論我在做什麼，我都只想著明良。」

達幸自豪地說完後，隔著長褲揉捏明良的臀瓣。

光這樣就讓腰部發疼輕顫，明良忍不住抱住眼前的健壯胸膛，達幸就開心地笑著將身體貼上去磨蹭，像隻非常想要主人理睬的大型犬。

「噯，明良，變成尼可拉斯的我會愛上克蕾雅是理所當然的喔。」

「咦……？」

「因為我總是把情人的角色當成明良，所以克蕾雅也是明良喔。不管明良是什麼模樣，我都不可能不愛上你。」

「……就算我變成步履蹣跚的老爺爺也是嗎？」

「嗯！因為不管是什麼模樣，明良都一樣美麗、溫柔又散發出香氣啊。會替我戴上項圈，成為飼主的人只有明良，對吧？」

達幸錯了。如果是現在，肯定有人即使知道達幸的本性，也想陪在他身邊。只要達幸離開和明良的兩人世界，就會有個和現在無從相比，寬廣又多彩多姿的世界等著他。

明白這個事實，明良也無法推開他，無法放開這個只想要明良，只看著明良的可愛狗狗。

……最該受到責備的，不是找到機會就想取得允許、囚禁明良的達幸，肯定是將達幸逼到這種地步的明良。明良是醜陋的自私結晶，但痛苦的人總是達幸。

這太不公平了，達幸承受的痛苦，接下來應該換明良來承受了吧？應該要實現達幸的願望，讓達幸得到解脫吧？

該怎麼做？這還用說。

達幸現在肯定偷偷將那個黑色皮革項圈帶在身邊，只要把那項圈套上總是百依百順，伸到明良手中的脖子就好。只是這樣，達幸就會明白，明白明良允許他將兩人關進只有兩個人的世界中。

接下來非常簡單，瞞著明良偷偷做好萬全準備的達幸，這次會將明良帶進連松尾也找不到的地方並當隻寵物犬，盡心盡力照顧明良直至死去。

明良會在達幸創造出來的和平世界中，不會見到達幸以外的任何人，就此結束一生。

來，快點吧。

「達幸……」

「明良，怎麼了？」

只要命令一句「把項圈拿來」就結束了。達幸的不安、明良的苦惱，所有一切都會畫下句點。

「……青沼先生，不好意思，青沼先生！」

就在明良順著內心的衝動想開口時，門被大力敲響。明良回過神來跳下達幸的腿上時，山野井不等門內回應就上氣不接下氣地衝進來。

「山野井先生？您怎麼這麼慌張？」

「啊……其實，剛才那個花籃是我搞錯了，訂成了和老師指定的不同花種……」

「所以您才特地跑來嗎？不用在意這種事情啊。」

「不行，這可不行。我晚一點會再拿正確的花籃來，不好意思，這個花籃我先收走了。」

不顧換上演員表情的達幸制止，山野井迅速拿起被推到角落的花籃，快步離去。

兩人的對話幾乎沒有聽進明良耳裡，滲出的汗水濡溼了掌心。

如果山野井沒有出現，明良現在早已替開心地交出項圈的達幸戴上了項圈。而達幸當然會拋下舞臺劇和一切，抱著明良前往只有兩人的世界，完全忘掉想和達幸一同創造出最棒演出的共演者與工作人員。

「明良，明良……」

慌張的達幸抱緊明良時，明良這才發現自己正不停發抖。

他剛才打算做出多麼恐怖的事？除了遭到囚禁以外，明良之所以願意答應達幸的任何願望，是因為他希望達幸徹底發揮才華，兩人可以一直走在燦爛明亮的世界中吧？

即使只有那一秒，他為什麼會想親手毀了這一切？只可能是鬼迷心竅了。

「還好嗎？果然不可以和那傢伙的經紀人吸到一樣的空氣。嗳，我們回家吧？如果不回家好好休息，你會生病的。」

「……不用，沒關係，達幸你冷靜點。我只是站起來後有點頭昏，沒事的。」

達幸穿著戲服、頂著妝容就想叫車，明良則拚命安撫他。要是主角不在，就沒辦法總彩排了。

「但是、但是，明良的身體不太好……要是生病了……」

「我只是有點累啦！只要看到你飾演的尼可拉斯，馬上就不會累了。」

達幸的腦中認為，明良是十分柔弱的存在，只要和達幸以外的人接觸就會傷到身體，所以才想把他關進任何人都無法觸及的地方。達幸深信只要這樣做，明良就不會受到任何傷害，能夠安穩地過生活。是隻愚笨又單純，卻令人愛憐的，明良的狗狗。

「能治癒我的只有你……你會讓我看到最棒的舞臺劇對吧？」

明良伸長手輕輕撫摸黑髮，達幸就主動湊上前磨蹭，毫不在意髮型會亂掉，乞求著更多。

「嗯！我會只為了明良努力，因為我是明良最棒的好狗狗啊。只要是明良的心願，不管什麼事我都會辦到。」

所以拜託你，別丟棄我。深深期望明良永遠讓自己留在身邊的雙眼中泛著那道暗光，讓明良的胸口悲切地發疼。

達幸等演員的休息室就在舞臺的正下方，位於地下一樓。

走上一樓時，明良暫時與達幸分開，繞到大廳，因為他發現松尾打了一通電話來。與舞臺劇相關的工作人員已經都聚集到表演廳那邊了才對，因此他告訴達幸自己就會馬上回來，達幸即使不情願也點頭答應了，這大概也是因為對方是松尾吧。雖然達幸只在意明良，但松尾對他來說果然還是個滿特別的人。

「……嗯？那是……」

明良回電並處理完事情後，打算穿過自動販賣機的休息區時，聽到有點熟悉的說話聲。他忍不住躲起來偷看，山野井正罕見地扭曲著表情，而與他對峙的是赤座。雖然赤座背對著這邊，但那件花俏的外套不可能會認錯。

「──你為什麼那麼做？」

聽到從平常的赤座難以想像的脅迫語氣，山野井的雙肩一顫，也小聲地反駁：

「……我再也無法忍受了，我一路看著他們排演，很清楚青沼先生是真正的天才，所以我無法再做出那種……」

「是啊，我也有同感，青沼是天才，所以才有意義，一直待在我身邊的你應該可以明白吧？」

「老師……但是……」

「你很善良，難免會感到苦惱……但是，山野井。」

突然放緩的聲音簡直就像打算攏絡目標的詐欺師，讓明良發寒。

「如果這一切順利，我覺得我也能回到以前的我。證據就是我已經完成了好幾個新作品，也讓你看過了吧？」

「啊……是的。」

「只要我完全恢復，我一定也會答謝你，所以拜託你，再稍微幫我一下吧。」

看見老師不惜微微低頭懇求，山野井感到不知所措，最後以苦澀的表情點頭：

「……我明白了，但請答應我，千萬別做出會摧毀青沼先生才華的行為。」

「那當然！謝謝你，謝謝你，不愧是我的山野井，我衷心感謝你……哎呀，時間差不多了，我們得過去了。」

赤座確認手錶後打算朝這邊走來，因此明良偷偷離開，快步跑進表演廳。

在達幸的請求下，工作人員隨時都替明良準備了特等座位。

在大批人員四處奔走的嘈雜聲及特有的緊張感中，工作人員帶明良走到最前排的位置上坐下，心臟開始猛烈跳動。要是達幸在身邊，可能會大喊「明良生病了！」，幸好達幸在等待出場，正躲在舞臺旁邊，看不到他的身影。

剛剛的對話不停在明良的腦袋裡打轉。從對話來推測，看來赤座對達幸有什麼——絕對不是好事的企圖，山野井想勸說他，結果卻被赤座攏絡了。

如果赤座別有用心，那他會選擇達幸當主角，就不是因為著迷於他的演技，而是有其他目的。他會常常來接觸明良，或許也是為了達到目的，想得到達幸的情報吧？

但他的目的到底是什麼？

對達幸神乎奇技的演技著迷、感到興奮的赤座沒有不尋常的地方。如果那是演技，那赤座或許能成為與達幸並駕齊驅的演員。

不確定的問題太多了，但從山野井的話聽來，赤座確實在計畫什麼，可能會毀掉達幸的才華。既然偶然得知了這件事，明良就不能藏在自己心中，晚點得向松尾和社長報告，擬定對策才行。

不對，今天總彩排時或許會發生什麼事。總之，起碼得先連絡松尾才行。離總彩排開始還有一點時間，馬上回來就不會有問題才對。

明良單手握著手機，想站起身時嚇了一跳，因為赤座帶著山野井從舞臺旁的出入口出現了。

「啊啊，鴫谷先生。」

而且赤座還眼尖地發現了全身僵硬的明良，在他右邊的位置上坐下，山野井則坐在左邊，這樣就逃不掉了。

「最近太忙了，沒辦法和你打招呼，真是抱歉。青沼看起來很有精神，你的身體狀況還好嗎？」

「……託您的福，如您所見，我很好。正式開始前會是老師最忙碌的時候，還請不用在意我。」

「不，那可不行，因為你對青沼來說似乎十分重要的存在，既然是主角重要的人，對我來說也一樣重要。」

放在扶手上的手差點被輕撫過，明良反射性抽回手，接著赤座又貼緊上明良的腳。隔著布料傳遞過來的溫熱體溫讓明良感到噁心，立刻往反方向閃躲。

「……您、您做什麼……」

就算赤座是藝術家個性，不受限於常識，這也不是會對同性，而且只是合作對象做出來的行為。如果明良是女性，這就是不折不扣的性騷擾了。要是達幸在身邊，現在赤座端正的臉龐早就被打得鼻青臉腫了。

但即使明良忍不住拋去責備的眼神，赤座一點也不愧疚。

「哈哈哈！鴫谷先生擺出這種表情也很美呢。不好意思，讓你生氣了，我之前應該也說過，我只要遇到美麗、充滿魅力的事物就會忍不住想碰觸，連我自己也控制不住啊。」

「……我很平凡。要論美麗又有魅力，劇團裡的女性成員們比我更符合。」

「我不單是指外表容貌，你沒發現嗎？你有股莫名吸引人的神祕氛圍，所以青沼肯定也是……」

「……老師！」

赤座不理會為難的明良，自我陶醉地說個不停，但山野井打斷他。不知何時，在舞臺上忙碌奔走的工作人員們已經消失，第一幕的布景設置好了。

「器材和燈光都已經準備好了，差不多該開始了。」

「是啊，說的也是。那麼鴫谷先生，還請好好觀賞。」

赤座帶著山野井走到舞臺與觀眾席之間的樂池後，明良全身癱軟地靠上椅背。被赤座緊貼過的腿上泛著滿滿的雞皮疙瘩。

這幾天忙得連打招呼的時間也沒有，明良原本還期待他是對自己失去了興趣，卻反而變得比先前更自來熟。他大概是認為這樣擾亂明良，更容易問出達幸的情報吧。

雖然想要馬上找松尾商量，但總彩排即將開始，若是明良離席，達幸即使在演戲也會立刻發現，開始四處尋找明良。

百般猶豫後，明良迅速寄了一封郵件給松尾，寫上「有事想要商討，希望您能撥出時間」。這樣松尾應該就會察覺到發生了什麼大事。

明良收起手機的同時，觀眾席的燈光暗了下來。令人毛骨悚然的樂聲響起，只有舞臺在昏暗的燈光下浮現。

『……有沒有人！誰來救救我啊！』

懷抱新生兒的年輕母親在成群惡魔的追趕下，拚命逃亡。母親逃進森林中卻被樹根絆倒，狠狠摔了一跤，惡魔們則趁機無情地攻擊她。

『啊啊……神啊……』

領悟到自己再也逃不掉的母親緊抱著孩子，想至少護住孩子，獻上最後的祈禱。

『——快離開，不受祝福者們！』

聽到她的祈禱，出現的不是神，而是人類——是尼可拉斯。

他不像教堂壁畫上的神明使者有一雙純白翅膀，但看再被護在他寬大背後的母親眼裡，應該看到了尼可拉斯閃耀著炫目光輝。帶著銀色錘矛，斗篷的長衣襬隨風飄動的尼可拉斯就算沒有羽翼，也宛如被派來打倒惡魔的神聖戰士。

即使一邊保護母子一邊戰鬥，尼可拉斯也絲毫不遜於那群惡魔。他以錘矛搥擊成群的惡魔，如果來不及就以長腿踹飛惡魔，之後詠唱聖詞，使其無法再度復活，一一消滅惡魔。

尼可拉斯在轉眼間消滅了惡魔，母親跑到他身邊。

『非、非常謝謝您，神父大人……！我是住在附近村莊的村民，去探望完隔壁村莊的母親後，在回家路上遭到攻擊……我還以為我沒希望了，多虧神父大人救了我一命。』

『身為祀奉神明者，我只是做了該做的事。話說回來，妳有受傷嗎？』

『沒有，雖然跌倒時有點擦傷，但如此之外沒有受傷，這孩子也毫髮無傷。』

『這樣啊……那真是萬幸。』

尼可拉斯溫和一笑，溫柔地用大掌撫過嬰兒的頭。那慈愛的表情與和惡魔對峙時完全不同，連有夫有子的母親也像少女一樣紅了臉。

『我還有急事在身，沒辦法送妳回村莊，但這附近的惡魔都被我消滅了，暫時應該不會有危險，妳回家時小心一點。』

『……請、請等等，神父大人！』

錯愕的母親叫住打算立刻離開的尼可拉斯。

『怎麼了嗎？』

『不……那個，我還沒給您救了我的謝禮……』

『消滅惡魔是我們的任務，不需要謝禮……比起這個，妳快點回家讓妳的家人放心吧。』

『啊啊……神父大人……』

母親感激涕零，抱著孩子跪在地上。

『……那麼，請您至少告訴我您的名字。在這孩子長大之後，我想要跟他說他的救命恩人。』

『……我是尼可拉斯。無罪者啊，願妳平安無事。』

在尼可拉斯轉過身的同時，舞臺轉暗，《化裝舞會》的主題曲大聲響遍表演廳。這首歌很奇妙，聽起來像聖歌又像人類的悲鳴。

「呼……」

明良吐出不知不覺間屏住的一口氣。雖然一路在旁邊看著大家排演，但總彩排的魄力果然不同。

尼可拉斯……達幸的存在感更不同凡響。踢飛那群惡魔時的英勇、不屈及躍動感，一瞬間轉為憐憫可憐母子的慈悲，充滿了連大人也想被他擁抱的包容力，甚至神聖至極。

觀眾肯定會在此刻就被尼可拉斯吸引，接下來會和尼可拉斯一起笑、一起哭、一起憤怒，最後會為悲傷的結局落淚，畢竟就連明良都忘了對赤座的不安，緊握拳頭看入迷了。

從開頭就不斷吸引觀眾目光的那個男人，誰能想像到他直到不久前，都抱著明良的腿不放。擁有超凡能力，能飾演尼可拉斯的演員，就該隨時沐浴在耀眼的聚光燈下，站在舞臺正中央。

……我到底該怎麼做才好呢？

隨著舞臺上的劇情發展，明良腦中也忙碌地變換。

要讓達幸真正地從苦惱中解脫，只能將明良關進只有他們的世界中。但只有明良一人就罷了，如果連達幸也困於其中……不能再對觀眾展現出演技的話，明良本身就無法允許這件事發生。明良是達幸的經紀人，也是最忠實的影迷。

明良與達幸的願望絕對無法都實現，雖然明白，他仍會忍不住去尋找，或許會有能讓兩人都笑容滿面，在明亮燦爛的世界中共度的道路。

再這樣下去，總有一天明良會不忍繼續看著達幸痛苦，而替他戴上項圈，就如同方才差點輸給他內心的衝動一樣。

『克蕾雅……克蕾雅，妳回答我啊……』

在明良自問自答之時，故事來到後半段的高潮。

『為什麼……妳為什麼要這樣……』

尼可拉斯茫然地抱著被銀劍刺穿心臟，早已逝去的克蕾雅屍骸。在他破綻百出的現在，應該能在他毫不抵抗的情況下殺死他，但追兵們沒有動靜，不對，是無法動彈。

他們是被尼可拉斯散發出來的沉靜怒氣震懾了嗎？不對，不僅如此，連遙遠的觀眾席也能清楚地感受到，是因為千刀萬剮的悲傷。尼可拉斯不哭不喊，只是呆站在原處，以他為中心的慟哭卻席捲、包圍了舞臺與觀眾席。

——好難過、好悲傷、好傷心、好心痛。

為了因自己而逝去的生命惋惜、哀弔的感情只有人類才會有，那絕非食人惡魔會有的感情。手拿武器包圍尼可拉斯的追兵才是惡鬼、惡魔的化身吧。別說觀眾了，肯定連追兵自己也如此認為。

尼可拉斯……執著於生存的惡魔之血沒有錯過追兵因遲疑而產生的破綻。響起的詭譎音樂，是揭開殺戮的序曲。

這次真的展現出惡魔之力的尼可拉斯痛打追兵，直至他們變成肉塊，之後抱著克蕾雅的屍骸振翅離去。接著，終於來到尼可拉斯變成真正惡魔的瞬間。

『啊啊，克蕾雅……這樣一來，我們就能永遠在一起了……』

如甜言蜜語般甜蜜、令人痴醉的低語過了一會，就被啃食聲掩蓋過去。舞臺上留下最少量的燈光，只能看見朦朧的剪影。因為如此，觀眾才能在腦海中鮮明地描繪出惡魔一點骨肉也不留地啃食著已逝愛人，最美也最醜陋的悲悽光景。

『克蕾雅、克蕾雅、克蕾雅……我肯定無法前往妳等著我的天堂。但是，妳的生命永遠在我的體內，我們永遠不分離……克蕾雅……我愛妳，克蕾雅……』

不停低喃愛意的尼可拉斯心中，肯定連一絲信仰都不剩了。神早已成了他憎恨的對象。

『克蕾雅……克蕾雅、克蕾雅、啊啊、啊啊啊啊啊啊……啊啊！』

殺吧、殺吧、殺吧，把所有聖職者都殺了，否則無法消除這份憎恨。只要他報仇，克蕾雅在天堂上肯定會感到歡喜。

與深愛之人合而為一的尼可拉斯用惡魔的羽翼展翅高飛，朝聖職者的根據地──聖都飛去。他打算將聚集在象徵教會權威的大聖堂內的聖職者，包含法王在內全數殺盡，替克蕾雅報仇。

──但是，尼可拉斯最終沒有成功報仇。發現生命遭受威脅的教會首腦們把尼可拉斯關進大聖堂，祭出連同大聖堂一起炸毀的殘暴手段。

尼可拉斯艱難地從崩毀的大聖堂中逃脫，但他發現有一個年幼的女孩差點被瓦礫壓在底下，心慌的母親在旁大喊著「克蕾雅」，他馬上釋放惡魔之力，救出了女孩。雖然女孩獲救了，但使出這麼多力量的尼可拉斯耗盡力氣，被壓在瓦礫底下。

就算是惡魔也無法逃離死亡，但尼可拉斯相當滿足，露出了幸福的表情。他救出的女孩與深愛的克蕾雅毫不相似，但他肯定是在救出她後，發現克蕾雅絕對不希望他報仇，是在尼可拉斯獲救的滿足感中死去的。

尼可拉斯擠出最後的力氣，把自己轉移到化為廢墟的克蕾雅的村莊，然後讓滿身瘡痍的身體倒上仍飄盪著血腥味的大地上永眠。這具或許會比人類更慢腐化的身體，就是深愛的克蕾雅的墓碑，他對此感受到至高無上的喜悅──

即使故事結束了，卻沒有任何人動，就連呼吸都感到躊躇，不想因為一點小舉動，就被趕出達幸創造出來的世界。

「……青沼，你看看你幹的好事……」

過了一段時間，終於發出聲音的人是赤座。如果只看字面，也能解釋成他在責備達幸，但他的表情無疑因為歡喜而閃耀，更因為太過高興而渾身顫抖。

「太完美了。你輕而易舉就超越了我的想像，這還是第一次有人不如我的預期啊……哈哈、哈哈哈哈哈！」

赤座用宛如孩子的模樣天真地拍手。

以此為開端，終於回到現實中的其他演員及工作人員們也開始鼓掌，表演廳充滿了不遜於正式演出的掌聲。共演者們跑到達幸身邊，拍拍他的背或肩膀，興奮地和他說話。這大概是受到達幸的演技影響，發揮出超乎以往的實力，感到喜悅的表現。連樋口和那個岸部也不例外。

工作人員和演員，大家都一樣高興，回想起第一次見面的狀況，這光景令人感動。

但現在，流過明良臉頰的淚水並非因為感動。

「尼可拉斯……」

舞臺劇已經結束了，撼動心胸的悲傷卻不肯消失。只是因為「希望你繼續活下去」的這個念頭而袒護了你，你為什麼要自己去送命呢？即使只有一瞬間，只要你將來心懷「活著真好」的念頭，就算不用替我報仇，我也已經得到夠多回報了啊。

「為什麼……」

對於自己的思緒與克蕾雅同化一事，明良不抱有任何疑問，因為達幸不是曾說過嗎？克蕾雅就是明良，他演戲時說出的愛意，都是對明良說的。

你為什麼死了？你為什麼要報仇？為什麼、為什麼為什麼？明良因為哽咽而說不出話來，只有淚水不停湧出，而達幸不可能沒發現哭得這麼淒慘的明良。

「明良……！」

表面上笑容滿面地與其他演員說話的達幸臉色大變，大喊一聲就立刻跳下舞臺，直衝向明良。

明良知道周圍譁然的視線都聚集在他們身上，也保有理智，畏懼著被大家看到這個畫面會令人起疑，但淚水不僅沒有止住，當達幸……尼可拉斯跑近時，他的淚流得更凶了。

「怎……怎麼了，明良？發生什麼事了？該不會是那傢伙對你……」

「……不、不是那樣……」

猛然想到什麼的達幸像要射殺赤座般，轉頭要瞪向赤座，但明良立刻阻止了他。這並非顧慮到達幸身為演員的形象，而是不希望深愛之人的眼中容下其他人。

「快點……兩個人、獨處……」

「……！」

明良攀附著達幸，一開口懇求，達幸就抱起明良，大步朝出口走去。

「喂、喂，青沼？」

「青沼……？喂，你要去哪裡啊？」

聽見赤座及樋口充滿困惑的聲音，達幸也沒回頭。他只是想要忠誠地實現明良的願望。

明良開心得用臉頰磨蹭著達幸依舊穿著神父戲服的胸口，達幸的心臟像瘋了一般大力跳動，大肆高喊著對明良的愛意。

「……幸，你這身打扮……鴫谷先生，發生什麼事情了嗎？」

剛走出一片譁然的表演廳，松尾就在外面等著。他似乎是看到了明良的訊息，特地跑過來的。如果是平常的明良，應該會打從心底感謝他在百忙之中趕過來，但現在的明良只覺得他是阻礙達幸前進的麻煩障礙物。

「……明明身體不舒服，所以我要回去了。得快點兩人獨處，由我照顧他才行。」

達幸代替明良回答。似乎只有松尾，達幸再怎麼樣也沒辦法忽視他。

「你說兩人獨處，你……該不會又想做出那種事情了吧？」

「不會的，因為明明還沒有允許我。」

「……真的嗎？」

「因為我是最棒的好狗狗，所以要達成明明的願望。」

「就算是這樣，你怎麼可以……」

正因為知道一年前的事情，松尾的語氣變得凜冽，但也許是從沉默地回望過來的達幸身上感受到絕不退讓的態度，他最後重重嘆了一口氣。

「……我知道了。這邊我替你善後，但晚一點一定要和我連絡，這是條件。」

達幸沉默地點頭後，松尾只瞥了一眼明良就走進表演廳。畢竟是松尾，他肯定能編出一個好理由，解釋主角為什麼突然消失。

比起安心，這樣一來就能兩人獨處的期待更加膨脹。

搭計程車回到公寓後，等不到門完全關上，明良就抱上達幸的脖子，奪取他的唇。

「明明……嗯！」

平常在明良想要之前，達幸總會貪求他，所以明良很少主動索求。一開始感到驚訝的達幸也在明良笨拙地伸入舌頭時，入迷地交纏上去。

「嗯……唔、嗯、呼……」

明良著迷地享受著厚實雙舌糾纏的彈嫩觸感。達幸使勁抱著他，連骨頭都嘎吱作響，緊貼著的身體傳來滾燙的體溫……這些活著的證據讓明良感到舒服不已。

但是，只有這樣還不夠。他想要更多、更多，想要體會到達幸還活著，就存在於此。不僅是身體表面，內側也想被達幸的炙熱燒灼，直到只剩下他對達幸的愛。

「……達、幸……」

「……明明……？」

敲敲厚實的胸膛，暫時停下親吻，明良脫下依舊穿著的皮鞋，抽掉皮帶，把褲子連同內褲一口氣褪下。還不滿足的達幸一看見開始起反應的性器，雙眼立刻閃過危險的精光。

「啊……啊啊，明明明明明明……」

「……不可以，達幸，等等。」

達幸想要撲上前享用最棒的美食卻受到攔阻，他跪地抱住明良的大腿，雙眼布滿血絲地說：

「為什麼？我想吃……想吃明明的這個，好想吃好想吃！」

「這裡等一下你想吃多久都可以……現在要先吃這邊。」

安撫似的撫摸達幸的黑髮後，明良慢慢轉身，跪趴在地。「這裡是玄關，隔著一扇門就是外頭」的恐懼瞬間閃過腦海，但是聽見野獸般的粗喘聲，這點小事立刻煙消雲散。

明良趴著張開雙腳，自己扳開臀瓣，露出花穴，可以看見渴求達幸的花穴正不斷顫動。

想快點吃掉達幸，不用手指擴張也沒關係，只靠手指根本不夠。

想被一口氣貫穿至只有達幸才能抵達的最深處，想要達幸在體內灌注滿滿的精液，直到肚子鼓脹起來，想懷著他。

「這裡……快點插進來……我想快點和你相連……」

「唔、唔啊，啊啊啊，啊啊啊，啊啊啊啊明明……！」

達幸咆哮出聲，立刻實現明良的願望。他急躁地掏出分身，壓上明良，無須撫弄就硬挺到朝天仰起的分身前端才剛進入花穴，立刻噴濺出大量精液。

「啊……啊、啊啊──……！」

「明明……明明……！」

明良還來不及搖動屁股，慢慢品味期待已久、體內被脹滿的感覺，男性分身就一口氣深入滿是濕滑精液的體內，直至根部。

明良不希望被擠出來的精液滴落，想抬起臀部時，達幸搶先一步連同明良完全勃起的性器一起將人抱起。多虧於此，兩人結合得更深，性器在達幸手中流下感激的淚水。

「明明、明明、明明……你感覺到了嗎？你現在，和我相連著喔……」

「是啊……我知道……你、就在、我身體裡……」

「明明……我的，只屬於我的明明……喜歡、喜歡你，好喜歡你……」

腰部遭到無情地頂弄，同時不斷聽到這些愛語，明良太過幸福，就快只能感受到在體內發狂失控的熱度。

因為害怕牽連到克蕾雅，尼可拉斯即使自覺到了對克蕾雅的愛，卻到克蕾雅死前都不曾對她示愛。當然，他們也不曾有過肌膚之親。

與其相比，明良多麼幸福啊。用全身接納了深愛的男人，不僅能合而為一，還能讓達幸在他肚子裡灌入滿滿的種子，直到他滿足。

「明明、明明……」

「啊……」

達幸就著相連的狀態抱起明良的身體，支撐著明良大大張開的大腿，緩慢地前進。每走一步就會從下方往上頂弄，過於強烈的快感穿透至頭頂。

「別……為、什麼……」

一來到寢室的床上，埋在身體裡的男性分身被抽離，巨大的失落感讓明良流下淚水。他慌張地堵住變成達幸形狀的花穴，但為時已晚，好不容易注入體內的精液弄髒了明良的大腿內側。

明良磨蹭著大腿內側，想至少感受黏稠的觸感及餘溫時，達幸再度壓了上來。汗濕的肌膚觸感讓明良這才發現達幸是為了褪去衣服而離開。

「明明，對不起，讓你寂寞了……」

「啊、啊……啊、嗯嗯！」

仰躺並被分開的雙腳被達幸扛上肩，男性分身一點一點地插入還沒完全閉合的花穴中。明良以雙腳纏住精壯的腰，並緊緊攀住達幸的背，表示這次絕不會放開他了。

「別放開、我……達幸，絕對……別丟下我……」

「嗯……嗯，明明……我絕對不會丟下你一個人……不管發生什麼事，我都會一直一直和你在一起的……」

大掌一把抓住臀瓣，連同柔軟的臀肉揉著埋在體內的男性分身。內外同時攪動體內的感覺是明良無法抵抗的弱點。才剛發洩的性器立刻發燙，被帶往高潮。

「哈……啊，啊、啊、要射、要射了……！」

「我也……要射了……會在明明裡面，射出很多……所以，懷著我吧……」

「啊啊……好，讓我懷著你……把你射進我的肚子裡……」

「……明明，啊啊啊嗯嗯……！」

怦通！直接震響大腦的脈搏是屬於明良的心跳，亦或是達幸那激烈地頂弄著，讓單薄的腹部感受到危險，就快被頂破的分身呢？

還無法做出區別，達幸再度開始頂弄，彷彿連內臟都一起翻攪。明良的意識輕易就被快感的洪流吞沒。

在那之後，明良配合達幸的要求做了各式各樣的事。

他讓達幸含弄著高潮太多次，再也什麼都射不出來的性器，也讓他喝了不是精液的液體。面對面跨坐到盤腿而坐的達幸身上，讓他如嬰孩般吸吮自己的乳頭，同時不停撫摸他的頭。當然，後穴時刻都含著達幸的分身。

不管達幸在體內射精幾次，明良都不滿足地渴求著更多。每次達幸都會痴迷地微笑，用無盡的精力不斷實現明良的願望。

可愛的好狗狗。如此令人憐愛，可以讓明良幸福的狗狗絕對找不到第二個了。

好乖，好乖，達幸是乖孩子，是明良最可愛的狗狗。達幸最棒了，我不需要其他公狗。

不停說著甜言蜜語，直到聲音沙啞；互相交纏，直到全身虛軟。因快感而恍惚出神的意識，最終被身邊響起的水聲拉回來。

「……啊……我……為什麼……」

明良在寢室內的浴室裡，浸泡在滿滿的熱水中，空氣中飄散著明良喜歡的柑橘浴鹽的淡淡香氣。承接著明良的不是堅硬的浴槽，是渾身肌肉的精壯裸身，而就快誤以為是自身之物的熟悉分身仍在明良的肚子裡。

「明明，你醒了啊？」

達幸從背後緊緊抱住明良，避免他沉進水裡，原本輕輕啃咬著脖子的他咬上明良的耳朵。身體輕輕顫動時，體內的男性分身更深入幾分，明良雙眼泛淚地瞪著達幸。

「你……為什麼這樣……」

「這是明明說的啊，你說你不想和我分開，要我別放開你。剛才在洗澡時讓你等了一下，一泡進熱水裡，你又自己坐到我身上來，還自己扳開剛洗乾淨的屁股抵著我……哭著罵我說『好不容易懷著你了，為什麼掏出來？』……」

「好……好了，別說了……拜託你別說了……！」

明良滿臉通紅，跟煮熟的蝦子一樣，並搖頭懇求。達幸太過詳盡的說明讓記憶隱約浮現。聽他這樣一說，自己確實做了那種事。一想到這都是自己幹的好事，明良就羞愧得快要發瘋了。如果是平常的明良，絕對不會這麼做。

「……明明，那傢伙今天對你做了什麼吧？要不然，明明不可能變成這樣。」

達幸似乎也一直感到疑惑，一邊淫穢地撫摸結合的部位一邊問道。即使不借助精液潤滑，也可以輕鬆含入碩大男性分身的那裡，只是感覺到達幸的指尖就渴望地緊縮起來。

「……嗯，什麼事……也沒有。那個人、一直、待在舞臺那邊……你也……啊！看見了吧……」

「是這樣沒錯……那為什麼……？」

「都是你的錯啊…………！喂，你適可而止啦。」

得意忘形的達幸開始玩弄起明良的性器，所以明良扭過身體，打了他的頭一下。再繼續這樣被玩弄下去，根本無法好好說話。

「如果你要惡作劇，我今天就不跟你說話了……喂，你為什麼在笑？」

「因為不能惡作劇，但我可以不離開你的身體裡吧？明明真的好溫柔……」

親吻如雨滴般落上藏在溼髮中的髮旋，以及毫無防備的肩頭。有別於身體內側被攪動的輕飄飄快感搔癢不已，明良就順從地承受。平常總會在被達幸貪婪渴求時失去意識，完事後的這種互動有點新鮮。

「……那你說是我的錯是什麼意思？我……有對明明做了什麼、不對的、事情嗎……？」

「不，不是那樣……我自己也不太清楚為什麼會變那樣，但是……我肯定是和克蕾雅同化了。」

「和克蕾雅同化？」

明良對驚訝的達幸點點頭，現在想想，只有可能是那樣。

「大概是因為你在休息室裡說過克蕾雅就是我……看到你演的尼可拉斯後，我就逐漸將自己當成克蕾雅，最後更感覺自己變成了克蕾雅……尼可拉斯最後死掉時，我難過到心都要碎了。」

「……所以才哭了嗎……？」

「那時候我只覺得尼可拉斯……你死掉讓我既悲傷又不甘心，無法接受……心想我不是為了讓你死去才保護你的，你為什麼要自己尋死……很奇怪對吧？我也這麼覺得……」

明良如此自嘲後，輕輕環著他的臂彎馬上收緊，背後傳來達幸的啜泣聲。

「一點、也不奇怪……」

「達幸……？」

「明明一點也不奇怪，你是……是最棒的飼主喔……因為、因為就算是演戲，要是我死了，你也會為我傷心對吧……？我好高興……」

達幸啜泣著，從背後用臉頰磨蹭明良。

「我……我……可以當明明的狗狗真是太好了……明明願意選我當你的狗狗，真的太好了……」

「達幸……我也是，如果沒有你，我肯定會依照母親的要求成為醫生，過著無聊的人生……我已經無法想像沒有你的人生了。」

「……明明……！」

受到興奮至極的達幸挑逗，明良根本無法拒絕，就這樣在浴池裡做了兩次。

本來就不強的體力自然耗盡了，不管擦拭身體還是穿睡衣，明良全都仰賴達幸幫忙。從總彩排開始一直做著激烈運動的達幸明明更累才對，他卻為了明良盡心盡力地忙碌，沒有絲毫疲憊。

「明良、明良，粥煮好了喔，明良。」

「……好，謝謝你。」

明良連動都懶得動，但聞到高湯的香氣就湧出一些食欲。仔細想想，他從白天到現在什麼都沒吃，但他從床上坐起身，打算接過碗時，達幸笑著拒絕他。

「明良，不行，你很累，要是自己吃飯會生病的。」

「你啊……就算再累，吃飯這點小事……」

「不行就是不行……好嗎？今天都讓我來吧，明良、明良，拜託你，明良。」

達幸像在宣示寵物犬的特權，不停叫喚明良的名字，跪坐在床上等待明良允許。只有明良能看見的尾巴正期待地不停擺動。

明良嘆了一口氣，像雛鳥一樣讓達幸將粥一匙一匙送到嘴邊，吃完晚餐。會比預期的還花時間，是因為達幸有時不是送上湯匙，而是疊上自己的唇。

之後達幸也以「吃飯後有流汗」為由，換下明良一小時前才穿上的睡衣，還跟著明良進廁所，找到空檔就會舔遍明良全身，全心全意地侍奉明良，等明良可以從西裝外套中拿出手機時，已經是洗完澡三小時後了。公事包等東西都放在休息室沒拿回來，真的還好有把手機帶在身上。

『喂，鳴谷先生嗎？』

「松尾先生……！」

儘管是深夜，電話響了一聲，松尾就立刻接起。想起自己白天時的作為，即使知道對方看不見，明良也忍不住頻頻鞠躬道歉。

「今天真的非常抱歉，您是看到我的訊息之後，在百忙之中特地到劇場來的吧？但是卻變成那種狀況，我不知道該怎麼道歉才好……」

『不會不會，沒有關係，我從幸那裡聽說狀況了。』

「……咦？達幸他有連絡過您嗎？」

『對，就在剛剛。』

沒想到達幸會在照顧明良的空檔這麼做。由於達幸聽到明良說出其他人的名字就會嫉妒、阻撓他講電話，讓人受不了，所以明良讓達幸在寢室外等著，待會得好好誇獎他才行。

『在劇場看見你們時，我還以為一年前的事情重演了……但既然幸會主動和我連絡，看來目前還不要緊，我就放心了。』

「對不起，讓您擔心了……」

從他說了「目前」，就知道他非常理解達幸，在某方面來說，松尾或許比明良更理解達幸。

『劇場那邊我也已經處理好了，請您放心。我對他們說您從早上就身體不適，差點昏倒，幸因為太擔心就親自送你去醫院了。周遭的人都知道幸非常重視您，應該沒有特別起疑。赤座老師也相當擔心。』

「……松尾先生，其實關於赤座老師……我有件事情很在意。我會傳訊息給您就是想要和您討論這件事……」

明良將總彩排前目睹到赤座和山野井之間的對話說明一遍後，松尾低喃道：

『這……感覺確實有什麼內情呢。雖然我不認為，他會在賭上自己復出的舞臺劇上對主演演員做出不利的事情……』

「我認為赤座老師著迷於達幸是真的……但山野井說的那句『別做出會摧毀達幸才華的事情』讓我相當在意。而且赤座最近很喜歡來纏著我，或許也是為了得到達幸的情報。」

『這非常有可能……我明白了，我會向社長報告，也會查查看包含休養期間，赤座老師和山野井先生的舉動有沒有不對勁的地方。只不過，這件事先瞞著幸會比較好。』

要是不小心讓本人知道了，可能會被緊張與壓力壓垮……這種事情當然不可能發生在只為了明良而活的達幸身上。松尾的意思是，要是達幸知道赤座別有企圖，他肯定會認為赤座是想要搶走明良，而連同舞臺劇一起毀了赤座，也可能會危及他的演員生涯。

「我知道，我不會對達幸說。如果查到了什麼，可以麻煩您傳訊息給我嗎？」

『……對了，你們明天休息吧？那麼別用電話連絡比較好。』

在為數不多的完全休息日時，達幸從早到晚都不會離開明良。除了交疊身體的時間之外，他也關注著明良的一舉一動，找到機會就想讓明良疼愛他，即使打電話過來，也很有可能無法接電話。熟知兩人內情的松尾馬上就理解了。

「給您造成這麼多困擾，真的真的非常抱歉。我總是受到您的幫助……我太沒有用了。」

『您在說什麼啊？我先前也說過吧？您是我重要的下屬，在下屬可以獨當一面之前，從旁幫忙是上司的義務啊，您完全不需要感到愧疚……而且您做到了我……不對，是做到了沒有人可以辦到的事情啊。』

即使聽到松尾這麼說，明良也完全沒有頭緒。為了不再被達幸關進只有兩人的世界中，為了不讓那道暗光爆發，只能拚命掙扎的明良到底做到了什麼事呢？

『愛情這種東西要是過了頭，就會變成毀滅自己的毒藥。而幸的愛情，已經可以說是劇毒了。您應該最清楚這件事吧？』

「……是。」

『如果是普通人，一直被灌注那種感情，馬上就會因為無法承受而失常了才對，而您雖然迷惘，卻仍保有自我，還努力要把幸留在正常的世界中，我很敬重這樣的您。』

「松尾先生……但是，我……」

不過半天之前，明良才一心想得到解脫而打算實現達幸的願望，根本談不上把達幸留在這邊的世界。雖然今天好不容易忍下來了，但明良不知道明天會怎麼樣。

大概是感受到明良的恐懼與迷惘，松尾的聲音變得比往常柔和：

『請您別只看著自己的手邊與腳邊，多看看周遭。有我在，還有社長及其他艾特盧涅的員工，不管是您還是幸……都絕對不是孤單一人。』

「……松尾、先生……」

『這個世界並不如您認為的那麼狹隘，只要有所意識就好，意識到你們以外的存在，如此一來您應該就會知道，在您的前方不是只有狹小又危險的陰暗道路，還有好幾條寬廣又明亮的道路。』

——向松尾道謝並掛斷電話後，明良思索了一會。

就算什麼也沒說，松尾肯定也隱約察覺到明良和達幸的狀況了。他十分明白若是放任不管，或許會陷入比一年前更糟糕的狀況，並且不強行介入，堅持只在旁守護他們。但他想表達的是只要明良尋求協助，他也做好了準備，隨時都能伸出援手。

是不是該全盤托出、尋求協助呢？如此一來，就能如松尾所言，找到和達幸一同墮落之外的道路嗎？

該怎麼做才是對兩人最好的呢？

「……咦！已經這麼晚了……？」

不經意看了時鐘一眼，明良嚇一大跳，講完電話後已經過了三十分鐘以上，在房門外等著的達幸究竟怎麼了？平常就算明良不叫他，超過五分鐘他就會失去耐心、開始抓門，但現在整間房子靜悄悄的。

打開房門一看，達幸不在走廊，也不在他平常自慰的衣櫃裡。

四處尋找後，明良在達幸替他準備的書房裡找到達幸。書房裡有張小床，而達幸不是躺在床上，是在床邊地板……就在明良躺下後雙腳的位置旁，如胎兒般蜷縮成一團睡著了。他手上抱著擦拭明良身體的浴巾、剛換下來的睡衣及內褲等還稍微留有明良氣味的所有東西，把臉埋在其中。

大概是睡意在等明良時襲來，忍不住睡著了吧，就算是達幸，一直做激烈運動也不可能不疲憊。最好的證據就是明良都走到他身邊了，他仍沒有醒來的跡象。

「……明明、明——………明……」

大概是因為被在明良的氣味包圍著，儘管這個睡姿相當不舒服，達幸的睡臉仍十分幸福。

明良平常都是被侵犯到失去意識，鮮少有機會能看到達幸的睡臉。多虧帶著長睫毛的眼皮遮住了那道暗光，那張睡臉可愛到天真，明良輕摸他的臉頰。

「……喂，達幸，快起來。」

雖然很想讓他就這樣繼續睡，但要是真的在這邊睡著，就算有開暖氣也會感冒。明良心生憐憫，但還是輕輕搖動他，達幸茫然地睜開眼。

「……明、明。」

「對不起，讓你久等了。事情已經辦完了，我們去床上睡覺吧。來，站起來……」

想拉達幸起身的手反被猛力一拉，明良失去平衡，倒在達幸身上。他還來不及驚訝，就被達幸抱入懷中。

「達幸……喂，你幹嘛……」

「明明，明明，你不能離開。」

還以為達幸醒了，但他迷濛的藍眼有點呆滯，顯示出他還在睡夢中徘徊。就在明良不知所措時，達幸的手緊緊抱住他的背，連腳也被纏住，完全無法動彈。

「你說要兩人獨處吧?連項圈也替我戴上了……你已經只有我了，所以我們要一直一直在一起。」

明良當然不記得自己做過這件事，實現達幸願望的肯定是夢中的明良。要是現在把他叫醒，達幸夢中的世界就會輕易消失。

「達幸，那個……」

但是，明良怎麼樣都無法毀掉達幸如此幸福，心醉神馳的笑容。因為最近達幸只要和明良在一起就一臉滿足，但那道暗光始終跟著他。

「……達幸，對不起，我不會再離開你了。」

明良低語，抽下床上的毛毯。包裹住交纏的身體，立刻就緩和了寒意。這樣一來，應該就不會感冒了吧。

「會一直在一起……因為達幸是我可愛的狗狗啊……」

達幸的脖子上沒戴著那個黑色皮革項圈。

但明良希望他至少在夢中輕鬆一點，一直撫摸著達幸的頸項，直至入睡。

休息日隔天，《化裝舞會》的所有相關人員都聚集到赤座家，在正式開演前，舉辦了預賀兼慰勞的派對。

主角達幸當然也受邀參加了，就算他鬧脾氣說不想去也不能不出席，因為派對上也邀請了許多與赤座有往來的演藝圈關係人士及記者。要是大家知道主角缺席，可能會受到無謂的猜疑。

「好了，幸，已經到了，你也差不多該把那張臭臉收起來了。」

松尾輕輕戳了戳走下保母車後，仍一臉不悅的達幸。原本預定只有明良陪同才對，但昨天晚上收到郵件，突然變更為松尾也會一起同行。

「……我說過好幾次我不想去了……與其去那傢伙的派對，我更想一直和明良卿卿我我……」

「我說過，打完招呼就可以離開了吧？在開演前沒排其他工作，所以這個派對結束後，你就能放兩天假……對吧，鴫谷先生？」

松尾隔著達幸拋球給明良，明良也點點頭：

「對啊，達幸，你只要稍微忍耐兩、三個小時就好。」

「那結束後，你會在車上一直稱讚我嗎？我可以在電梯裡就插進你的裡面，直接進去寢室嗎？」

「……如果你夠乖的話。」

「明良……！那我會加油，為了明良當個乖狗狗。」

雖然被這得寸進尺的要求惹紅了臉，但明良一答應，達幸就現實得立刻改變態度，從透露出不悅的寵物犬變成萬人迷演員青沼幸。

這精采的變臉能力仍舊令明良驚嘆，在服務人員的引領下，明良和松尾相互點頭。今天，明良和松尾得同心協力保護好達幸才行。

根據昨天收到的郵件，赤座在家裡療養時，山野井幾乎住在這裡照顧他。赤座雖然沒使用暴力，卻每天痛罵為他盡力付出的山野井，嚴重時還曾將他推下泳池。每天來幫忙的家政婦很同情山野井，因此松尾委託的偵探上門詢問時，家政婦主動如此透漏，而且赤座沒有生病，身體相當健康。

既然身體健康，赤座為什麼會躲在家中長達兩年，還拿弟子出氣呢？這點連偵探也沒查出來，但如果讓一直蝸居在家中的赤座復活的人是達幸，那他對達幸的執著或許比明良想的更強烈。

明良和松尾私下討論後，得出「赤座或許是太過執著於達幸，想要得到他」的結論。而山野井的那段話，要解釋成「別拿編劇的權力強迫達幸和他發生關係，別摧毀他的才華」也說得通，因為山野井並不知道達幸對演員這個職業毫無執著。

很難想像赤座會在邀請了眾多賓客的派對中動什麼手腳，但這裡是他的主場。不愧是當紅編劇的住家，是大手筆裝潢過的廣大宅邸，這裡肯定隨處都有能掩人耳目、擄走達幸的空間。

所以才會決定也讓松尾同行，如果只有明良一人，肯定會忙著應付其他賓客，無論如何都會出現沒辦法盯著達幸的空檔，但如果松尾也在，就能大幅減少這個風險。

若是經紀人隨時在旁戒備，然後提早離席，赤座不免也沒辦法出手，接下來只需要一直在《化裝舞會》的公演期間提高警覺就好。

「請盡情享受。」

穿過服務人員開啟的門，眼前是個光彩炫目的空間。這裡大概是起居室，卻寬廣得像舞池。所有家具都被收起來，取而代之的是擺著許多豪華料理的桌子，是自助餐的形式。盛裝打扮的當紅模特兒與女演員滿臉笑容地穿梭於其中，連明良也認識的名人們一邊品嘗著料理一邊閒聊。

這是空有「僅限自己人」之名的豪華派對。

大概是被這豪華陣容嚇壞了，斯泰洛的成員們全聚在角落，只有樋口一人和看似朋友的模特兒們交談，但他感覺還是有點不自在。

「啊啊，是青沼！歡迎你來！」

赤座與正在談笑的對象道別，帶著笑容走來。白色西裝外套的領花扣眼上插著紅玫瑰，給人比往常更華麗的印象，甚至抹消掉了穿著一身灰色西裝站在後面的山野井。

達幸露出一臉燦笑，直到剛才還真心念著「真希望那傢伙消失」的他彷彿只是假象。

「您好，非常感謝您今天的邀請。」

「不會不會，我很高興你這麼忙還特地過來。鴫谷也是，你已經可以到處走動了嗎？」

「是的，託您的福。上次給您添了很大的麻煩，非常抱歉。」

明良裝出誠惶誠恐的態度道歉，赤座就叫住附近的服務人員，遞給明良一杯香檳。

「身體不舒服也沒辦法，青沼很照顧經紀人，無法置之不理也是理所當然……喔，松尾，你也來了啊。」

「連我這個多餘的人也跟來了，不好意思。我們公司的鴫谷和青沼兩人給大家添了不少麻煩，所以我是來賠罪的。」

松尾說出事前商量好的說詞，赤座大方地微笑：

「是我給大家添麻煩了，所以你們不需要在意。不管我提出多麼無理的要求，青沼都能超乎我的期待，讓我忍不住不斷多方嘗試，直到最後一刻。我真的覺得能請青沼來當主角真的太好了。」

「謝謝您，可以聽到您這樣說，我放心了一點。」

因為赤座大為誇讚，賓客們也深感興趣地想找機會跟達幸說話，就連和達幸在一起後，逐漸習慣他人目光的明良也感到不自在。

特別是年輕女性宛如肉食動物的炙熱視線駭人無比，明良都要崇拜起完全不為所動的達幸了。

「赤座老師，您也差不多該介紹一下這位主角了吧？」

被評論為新銳年輕流派的電影評論家一開口，賓客們紛紛聚集而來。

就在自稱是達幸影迷的模特兒們圍上來，被迫聽著微醺的評論家高談闊論之時，明良被慢慢擠出圍住達幸的人牆之外。

好險已經習慣這種場面的松尾緊跟在達幸身邊，而關鍵的赤座說要拿出珍藏的紅酒，和山野井一起去了酒窖。大概是明天起連休兩天的獎賞相當有效，達幸目前也笑容滿面地巧妙應對，讓女性們雙頰泛紅。這樣看來，在赤座回來之前可以稍微放鬆一下。

「……呼。」

感覺有點口渴，明良喝下赤座剛剛給他的香檳，畢竟他到現在都沒有心思喝東西。這大概是很高級的香檳，口感溫潤不刺激，一回過神就喝完了。

「客人，請用。」

明良拒絕了服務生的詢問，把空杯還給對方。喉嚨明明還很乾渴，頭卻不知為何昏沉沉的，沒辦法再喝任何東西了。

大概是太久沒喝酒了，但他的酒量應該沒有糟到只喝一杯香檳就會醉啊。

「讓各位久等了！」

此時，赤座回到現場，雙手高舉起酒瓶。看在場眾人騷動的樣子，那肯定是年分久遠的頂級高價紅酒，但明良沒辦法好好看清酒標，強烈的睡意席捲而來，他的意識越來越模糊。

在他認為「這實在太奇怪了」時，腳步一陣踉蹌。他想要求助，但松尾和達幸現在仍在人牆中，而賓客與服務生們的目光也完全被高級紅酒奪走了。

「鳴谷先生，你還好嗎？」

有人在背後悄悄支撐住腳步不穩的明良。是山野井，他為什麼會離開赤座身邊，出現在這裡呢？

「您不舒服吧？這邊有可以休息的地方，請跟我來。」

會場一角有個區域擺著休息用的椅子，他肯定是要帶明良去那邊吧。

明良連自己有沒有好好道謝也不清楚，一握住山野井的手就失去意識了。

『咿啊！啊、不行，裡面，已經……不行了！』

聽見逼近高潮的嬌喘聲，明良的意識從泥沼般的睡意中轉醒，有人在他耳邊呻吟。

理解到莫名熟悉的那個聲音是屬於自己的瞬間，明良猛然彈起身。按著暈眩的腦袋確認四周，空蕩的空間裡除了明良坐著的椅子之外，沒有其他家具，只有幾個大紙箱堆在角落。

低矮天花板的四個角落裝設著喇叭，房間深處用厚重玻璃隔開的另一頭是混音室，看起來像是錄音用的錄音室。這是哪間工作室嗎？

但為什麼應該在參加派對的自己會在這種地方？明良甚至沒有時間想到這理所當然的疑問，因為設置在正面牆壁的大螢幕上，正大大地播放出自己手撐著桌子，從背後被侵犯的畫面。

『別擔心，我晚一點會確～實把裡面清理乾淨，再讓你懷上滿滿的新種子……』

『呀啊啊啊、啊嗯、啊……哈啊嗯！』

鏡頭放大拍攝的明良背後，可以看見將男性分身深深插入明良體內的達幸下半身，畫面喀噠喀噠地輕微晃動著。明良撐著的是排演工作室裡休息室的桌子，從忘也忘不掉的達幸這段話來推測，他的休息室裡肯定遭到偷拍了。

「怎麼會……到底是誰……」

明良的疑問立刻得到了解答。通往混音室的門被打開，赤座悠然現身。

「哎呀，你醒了啊。」

開心地笑著走近的赤座當然有看見螢幕上的影像，但他不為所動。偷拍下這個畫面的就是赤座，而他今天趁全場焦點都在他身上時，讓山野井把明良帶來這裡。明良不得不做出這個結論。那杯隨意遞給他的香檳裡，肯定事前下了什麼藥，如非這樣，明良不可能只喝一杯就失去意識。而工作室也是斯泰洛劇團的，只要赤座有心，想要裝幾臺隱藏攝影機都行才對。

「看來你是藥物難以生效的體質呢，真遺憾……」

赤座跪地，抬起明良的下顎，那雙眼中的黏稠欲望讓明良的背脊竄過一陣寒意。明良在千鈞一髮之際閃過赤座想磨蹭上來的臉頰，狠瞪著赤座。

「請您住手！就算您這麼做，達幸也不會變成您的人！」

明良和松尾的推測沒錯，赤座因為太想要達幸，甚至偷拍了休息室內。他拍到了達幸和明良的性愛場面，大概是想以這預料之外的醜聞逼迫達幸。明良只能想到這個可能。

但赤座聽到明良的指責嚇了一跳，可笑至極似的大笑出聲。

「呵呵呵……你、你真的很不在乎自己呢，你以為我是太想要青沼，才會做出這種事嗎？」

「所以還不惜偷拍吧？為了威脅達幸，讓他成為你的人。」

「如果是那樣，我就不會這樣繞圈子，直接把青沼綁來了啊。」

畫面中的明良終於連撐著桌子都做不到，整個人趴在桌上不停顫抖。

「我確實很想要青沼，但我想要的不只是青沼……也想要你啊，鳴谷。」

「……我？」

「青沼的演技從一開始就很出色，十分完美，我無比歡喜，認為這樣一來，我肯定可以從苦惱中解脫……但是那天……和你一起回來的青沼又更進化了，遠遠超越前一刻完美的演技。我立刻就明白了，讓青沼進化，喚醒他那精采演技的人是你。」

赤座說的「那天」，肯定是樋口找明良商量的那天。在明良肚子中留下滿滿精液的達幸，展現出了精湛的演技，讓赤座讚譽他是「真正的惡魔」，赤座也是在那之後突然對明良有了興趣。

「我在意你在意得不得了，就在休息室裡裝了攝影機，結果……啊啊！我至今仍無法忘記第一次看見你們交合時的感動。青沼如野獸般渴求你，而你扭動纖細白皙的身體，努力承受著青沼的衝動。你正是青沼才華的源泉，我也想要飲一口那清澈的泉水。如果我能像青沼一樣讓你懷著我，我也能回到原本的我才對，對吧！」

赤座的語氣越來越激動，帶著熱切，最後還粗喘地磨蹭著螢幕上赤裸的明良，褲子的胯間高高鼓起。

「赤座老師……」

明良感覺全身泛起雞皮疙瘩。他在休息室裡接納過達幸不只一、兩次，而這幾乎都被這男人偷看到，自己也被當成他的欲望對象了。明良因為羞恥與噁心感到反胃，但有件事更讓他在意。

「老師的苦惱是什麼？回到原本的你又是什麼意思？」

「你想知道嗎？」

赤座依依不捨地離開螢幕，跪地蹭著明良的腳。發現他是在模仿達幸的動作時，明良很想一腳踹開他，但明良努力忍下來，撫摸赤座染成淺棕色的頭髮。

赤座對達幸異常執著，只要像對待達幸一樣對待他，或許可以問出什麼情報。像這樣爭取時間時，藥效會慢慢消退，也可能會有人來救他。總之，現在得拖延時間。

「……我想知道，非常想。」

「這樣啊，這樣啊，你想知道我的事啊。」

碰運氣的計畫似乎成功了。赤座模仿著達幸，用臉頰磨蹭明良的腿，而明良的身體有多倦怠就有多厭惡，因此無法動彈。

「事情突然就發生了……兩年前，我平常就算什麼都不做也會湧現的點子，突然一個都想不出來了。」

「點子……是劇本的點子嗎？」

赤座戲劇性地點點頭，接著開始說明。

兩年前的赤座身為超級當紅的劇作家，手上有好幾個工作委託。已經構想完的連續劇等劇本是勉強完成了，但最關鍵的新作品，不管他怎麼想就是想不出點子。他試過改變環境、觀賞大獲好評的舞臺劇或電影，最後甚至到能量點巡禮或求神拜佛，但結果還是一樣。這不是瓶頸期那麼簡單的事，是真的什麼都想不到，彷彿才華已然枯竭了。

就在他如此掙扎之時，仍有許多委託蜂擁而來。赤座害怕身邊的人會發現自己的狀況，就裝病躲在家裡不出門，斯泰洛則在對山野井說明狀況之後，由他代為經營。崇拜赤座的山野井得知內情後更盡心盡力地幫助赤座，但赤座對自己完全沒有起色的才能感到煩躁，有一點小事就會拿山野井出氣。

就在這種日子邁入第二年的某天，赤座不經意看了一部電影，久違地大受衝擊。那就是達幸主演的《青之焰》。

「我和畫面中由青沼飾演的雷伊對上眼了，和對殺人不以為意，毫無感情的殺手……我渾身發麻，就像被雷擊中了一樣。那一秒，我完全受到青沼的魅力吸引。」

《青之焰》是原本飾演第一配角的演員遭到辭退，之後也發生了一連串的問題，一般來說理應早就停止拍攝的電影。但這部電影最後順利上映，受到各方好評，現在仍在加映。

帶來這奇蹟般成功的，就是達幸。赤座認為，達幸是百年難得一遇的天才，如果可以接觸到達幸能將所有觀眾強行拉入故事世界中的壓倒性力量，他枯竭的才華或許也能起死回生。

賭上一絲希望，赤座決定邀請達幸擔任自己主導的舞臺劇主角，那就是《化裝舞會》。

「……請等一下。」

想到新的疑問，明良插嘴道。

「老師寫不出新作品了吧？那您是究竟是怎麼寫出《化裝舞會》的？……難不成……」

說著說著，一個推測閃過腦海，明良忽然想到。

連摯友樋口都沒辦法傾訴，獨自煩惱的山野井原本是想當編劇。據樋口所言，他的劇本華麗卻血腥，令人中毒……跟《化裝舞會》的風格很像。

在老師療養的期間，山野井應該仍持續朝著夢想努力。在老師狀況好的時候，可能也會請老師批評指教他寫好的作品。

在總彩排前聽到的對話中，赤座說「我絕對會答謝你的」，那如果不只是針對山野井幫他完成這個陰謀——

「……您剽竊了嗎？剽竊了山野井先生的作品……」

「剽竊？沒那種事，弟子的作品就等同於老師的作品吧？《化裝舞會》確實是相當棒的作品，但不會有劇團突然起用一個無名新人的作品。用我的名字發表才能成為話題，也能請到青沼來當主角。我可是拯救了原本會被埋沒的劇本，山野井也接受了。」

看見赤座不僅毫不愧疚，甚至一臉自豪，明良已經厭惡到說不出話了。他無法理解這個人為什麼可以承認自己剽竊弟子的作品，還能如此冠冕堂皇，只能認為他的常識與良心也跟著才華一起枯竭了。

但即使老師變成這樣，山野井大概也無法拋下他不管。敬愛的老師剽竊了自己的作品——就算撕爛嘴，山野井也無法對摯友，同時也是斯泰洛當家演員的樋口說出這件事。

所以自從《化裝舞會》開始排演後，他就一直躲著樋口。他在排演中偶爾會做出奇怪的舉動，是因為想到自己其實才是親生父母，無法按捺住情緒吧。

不只是嘔心瀝血完成、等同於自己孩子的作品遭到剽竊，還要輔佐剽竊者，甚至像這樣協助對方做壞事，山野井不曉得有多不甘心。要說這是無法阻止老師的山野井自作自受也無從爭辯，但在業界擁有強大影響力的赤座是如神一般的存在，山野井肯定無法與之抗衡。認為山野井同意的只有赤座，只要公開真相，絕對不會有人支持赤座。

得想辦法離開這裡，把真相告訴松尾才行。

房內除了通往混音室的門，明良的右手邊還有另一扇門，那肯定是出口。多虧有爭取到時間，身體變得靈活許多，接下來要趁隙踢開赤座，直衝向出口。

「咿……」

就在明良想執行計畫時，赤座彷彿看穿了明良的心思，執起他的手，溼黏地舔舐。明良反射性地想抽回手，但赤座的力氣大得超乎異常，反而被他緊緊握住。

「我都說這麼多了，不可能現在還讓你逃走。別擔心，你不用著急，山野井立刻就會把青沼帶來了，因為這裡是我家的地下錄音室。」

「……這是……什麼意思？」

「我想要的是你們兩個。能帶給我靈感的青沼，以及給予青沼無盡才華泉源的你，你們兩個我都要。如此一來，我的才華肯定就能完全恢復，再也不會枯竭，肯定是這樣……！」

「……那怎麼可能！」

猛烈的怒氣控制了全身，敬語這東西早已拋諸腦後，因為赤座只是個令人唾棄的罪犯。

「豈能讓你這種垃圾對達幸為所欲為。如果得竊取別人的東西才得以成就，那根本不是才華，不管你做什麼，沒有就是沒有！」

「……你竟敢這樣對我說話……看來你還不了解自己的立場呢。」

赤座雖然對明良的怒意稍有怯意，但他揚揚下巴，指向不斷播放明良兩人交歡畫面的螢幕。

納入達幸的分身並嬌喘著的明良，身上的西裝與剛才不同。赤座到底偷拍了幾天啊？

「要是這些東西公諸於眾會怎麼樣？同性戀醜聞可是致命傷，至少廣告類的工作會全部消失，現在找上門的委託也會接連取消吧。」

「…………」

「只要讓我加入你們就好，這對青沼也不是件壞事。只要有我當靠山，青沼可以變得更紅，你也能沾光。雖然我沒和男人做過，但我有自信能讓你舒服。你能感受到兩倍的歡愉，很開心吧？」

這自私至極的高談闊論讓明良感到反胃，真想用幾乎完全恢復的這雙手痛毆這個深信自己是正確的罪犯。但赤座說得沒錯，如果這種影片外流，絕對會斷送達幸的演員生涯。

但達幸不會哀嘆，甚至會高興不已，認為這樣就能和明良兩人獨處了。當事人都如此期望了，那出手阻止就是明良的自私。如果達幸現在能窺探到明良腦中的想法，他肯定會氣瘋。

——即使如此。

明良想要保護達幸，想讓他作為演員，走在光明燦爛……沒有任何汙點的世界中。為此，即使明白達幸痛苦得快死了，明良仍持續掙扎至今。

「……只有我一個不行嗎？」

「……嗯？什麼意思？」

「達幸很忙，就算他體力再好，要應付兩個人也會受不了。」

「原來如此，原來如此，你在擔心負責藝人的身體是嗎？真是經紀人的楷模呢。念在你對他的體貼，好吧……雖然我很想這樣說，但看來為時已晚了。」

赤座剛自豪地說完，就聽見「砰砰」的響亮腳步聲，右手邊的門被粗暴地打開。

「……明明……！」

闖進房內的達幸喘得上氣不接下氣，造型師打理的髮型亂成一團。他的額頭上冒著斗大的汗珠，肯定是比誰都早發現明良消失了，四處尋找他。

透著暗光的雙眸透過彩色隱眼看見明良……不對，是看見不是寵物犬卻抱住明良雙腿的赤座，立刻燃起猛烈的憤怒火焰。

「哇啊……啊、啊啊啊啊啊啊啊！放開！放開我的明明啊啊啊啊啊啊啊啊！」

「嗚啊……！」

達幸大喊的同時，用驚人的臂力將赤座拉離明良。赤座的背部重擊上地面，而達幸連逃跑的機會都不給他，一腳又一腳地狠狠踢上毫無防備的腹部。

赤座口中洩漏的慘叫聲越來越弱，感覺到危險的明良忍不住撲上達幸的背後。

「……達幸不可以，快住手！」

「你為什麼要阻止我！」

達幸用腳跟執拗地踩著赤座的腹部，用力轉頭看來，怒火仍未消退的雙眸中滑下滴滴淚珠。

「這傢伙又不是寵物犬，卻抱住你的腿耶！……還是說，明明已經替他套上項圈了？……都有我這隻狗狗了……」

「不是這樣！再這樣下去，你可能會殺了他！」

達幸聽到這句話仍無法壓抑憤恨，明良對他低語：

「……毫無理由就殺人可是會坐牢的，你能和我分開那麼多年嗎？」

「……不行，不能分開。」

大概是想像了和飼主分開好幾年的情景，達幸彷彿這才發現自己正踩踏著穢物，立刻放開赤座。

「……唔、唔唔唔唔、唔唔……」

終於重獲自由的赤座抱著發疼的腹部，不穩地站起身。他應該疼痛劇烈，臉上卻仍不失勝者的從容。

「山野井，調高音量，開到最大。」

赤座湊近外套領口，聲音沙啞地說。仔細一看，他的領口夾著一個小麥克風。

『……收到。』

設置於四個角落的喇叭傳來山野井的回答。山野井不知何時出現在混音室中，熟練地操控著混音器。他肯定是將達幸誘導到這邊後，從其他入口進入混音室的。

『……啊啊！不……行，達幸、裡面已經、滿了……』

明良的嬌喘聲突然放大，響徹整個房間，就連怒火中燒的達幸也不由得看向螢幕。

怦通！明良透過掌心感受到更加強烈的心跳。

「……明明和、我？為什麼……」

「我一直在看著你們在休息室內相愛的模樣啊！聰明如你，應該知道我想說什麼了吧？如果你不想讓這件事洩漏出去，就和鳴谷兩人一起成為我的人吧。為了讓我復活，需要你們兩人的力量。」

……他說出口了！

在赤座自豪地宣言的瞬間，明良忍不住緊緊閉上眼。姑且不論自己，達幸知道明良的這幅模樣遭到偷拍，達幸不可能不抓狂。

只有赤座還不理解對不怕醜聞的人來說，這種影片根本構不成威脅。達幸肯定會再次發狂，痛毆赤座。

但不管過多久，都沒感受到達幸抓狂的動靜。明良恐懼地睜開眼，達幸只是靜靜地看著螢幕。他精緻的臉上沒有看似情緒的情緒，只有透過掌心傳遞過來的心跳越來越快。

是那道光——明良如此直覺。不用看也知道，達幸的雙眸中肯定搖曳著那道暗光，所以赤座才會彈也似的往後退。

「……就、就算對我使用暴力也沒用。這個房間的兩扇門都從外面上了鎖，只有山野井有鑰匙，而山野井只會聽從我的命令。就算你殺了我，也只會把你們兩個關在這裡。」

「……能關在、這裡……」

「沒錯，我會一直把你們關在這裡，直到你們接受我。那邊的紙箱裡裝著一個月的食物和水，完全不需要擔心。」

「……唔，你認真嗎？」

明良忍不住大喊。《化裝舞會》的首次公演就在三天後，別說一個月了，若是被關在這裡長達三天，身為主角的達幸就會讓舞臺劇開天窗，達幸的名聲當然也會掃地。

但與之同時，赤座也親手毀了自己不惜剽竊山野井的作品，也要完成的舞臺劇。

「你自己的舞臺劇會怎麼樣都無所謂嗎？大家費盡千辛萬苦才走到這一步，斯泰洛的成員們也卯足了幹勁，要繼續努力……」

「不是大家，費盡千辛萬苦的人是我，是我創造了《化裝舞會》，所以生殺大權都在我手上。比起那種東西，當然是讓我的才華復活更重要啊！」

赤座光明正大地大放厥詞的同時，混音室傳來「咚」的沉悶聲響。轉頭一看，山野井打在混音器上的拳頭正在發抖。

「……山野井？你怎麼……」

赤座想拉近領口麥克風的手在中途僵住，他的眼睛越睜越大，彷彿看見了恐怖至極的畫面。

「嗚呵……呵呵、唔呵呵呵、呵呵呵呵、唔呵呵唔呵呵啊哈哈哈哈唔呵呵呵呵呵。」

在耳邊響起的確實是達幸的聲音——那分明是相當高興的笑聲，但不知為何，明良只覺得是野獸舔舌的聲音。

赤座肯定也一樣。達幸的雙手明明依舊垂在兩旁，赤座卻一步又一步地往後退。

「……青沼……？你該不會是瘋了吧……？」

「呵呵呵呵、唔呵呵呵……嘿嘿，啊哈……瘋了？怎麼可能，我非常正常，因為我是明明最棒的好狗狗啊，明明總是會誇讚我很聰明。對吧？明明，沒錯吧。」

「達幸……你……」

達幸轉過頭來，那道暗光在他雙眸中發出超越以往的強烈光芒，明良絕望的同時也領悟到了。……赤座打算強迫兩人接受他自私的欲望，也在不知情的情況下實現了達幸的願望——永遠和明良關進兩人世界裡的願望。

「你想關就關吧，如果能只和明明兩人關在一起，關在哪裡都無所謂。」

「騙……騙人的吧？你是想讓我大意……對吧，是這樣吧！」

這句話與其說是提問，更像在懇求同意。

但達幸揚唇微笑，拉開明良仍從背後緊抱住自己的手。他小心翼翼地改從懷中拿出一個東西，讓明良握著——是不知何時從衣櫃中消失的黑色皮革項圈，達幸果然隨身帶著，或許他敏銳的狗狗嗅覺早已嗅到了會迎來這個瞬間。

「明明，等等我，我現在就去收拾掉擾人的垃圾，然後就只剩我們兩個了，你要稱讚我、替我戴上項圈喔。」

他說著「我出發了」，往呆站著的明良唇上留下輕輕一吻後，達幸輕快地朝後背正抵著牆，已經無路可退的赤座跑去。

『……老師！』

猛然回神的山野井想打開門，但太過焦急而遲遲開不了鎖，只傳來刺耳的喀嚓聲。比起他跑過來的速度，肯定是達幸會先收拾掉赤座……那阻礙他和明良步入雙人世界的異物，因為達幸已經推倒赤座，滿心喜悅地掐住他的脖子了。

「達幸！……住手，達幸！」

明良喝斥著對噩夢般的光景雙腳發軟的自己，一口咬上達幸的手，試圖讓深陷至赤座脖子的手指鬆開，但就算他使出渾身力氣，達幸仍一動也不動。

「在一起……在一起，馬上就能在一起了。和明良在一起，就快只有我們……」

「嗚……唔……！」

現在的達幸看不見痛苦呻吟的赤座，也看不見觸碰他的手的明良，因為他的腦袋裡只想盡快將這偶然發生的狀況，打造成讓他能和明良兩人獨處的完美樂園。他深信只有這麼做，才不會讓明良被其他公狗搶走，能共存到死去。

「達幸……不行，你不能這樣做……」

明良也曾想過，既然達幸如此期望，與其讓他那麼痛苦……如果自己也能解脫，那他也想順從那道暗光的指引，實現達幸的願望。

但現在這個機會真的到來，明良的心強烈抗拒到連他自己也驚訝。

……他不討厭只有他和達幸的兩人世界，在死前變成那樣也無所謂。

但是在有生之時——只要這條命還在，就算自私，他也想要讓達幸活下去，希望他活在充滿光明的世界中，就如克蕾雅不惜犧牲自己的性命，也希望尼可拉斯活下去。

再次如此強烈冀望的瞬間，籠罩著內心的濃霧散去，照入光芒。

那道光線照亮了一條路。松尾是對的，明良的眼前確實有光明大道……能讓明良與達幸的願望同時成真的道路……但那肯定與松尾告訴他的路不同。

「你……你可以吃了我！」

明良傾注所有的心思大喊。

他腦中閃過的，是在總彩排時受到牽引，甚至自己同化的克蕾雅。或許從那天起，克蕾雅就一直活在明良心中，不對，或許她本來就是明良的一部分，就是如此自然地，想被深愛的人啃食，成就這份愛情。

尼可拉斯吃下克蕾雅的屍骸，讓兩人永遠合而為一，在生前從未互相傾訴過愛意的情況下。既然如此，如果能活著讓他吃下這副身骨，讓這副曾不停確認彼此愛意的身體納入腹中、成為血肉，肯定任誰都無法區分出明良與達幸才對。

「如果我比你先死，或是被其他男人搶走，到時你就吃了我，然後跟著我死吧。如果你會先死，那就在那之前殺了我、吃了我吧。就算什麼事也沒有，只要你希望，你隨時都能吃了我……這樣一來，就算不關進只有我們的世界，我們也能永遠在一起，絕對不分開……根本無從分開！」

這份心意到底能不能打動達幸呢？明良祈禱似的望著達幸，一直深陷在赤座脖子中的手指突然放鬆下來。

「……真的……嗎……？」

從顫抖的達幸手中獲得釋放，赤座小聲呻吟，看來他還活著。

達幸看也不看開始狂咳的赤座一眼，猛然跑向明良，跪在明良腳邊，雙眼帶著期待閃閃發亮地抬頭看他。

「真的嗎？我真的可以吃掉明明嗎？我可以在我想要的時候吃掉你，然後跟隨你死去？」

「……對，真的，來，不然你現在也可以吃了我。」

明良毫無猶豫地在赤座及山野井面前脫去衣物，甚至想展現給他們看。想讓他們知道這副身軀是終究會被達幸啃食的祭品，所以除了達幸，沒有人有資格撫摸。

「啊啊……明明……明明……是我的……」

一解開襯衫前襟，達幸就痴迷地磨蹭著出現在眼前的白皙胸膛。兩人早已肌膚相親過無數次，他卻格外急躁地含住乳頭，或許是因為飼主親自允許他吃了自己。達幸像要壓毀突起般，用舌尖刺激乳頭，接著牙齒緩緩啃咬上單薄的肌膚。

「……沒錯……全都是、你的……達幸……」

雖然肌膚時常被達幸舔得隱隱作痛，但他不曾這麼用力地啃咬過。痛楚和明良沾不上邊，也沒有會對痛楚感到快感的性癖。

但現在，像在描繪乳頭到腹部的線條，一路遭到啃咬，明良也只感覺到快感。太開心了，開心到他的腦袋都快融化了。

因為一直盤踞在達幸雙眼中的那道暗光消失了，像個假象。達幸露出了相遇至今最幸福的笑容，想咬下明良單薄腹部上稀少的肉。他大概認為那邊是最柔軟又美味的部位。

……聰明的達幸，真不愧是我的狗狗。明良溫柔撫摸他的黑髮。

快點、快點吃了我，我想要進入你的體內安慰你，你一直一直很痛苦吧？但你不用再哭泣了。因為我和你在一起，我會成為你的血肉，不會再和你分開。

「明明……唔！啊、啊……明明……」

達幸的牙齒逐漸刺入明良的腹部，同時緊緊抱住他的腰，勃起的胯下不停磨蹭。

是會被達幸侵犯，還是會被他吃下肚呢？或許連達幸也不曉得。明良的生命可能會結束在此刻，再也無法與朋友、親人們相見。

──如果這樣能拯救痛苦至今的達幸，那也無所謂……既然無法離開這裡，那他想成為達幸的一部分，比任何人都緊密地和他交纏並死去。

沉悶的聲響響起，被達幸啃咬的部位溢出鮮血。達幸不僅不畏怯，更不肯放過這個美食似的咬得更大力，雙唇馬上被鮮血濡濕。

「……啊……惡、惡魔……！」

即使一臉蒼白的赤座不停發抖地胡言亂語，他們也只覺得有隻礙事的小蟲子在嗡嗡吵鬧。比起赤座插在胸前的紅玫瑰，達幸被明良鮮血染紅的牙齒肯定更加美麗才對。

啊，赤座或許是在嫉妒吧，嫉妒想要啃食明良的這隻狗的美麗，與深刻的愛情，因為平凡人絕對無法如此美麗。

沒錯，現在的達幸肯定正如那隻小蟲子所說，美如惡魔，就像吃下克蕾雅，成為真正惡魔的悲哀神父，尼可拉斯。

「惡魔……惡魔，是惡魔……！誰、誰來救我……我、我還不想死……！」

真是失禮，能被達幸吃掉的只有明良，那種小蟲子根本無法映入達幸的眼中。

因為你聽，可以聽見這令人愛憐的咀嚼聲，更將明良的血一滴不剩地啜飲入喉。

讓人想大叫出聲的劇痛也在出現的瞬間變成快感，讓明良為之陶醉。這股至高無上的昏沉感，根本無法與剛才下了藥的香檳相比，乾脆別再醒來了。

「明明……嗯……嗯！嗯咕、呼……」

明良輕輕撫上啃食時，也不停呼喚自己的愛犬光亮的毛髮。

啊啊……克蕾雅肯定相當幸福。雖然人生只有短短不到二十年，但她被如此深愛著。明良坐在觀眾席上只能看見尼可拉斯啃食克蕾雅屍骸的剪影，但她死去的臉上肯定露出了滿足的微笑，就如現在明良臉上的笑容。

「啊啊！山野井，山野井……這兩個傢伙瘋了，現在立刻叫人……不對，是報警，不然連我們都會被吃掉！」

「……要是報警，麻煩的會是您啊，老師，我們做的事可是不折不扣的犯罪。」

突然聽見另一個聲音，明良緩緩睜開眼，只見山野井俯視著丟臉喊叫的赤座。赤座大概是腳軟了，無法靠自己起身，但山野井不打算伸出手，他臉上浮現的不是敬愛，而是愕然與厭惡。

「你在說什麼！不報警哪能打倒那個惡魔……喂，山野井，山野井，你有沒有聽到？要是讓這個惡魔逃了，我好不容易要復活的才華就……」

「……您的才華早就徹底枯竭了。若是讀過您最近完成的原稿，就算不是我，所有人都會這麼認為。」

「你說什麼？山野井，你這傢伙竟然敢對我說這種話……！」

山野井連看都不看發狂的老師，來在明良面前就在他眼前用力拍了一下手。明良被尖銳的爆裂聲嚇得一顫，山野井又用力搖晃他的雙肩。

「鳴谷先生，請你回神，鳴谷先生，聽得到我的聲音嗎？」

好不容易能被達幸吃掉了，為什麼要來礙事？別管我們啊。

山野井繼續秉持著耐心，用力搖晃不願清醒的明良。

「鳴谷先生、鳴谷先生！我不打算傷害兩位了，我會幫兩位離開這裡，請你回神……！」

「……離……離開……？」

這關鍵字終於喚醒明良暈沉沉的意識，下一秒，鮮血淋漓的腹部開始陣陣發痛。明良回過神來，拉開仍在啃咬他腹部的達幸。明良認為被達幸吃了也無所謂是真的，但如果能離開，就不用死在這種地方了。

「……明明？」

你不是說要讓我吃掉嗎？一開始還一臉不滿的達幸看見明良因劇痛而扭曲的表情後，也猛然回神，站起身來。看來他也總算被拉回現實了。

「還好嗎？請先用這個止血。」

山野井撿起明良掉在一旁的襯衫，用力綁緊鮮血淋漓的腹部，稍微緩和了直衝腦門的痛楚。

「走上混音室最深處的樓梯會是一樓的空房間。房間從內部上了鎖，不會有人進來，所以請你在那邊與松尾先生取得連絡，離開宅邸。雖然我非常想和兩位同行，但我得留下來善後……你能走嗎？」

「可……以，這點路程還可以。」

他說的善後，大概是指現在仍不停叫罵的赤座。難以入耳的叫罵內容越來越支離破碎，他的精神顯然已經出現了異常，但山野井似乎一點也不擔心。

他大概已經徹底放棄老師了。受到那麼殘酷的對待仍景仰著他，這次還幫他犯罪，為什麼會突然背叛呢？

「山野井、先生……你為什麼、會突然想幫我們……？」

聽到明良的疑問，山野井低下頭。

「我花了好幾年才終於完成的《化裝舞會》被老師搶走時……我心中第一次對老師產生了不信任。對創作者來說，寫出來的作品就跟自己的孩子一樣，老師應該也很明白這點，他卻瞞著我擅自用他的名字發表了《化裝舞會》……而我是在他對斯泰洛的成員們宣布要舉辦復出公演之後，才得知這件事。」

「怎麼會……」

山野井果然不是自願提供作品給老師的，竟然不是解釋過原因後拜託弟子幫忙，而是蒙騙剽竊弟子的作品，也太蠻橫了。

「我也可以公開表示《化裝舞會》是我的作品，與之對戰，但我沒有這麼做。這是為了得知老師終於可以復出而開心的斯泰洛伙伴們，為了樋口，為了不傷害老師的名譽……我替自己找了許多藉口，但其實這些全都不是真正的原因……我其實有點期待，這樣一來老師就欠了我一個大人情，將來有天肯定會以某種形式回報給我。」

「……但是，老師……」

「是的，他完全沒有給我回報。不僅如此，還說要偷拍青沼先生，最後更計畫這種跟綁架沒兩樣的事情……還把準備工作全部丟給我。我非常煩惱……因為青沼先生的演技真的很完美，甚至讓我覺得如果能讓青沼先生飾演尼可拉斯，那我的作品被偷也很好，所以我非常害怕連青沼先生都被老師利用，甚至毀了他的才華……我第一次反抗老師，拆掉了隱藏攝影機……但最後我還是被老師說服了。」

「……難不成……隱藏攝影機是那籃花……？」

達幸的休息室從中途開始裝飾著赤座送的花，總彩排那天也特地送來華麗的花籃，但山野井不知為何用訂錯花的理由收走了。要在毫無縫隙的花朵中裝設攝影機並非難事。

「是的，就是這樣……我嘴上說著不想這麼做，最後仍輸給了自己醜陋的欲望。我期待老師將來會作為編劇，給我一點方便，但是老師……不對，在赤座說出《化裝舞會》根本無所謂的那一刻，我就再也無法把這男人當作老師了。」

山野井肯定是無法靜靜地看著自己的孩子在眼前慘遭殺害，他對孩子的愛，更勝於對老師的景仰與盤算……最後，是赤座親手替自己畫上了休止符，而這一點也不值得同情。

山野井打開通往混音室的門，帶明良兩人走過去後深深一鞠躬。

「因為我，讓兩位遇到這種事情……我真的不知道該怎麼道歉才好。」

「……別這樣說！如果山野井先生沒有來救我們，我們現在……」

陣陣發痛的傷口仍不停流出鮮血，染紅襯衫，如果兩人繼續沉浸於心醉神迷的世界裡，明良現在或許已經死了。當然，達幸也跟著他一起死，山野井可說是兩人的救命恩人。

「這點小事還不足以彌補我犯下的罪……請收下這個。」

山野井從混音器中拿出一片光碟，放進一旁的盒子後交給兩人。

「這是偷拍兩位的影片檔案，雖然他命令我複製保存起來，但我發誓，我沒有複製，要怎麼處理就交給兩位決定了……好了，快離開吧，得快點治療傷口才行。」

「……好，謝謝你。」

達幸抱起腳步踉蹌的明良緩緩邁步前進，以免扯到他的傷口。在走上深處的樓梯前，明良突然想起一件事，詢問目送兩人離開的山野井：

「山野井先生，你接下來有什麼打算？《化裝舞會》……」

「……明知是犯罪卻沉默的我也有責任，我會把這當作獻給老師的餞別禮，不會告他剽竊，但是……我今後會離開赤座身邊，尋找自己的路——一條不是依附他人，而是靠我自己走出來的路。」

堅定斷言的山野井臉上，散發出未曾見過的燦爛光彩。

山野井有劇本，還有樋口那樣願意為他擔心、支持他的朋友，只要不忘記這點，現在的山野井肯定可以找到光明燦爛的道路。

「我可以這樣想通，全部多虧了兩位……我絕對不會對外洩露兩位的事情，還請放心。」

隨著達幸一步一步踏上階梯，再度朝兩人鞠躬的山野井漸漸消失。

不久後，來到一樓房間，沐浴到從窗外照進來的陽光的瞬間，明良緊緊抱住達幸的胸膛，帶著就算在光輝燦爛的世界中，也絕對不離開他的堅定意志。

「明良……明良，對不起……我、我又……對明良、做出過分的……」

「達幸，沒有關係……我很高興。」

明良把自己託付給一邊抽泣，一邊回抱上來的達幸懷中，除了因為消耗太多體力，也是因為他想更深刻地感受達幸的熱度。

「……為、什麼……高興？我又讓明良、受了重傷……」

「因為比起把我們關進與世隔絕的世界中，你選擇了和我一起活下去啊……還是說，你又想把我們關起來了嗎？」

「沒有、沒有，那怎麼可能！我也很高興……好高興好高興，高興到都快瘋了，沒想到明良願意讓我吃掉……」

撲上耳朵的氣息會如此炙熱，大概是回想起了方才啜飲的明良鮮血的甘甜。如果是這樣，他會很高興。明良的血肉對達幸來說越甜美，達幸就越相信明良的愛情，也能減輕他心裡「明良或許會被搶走」的恐懼才對。只要達幸知道一旦發生什麼事，他隨時都能吃下這副血肉，和明良一同死去，他就不會像過去一樣受到焦躁折磨了才對。

「……可以嗎？你真的……被我吃了也沒關係？」

「……沒關係，如果能一直和你在一起，我變成怎樣都沒有關係。」

明良用一直拿在手上的項圈敲敲達幸的背。

理解他意圖的達幸放下明良，摘下彩色隱眼。明良調整金屬環，將項圈緊緊戴上粗寬的脖子後，達幸開心得揚起笑容。

「——一直在一起吧，無論是生是死，我永遠都不會離開你。」

「明良……！」

把身體交給緊抱住自己的健壯手臂，明良輕輕撫摸達幸的脖子。就算摸到溼滑的項圈，他也不會再害怕了，因為這是達幸永遠不會離開明良的愛情證明。

在那之後，明良兩人借助松尾的力量，想盡辦法掩人耳目地逃離了赤座家。松尾看見渾身是血的明良大吃一驚，立刻衝到醫院，幸好傷口不如出血量大，只要好好治療，大約半個月就能痊癒。

明良毫不隱瞞地將在地下錄音室的所見所聞告訴松尾，赤座這徹底顛覆過往形象的殘虐行徑

讓松尾和收到報告的社長都十分憤怒，但他們最終選擇保持沉默，因為就算公開真相，對艾特盧涅和青沼幸都沒有任何好處。

這個決定是正確的，《化裝舞會》順利迎接第一場公演，大獲讚賞。達幸神乎其技的演技自是不提，受到達幸的影響，賣力演出的樋口等斯泰洛成員們也受到稱讚，閉幕之後，劇場中仍盈滿觀眾們的興奮與熱情。

但其中沒有編劇赤座的身影。赤座在派對隔天突然宣布身體不適，住院治療，每個人都很擔心舞臺劇會無法成功，但赤座的心腹弟子山野井完美取代了赤座。

明明是赤座的復出公演，最重要的赤座卻缺席，原本因此一臉不悅的觀眾們也在舞臺劇結束時起身，獻上熱烈的掌聲。山野井在他們心中確實留下了深刻的印象，認為他或許是能超越老師的出眾人才，即使沒人知道山野井才是真正孕育出《化裝舞會》的人。

在慶功宴上，明良有機會和山野井私下聊聊。看來赤座不是身體生了病，而是心靈，他一直畏懼自己會被惡魔啃食，不肯離開病床，連醫生和護理師都沒辦法靠近他，治療因此遇到困難，他也可能再也無法走出醫院了。

山野井難免心情複雜，但樋口若無其事地在旁陪著他。他肯定把至今為止的事都告訴樋口了，如果有樋口的支持，山野井即使失去了老師，也能堅強地活下去才對。

預售票在拍賣網站上以十倍以上的價格高價販售，當天販售的門票也被大家爭相搶奪，《化裝舞會》在震響大地的喝采中結束演出。演出進行到中途時，買不到門票的戲迷們紛紛請願，希望製作成影音產品，所以下個月將以史無前例的驚人速度發售DVD。看上這近年來罕見的吸金力，劇場據說正在偷偷詢問劇團能不能再舉辦演出。

雖然發生了許多事情，但也達成了他們當初的目的，演員青沼幸因為首次主演舞臺劇，更打響了名號。

到目前為止，他的工作委託絕大多數都是電影及連續劇，但《化裝舞會》大為成功之後，舞臺劇的邀請也變多了。達幸今後理應將活躍於更寬廣的世界中，而不管是身為頭號影迷、飼主還是情人，沒有其他事情比這更令明良高興了。真想誇獎他努力撐過痛苦，走到今天這一步。

……但他卻連誇獎達幸的體力也沒有，這到底是怎麼一回事？

「明明、明明……」

「……啊，達幸……」

達幸厚實的舌頭專注地舔舐著明良就快癒合的腹部傷口，明良完全搞不懂他是想療傷，還是不希望傷口癒合。

在大床上交纏的兩人身上當然一絲不掛。明良全身沾滿汗水與精液，身上殘留著從早上醒來的那一刻，直到天色全暗的現在一直被達幸貪婪渴求的濃烈痕跡。

《化裝舞會》公演結束後，採訪接連找上門，達幸忙碌至極。今天是久違的完全休假日，如果是先前的達幸，絕對會抓緊機會從早到晚埋在明良體內，將明良的體力消磨殆盡。但他現在偶爾會像現在這樣分開身體，參雜玩鬧的時間，所以明良還能保持清醒。

這不僅限於今天，自從逃出赤座家以後，達幸不管在床笫之間還是在工作中都帶著從容。就算和明良分開也不再心慌，他的演技也開始有股這個年紀的成熟韻味。松尾打從心底讚嘆，講話口無遮攔的社長則大為驚訝地說：「狗終於進化成人類了啊！」

除了明良，沒人知道真相……達幸並非進化，反倒變成了真正的野獸。真正聰明的野獸，知道該如何巧妙地蒙騙周遭，以獵取獵物。

「啊啊……」

上手臂、胸部、乳頭、腹部、肚臍周遭，擁有柔軟肌肉的部位毫無遺漏地被達幸啃咬，產生近似酥麻的甜美快感。偶爾牙齒會深入肌膚直至稍微滲血，這已經不能算是輕咬，而是在確認哪裡最美味了。

但明良不會推開這隻動輒都有可能直接咬下他血肉的猛獸。明良愛憐地拉近他，告訴他可以咬得更深一點，因為這個身體早已獻給了達幸，只允許達幸啃食。

「明明……明明明明，好好吃……最喜歡明明了……哎，明明，只有我對吧？……明明的狗狗只有我對吧？」

索吻的達幸脖子上，戴著那個黑色皮革項圈。

但他的藍眼中只有近乎瘋狂的愛意，再也不曾出現那道暗光。

——好幸福。

總有一天，這具身體或許會被達幸啃食殆盡，一點也不留。而達幸將明良吞於腹中後，肯定會帶著幸福至極的表情，跟著明良死去。一想到肯定會到來的那一天，雖有悲傷，但歡欣更勝幾籌。

「……是啊，你是我最重要、最可愛的狗狗。我只愛你一個……」

——與唯一深愛的戀人共享未來，明良現在無疑相當幸福。

Fake Father

「你終於也迎來這天了啊……」

看著剛送到的劇本，鴫谷明良感觸甚深地低語。全新的封面上大大印著標題《Fake Father》。

《Fake Father》是以百萬暢銷推理小說為原著的連續劇，複雜的謎團與人際關係交錯，故事骨架完整，海外也有大批書迷。

主角私家偵探是個蒙受不白之冤而遭到解雇的前刑警，有天，一個自稱他兒子的小男孩出現在他面前。男孩的母親，是偵探過去撕破臉分手的前女友。偵探半信半疑地心想「他真的是自己的兒子嗎？」，但兩人開始以父子的身分一起生活，在一同解決接連找上門的事件中，兩人的感情越來越好，最後終於解開偵探被陷害的事件真相……就是這樣的內容。

今年開臺五十週年的日東電視臺不惜動用所有人脈與資金，召集了最棒的演員陣容。女主角由擁有收視率女王之名的演技派美女演員擔綱，飾演兒子的是演技絲毫不遜於大人，四處爭相邀約的童星，而主角偵探由青沼幸飾演。預計於半年後開播，只發表了演員名單，現在就已經成為大家的關注焦點……應該是這樣才對。

「……明明，你為什麼從剛剛就一直盯著那個看？」

達幸從背後抱住淺淺坐在沙發上的明良，把鼻尖埋在明良頸間，很不高興地哼聲。達幸用力抱起明良，把他打橫放在自己腿上。

「現在是兩人獨處的時間，你只能看著我。」

「達幸……」

湊近到嘴唇幾乎相碰的這張臉，每天無論公私都會見到，心臟仍然猛烈一跳。

從認識至今已經過了二十七年，身體與心意相通也九年了。三十三歲，在普通男性也差不多開始衰老的這個年齡，達幸如熟成的蒸餾酒開始醞釀出極致香氣與芳醇風味，成長為具有男人全盛時期該有的豔麗的男人。

這年紀不算老但也稱不上年輕，在演藝圈中，於各方面都會被要求改變。原本以年輕為賣點的人會隨著容貌衰老失去工作，靠演技一決勝負的人會被要求更強的實力與純熟的演技，如果無法回應他人期待就會被淘汰。

在同世代的演員們接連遭到淘汰時，達幸以日漸性感的容貌及無與倫比的演技迷倒眾多影迷，散發出壓倒性的存在感。工作邀約不斷，連拒絕都得費上一番心力。

擁有如此出色的容貌與才華也絕不驕傲，與緋聞沾不上邊，甚至看不到有情人的跡象，女性影迷的數量也直線攀升。就在前幾天，達幸登上封面的時尚雜誌在全國陸續銷售一空，儘管有販售電子版，仍在上架隔天決定特別再刷。

不只是影迷，這個頂級男人也集同行人士的熱烈憧憬與嫉妒於一身。推掉好萊塢知名導演熱烈的邀請，閃電決定主演國內的獨立電影，把知名度幾乎是零的年輕導演推至國際，這件事已然成為傳說，圈內甚至有人幾乎將達幸視為神明。

……但明良很清楚，不管多受歡迎，不管得到多少榮耀，青沼達幸這男人的本質從他們相遇時就完全不曾改變。

「……噯，明明……」

讓多位女演員真的陷入情網的甜蜜低語，吹入明良耳中。

「唔………啊……達幸……」

「我是明明最棒的好狗狗對吧？……你不會養我以外的公狗對吧？」

聽到他一臉悲傷痛切地如此問道，應該沒人有辦法推開他。明良輕輕點頭，達幸的藍眼就閃閃發亮，把自己的唇疊上明良的。

「……唔……嗯……」

……啊啊，真是的，為什麼我……！

來不及逃的舌頭被纏上，明良就頓時全身失去力氣，陷入自我厭惡中。

達幸與明良同年，所以明良當然也和達幸一起變老了，體力與年紀都不免漸漸比不上二十幾歲時，但他也累積起經驗，身為經紀人的能力有所提升，現在能獨自擔任達幸的經紀人了。

就算撇除達幸沒有明良就活不下去的執著與溺愛，除了明良以外，也沒有人能擔任達幸的經紀人——松尾如此掛保證。成為社長的左右手，也開始插手公司經營的松尾不會說場面話，所以明良也算隨著年紀有所成長。

但回到兩人生活的公寓，從經紀人與演員的關係回到情人關係後，這微薄的自信就會不禁開始鬆動。

達幸依舊是明良的寵物犬兼情人，他身為男人的魅力與日俱增，花招也越來越多，但相對地，儘管兩人很少分開，只要達幸的一個吻，明良就會被輕易地弄得意亂神迷。剛發生肉體關係的那陣子還比較能保持理智。

……明良偶爾會感到有點害怕。若是清心寡欲的這副身體，在這九年內被改造得無法抵抗快感，那九年後……不對，可能明年就會徹底融化了。

真正恐怖的是，不厭惡被達幸弄得春心蕩漾，與他融為一體的自己。一察覺到自己依依不捨地想追上離開的雙唇，明良瞬間別開臉。

「……達、幸……」

「明明……只屬於我的明明……」

在毫無防備的脖子上烙下紅痕，達幸的大手從明良的居家服衣襬下伸入，捏起早已挺立的胸前乳粒。

「啊啊……唔……」

甜蜜的疼痛如電流竄過，明良四肢發顫。拿在無力手上的劇本要被搶走時，明良回過神來。

「……喂……達幸……！」

明良隔著居家服打上在身上遊走的手，推開達幸的頭，眼中泛著微微的淚光，瞪著一臉不滿地噘起嘴的達幸。

「我說過今天沒時間回公司，所以回家後要談一下工作吧？」

「……是這樣沒錯……但是，明明你……」

「……我？」

「……你看著我以外的人，笑得很開心啊……」

不悅的視線看向《Fake Father》的劇本。

三十歲之前，明良還期待達幸的個性會隨著年紀增長，變得圓融一些，但他現在已經完全放棄了，因為達幸一輩子都會是這樣。

「……你真的很笨耶。」

明良嘆了一口氣，梳整達幸凌亂的瀏海。

「我當然很開心啊，因為這是你第一次接到父親角色的邀約。」

「……我？」

看見達幸嚇了一跳，明良不禁洩漏苦笑。

達幸自出道以來飾演過各種不同角色，但從來不曾主動提出「我想嘗試這樣的角色」，總是順從地完成經紀公司嚴選出來，對達幸的演員事業有助益的工作。或許是因為這樣，與達幸漫長的資歷不同，他不太了解，也缺少了某些東西。

女演員接到母親的角色，男演員接到父親的角色，這就像是一個演員順利累積資歷，得到周遭好評的一個指標。和孩子有對手戲的角色很容易提升好感，還能開發新的影迷族群，所以和達幸同世代的演員們都想要飾演這種角色的說。

「……明明會這麼開心，是因為我？」

達幸的腦袋裡，永遠只有霸占心愛飼主的關注與愛意。他「唔呵、呵呵呵！」不爭氣地笑開來的表情，絕對不能被影迷看見。

「是啊，達幸，你獲得認同讓我非常開心……因為我是你的影迷、飼主……也是情人啊。」

「明明……！」

達幸露出燦爛笑容，又學不乖地想奪取明良的唇，明良則迅速跳下他的腿，立刻移動到桌子對面的沙發上，攤開劇本。

「那麼，我們開始談工作吧。」

「……唔、嗚嗚嗚……」

「就算你露出那種眼神，不行就是不行……快點，結束之後我跟你一起洗澡……好嗎？」

「——嗯！」

達幸的藍眼現實地閃閃發亮，端正姿勢。他最喜歡的事當然是讓飼主全身沾滿他的精液，但一起洗澡是第二喜歡的事，似乎是讓明良幫忙清洗全身，就能滿足他作為寵物犬的心，為此神魂顛倒。

在那之後，當然由明良替達幸洗澡，順便交歡了好幾次。可以的話，明良想避免全身無力地被達幸抱上床的下場，但這次真的沒有辦法，因為松尾也再三交代，無論如何都得確實告訴達幸這件事。

「關於這次飾演你兒子的童星——沓名節，你應該知道他……對吧？」

「嗯，我是第一次和他一起演戲就是了。」

看見達幸點頭，明良鬆了一口氣。達幸有著超乎常人的高智商，但是除了明良及與明良有關的事情以外，他毫不關心。明良還在想他要是不認識對方該怎麼辦，但不免連達幸也知道現在正當紅的知名童星。

沓名節年僅兩歲就成功在演藝圈出道，之後以他可愛的外貌及出色的演技飾演過許多角色，得到極高的評價。現在十歲的他，工作量與存在感遠超過其他童星，因此出名。據說他的工作早已排滿到通常童星將引退的十二歲了。

但節在演藝圈內，從別的意義上來說也是很出名的人。

「小節隸屬於他親生母親經營的經紀公司，剛出道時是在其他經紀公司，但在工作委託開始增加時，就轉到他母親成立的經紀公司了。」

這件事本身並不罕見，童星的父母被高額酬勞利欲薰心，不想讓經紀公司抽成而自己成立公司是常有的事。

「這是專門為了小節成立的經紀公司，旗下藝人只有他一個。而他母親作為社長，還身兼小節經紀人及助理……這個母親，聽說是個性非常難搞的人。」

「……難搞？」

「她絕對會跟著小節到工作現場，不只小節，也會仔細關注每位共演演員以及工作人員的動向。」

聽說只要小節可能有危險，她就會變更劇本，否則不讓小節上戲，也常常干涉其他演員的演技。聽說也曾經用「配不上小節」的理由，強行換掉連續劇的主演演員。

就算是當紅童星，行為一直這麼蠻橫卻沒被冷凍也不簡單。明良從松尾口中聽到這件事時嚇了一大跳，聽說小節的母親年輕時，也曾經是偶像團體的成員之一。

她和當時交往的男友懷上了小節，立刻退出演藝圈，但似乎依然維持著當時的人脈，認識不少大人物。所以只要小節人氣不減，相關人士就得討小節母親的歡心。松尾苦著一張臉如此表示。

「《Fake Father》的拍攝期間，他母親肯定也會跟來。她可能會纏上你，所以我希望你先了解她是怎樣的人，這也是為了避免發生不必要的糾紛。」

對達幸……青沼幸來說，這是值得紀念的第一個父親角色，明良不希望被外人毀掉。大概是理解到明良殷切的期望，達幸嚴肅地點頭：

「我知道了，我會只看著明明。」

「……什麼？」

「不管是在拍攝還是在休息，如果我只看著你，他媽媽就沒辦法說什麼了吧。根本沒辦法引起糾紛。」

達幸滿臉笑容，像在表示「這樣一切都解決了」，但這樣當然根本沒解決任何事。明良忍不住扶額。

「……你啊……要是只看著我會沒辦法演戲吧……」

「可以喔。」

「什麼……」

「只要讓身體專注於演戲，眼睛和心集中在你身上就好了，對吧？」

聽到達幸斷言「這是我平常就在做的事」，明良不知不覺中開始發愣。他不太懂這種天才特有的抽象形容，但意思是說，達幸會展現出讓影迷們瘋狂的完美演技，同時將心神集中在明良身上……是這樣嗎？這樣簡直就像把身體與內心完全區分開來。

……真的可以做到這種事嗎……？

浮現腦海的疑問立刻煙消雲散……當然可以，因為眼前這個毫不緊張，面露笑容的男人是明良的情人、深愛的寵物犬——以及將來可能會代表這個國家的演員青沼幸。

「……說的也是，那你就只看著我吧。」

「嗯，明明！」

達幸歡喜地站起身，立刻繞過桌子，不給明良疑惑的時間，打橫抱起傻住的明良。

「……達、達幸……？」

「已經談完工作了吧？你答應我要一起洗澡的喔。」

「等等……等、等一下……！」

明良確實跟他說完最需要注意的人了，但還有很多事情必須跟他說。

明良慌張地想揮開這比二十幾歲時更精壯的臂膀，接著被筆直俯視著他的雙眼捕獲。那是只渴求飼主的溫暖與愛意，漸漸染上瘋狂欲望的藍眼——被性感至極的那雙眼射穿，明良無從抵抗。

……達幸還是變了。

九年前剛重逢時，他也有著出眾的容貌，但渴求明良的飢渴會先表露出來。這份飢渴變成了危險的魅力，吸引女性影迷。

但在被明良接納，經過漫長歲月後，飢渴變成了男性受人深愛的自信與性感。也許是因為有許多同性對強壯的男性抱著崇拜，現在青沼幸的影迷中，男性影迷的比例略勝一籌。

「……在浴室裡，只能做一次喔。」

明良將雙手環上達幸的脖子，不讓達幸看見泛紅的臉頰。達幸貪食明良的唇當作回答，快步走向浴室。

——半個月後。

明良和達幸一起來道日東電視臺位於汐留的海岸攝影棚，日東電視臺播映的連續劇幾乎都在這裡拍攝。今年的重點作品《Fake Father》被分配到最寬敞，設備最齊全的頂樓攝影棚，由此可見電視臺多認真以待。

拍攝首日的今天預定先介紹主要演員給彼此認識，之後稍微圍讀劇本。這是和導播一起讀劇本，確認表現方法與彼此步調的重要步驟。

「早安。」

帶著明良的達幸一現身，原本嘈雜的攝影棚頓時鴉雀無聲。過一段時間後，四面八方傳來興奮的招呼聲及熱情的視線，明良早已習慣了，這是新工作開始時肯定會發生的現象。

現在幾乎沒人不曾在螢幕中看過青沼幸吧。但就連應該早看膩美貌的工作人員們，也不由分說地受到達幸吸引，要同處一個空間才第一次能理解這強烈的存在感。

達幸滿臉笑容地回應陸續上前向他打招呼的工作人員。成為「超級」當紅演員之後，青沼幸絕不自視甚高，不失禮儀的態度也深受工作人員們好評。

……這樣看來，他就像個無懈可擊的演員啊……

明良站在達幸背後微笑，偷偷嘆了一口氣。「天才演員青沼幸」也只是達幸所飾演的一個角色，在場知道這件事的只有明良一人。

攝影棚裡頭，摺疊長桌組成匚字型，製作人、導演、編劇等主要工作人員已經到齊了。

坐在對面長桌旁讀劇本的美女沉默地朝兩人點頭，她是飾演女主角的鹽次朱音。點頭致意後立刻回到劇本上，但她並不是不開心，她除了拍攝所需，幾乎不開口說話的作風相當有名，而且她演技完美，這件事不被當作問題看待。

「青沼先生，請坐這邊。」

年輕助導引領達幸坐到朱音旁邊的位置，普通經紀人會在這時先撤退，但明良會站在達幸身後的牆邊。就算背對著明良，達幸也隨時掌握著他的存在。片刻不離，穩定達幸容易不穩的情緒也是經紀人的重要工作之一。

在初次見面會議預計開始的十分鐘前，替演員準備的座位幾乎全坐滿了，主要演員中尚未到場的只有節。

「……喂，沓名先生還沒到嗎？」

「我剛剛打過電話，但沒人接聽……」

手拿手機，一臉想哭的工作人員，對不耐煩的助導組長搖搖頭。

如果是超重量級資深演員就算了，一般來說，主要演員在第一次見面時就遲到是無可原諒的事。一開始就把氣氛弄僵，也會影響拍攝的士氣。現在開始，長達數個月的拍攝時間，在場所有人都是同在《Fake Father》這艘船上的命運共同體。

「唔……沓名先生到場了！」

往返大廳與攝影棚好幾次的助導衝進來這麼喊時，已經超過預定時間三十分鐘了。

一開始還在和睦閒聊的工作人員和演員們也不由得閉上嘴，現場飄散著凝重的氣氛。若是正常人大概都會難以忍受，想要立刻轉頭離開。

「早安。」

但跟在助導背後現身的女性完全不把沉重的氣氛當一回事，態度相當大方。

……這個人，就是小節的母親啊。

明良記得她名叫沓名凜凜花，年齡應該和達幸差不多，但真不愧曾是當紅偶像，包裹在名牌套裝底下的身體維持著完美曲線，亮麗美貌現在也足以當藝人。

而關鍵人物節，被醒目的母親牽著手，不知所措地游移視線。就算年紀還小，也能感受到大人們的不悅。他的容貌神似凜凜花，但沒有遺傳到她的厚臉皮。

「節，你在幹什麼？快點向大家打招呼。」

「……大家早安，我是沓名節，請大家多多指教。」

在母親不耐的催促下，節向大家一鞠躬。

雖然沒對遲到一事道歉，但再怎麼說，大家也沒孩子氣到會責備一個才十歲的小孩。當然是責怪管理行程的凜凜花。

「……遲到了連一句對不起也沒有嗎？」

拋出這句話的人，是飾演達幸刑警時期學弟的岡島，他是小達幸六歲的年輕演員，雖然不是「艾特盧涅」的旗下藝人，但和達幸合作過好幾次，不知道達幸的本性，非常單純地崇敬著達幸。

「——你說什麼？」

大家都有相同的想法，所以沒人責備岡島。只不過凜凜花不只沒感到不好意思，還挑起她畫得漂亮的眉毛。

「我們會遲到是因為前一個工作耽誤到時間了，合作的童星被我們家小節的氣勢嚇到頻頻NG，明明是他的錯，為什麼我非得道歉不可？」

這種藉口行不通，節的狀況和在場人員毫無關係，而且拍攝工作本來就可能拖延，安排行程時就該預留緩衝時間。

……這個人，真的能管理好小節的工作行程嗎？

大概除了凜凜花和節以外的所有人都有相同的疑問，但不管內心怎麼想，只要凜凜花成熟點、說一句道歉就能圓滿收場了，但她本人根本不打算這麼做。

「——神崎先生。」

「是、是的！」

凜凜花低聲一喊，導演神崎用力站起身，身為《Fake Father》製作群總指揮的導演是連主演演員也不能違抗的絕對存在——理應如此才對，他現在卻戒慎恐懼地看向凜凜花。

「把這個人換掉。」

「……什、麼……？這、這又是為什麼……」

「這還用說，我們家小節是很敏感的小孩，跟這種神經大條的人一起演戲，怎麼可能拿出最棒的演技來。」

凜凜花大放厥詞，挺高她豐滿的胸部。這種亂七八糟的要求不可能會被接受，每個人心中都這樣想，但神崎心神不寧地游移著視線，露出討好的笑容。

「……我、我明白了，如果沓名小姐這樣說，那也沒有辦法，我會立刻尋找替代人選。」

「——什麼！你在說什麼？竟然因為這樣就換角……」

岡島大力拍桌抗議，但神崎根本不聽，連其他演員和製作人都尷尬地低著頭。

……怎麼可能，為什麼這麼無理的要求會被接受？

「……那個傳聞果然是真的啊……」

站在明良附近的工作人員們開始竊竊私語。

「什麼傳聞？我沒聽說耶。」

「只是傳聞啦，聽說沓名凜凜花和日東高層有一腿之類的……」

這件事明良也從松尾那裡聽說過，凜凜花還在當偶像時，在團體內也受到特別待遇，因為她獻身給各電視臺的重要高層，這些傳聞傳得煞有其事，實際上，聽說有好幾次也差點被八卦雜誌報導出來。

但在出版前總會有人施壓，最後沒有公開於眾，但長年待在演藝圈的人都知道。她不當偶像超過十年了，現在卻仍擁有這麼大的影響力，能逼人答應這麼無理的要求嗎？

「喂，快點給我離開，這裡已經沒有你的位置了。」

「怎、怎麼可能……」

確信自己獲勝的凜凜花催促，岡島有如被逼入絕境的獵物環顧周遭，但沒有人出手幫忙，因為連導演也被凜凜花視為僕人，要是反抗她顯然會成為下一個犧牲者。

……竟然因為這種事情就遭到換角。

岡島雖然有時有點囂張，但他是個直率又充滿熱誠的青年，他明明相當開心可以再次與尊敬的達幸合作。

「——請等等。」

就在明良咬唇想著解決辦法時，熟悉的聲音打破這討厭的氣氛。聲量絕對不大卻奇妙響亮的聲音，在螢幕外也擄獲許多觀眾。

「……青、青沼先生……」

就快要崩潰的岡島泫然欲泣地抓住達幸。

就算達幸背對著明良，明良也知道他露出了微笑，要岡島安心，因為岡島……不對，是所有人的視線都集中在達幸身上。沒錯，就連節和不耐煩到極點的凜凜花也是。

「沓名小姐。」

「……有、有什麼事？」

「岡島有時或許有點脫線，但他是個好演員，我也非常期待能久違和他合作。」岡島的大眼因為感動而泛淚，但只有明良知道，當他告訴達幸這一次久違地要和岡島合作時，達幸歪頭問了「岡島？那是誰？」。

……這、這傢伙，難不成……

達幸偷偷回頭看了一眼有種奇妙預感的明良。雖然只越過肩膀對上眼一秒，但即使不用說出口，明良也知道他的眼神想強調什麼。

——明明，我很厲害對吧？很棒對吧？晚一點要好好誇獎我喔。

「只要岡島發揮出他的實力，我想我和小節都能表現出最棒的演技……所以這一次，可以請妳原諒他嗎？」

有禮低頭的身影，和他期待誇獎、透明尾巴搖個不停的真正模樣完全背離，讓人頭暈。但只有明良知道真相。明良以外的所有人只覺得達幸是為晚輩著想，相當誠摯的演員……總覺得好不甘心。

「……真、真是沒有辦法，既然青沼先生都這麼說了，那這次就不換掉他吧。」

凜凜花的臉頰微微泛紅，眼睛眨個不停。

咦？明良揉揉眼睛，原本面無表情保持沉默的節，扭曲了他那張可愛的容顏一秒。是對這凝重的氣氛感到疲倦了嗎？

「沓名小姐，謝謝妳。」

「……謝謝、妳！」

岡島也跟著達幸深深鞠躬道謝，額頭幾乎都要敲到桌面上了。他內心應該很複雜，但總之，躲過最糟糕的狀況了，接下來他應該會謹言慎行吧。

原本緊張的氣氛緩和，工作人員和演員們都鬆了一口氣，朝達幸拋出讚賞的眼神。這樣一來，演員青沼幸在演藝圈中的名聲又更高了……真令人無法接受。

「……媽媽……」

節小心翼翼地拉拉母親的手，陶醉地看著達幸的凜凜花皺起眉頭，揮開他的小手。

「我不是說了在外面要叫我社長，你要我說幾次才記得？」

「……唔，對不起……我、我……」

一瞬間縮起身體的小節讓大人們看了好心痛，童星確實需要懂一定程度的禮儀，但也不需要在這麼多人面前罵親生小孩吧。

「你是沓名節對吧，初次見面，你好。」

毫不在意再次降到冰點的氣氛，達幸站起身。岡島用尊敬的眼神盯著在節面前蹲下身的達幸。明良在內心大喊「別那樣看他，他只是隻狗啊！」的聲音，岡島當然沒聽到。

「…………」

「我很高興可以和你這樣的小孩合作，雖然時間不長，但你和我會成為父子，讓我們一起創造出一部很棒的連續劇吧。」

達幸用充滿包容力的演員表情，朝節伸出手。

節稍微猶豫之後，緊握住比他的手大上許多的大掌。就連知名童星都沒看穿被獎賞蒙蔽心靈的達幸本性。

「真不愧是青沼先生……」

「那種人來當主角的話，拍攝工作肯定也會很順利。」

「高層能搶到青沼先生的檔期真是太好了。」

側眼看著工作人員們天真地感到佩服，罪惡感刺痛明良的心。他們不會知道，一回到兩人同住的公寓，達幸就會要求今天的「獎賞」，然後貪食飼主的身心。

……但是，算了，這也沒辦法。

就算達幸滿心只想要得到明良的誇獎，但他確實做了好事。工作人員和演員們的氣氛瞬間變好，這樣一來和節的合作應該也能相當順利。

青沼幸首次飾演父親的角色肯定可以成功，明良如此確信。

——沒錯，此時仍如此確信。

首次見面後一週，圍讀劇本也結束，今天開始彩排。在此會加入各部門的工作人員與負責人，決定在棚內拍攝的演技內容。

「早安。」

明良和達幸一走進攝影棚，工作人員與其他演員們都滿臉笑容地回應。只有一個人——只有節坐在椅子上直盯著劇本看，連頭也沒抬起來。

「喂，節……！你怎麼不跟青沼先生打招呼？」

今天也跟著來的凜凜花火大地斥責，節慢吞吞闔上劇本。終於轉頭看來的臉有點不開心，完全看不見可說是招牌的天真笑容。

「……早安。」

「節……！」

這冷淡的招呼讓凜凜花氣得雙眼直豎，但節跳下椅子跑到正在組裝簡易布景的工作人員那邊去。那張完全無法想像是面對自己孩子的恐怖表情，一轉頭看向達幸的瞬間就變為甜美笑容。

「青沼先生對不起，那孩子其實非常崇拜你，一直說想要和你一起工作……」

「不會，還請不用在意，我想小節肯定只是太緊張了。」

達幸會這樣說，是因為他毫不在意明良以外的人怎麼對待他，而對明良來說，節的言行是他最近最大的煩惱。

開始拍攝之後，和傲慢且態度嗆辣的母親不同，節是相當有禮貌的小孩。完全不會耍任性，老實地聽從指示，所以不只演員們，導演和工作人員也很疼愛他，就連那個岡島也毫無疙瘩地和他相處。

……唯一的例外，偏偏就是達幸。

節對達幸一直都是那種態度，完全不想敞開心胸。他會按照要求演戲，但除了演戲之外完全不和達幸講話。

像要代替兒子，凜凜花則常常找機會來找達幸說話。

「……青沼先生，如果你不介意，拍攝結束後要不要一起去吃飯？你之前說過你喜歡吃肉對吧，我知道有家店可以吃到很棒的肉……」

那燦爛的笑容讓人彷彿看見偶像時代的她，年輕得令人難以想像她有節那麼大的小孩，現在也能俘虜許多男性吧。但很可惜，達幸是有著人類外表的狗，完全沒被她吸引的跡象。

「很遺憾，我接下來還有滿滿的行程……」

「那明天如何呢？那家店我隨時都能預約，如果可以一邊吃飯一邊輕鬆聊天，我想節也能更習慣和你相處。」

即使達幸用完美的苦笑閃躲，凜凜花仍步步逼近。用她比初次見面那天更加花俏的打扮，以及甜膩的聲音。

「沓名社長，非常不好意思，基於公司方針，我們婉拒私人餐會。」

明良判斷差不多該介入了，有禮地從旁插話。化著濃厚眼妝的眼睛狠狠瞪著他，但如果會因為這種程度就被嚇到的話，可當不了青沼幸經紀人。

「這不是私人餐會吧？這是為了讓青沼先生和節發揮更棒的演技。」

「非常感謝您的心意，但我們沒有辦法違抗公司的方針。」

「但是——」

凜凜花仍不肯放棄，在明良一再堅稱「這是公司的方針」後，她才心不甘情不願地離開。還以為她要去喊節回來，她卻拿著菸盒和手機往緊急逃生口走出去，根本沒看和工作人員玩耍的節一眼。

……她不擔心小節嗎？

出入攝影棚的人員複雜，可能會有可疑人士混入。凜凜花不只是助理，更是小節的母親，一般來說應該會非常擔心自己的孩子，她雖然每次都會同行，看起來卻不太關心小節……

「啊……」

突然感受到一股刺人的視線，明良轉頭看去，和節對上眼。節立刻別過頭，朝喊他的工作人員跑過去。

「……明良，來這邊。」

大手抓住明良的手腕，把他拉到大道具後方。一走進工作人員的視線死角，達幸的臉忽然湊近。

「我明明說過那麼多次，你不可以看我以外的公狗了。」

「公狗……你是指小節？」

雖然心想應該不會吧，沒想到達幸表情認真地點點頭。

「那傢伙不行，明良會被他擄走。」

「……他才十歲耶？如果我是可愛的小女孩就算了，他才不會想要理我這樣的大叔啦。」

節真正在意的人肯定是達幸，表面上避免靠近達幸，但又會像剛剛那樣偷偷盯著他們看，只是眼中只有明良的達幸沒有看見而已。

「明良才不是大叔，是我世界上最美的飼主，大家絕對都希望你當他們的飼主。」

「我說啊……會這樣想的人只有你一個。再說，如果真的想和我有什麼，沓名社長還比較危險吧？」

凜凜花應該對明良沒興趣，但他們是同齡層的男女。比起十歲的小男孩，應該是更適切的嫉妒對象。

「那個女人不重要……危險的是那隻公狗。」

達幸愁眉苦臉地如此斷言。

……哎呀呀，看這個樣子，達幸果然沒發現自己被沓名社長盯上了。

明良勉強將差點脫口而出的嘆息吞下肚，凜凜花不停以「和節交流」的名義邀約達幸，但任誰都看得出來她真正的目標是達幸。

到目前為止，也曾多次遇到合作演員或工作人員真的愛上達幸，希望私底下也能和達幸成為情侶而展開追求。之所以從未鬧出緋聞，除了公司徹底防衛之外，也是因為達幸對他人對自己的好感毫不在意。

會親切對待節和凜凜花，單純因為「青沼幸」是這樣的演員，其中不存在特別的感情，但凜凜花的心似乎完全被達幸虛有其表的笑容奪走了。

或許節不對達幸敞開心胸的理由就在此。

每次看見母親對自己父親以外的男人擺出小女人的表情糾纏不休，兒子應該不怎麼開心。關於節的父親——使凜凜花退出演藝圈的那位男性，除了知道是位平凡的上班族以外，沒聽說過其他類似的傳聞。

「……達幸。」

明良輕輕覆上仍抓著他手腕的大手。

「你會在我身邊，所以沒有問題……比起這個，我更擔心你。」

「……我……？」

「我擔心你和小節的對手戲能不能順利進行……因為實際上，《Fake Father》算是你和小節雙主演的戲啊。」

比起飾演女主角的朱音，達幸和節的對手戲壓倒性得多，節是童星，至今當然飾演過非常多次兒子的角色。要說這部連續劇的成敗，全都要看達幸會如何詮釋第一次接到的父親角色也不為過。

「明良，交給我。」

達幸用力握住明良的手。要是看見這只對明良展露的真心笑容，凜凜花應該會更愛達幸。

「為了你，我絕對會做好……你只需要和平常一樣站在旁邊，只看著我就好了。」

「……為了我嗎？」

「嗯，為了你。因為我是你最棒的寵物狗啊。」

現在已變成固定臺詞的一句話，讓明良放鬆身體。看來對首次挑戰的角色感到緊張的人是明良，達幸本人絲毫沒有幹勁。

「說的也是呢，達幸……我可愛的狗狗只有你，你要在我面前，讓我看到最棒的演技。」

「……嗯！」

達幸用力抱住明良，埋在頸間的鼻尖不停蠢動嗅聞。彷彿算準達幸充分享受飼主氣味了，助導來找他，已經做好彩排準備了。

攝影棚中央鋪著塑膠布，上面擺著長桌及椅子。美術組還在製作正式拍攝時使用的布景，所以現在用簡易布景代替。

今天的彩排要從故事開頭，主角的偵探和他根本不知其存在的兒子第一次見面的場景開始。早已做好準備的節，一看見和明良分開後現身的達幸，明顯扭曲著表情。趕跑再次湧上的不安，明良站到圍住布景的工作人員們後方。

布景的另一頭擺放著椅子，凜凜花占據著那個區塊。還以為正式工作時，她再怎麼樣都會看著自己的孩子，但她熱切的視線不是看著被大人們包圍的兒子，只望著達幸。

……如果她再繼續糾纏下去，或許該找松尾商量對策。

「那麼第一幕，開始！」

就在明良思考時，達幸等人就定位，導演給出指示。

幾張摺疊椅並排在一起，達幸仰躺在上面，在他睜開眼的瞬間，只是用長桌組成的簡易布景變成老舊的事務所。故事就從這個沒有任何全新物品，帶有潦倒氣息的偵探事務所開始。

叩、叩！美術人員製造出敲門聲。

『——是誰啊？這麼晚了……』

男人隨手揮掉攤放在胸前的雜誌，嫌麻煩地起身。那已經不是達幸了，是《Fake Father》的主角霧生。

幾年前還是個大有前途的刑警，但因為揭發了高層的醜聞而蒙受不白之冤，被趕出警察組織。曾是刑警時的熱情與正義感已被社會的洪流沖散，失去生存的目的，只能用偵探業勉強過活。死不了只是還活著的——帶有破滅與頹廢性感的男人。

故事中的時間是大半夜，並非正常顧客會上門的時間。達幸原本要裝作不在，但敲門聲不停歇，他最後終於認輸地打開門。

『……你是誰？』

一臉不安站在門前的是節——霧生的兒子日向。那是霧生還是刑警時的交往對象和霧生分手之後，獨力生養的小孩。

故事開始的這天，日向母親被捲入某個事件，失去了蹤影，於是日向來找他出生後從未見過面的父親。因為他最深愛的母親常常對他說，如果自己發生了什麼事情，就去投靠父親。

自從懂事以來，心底深處不停尋求的父親。受到不安與景仰驅使，日向抱住父親。這是連續劇前半的關鍵場面，是非常重要的一幕。

『……把拔！』

應該要哭著撲進達幸懷裡的節，突然在前一刻僵住。等了一段時間後，只見他一臉不知所措地呆站在原地。

「小節，怎麼了嗎？」

不由得感到奇怪的導演開口問。

節眨眨他的大眼，歪頭好幾次之後才堅強一笑：

「對不起，我有點融入不了情緒，但是已經沒問題了。」

攝影棚中出現一點騷動，幾乎不用重來的節難得會說出這種話，連凜凜花也訝異地瞇起眼睛。

……總覺得這氣氛好討厭。

明良至今看過無數被達幸的演技震攝，無法發揮實力的演員。但節和他們不同，他不是被達幸震攝……沒錯，感覺頻率不對……

「……真沒辦法，那從頭再來一次。」

遵從導演指示，達幸和節回到一開始的位置。

由明良看來，兩個人都沒有特別不好的地方，但兩人不管重演幾次，一直到最後都沒辦法好好配合，這天彩排就這樣結束了。

在達幸被導演找去的這段時間裡，明良在休息室裡詳讀《Fake Father》的劇本等他。這間休息室是達幸專用，不需要在意他人目光。

接連翻過頁面，就連不到三頁的短短一幕戲也沒辦法好好彩排完，這還是第一次發生。

到底是哪裡不對呢？

影迷、情人、飼主。就算不帶任何濾鏡，明良也不認為達幸的演技有問題。男人幾乎放棄人生卻仍在崖邊掙扎的哀愁，連明良也深受其吸引，凜凜花甚至不管自己的孩子，如陷入熱戀的少女般直盯著達幸。

……是這點不好嗎？

對於正多愁善感的兒子來說，或許無法不嫉妒霸占母親關注的達幸。雖說是演戲，但他偏偏不得不叫這個人父親，心情肯定很複雜。

也不是不能理解節的心情，因為明良自己過去也曾相當嫉妒搶走父親關注的達幸。

雖然同情他，但他得好好完成工作才行。《Fake Father》——第一個接到的父親角色，關係到達幸的演員資歷。身為經紀人……不對，即使加上情人兼飼主的身分，明良也不想讓達幸嚐到挫折。但沒想到一開始就摔了一跤……

「……你在想什麼！」

明良一邊嘆氣一邊闔上劇本時，牆壁另一頭傳來尖銳的聲音。

……這個聲音是沓名社長？

每位主要演員都有專屬的休息室，這麼說來，隔壁應該是節的休息室。

「…………媽……媽……」

「……你以為我是為了什麼才養你這個笨拙的小孩啊！」

雖然只能聽到斷斷續續的微弱回應，但凜凜花刺耳的怒吼只要豎起耳朵就能清楚聽見。就連明良都不禁縮起身體，年幼的節應該害怕得不得了吧。

「對……不起，媽……媽……」

「啊啊真是的，你真的好煩。這點跟那個人有夠像……快點，要走了。得讓你好好上課，不可以再讓你扯幸的後腿了。」

高跟鞋的尖銳腳步聲響起後傳來開門聲，等到說話聲完全遠去，明良探頭到走廊一看。走廊上已經不見凜凜花和節，但隔壁的房門沒完全關上，門縫有張類似小名片的東西。撿起來一看，那不是名片，而是畫著擺出英勇姿勢的戰士卡片。

「……這個，是《戰鬥王》的卡牌啊。」

《戰鬥王》是以國中、小男生為中心，受到廣大世代歡迎的交換卡牌遊戲。明良記得他以前也曾為之著迷，蒐集過卡片，沒錯，正好是節這個年齡。

怎麼想都不可能是凜凜花的東西，大概是節掉的吧。卡面上的戰士是主要角色中特別受歡迎的一個，加上雷射閃光的卡片閃閃發亮。這大概是相當稀有的卡片。

發現自己弄丟卡片後，節肯定會很慌張，對這年齡的男孩來說這可是寶物。是否該向松尾詢問凜凜花的連絡方法，告訴她自己撿到卡片了呢……

「……明明！」

「哇啊！」

突然被人從身後抱住，明良心臟猛烈一跳，緊張地在空中接住因為衝擊脫手扔下的卡片。

「……達幸，就說了別在外面突然這樣做……」

「明明，你沒事吧？有沒有其他公狗要你摸頭？沒有被擄走吧？」

打斷明良的提醒，達幸高聳的鼻尖在脖子、耳朵、頭髮等地方移動，不停嗅聞氣味。

……先別論摸頭，如果被擄走的話，明良現在就不會在這裡了吧。

把吐槽留在心中，明良輕輕握緊環抱在他胸前的手。得先讓達幸冷靜下來才行，要不然無法好好對話。

「……沒有人要我摸頭，我也沒被擄走，你冷靜一點。」

「但是……但是你身上有其他公狗的味道，所以我才會急忙跑回來的。」

「其他公狗的味道？……你該不會是說這個吧？」

他將剛撿到的戰鬥王卡牌拿給達幸看，環抱著他的手臂頓時加重力道，感覺藍眼中燃起了怒火。

「……嗯，就是這個味道……這是那傢伙的吧？」

達幸慢慢看向貼著「沓名節先生」紙張的門，這異於常人的嗅覺不僅沒隨著年齡增長衰退，反而變得更加敏銳，總讓明良大吃一驚。

「他剛剛弄掉了，我只是剛好撿到而已。我沒有和小節說話。」

「真的？真的真的真的嗎？」

「真的真的真的，所以你放心。」

達幸絲毫不相信地聞遍明良全身這才終於接受，他苦惱地嘆了一口，並把嘴唇埋在明良頸間的動作太性感，就連三不五時受到這種待遇的明良都小鹿亂撞了，難怪不知達幸本性的影迷們會如此狂熱。

「……所以，神崎先生怎麼說？」

明良偷偷把卡片收進西裝外套口袋並問道。

不讓經紀人同席，大概是為了商討演技。雖然曾因為合作演員NG而受到牽連的經驗，但幾乎不出錯的達幸很少會被導演找去。

「他問我除了在攝影棚的彩排以外，要不要和那傢伙一起去上課。」

「那傢伙是指小節？他要你們兩個一起去上表演課？」

「嗯，如果兩個主演一直無法搭配，對拍攝行程和其他演員造成的影響都太大了。」

這麼說相當有道理，即使如此，只有達幸和節去上表演課太不自然了。

這點疑問在聽見是節那方提出上課的要求之後，立刻轉為確定。節不可能主動要求和達幸一起上課，也就是說——

……根本就是沓名社長提出的要求嘛！

一陣寒意竄過背脊。

自己至今可能太小看凜凜花了。連合作演員的關係人員也喜歡上達幸……青沼幸是稀鬆平常的事情，明良還以為只要知道沒有希望，凜凜花遲早也會放棄離開。

但凜凜花和之前的人不同，可以感覺到她無論如何都要讓達幸理睬她的……沒錯，那種執念。

只要他們這方接受要求，上表演課時凜凜花也會理所當然地同行，在那之後應該會被半強迫陪她一起用餐，雖然可能性不大，但也可能發生她對達幸下春藥或是安眠藥，接著就……的狀況。即使是達幸也無法戰勝藥物，肯定……大概啦。

「你怎麼回答神崎先生？」

明良還在想要是達幸已經答應了該怎麼辦，但幸好達幸搖搖頭：

「我說了要跟明……要跟經紀人確認一下才能決定……這樣說就可以了吧？」

「對……真不愧是我可愛的狗狗。」

確認四周沒其他人後，明良在達幸懷中轉身，墊腳將自己的唇輕覆上豐潤的唇，達幸立刻露出狗狗得到獎賞後的燦爛笑容。

「明明……！那個啊，我想到一個超棒的主意，你願意聽我說嗎？」

「……超棒的主意？」

明良不禁繃緊身體，因為達幸的「超棒主意」從來都不是真的超棒主意。

不對，那會讓青沼幸的評價上升，也會帶給經紀公司莫大的利益，但那頂多是結果論，在得到這個結果之前，明良和松尾都會被耍得團團轉，只有達幸本人活力十足還神采奕奕，真是太不公平了。

「嗯，這可以讓我不需要和那傢伙一起上課，是好主意對吧？」

達幸大概只是不想讓明良接近節，但遠離節也能減少與凜凜花的接觸，這確實是好主意。雖然是好主意，但出自達幸之口只讓人十分不安。

「……好吧，回家之後再聽你說。」

明良還是不甘願地答應了，他是很想拒絕，但明良在這幾年已深刻體會到，讓達幸在自己不知情的地方擅自亂來只會招來更麻煩的事態。

——一小時後，兩人一回到公寓，達幸立刻開口說出「好主意」。

「明明，你當我的小孩吧。」

「……什麼？」

明良的外套被達幸剝掉，面對面坐在達幸腿上，呆愣地張大嘴。達幸熟練地抽下領帶，忙碌地解開明良的襯衫。

「喂……你要我當你的小孩是什麼意思啊？」

明良回神時，大掌已經在他赤裸的胸膛上游移了。達幸陶醉地瞇起已經摘下彩色隱眼的雙眼。

「字面上的意思，我希望你把我當成爸爸，完全變成我的小孩。」

「我為什麼非得做這種事情不可？」

「我拚命思考過了……和那傢伙一直合不來的理由。」

達幸憂鬱地低下頭，讓明良不小心感動了一下。這是這男人第一次主動反思自己的演技吧。

「然後我就想到了……或許是因為我不夠像父親吧。」

「像父親……？」

「嗯……因為我不清楚父親是怎樣的形象，也沒有小孩。雖然我認為自己完全化身成霧生了，但那傢伙或許覺得不太對。」

「……達幸……」

鼻頭一陣發酸。達幸確實有父親，他父親現在應該還活著，但是那男人別說給予父親該給的親情了，甚至不曾好好養育達幸，一度讓達幸的演員生涯陷入危機，根本稱不上是父親。

他們這個年紀有跟節同齡的孩子也不奇怪，但同為男性的兩人當然不可能有孩子。只要繼續和明良交往，達幸就不可能成為父親。

同理也可放在明良身上，但至少明良有公明這個父親。公明是忙碌的外科醫生，兩人能共度的時間不多，但現在回想起來，公明盡力將所有愛意給了明良，他們現在也會定期連絡。

達幸沒有被父親疼愛過的經驗，也沒有做為父親疼愛孩子的經驗，節或許是敏銳地察覺深藏於達幸心中的徬徨而反彈。

「……所以你要我變成你的小孩？」

「我可以配合所有對手，但如果花太多時間，可能就得和那傢伙一起上課。那樣一來，你也會很傷腦筋對吧？」

「是這樣沒錯……但我沒有演戲的經驗耶，完全做不到小節那樣的演技……」

「不需要演技。」

達幸環抱住明良的背，讓兩人的胸膛緊緊相貼，兩人的心跳交疊，逐漸融為一體。

「我會把你當成自己的小孩對待，所以你也只要把我當成父親行動就好。」

「但、但是……」

「我希望這個角色一定要成功，因為你很期待……所以明明，你願意幫我嗎？」

完全不懂演技的外行人能幫上達幸嗎？些微的猶豫被灌入耳中的懇求打碎。

當明良發現時，他已經點頭了。

「……好啦。」

「明明……！」

達幸用力緊抱明良之後，明良立刻開始擔心是不是太衝動了，但聽見達幸那般低語，明良根本無從拒絕。他明明自豪自己是隻寵物犬，身為人類男性的魅力卻與日俱增，這也太犯規了。

「明明謝謝你，我會努力，會為了你超級、超級努力。」

「啊……啊啊，達幸……」

「明明，不對喔。」

達幸慢慢拉開身體，用大掌捏住明良的雙頰。

「是『把拔』，明明現在是我的小孩。」

「……不、不可以叫『爸爸』嗎？」

喊「把拔」跟小小孩一樣，太害羞了，而且明良喊親生父親也是喊「爸爸」，達幸對不知所措的明良露出令人蕩漾的微笑。

「一定要喊把拔，因為《Fake Father》中的日向就是喊霧生『把拔』吧？」

「……唔、唔唔……」

就算拚命想別開眼，充滿期待的藍眼也不肯放過明良。得對和自己同齡，還是個會讓人著迷的好男人喊「把拔」，這是什麼懲罰遊戲啊。

……豁出去了，這也是為了達幸……！

「把……………把拔。」

做好覺悟開口的瞬間，背脊一陣發顫。早已看慣的臉孔，彷彿首次見面的陌生人。

「明良。」

低沉溫柔的叫喚聲、充滿慈愛的眼神，這些都是達幸又不是達幸，是為了孩子可以不惜獻出生命的……父親。

……這是、什麼啊……

——好想撒嬌，想要把臉頰貼上前磨蹭，想要讓他緊緊抱在懷中，想要在他溫柔的嗓音中入睡。

擅自不停湧上的情緒讓明良陷入混亂，他們已經發生肉體關係將近十年了，雖然幾乎都是達幸索求，但明良也曾渴望過達幸好幾次。

但現在就要撐滿心胸的感情，並非會在床笫之間感受到的情欲。想要撒嬌，想得到他的疼愛，就和好久好久以前，被父親擁抱時的感情相同……

「把拔……」

明良怯生生地把臉埋進達幸懷中，只是聞到氣味就湧上的安心感，讓明良就快暈眩。

撫摸他背部的人不是真正的父親，而是總是宣稱自己是明良最棒的好狗狗的男人——警告明良的理性聲音，和至今建立起來的常識一起逐漸遠去。

「……明良，怎麼啦？」

這是達幸平常的語氣，和平常不同的大概是在兩人獨處時，達幸卻好好地喊出他的名字。

但是……

「明良……好喜歡把拔……」

身為青沼達幸的孩子——這不可能的欲求互相抗爭、發狂、溢出。

「……把拔……喜歡明良嗎……？」

「當然啊，明良，把拔最喜歡明良了，你最可愛。」

「呵呵……唔……」

聽著達幸低語「好可愛、好可愛」並讓他摸頭，明良開心到笑出來，這跟平時的立場相反。

換作平常——沒錯，平常總是——是明良……

……咦？平常是怎樣……？

「可愛的明良……我的明良。」

達幸在明良髮旋上落下一吻後，打橫抱起明良站起身，朝浴室走去。

「流了一身汗，和把拔一起洗澡吧。」

「……嗯。」

被放下來的明良毫無疑問地想要脫掉凌亂的襯衫，但在那之前，達幸輕輕制止明良的手。

「把拔替你脫。」

明良乖乖聽從沉穩的聲音，小孩讓父母幫忙穿脫衣服是理所當然的。

「我的明良真的好可愛……」

看見達幸對他笑，明良也開心起來。毫不抵抗地被脫得精光，和迅速裸身的達幸一起步入浴室。

「那我們先洗身體吧。」

達幸讓明良坐在圓椅上，拿蓮蓬頭沖溼明良的頭髮，壓取大量的洗髮精抹上濡溼的頭髮。

「……嗯……唔……」

溫柔按壓頭皮的指尖太舒服了，明良不禁呻吟出聲。感覺白天累積的疲勞與壓力都逐漸消解了。

明良把自己的頭往大掌下湊，想要再被撫摸後，感覺到達幸揚起嘴角。

「……把拔，你很開心嗎……？」

「當然開心啊……沒想到明良會主動撒嬌。」

無數細吻落在後頸上，明良的心暖和起來。明良的親生父親公明雖然是很關心孩子的溫柔父親，但很少會這樣把心思說出口。

……親生父親？

沖溼的手摸過明良不解歪著的脖子。湧上心胸的怪異感在頭上的泡沫被沖掉時，消失得一乾二淨。

自己到底是在想什麼蠢事呢？什麼親生父親……明良的父親明明就在這裡啊。

……把拔，這個人，是我的把拔……

「把拔……」

明良抱住毫無相似之處，也沒有血緣關係的同齡「父親」的手臂。

「………明良，你怎麼啦？」

「不可以……放開……要一直，緊緊抱住我，才可以……」

「……明……明……」

聽見口水吞嚥聲的瞬間，出奇平靜的心漾起小小漣漪。

主動抱著達幸的自己、把明良當孩子對待的達幸。突然湧上的強烈異樣感，被充滿慈愛的笑容徹底抹去。

「明良，不可以。泡澡之前得先把身體洗乾淨。」

達幸用能自由活動的手把沐浴乳擠上海綿，搓揉出泡沫，這樣一來，到明良和達幸都清洗乾淨為止，肯定都無法再抱緊明良了。

明良不開心地嘟起嘴，搶過沾滿泡沫的海綿。

「明………明良？」

「我替把拔洗，把拔也替我洗。」

只要互相幫忙洗，就能快點洗好，也能快點抱抱。明良笑得像自己想出了好點子，用眼神催促達幸。達幸邊安撫明良，也順從地在他面前跪下。

平視的視線讓明良很開心，雀躍地從健壯的肩膀開始洗起。唯一一個海綿被明良搶走後，達幸要怎樣幫明良洗呢？當長臂繞到自己背後時，明良才想到這個問題。

「呼……………唔……」

沾滿沐浴乳的大掌，緩緩從上而下撫過背部。緊繃的肌肉逐漸放鬆的舒適感，讓明良洩漏嬌甜的呻吟。

……把拔怎麼了？

剛剛還那麼從容的手，不知為何微微發顫。浴室裡應該也有空調，是會冷嗎？

那就快點洗完，兩人一起慢慢泡熱水澡吧。就在明良努力搓洗健壯的裸身時，他的手——摸上聳立於雙腿間的粗長之物。

「把拔……你的這邊為什麼變這麼大？」

明良天真無邪地抓住比自己更巨大的那個。

「明……良……」

「噯，把拔，為什麼？」

每當明良用力一握，前端就會滲出透明液體，讓達幸發出迫切的聲音。這讓明良感到十分有趣，玩弄手中達幸的分身，完全不知道與平常大相逕庭的幼稚舉止帶給達幸多大的影響。

「……啊……啊——…………」

「……把拔？」

明良訝異地抬起頭，手中握著鼓動的分身，全身僵硬。原本充滿無盡慈愛的藍眼，逐漸染上了瘋狂的熱情……這是父親絕對不可能會有的欲望。

「……啊啊……啊啊……明明……」

「……唔……」

「啊、啊啊啊……明、明明…………明明、明明、明明……唔……！」

飢渴的咆哮聲響遍浴室中。

……啊……啊啊啊！

明良也同時在心中放聲尖叫，如果達幸沒有撲上來吸吮、貪求他半張的雙唇，他應該早就放聲尖叫了。

……我……我、我剛剛在做什麼……！

把達幸當成父親，如幼兒般不停撒嬌的記憶閃過腦海。

為什麼能做出那種事？達幸不是明良的父親，他是情人、是寵物狗，是同齡的男人啊。

「……為什麼啊，明明……」

唇瓣慢慢分開，目光銳利、盯得明良無法動彈的達幸完全不像一個父親，溼潤的嘴角流下一絲唾液。

「達…………達幸……」

「為什麼……為什麼明明這麼這麼這麼美，卻又如此可愛呢……？明明太可愛太可愛太可愛了，讓我受不了了……！」

「……啊……啊啊！」

無法動彈手的手被握住，強硬地套弄堅挺的分身。

只是稍微刺激幾次，就脹大到明良無法用手握住的分身噴出大量精液。沾黏在手指上，甚至飛濺到臉上的熱液，完全喚醒被明良驅趕到心底深處的理性。

——被吞噬了嗎？

完全相反的寒意舔上火熱的肌膚。

——明良也在不知不覺間被飾演父親的達幸吞噬了。他身為成人男性的自我消失，誤以為自己是達幸的孩子。

身體一顫……

明良全身顫抖，徹底體會到演員青沼幸的才華。和達幸合作的演員也會得到演技逼真的讚賞，但那應該是拚命抵抗，不被達幸吞噬後得來的結果。身為外行人的明良，只能束手無策地被他吞噬。

……小節真是個厲害的孩子。

因為他不會被達幸的演技吞噬、仍保有自我，就算其中參雜著母親的關心被搶走的嫉妒，依舊相當厲害——明良只有這時還能悠哉如此想著。

「……明、明……嗯。」

「……咿……唔！」

才剛發洩過的男性分身轉眼間變硬挺，脈搏陣陣跳動，彷彿在責備明良想到達幸以外的男人。

「明明…………明明、明明，我的明明……唔……！」

「達幸……冷靜點，達幸………唔！」

驚人的力道將明良從椅子上拉起，接著讓他趴在浴室地板上。

被強行扳開的臀縫被抹上溼黏溫熱的液體，那是達幸剛剛釋放的精液。

「啊……唔……」

每天都被達幸的分身貫穿，早已記住形狀的花穴，因溼黏液體逐漸滲入的感覺而蠢動。不曾沒被撫弄的性器也開始發燙，因期待而發抖。

「……明明……快點……！」

達幸喘著粗氣，抓住明良的兩片臀瓣。硬挺到幾乎碰到腹部的男性分身前端，抵上蠢動的花穴口。

「得快點………沾上我的味道，才可以……！」

「……啊……啊、啊啊——……！」

牢牢被束縛住而無法動彈，硬挺的分身拓開狹小的肉徑。

不管經過幾年都無法適應的只有心，身體已經順從地接受達幸，包裹住炙熱的肉刃，柔軟地吸附住，央求射精。因為身體很清楚，如果不讓肚子裡脹滿溫熱的精液就無法獲得解脫……不管是從就要撕裂下體的男性分身，還是從在體內作亂的快感浪潮中解脫。

「明明……明明……」

達幸胡言亂語般地喊著「快點、快點」，不停擺腰。每當他貫穿到最深處，都會湧起和痛苦只有一線之隔的快感，明良拚命用手撐住地面，不讓自己倒下。

「……啊、啊、啊……達幸……達幸……」

「明明，不可以，你不可以這麼可愛……」

已過三十的男人趴跪在溼滑的地板上，被人毫不留情地侵犯到只能不停嬌喘，這樣到底哪裡可愛了？明良當然沒有餘力可以吐槽，只能跟著不停搖晃。

「……明、明……！」

「……哈……啊啊……唔……！」

熱液洪流一股一股灌入高高抬起的臀部深處。明良終於無法支撐自己，手肘撐著地板，份量驚人的那個也糾纏著蠕動的軟肉，流進最深處。

「呀……啊、啊……」

「明明……你願意懷著我嗎？」

背部受到來自內側的燒灼而不停顫抖，達幸緩緩欺近明良。兩人身體依舊相連，達幸將明良在被內射的同時達到高潮的性器握入掌中。

「……你願意將我……好好懷在你的肚子裡嗎？」

「啊……啊……嗯，唔唔……」

「明明，告訴我……」

既然要用這甜蜜沙啞的聲音懇求，就別下流地動著腰，不停翻攪早已溼成一片的體內啊。這會讓明良只想夾緊再度變得硬挺的男性分身，讓他再次侵犯自己。

「我已經………懷著了……」

即使如此，明良仍拚命擠出聲音，這是因為他早已用身體學會了，如果不好好說出答案，達幸會不停在他體內灌注精液，用不會軟萎的男性分身塞住花穴，讓明良不停嬌喘。

「……我已經……懷著、達幸了……所以……」

「——明明……！」

理應說出「放過我吧」的聲音被歡喜的咆哮掩蓋過去，達幸一把將明良抱起，放在他盤坐著的雙腿上頂弄，硬挺肉刃也因為反作用力刺得更深。

「太好了……明明，這樣就沒問題了。」

「……啊……啊嗯……啊……啊啊……」

「只要你懷著我，渾身沾染上我的味道……不管你有多可愛，其他公狗絕對不會靠近你……」

才在明良耳邊說完，達幸抱著明良的臀部不停往上頂弄。流進深處的精液在裡頭往下流，差點要從穴口流出時又被男性分身推回去，重複幾次後變成白色泡沫，逐漸在軟肉之間擴散。

「嗯……啊、啊、啊啊啊……」

雖然沒有和達幸以外的男人做過，但體內有著並非達幸也並非自己的什麼的感覺，肯定只會在和達幸交歡時襲來。強而有力的手臂從背後抬高不自覺彈起的大腿，厚實的胸膛撐住他無力的後背。

「……明明……再一次……」

「嗚啊……啊啊、啊……啊……」

擠進身體裡的前端在更深的地方一顫，噴濺出不像已經發洩過一次的份量，從內側使腹部鼓脹——明良早已習慣了這種感覺，現在卻仍感到恐懼，或許是因為體內的分身轉眼間又恢復硬挺。

「……明明，不可以，你不准動。」

明良反射性想逃，達幸用力抱緊他。大腿緊貼在肚子上，無處可逃的精液滲入體內。

「……達……達幸……放開我……」

明良如幼兒般哭著哀求「求求你、求求你……」，甚至沒力氣感到害羞。要是繼續下去——要是讓達幸繼續播種。

「真的……會懷孕……」

「唔……明明……」

「肚子裡，會有、寶寶啦……我不要了……」

明良哭訴不行的瞬間，大手抬起他的下顎，強迫他轉過頭……感受著難掩興奮的粗亂鼻息，看到深沉發光的藍眼。

……會被吃掉……！

「……呵……呵呵、呵……」

貪婪都不足以形容的深吻之間，達幸發出喜悅的笑聲。紅舌由下往上舔舐溼潤的唇。

「寶寶……明明和我的寶寶……」

「別……不要……達幸……」

「……寶寶不錯呢……要是這裡能有寶寶……明明就會無法動彈，可以一直、一直待在我身邊了啊……」

「啊啊……不要……！」

身體依舊相連著，明良被轉過身，和達幸面對面。大掌在肚子上淫靡地撫摸，早已灌入兩次精液的體內發出帶著黏稠感的淫穢聲音。

「……明明，謝謝你。」

溫柔的笑容，就像剛剛那個達幸……充滿包容的父親。如果不是男性分身不停脹大，從內側撐開軟肉，明良可能會脫口喊出把拔。

「你……你在說什麼……」

「我……終於知道了。覺得小孩很可愛的心情……他可以讓明明無法從我身邊離開，那當然很可愛啊。」

達幸露出不管是多頑固的孩子也會忍不住對他敞開心胸，充滿慈愛的微笑。

「笨……笨蛋……怎麼可……」

——怎麼可能會有那種事情啊啊啊啊！

發自內心深處的大叫，被再度吸吮上來的唇全部吞噬。

『……把拔！救我！』

節扮演的日向哭著從身型修長的男子懷中伸長手。他被父親追查的事件凶手抓走當作人質了。

『日向……你等著！』

達幸飾演的霧生撿起凶手弄掉的槍，迅速扣下板機。霧生過去當刑警時，是射擊技術卓越的神槍手，他的本領尚未衰退。子彈命中兩人背後的排水管，噴出的水柱遮住凶手的視線。

霧生沒放過這一瞬的破綻，往前狂奔。他用力踹上凶手的腹部，從凶手鬆開的懷中搶回兒子。

『把拔……！』

日向瞪大的眼中浮現斗大的淚，緊緊抱住父親，鏡頭拉近能引發所有人保護欲的那張哭臉——

「……卡！」

導演激動地喊卡的瞬間，幾乎讓全身緊繃起來的緊張感一口氣放鬆下來。為了拍攝外景而清空現場的小巷弄再次變得嘈雜。

明良靠在背後的圍欄上，吐出不知不覺間屏住的一口氣。

「好厲害……」

感動與興奮盤旋於心中，但完全無法以言語形容。不僅明良，連在旁看著的工作人員以及等待上場的其他演員們，也被震攝到只能呆站在一旁。

「哎呀，太棒了！真的太棒了，青沼和小節都是！」

平常不常表露情緒的神崎導演拍拍達幸的背，朝節露出滿臉笑容。

「謝謝導演，這全是因為小節的演技很棒。」

「……啊……」

達幸對他溫柔微笑，不久之前的節應該只會面無表情地忽視，但現在的節雖然臉頰微微泛紅、緊握拳頭，也沒有從達幸身上別開眼。

「……謝謝……誇獎……」

節有點害臊，達幸摸了摸他的頭。在鏡頭之外也跟父子沒兩樣，這令人莞爾的模樣讓神崎雙手環胸，誇張地點頭。

「不錯不錯，你們兩個相當有默契。我一開始還擔心不知道會怎樣，這樣看來絕對會成功。」

「神崎導演，不好意思。《Drama Navi》的人已經來了……」

年輕助導不好意思地從旁插話，神崎敲手喊著「啊啊」。

「已經這個時間了啊，我馬上過去，請他們等一下……青沼，你可以一起來嗎？」

「……好的，當然。」

達幸一瞬間朝明良拋去悲傷的視線，但明良沉默地搖搖頭後，達幸心不甘情不願地跟著神崎一起去找記者。

《Drama Navi》是國內發行量最多的電視資訊雜誌，這次要替《Fake Father》製作專題報導。今天記者要來採訪外景拍攝，也預定要專訪主要演員，所以達幸不去就沒辦法開始。

達幸很想立刻帶明良回到自己專屬的外景車上，但他得為了宣傳好好工作才行。

……達幸和小節，真的變要好了。

在各種彩排工作結束後，進入正式拍攝約一個月。在攝影棚彩排時完全合不來的兩人，現在比真正的父子還要有默契。身為經紀人應該要很開心，明良的心情卻很複雜。

「……『把拔』啊……」

只是小聲自言自語，身體就微微發燙。

——可以讓明明無法從我身邊離開，那當然很可愛啊。

自從達幸說出這滿是吐槽點的領悟後，他的「父親」演技變得更加精湛。就連堅決不肯配合達幸的節，也不禁被達幸的演技牽動。

身邊的人不斷誇讚節的能力更進步了，但明良知道，那只是為了不被達幸吞噬，拚命掙扎後的結果。當然，和完全受到影響之後還被徹底吞噬，真的把達幸當作父親的明良相比，能保有自我的節只能說是「了不起」。

「……嗯？」

明良打算趁專訪時打幾通電話，要退到植栽陰影處時，突然停下腳步。他發現節坐在組合椅上，但身邊不見凜凜花。還在疑惑她到底去哪裡了，四處張望後，發現她霸占了神崎身邊的位置，一臉痴迷地看著正在接受專訪的達幸。

明良自然不開心地皺起眉。在達幸與節的默契越來越好，凜凜花的態度也越變越明顯。雖然不再提出只讓節和達幸特別上表演課，但也不再特別掩飾自己對達幸的好感了。現在與拍攝工作有關的所有人，都知道凜凜花是帶著男女間的愛意執著於達幸。

先別說達幸，凜凜花基本上是已婚人士，還是知名童星的親生母親、所屬經紀公司的社長。一般來說，這件事就算被八卦雜誌拿來當獨家報導也不奇怪，但是一個謠言也沒傳出，這大概全多虧凜凜花擁有的人脈影響。

小節滑著手機，偶爾會偷偷看向母親，但笑得花枝招展的凜凜花絲毫不在意毫無依靠的兒子。

……比起達幸，更應該要看著自己的兒子吧。

「……小節。」

明良忍下不耐煩，輕輕在小節面前跪下。確認凜凜花沒在看這邊之後，把很久之前在休息室撿到的戰鬥王卡片交給節。

節原本感到疑惑的表情瞬間亮了起來。

「這個……！」

「這是你的卡牌對吧？我很久之前就在休息室前面撿到了，但遲遲找不到機會還給你。這麼晚才還給你，對不起喔。」

「……不會。」

節從口袋中拿出卡牌夾，非常珍惜地將卡牌收進去，接著禮儀端正地鞠躬。

「被媽……被社長看到絕對會被丟掉，現在給我時機最好。謝謝你撿到我的卡牌。」

「沒什麼。這是《銀河戰士 Galactica》對吧？我在你這個年齡的時候也有蒐集喔。」

明良很是懷念地微笑後，節睜大眼睛。

「你知道戰鬥王卡牌嗎？」

「因為我小時候也很流行，但我同年紀的男生應該大家都玩過一次吧，你爸爸肯定也玩過。」

「爸爸……」

節握緊手上的卡牌盒，仔細一看，最上面放票卡的空間放著一張和明良差不多年紀的男性照片。端正且溫和的臉和節不怎麼相像，但應該是他父親。

「這張卡牌是爸爸給我的，我說我想要，他就寄給我當生日禮物。」

「……這樣啊。」

……「寄給我」當生日禮物啊。

這麼說來，明良找松尾商量凜凜花的事情時，好像有聽說節的父親和妻子分居中。他沒辦法接受妻子全心投入於培養兒子成為藝人的心思，離家出走，雖然沒有離婚，但夫妻關係已經形同破滅了。

即使如此——

「小節的爸爸一定很疼你。」

「……咦……？」

「就這張卡片的稀有度來看，應該要買很多包卡牌才有辦法抽到喔。有收錄 Galactica 系列的卡片特別受歡迎，應該每家店都缺貨……我想你爸爸肯定跑了很多家店，四處蒐集吧。」

「……真的、嗎？」

節怯生生地張開他厚實的嘴問。

「爸爸……真的覺得我很可愛嗎……？我明明跟媽媽長得一模一樣……」

「這當然，沒有人會為了不可愛的小孩費盡千辛萬苦，準備禮物啊。」

明良一打包票，節露出真心的滿臉笑容，不是在做戲。就連單身的明良都小鹿亂撞了，親生父親肯定覺得他是世上最可愛的孩子。而節會隨身攜帶父親的照片和他送的卡牌，應該也很景仰父親吧。

「小節不會和誰組隊一起玩嗎？」

「我工作很忙……不太有機會和爸爸見面，媽……社長也會說與其玩遊戲，不如去上課……」

明良也隱約察覺凜凜花不喜歡節蒐集卡牌，與其說是會對工作造成影響，或許是不喜歡兒子和分居中的丈夫加深感情吧。

「那改天有機會，和我們一起玩吧。」

看見節落寞的表情，明良自然而然地脫口邀他一起玩。考慮到凜凜花，或許不該與這對母子多有牽扯，但一起玩的話，達幸和節的演技肯定會越變越好。只要跟達幸有關，凜凜花應該也不會反對。

「我們……？該不會青沼先生也會玩？」

「嗯。達……幸小時候也有玩過戰鬥王卡牌，現在應該也還記得規則。」

那並非達幸自己有興趣，而是不想讓明良和其他朋友一起玩才開始玩的，但這件事就不用提了。

「……青沼先生玩戰鬥王卡牌……」

「有點難以想像對吧，但他意外地強喔。」

明明完全沒考慮戰略和效率，只是隨便組隊，籤運卻莫名地強，和班上同學玩也是百戰百勝。漸漸地，連明良也因為「只要和他玩，青沼絕對會跟著來」而受到牽連，沒有同學要跟明良玩，所以明良也就不玩戰鬥王卡牌了。最後滿足的只有達幸一個，是個悲傷的回憶。

「……你不想在工作以外的時間和幸玩嗎？」

明良詢問低下頭的節。他有點擔心先前沒說過幾句話卻提出邀約是不是太唐突了，但節靜靜搖頭。

「沒有那回事，只是……」

「……只是？」

「我覺得青沼先生應該很討厭我吧，特別是一開始。」

「他絕對沒有討厭你喔。」

明良一邊否認，內心直冒冷汗。達幸雖然不討厭節，但全力戒備著他，擔心他會把明良擄走。沒有被那個超完美的「青沼幸」演技蒙騙，節真不愧是知名童星。

「幸只是因為第一次飾演父親，緊張而已，我很謝謝你跟他好好相處。」

「……」

節默默抬頭，視線前方是結束專訪的達幸，以及故作親密地碰觸達幸手臂的凜凜花。達幸露出苦笑也沒甩開凜凜花，這絕不是因為有好感，而是不想讓凜凜花出糗，對拍攝工作造成影響，但還是小孩的節不知道能不能理解那麼多。

「那個，小節……」

「……你知道社長很久以前是偶像的事情嗎？」

「……唔、嗯。」

明良的回答之所以有些顫抖，是因為節稱自己母親為社長的聲音太冰冷了。那大概是凜凜花的決定，節完全不接受帶有負面形象角色的工作，所以他會發出這種聲音，讓明良嚇了一跳。

「——那你知道社長從那時就是青沼先生的影迷，不當偶像也是為了青沼先生嗎？」

「咦……？」

絲毫不見平常天真無邪的表情，明良不認為這是演技。他是能理解凜凜花從偶像時代就是達幸影迷的這句話，但為了達幸不當偶像又是什麼意思？

……杳名社長退出演藝圈不是因為和當時交往的男性……也就是和小節的父親之間有了小節嗎？

「小節，那是……」

「啊啊，小節！差不多要輪到你了，可以請你過來嗎？」

明良還來不及詢問「什麼意思」，記者就朝節招手。節向明良一鞠躬之後，朝記者跑過去。

……沒辦法，晚一點再和松尾先生一起調查吧。

明良拍拍褲子膝蓋站起身——接著全身僵住。

「……明良……」

強健的臂膀伴隨著低聲細語，從背後將他抱入懷裡。

「達、達幸……」

「……我說過……我沒辦法和你在一起時，你絕對不能讓其他公狗靠近對吧？」

達幸確實這樣說過，但可以把卡片還給節的時機只有現在了……就算這樣解釋或許也沒用。

「……回家之後，你會讓我盡情沾上我的氣味吧？」

明良唯一能做的，只有沉默地點頭。

時間剛過凌晨十二點不久。

……真不愧是松尾先生，已經查到了啊。

明良全裸裹著毛毯，查看松尾傳到手機的訊息。拍攝結束後，被迫不及待的達幸拖回公寓前，明良想辦法傳了「想請您幫忙調查沓名凜凜花退出演藝圈的理由」這段訊息給松尾。

在那之後正如明良做好的覺悟，他被達幸舔遍全身，在體內灌入無數次精液，昏迷般地睡著了。真想誇獎自己沒有一覺到天亮，半夜就醒過來了。

松尾白天接到明良的報告之後，立刻和當年想要獨家報導凜凜花的醜聞——和各電視臺高層睡覺換工作的醜聞的記者連絡。這個記者對當初報導被搓掉的事情懷恨在心，在那之後也持續跟了凜凜花一陣子。

根據那位記者所言，凜凜花從退出的幾個月前，開始和好幾個一般男性交往。偶像基本上禁止戀愛，經紀公司也警告過她好幾次，要她分手，但她完全不聽。

沒過多久，凜凜花懷孕，和腹中胎兒的父親……也就是現在的丈夫結婚後退出。到這邊都還是明良知道的事情，不知道的是她懷孕的始末。

「……這是真的嗎？」

當時，記者去採訪和凜凜花同團的偶像，對方以匿名為條件爆料，凜凜花自己坦言——是想要快點懷孕、退出演藝圈，所以同時和很多個男人交往。

而且凜凜花非常希望讓生下來的孩子進演藝圈，所以特別嚴選容貌出色的男性。聽他這樣一說，白天看見的父親照片，雖然不及達幸，但確實也是個容貌端正的男性。節長得像母親，但就算像父親也會是個漂亮的孩子。容貌姣好對童星來說相當有利。

因為想生個可以進演藝圈的小孩，所以和許多男性交往。那麼她和現在的丈夫結婚，就並非基於愛情，只因為他剛好是孩子……節的父親，那夫妻感情會失和也是理所當然……

「會為了生個好看的小孩做到這種地步嗎……？」

回想起節說的那句話，一股寒意竄上背脊。

聽節說，凜凜花退出演藝圈是為了達幸，身為達幸瘋狂影迷的凜凜花懷孕退出演藝圈，接著讓孩子……節照她的計畫成為知名童星。沒錯，知名到足以和達幸合作。

而現在的凜凜花，做到了她偶像時代不可能辦到的事情——和達幸同處一個空間，作為合作演員的母親。

「……難不成……」

「『難不成』什麼？」

從背後環抱上來的手將明良抱入懷中，明良全身僵硬。把差點沒拿好的手機放上床頭櫃避難，達幸動著高聳的鼻尖，埋入明良頸間。

「啊……喂，達幸……！」

逐漸硬挺的男性分身抵在臀縫間，明良用力拍了拍環在他肚子上的手。

大約十分鐘前醒來時，那東西還埋在明良體內。要是這東西一直待在身體裡，明良根本無法好好思考。明良強行拉開擺動著腰、仍想繼續灌注精液的達幸，命令達幸去準備並不想吃的宵夜，把人趕去廚房。

「宵夜怎麼了？宵夜呢……」

「做好了要來叫你，卻感覺好像有其他公狗的氣息，而且你在發抖。比起宵夜，你應該要把我吃進肚子裡才行。」

抵上臀部的前端頂著，插入花穴中。

「……啊……別……啊嗯……！」

已被內射無數次，溼潤的軟肉毫無抵抗地吞下達幸的分身。空蕩蕩的腹部感受到一口氣被填滿的充實感，同時萎軟的性器也開始發抖。

「呼……呼……明明……」

大概是從明良緊縮的肉壁發現他隨著後穴被侵犯，就快攀上高潮了，達幸朝明良的後頸吐出炙熱的氣息，搓揉著明良顫抖的性器，並微微擺動腹部，無意隱藏他滿溢而出的歡欣。

「別擔心，只要這樣懷著我，其他公狗絕對不會靠近你……」

「什……什麼、其他公狗……我只是在確認松尾先生傳來的、訊息而已……」

松尾是不會被達幸戒備的少數男性，但達幸在明良白皙的後頸印上自己的痕跡，慢慢搖頭。

「你只是思考我以外的人，就算你是一個人獨處也可能會被其他公狗發現，然後被擄走吧？

所以松尾也不行。」

「……什……什、啊……」

……什麼啦，這什麼歪理！

無法開口說出真心的吐槽，明良只能承受來自後方的頂弄。床的彈簧嘎吱作響，才剛換新床沒多久，但大概再過一陣子又得換新床了吧。

「……啊……啊……！」

達幸連同被往上彎起的一隻腳抱緊明良，微微顫動，在明良體內噴濺出大量精液。明良被夾在自己的腿和達幸之間，精液毫無遺漏地在遭到強行撐開的軟肉上擴散。

「……笨蛋……」

身體放鬆無力地靠在達幸身上，明良越過肩膀瞪著達幸，本來就疲憊至極卻又被內射了一次，這次真的只能吞含著達幸入睡了，而這肯定是達幸的目的。

證據就是，即使明良瞪著達幸，他還開心地呵呵笑。那是連交往多年的明良也不禁看入迷的性感笑容……如果是不知達幸本性的影迷，會因此瘋狂也不奇怪……

……啊啊，果然是這樣啊。

明良儘管沉入泥濘般的睡意中，仍拚命拼湊思緒碎片。

……沓名社長會結婚生下小節，是為了要培養出可以和達幸合作的童星，藉機接近達幸吧……

在那之後拍攝工作進行得很順利，但明良的心情越來越沉重，原因不是達幸，而是節。

節完美掌握著飾演達幸兒子一角的節奏，因此在兩個月後即將播出的現在，《Fake Father》的播映前評論相當好。

正因為如此讓明良感到相當毛骨悚然，從節的口氣來看，他大概知道雙親結婚的始末。光是知道自己是母親扭曲欲望下的產物都夠難受了，還得和元凶的達幸合作。一般小孩應該早就想要逃跑了，但節的演技還日漸增長。

……不對，或許不是不逃，而是無法逃跑。

在工作人員的包圍下，節和達幸飾演的霧生並肩坐在攝影棚布景裡的沙發上，明良站在外側看著他，嘆了一口氣。

外景部分幾乎全部拍完了，接下來只剩下棚內拍攝。今天要拍攝霧生事務所內的畫面。

『……把拔，為什麼把拔和馬麻沒有結婚啊？』

節將雙手放在達幸腿上，大眼不安地眨啊眨，抬頭看達幸，可愛得任誰都不禁想要抱緊他。他身為童星的評價肯定會水漲船高。

但不管有多響亮的名聲，節都只是才十歲的小孩。一個人沒辦法工作，沒有父母也無法生存。所以他即使察覺到了父母的事情，也只能對母親言聽計從，或許當童星也並非節自己想做的事，對十歲小孩來說，肯定是玩戰鬥王卡牌更開心啊。

明良過去也曾被母親逼著成為和父親相同的外科醫生，以為自己除此之外沒有其他生存之道。是達幸打破他固執僵硬的心，希望節也能有個像達幸一樣，可以替他打破囚禁高牆的人。

……不過，達幸不只會打破牆，還會把其他東西全部牽連進來夷成平地就是了。

在明良回想著九年前重逢至今的回憶時，拍攝工作也持續進行，來到午餐兼休息時間。

明良想和達幸一起回休息室時，導演神崎單手拿著劇本走過來。

「鴫谷先生，我有事情想找你商量，午飯前可以占用你一點時間嗎？」

「不……」

「沒有問題，請問我該去哪裡找您呢？」

明良露出僵硬的笑容，阻止想要插嘴說「不行」的達幸。

「不好意思，可以請你來我的休息室一趟嗎？這件事不希望被其他人聽到。」

「我明白了，我送幸回休息室後立刻過去。」

明良讓神崎先走，接著把達幸拉回休息室。達幸堅稱「那傢伙絕對盯上明明了」，明良用「只要你乖乖的，待會你要怎樣我都聽你的」說服他，總算成功讓達幸退讓。

經紀人根本無法拒絕導演提出的要求，就算神崎真的有那個意思，他也不會蠢到大白天在攝影棚裡騷擾主演演員的經紀人。

神崎的休息室位於樓層的另一側，和演員們的休息室隔著一個攝影棚。

「打擾了……神崎導演？」

明良打開門後不停眨眼，擺著高級會客桌椅的室內別說神崎了，連其他工作人員也不在。明良疑惑地走進室內，甚至跑去洗手間看，但真的空無一人。

神崎也很忙碌，或許是突然有急事被叫出去了吧。正當明良轉身想要晚一點再來時，原本開著小縫的門被人從外側用力關上。

「什……」

聽見喀嚓上鎖的聲音，明良慌張地跑到門邊。他握住門把不停上下搖動，但門被緊緊固定住，一動也不動。有人從外側上鎖了。

沉悶的說話聲隔著門板傳過來。

「——鴫谷先生，對不起。」

「神崎導演？為什麼……」

「只是想請你待在這裡一下就好，若是得到沓名社長的歡心，對青沼來說也不是壞事，對吧？好嗎？」

「……！」

明良瞬間明白了，這是凜凜花的計謀。她命令神崎從達幸身邊引開礙事的經紀人，打算趁達幸獨處時誘惑他。《Fake Father》再過不久就要拍完了，一旦殺青，她就幾乎沒有機會可以接近達幸了，所以才會想要在那之前達成目的吧。

……沓名社長逼迫達幸……

明良的臉色瞬間失去血色，強忍著昏眩，握拳敲門。

「……神崎導演，請你開門！要不然會出大事的！」

「哪有那麼誇張……青沼也不是孩子了啊。」

——他不是孩子，他是隻狗！

如果可以如此怒吼，不知該有多好。但神崎再怎麼渣也是導演，明良不可能對他坦承「美人計對眼中只有明良的達幸根本行不通」、「達幸可能會對用計引開明良的凜凜花露出獠牙」等事。

這區本來就很少有人往來，且就算有人過來，應該也會被神崎趕走。

好險有帶手機，應該要向松尾求救嗎……不對，在松尾趕到前，凜凜花肯定早就闖進達幸的休息室了。

『把明明給我還來啊啊啊啊啊！』

明良能輕鬆想像到達幸哭著揍神崎，接著破門而入的畫面。如果不盡快離開這裡，想像會變成現實。還是乾脆從窗戶出去，沿著外牆爬到隔壁房間？

就在明良半是認真地考慮這個方法時，他聽到神崎不知所措的聲音。

「啊，青沼？你為什麼會在這裡……」

「咦……」

明良靠毅力撐著就快遠離的意識。

……達幸已經跑過來了？那凜凜花怎麼了？該不會為時已晚了吧？

就在明良無比混亂之時，門從外側打開，健壯的臂膀撐住腳步不穩，差點倒下的明良。

「達幸……」

「……明良，你沒事真是太好了。」

微笑的達幸是平常的達幸……不對，是「青沼幸」。他如果知道凜凜花的企圖，應該不可能保持冷靜啊。

「到底是……」

「等回休息室再說……神崎導演，下午的拍攝工作可以晚一小時再開始嗎？」

面對滿臉笑容的達幸，神崎癱坐在地上，不停點頭。他臉色蒼白到隨時都會昏倒，但沒有醒目的外傷。

「不、不、不管多久我都會等你們……所以拜託，那件事情千萬要保密。」

「好，這當然。」

達幸又小聲加上一句「只有目前」後，催促著明良邁開腳步，看也不看在他們背後發出不成聲尖叫的神崎一眼。

……那件事是？你是用什麼把柄威脅神崎導演了啊！

雖然非常想要逼問達幸，但旁邊有工作人員在看，明良不得不沉默。穿過攝影棚回到達幸的休息室時，明良瞠目結舌。

「沓名社長？……而且連小節都在……」

凜凜花無力地垂首坐在皮革沙發上，節就站在她身邊。凜凜花頂著比平常加倍艷麗的妝容，看起來一口氣比剛才老了十歲。

達幸戴著青沼幸的面具開口說：

「……你出去之後，小節馬上就來找我了。」

「小節？……不是沓名社長？」

「唔……」

大概是聽到了自己的名字，凜凜花身穿米白色套裝的身體猛力一顫。面對導演也態度蠻橫的她竟然會展現如此軟弱的一面，其他工作人員看到應該會嚇到腳軟吧。

「沒錯，是小節。他對我說，沓名社長再過不久就會來誘惑我，所以希望我幫忙。」

「幫忙……？」

明良不解歪頭之時，達幸拿出手機，深藍色的手機並非眼熟的達幸手機。

「……還來！」

瞬間換上恐怖表情的凜凜花跳過沙發衝過來，突發狀況讓明良只能目瞪口呆，但達幸輕而易舉閃過。凜凜花止不住衝勢跌倒後，梳起凌亂的頭髮，火大地大喊：

「節，你在幹什麼！那是你的手機吧，快點去搶回來！」

「媽…………社長……」

傷心低頭的節，令人心痛到連凜凜花也顫了一下。他哭了嗎？明良的心也很痛，但他立刻明白自己錯了……節慢慢抬起頭，臉上帶著不像孩子會有的冷淡表情。

「……就因為妳是這種人，我才會特地把手機交給青沼先生啊。」

「節、節……？」

節沒有回應不知所措的母親，朝達幸點點頭。達幸點了幾下手機畫面，小小的液晶螢幕上開始播放影片。右下角顯示的時間是距現在十五分鐘前。

凜凜花走進休息室，大概是確定礙事者暫時不會回來，所以大膽地倒在沙發上的達幸身上。

『只要你成為我的人，我可以實現你所有願望。所以……好嗎？』

在達幸面露厭惡地拒絕後，凜凜花揚起紅唇，將豐滿上圍往達幸身上壓，影片清楚地記錄下這一切。角度是從下往上拍攝——大概是從沙發前的矮桌下拍的吧。

成人沒有辦法，但小孩子可以鑽進桌子和地板間的縫隙裡。也就是說，拍影片的人是……

『節……！為什麼，你為什麼會在這裡……』

影片在凜凜花轉過頭來，露出驚訝的表情時結束。

接下來的發展，不用說明也知道，達幸把凜凜花和負責監視的節留在休息室，去救出明良。

凜凜花撐在地板上的手不停發抖。

「……節……你為什麼要這麼做……」

「因為我已經受夠這一切了，不能和朋友玩還得去上課，忙到沒辦法上學，還沒辦法和爸爸見面。我很想要逃到爸爸那邊去，但一直沒有說……因為妳說，爸爸是因為討厭我才離開，所以我以為我去找爸爸只會帶給他困擾。」

但是——節瞪著凜凜花。

「那全部都是謊言。我之前打電話給爸爸，他說他才沒有討厭我……還說他想要和我一起住，也說如果我很痛苦，不當童星也沒有關係。」

「……節、節……」

「……是妳對爸爸說我無論如何都想當童星，妳只是為了我行動而已，所以爸爸……他才會孤單一人到現在……」

……原來是這麼一回事。

明良也大概掌握到整件事的全貌了。

凜凜花為了實現自己的野心，讓節出道當童星之後，讓節相信父親討厭他，另一方面又讓節的父親以為節真心想當童星，所以節的父親不敢從身兼經紀公司社長的母親手中搶走節，甘願不離婚，而是分居。這因為父子為彼此著想而造成的悲傷誤會，終於得到修正了。

「——但是，我已經不會再聽妳操控了。」

節握緊他小小的拳頭，用力瞪著凜凜花。

「我拍完《Fake Father》後，就不當童星，要退出演藝圈去找爸爸。爸爸也說他會和妳離婚，和我一起生活。」

「你在說什麼任性的話！我怎麼可能允許你這麼做！」

凜凜花額冒青筋站起身，在她高舉起的掌心打到節圓潤的臉頰之前，達幸迅速抓住凜凜花纖細的手腕。

明良想起《Fake Father》中也有類似的場面。故事中段，日向差點被某個案件的女凶手打時，霧生就像現在這樣阻止了她。

節或許也想起來了。他泫然欲泣地皺起臉，拿過達幸手上的手機，擺到凜凜花面前。

「如果妳不允許，那我把這個影片散播出去。」

「……什……」

凜凜花的嘴巴一張一闔，最後無力地垂下肩，大概已經領悟到自己無從抵抗了。她想要誘惑現正當紅的青沼幸，就算被拒絕，她不惜動用權勢，也想達到目的。若是這段影片流出去，那凜凜花也完了，和她有關係的業界人士也不可能袒護她。

「……鴫谷先生、青沼先生，謝謝你們。」

在催促呆然若失的的凜凜花回去自己的休息室之前，節向兩人鞠躬道謝。聽他說，節的父親預計待會就來攝影棚接他，大概會直接開始討論離婚事宜。

「飾演霧生的青沼先生就像我真正的父親，都是因為兩位讓我發現了爸爸真正的心意，我才有勇氣打電話給爸爸。」

「小節……」

「青沼先生，對不起。您明明沒有任何錯，剛開始拍攝時，我對你的態度卻一直很差。我被媽媽強迫當童星，一直很想離開……但現在我有一點覺得，想要成為和你一樣的演員。」

節留下第一次展現的爽朗笑容，腳步輕盈地離開。雖然對達幸的演技拯救了一個小孩的未來真誠地感到開心，但身為知道那個演技是源自於「孩子可以讓明良不離開自己身邊」的想法，心情也相當複雜。

「……呵……呵呵……噗呵、呵呵。」

達幸一把抱起煩惱的明良，當明良回過神時，他已經被放倒在沙發上，達幸從上方壓在他身上。

「明明、明明、明明……」

「……達……達幸……？」

壓到他身上的胯下早已發燙，低頭看他的藍眼充滿欲望。有種不祥預感的明良想推開厚實的胸膛，但他的雙手手腕立刻被握住。

「明明，我非常乖對吧？」

「……什麼……？」

「我一直、一直都很乖對吧？」

明良十分混亂，不知道達幸在說什麼，接著才發現他在說自己幫忙節，以及阻止凜凜花的事情。確實是多虧了有達幸的幫忙，節的作戰才能成功……

「你說只要我乖乖的，我要怎樣都會聽我的吧？我想要現在立刻讓你懷著我。」

「你、你這傢伙……唔……」

「我為了你這麼努力，你願意吧？」

——你這傢伙，滿腦子只有你自己的欲望啊！

悲痛的吶喊連同雙唇一起被達幸的唇堵上，沒過多久便流洩出甜蜜的嬌吟。

——在那之後，青沼幸首次飾演的父親角色大受好評，囊括了當年各項連續劇獎項。

飾演兒子的沓名節也同獲大讚，但節宣布日向一角將是最後一個角色，並從此引退，在眾人的惋惜聲中離開了演藝圈。《Fake Father》則成為知名童星的最後一個作品，永世流傳。

後記

大家好，我是宮緒葵。非常感謝大家閱讀《渴仰 新裝版》。

這本書是同時收錄之前的書系九年前發售的文庫版《渴仰》以及七年前發售的《渴命》的新裝版。這兩本書都獲得讀者們的強力支持，我也希望能以新的形式獻給大家，這次受到出版社的盛情邀請，讓這本書才得以重新出版。

決定要重新出版後，我又重新看過兩份原稿，過了將近十年的歲月後，很多事情都改變了呢……有「現在的我絕對不會這樣寫」的部分，以及反過來說也有「只有當時的我才能寫出這樣的故事」的部分，彷彿在和過去的自己對話。

能久違地再度和明良與達幸相見，我品味著懷念，也被達幸的力量嚇傻了……明良，真虧你能活下來耶……明良是設定成體弱多病的人，但被達幸如此為所欲為地對待還能活蹦亂跳的，其實他是這個作品中最有體力的人吧。不對，或許是和達幸扯上關係後，為了生存才進化了？

全新創作的部分是我之前一直想寫的「三十歲之後的兩人」，說起這個年齡最不同的地方，對演員達幸來說應該是角色的廣度，明良就沒什麼變就是了。在《Fake Father》之後，邀請達幸飾演父親的邀約應該也會增加，他本人明明一直單身耶……

順帶一提，《渴仰》和《渴命》之間隔了一段時間，這段時間內，拋棄達幸的父親和他同父異母的弟弟登場，他們引起的騷動也把達幸捲入其中，發生了不少事情，收錄這個故事的《渴欲》也和本書同時發售。（註：此為日版狀況）這是我以前以同人誌發行的作品，出版社替我統整成書出版了。在這本書中，也可以看見梨とりこ老師繪製的美麗插畫，還請大家務必一起閱讀。

繼文庫版之後，這一次也有幸邀請梨とりこ老師繪製插畫，真的非常感謝梨老師在百忙之中願意接下這份工作……！可以再看見由老師繪製的達幸和明良，讓我相當感動。老師繪製的這兩人是我的寶物。

接著要感謝接受了我的原稿，有耐心地引導我的責任編輯I編輯，如果沒有I編輯的支持，我想我應該會在中途放棄。真的非常感謝您陪我一起跑了這麼長一段時間。

最後，給讀到這邊的所有讀者。將近十年前出版的書可以再次問世，這全部都是多虧了支持這個故事的各位。如果可以，我想要更加、更加擴展這兩個人的世界，還懇請大家繼續支持。

那麼，希望將來有天能再和大家見面。

高寶書版集團
gobooks.com.tw

CRS041
渴仰　新裝版
渇仰 新装版

作　　者　宮緒葵
繪　　者　梨とりこ
譯　　者　林于楟
編　　輯　陳凱筠
美術編輯　彭裕芳
排　　版　彭立瑋
企　　劃　李欣霓

發 行 人　朱凱蕾
出　　版　朧月書版股份有限公司
　　　　　Hazy Moon Publishing Co., Ltd.
地　　址　臺北市內湖區洲子街 88 號 3 樓
網　　址　www.gobooks.com.tw
電　　話　(02) 27992788
電　　郵　readers@gobooks.com.tw（讀者服務部）
傳　　真　出版部　(02) 27990909　行銷部 (02) 27993088
郵政劃撥　19394552
戶　　名　英屬維京群島商高寶國際有限公司臺灣分公司
發　　行　英屬維京群島商高寶國際有限公司臺灣分公司 / Printed in Taiwan
　　　　　Global Group Holdings, Ltd.
初版日期　2023 年 12 月

國家圖書館出版品預行編目 (CIP) 資料

渴仰　新裝版 / 宮緒葵作；林于楟譯 . -- 初版 . -- 臺北市：朧月書版股份有限公司出版：英屬維京群島商高寶國際有限公司台灣分公司發行 , 2023.12
面；　公分 . --

譯自：渇仰 新装版

ISBN 978-626-7362-05-1 (平裝)

861.57　　　112013684